TAL COMO SOY

AMBER SMITH

TAL COMO SOY

Traducción de
Rosa Sanz

Rocaeditorial

Penguin
Random House
Grupo Editorial

Título original: *The Way I Am Now*

Primera edición: marzo de 2024

Printed in Spain – Impreso en España

ISBN: 978-84-19743-75-6
Depósito legal: B-613-2024

Compuesto en Mirakel Studio, S. L. U.

Impreso en Liberdúplex
Sant Llorenç d'Hortons (Barcelona)

RE43756

A nosotros.
A todos nosotros, mal hechos
e imperfectos, que nos atrevemos
a desear, a esperar, a sanar

Nota de la autora

Querido lector:

Cuando escribí *Tal como era* hace más de una década, no tenía previsto que nadie lo leyera jamás. No estaba segura de poder compartir algo tan personal con el mundo. Lo escribí para mí misma, para gestionar mis propios pensamientos y sentimientos como superviviente, así como alguien que ha conocido a muchos otros supervivientes de la violencia y los abusos. Pero cuando empecé a mostrar tímidamente lo que había escrito a algunas amigas cercanas, quedó claro que esta historia era más grande que yo. Y comencé a albergar la esperanza de que pudiera aportar algo significativo a una conversación más amplia.

Siempre he tenido mis propias ideas sobre lo que le ocurriría a Eden después de la historia, pero cuando terminé el borrador definitivo a principios de 2015, no me atreví a escribir un final que no creía de corazón que pudiera suceder realmente. Y tampoco podía darle a Eden un desenlace que fuera menos del que ella merecía. Así que acabé la historia con una esperanza, con un deseo.

La historia de Eden es muchas cosas, pero en el fondo trata sobre encontrar tu propia voz, y yo encontré la mía al escribirla. En los años transcurridos desde entonces, he visto el coraje y la valentía de muchas personas durante el movimiento #MeToo, que se niegan a ser silenciadas y luchan por conseguir aunque sea un mínimo de justicia. También me han tendido la mano innumerables lectores, para contarme el consuelo que hallaron al ver sus historias reflejadas en la de Eden. Fortalecida por sus voces, seguí trabajando en mis siguientes libros con los temas del amor y del odio, de la violencia y la justicia. Sin embargo, Eden siempre ha estado en el fondo de mi mente. Las ideas aparecían cuando menos lo esperaba y me daban golpecitos en el hombro, susurrándome al oído, negándose a desaparecer. Y ahora, empoderada con vuestra fuerza y vulnerabilidad, el siguiente capítulo de la historia de Eden, un nuevo comienzo, parece por fin posible.

Con amor, Amber

Parte I
Abril

Eden

Vuelvo a desaparecer. Empieza por los bordes, mis extremidades se desdibujan. Los dedos de manos y pies se quedan estáticos y entumecidos sin previo aviso. Me agarro al borde del lavabo e intento sostenerme, pero las manos no me obedecen. Los brazos me flaquean. Y ahora también quieren doblarse mis rodillas.

Después es mi corazón, latiendo rápido y entrecortado.

Intento respirar.

Mis pulmones son de cemento, pesados y rígidos.

No debería haber accedido a esto. Todavía no. Es demasiado pronto.

Paso la mano por el espejo húmedo y mi reflejo se empaña al instante. Me atraganto con una carcajada o un sollozo, no sé qué es, porque estoy desapareciendo de verdad. Literal, figuradamente y de todas las formas posibles. Casi he desaparecido. Cierro los ojos con fuerza e intento localizar un pensamiento, solo uno, como me dijo ella que hiciera cuando me pasara esto.

«Cuenta cinco cosas que puedas ver». Abro los ojos. Cepillos de dientes en el soporte de cerámica. Uno. Vale, está bien. Dos: mi móvil, ahí sobre la encimera, iluminándose con una serie de mensajes. Tres: un vaso de agua, cubierto de gotitas por la condensación. Cuatro: el frasco amarillento lleno de pastillas que me esfuerzo por no necesitar. Me miro las manos, que siguen sin responder. Ya van cinco.

«Cuatro cosas que puedas sentir». El agua que gotea de mi pelo y baja por mi espalda, sobre mis hombros. Los azulejos lisos y resbaladizos bajo mis pies. La toalla almidonada que envuelve mi cuerpo húmedo. El lavabo de porcelana, frío y duro contra las palmas de mis manos hormigueantes.

«Tres sonidos». El zumbido del extractor, el jadeo superficial de mi respiración cada vez más rápida y un golpe en la puerta del cuarto de baño.

«Dos olores». Champú de melocotón y nata. Gel de ducha de eucalipto.

«Un sabor». Enjuague bucal de menta fuerte con notas de vómito persistente por debajo, que me producen arcadas de nuevo. Trago saliva.

—Joder —susurro, volviendo a frotar el espejo. Esta vez con ambas manos, una sobre la otra, restregando el cristal. Me niego a rendirme a esto. Esta noche no. Aprieto los dedos hasta que noto que los nudillos me crujen. Inhalo demasiado fuerte y por fin consigo que me entre aire en el cuerpo.

—Estás bien —exhalo—. Estoy bien —miento.

Miro fijamente el círculo negro del desagüe, pero mis ojos se desvían hacia el frasco. De acuerdo. Giro el tapón entre mis manos inútiles y dejo que una pastilla blanquecina caiga en mi palma. Me la trago, me la trago bien. Y luego me bebo todo el vaso de agua, dejando que salgan riachuelos de las comisuras de mi boca, que bajen por mi cuello, sin molestarme siquiera en limpiarlos.

—¿Edy? —Es mi madre, llamando a la puerta otra vez—. ¿Va todo bien? Mara ha llegado para recogerte.

—Sí, voy… —Se me corta la respiración al intentar hablar—. Ya casi estoy.

Josh

Han pasado cuatro meses desde la última vez que estuve aquí. Cuatro meses desde que vi a mis padres. Cuatro meses desde la pelea con mi padre. Cuatro meses desde que estuve en mi habitación. Solo llevo en casa un par de horas, aún no he visto a mi padre, y ya siento que me asfixio.

Me tumbo, dejo que mi cabeza se hunda en las almohadas y, al cerrar los ojos, juraría que puedo olerla durante un instante. Porque la última vez que estuve aquí, ella estaba a mi lado, en mi cama, sin más secretos entre nosotros. Y cuando giro la cabeza, acerco la cara a la almohada y aspiro más profundamente.

Me vibra el móvil en la mano. Es Dominic, mi compañero de piso, que prácticamente me hizo la maleta, me sacó a rastras del apartamento y me metió en su coche para llevarme a casa esta semana. En algún momento tenía que hacerlo.

Su mensaje dice:

Va en serio. Estate listo en 10 minutos…
Y ni se te ocurra rajarte

Empiezo a responder, pero ahora que tengo el móvil en la mano, vuelvo a pensar en Eden y busco nuestros mensajes, los tres últimos sin contestar. Hacía tiempo que no los miraba, pero los releo una y otra vez, intentando averiguar qué fue lo que hice mal. Había leído el artículo sobre la detención. Le pregunté cómo lo estaba llevando todo. Le recordé que era su amigo. Le dije que contara conmigo si necesitaba algo. Lo volví a intentar un par de días después, y de nuevo la semana siguiente. Incluso la llamé y le dejé un mensaje de voz.

Lo último que le escribí fue:

Debería preocuparme?

No me respondió y no quise presionarla. Han pasado meses y aquí estamos. Escribo un simple Hola y me quedo mirando la palabra, esas cuatro letras que me retan a pulsar el botón de enviar.

La puerta de mi habitación se abre con dos golpes secos, seguidos de una pausa y uno más. Mi padre.

—¿Josh? —me dice—. Estás en casa.

—Sí. —Borro la palabra rápidamente y dejo el teléfono boca abajo sobre la cama—. ¿Qué pasa?

—Nada, solo quería saludarte. —Mete las manos en los bolsillos de sus vaqueros y me mira con ojos claros y centrados—. No he visto tu coche fuera.

—No, he venido con Dominic —le explico, y noto que bajo la guardia, lo suficiente para que la ira comience a bullir en mi interior.

—Ah —dice, asintiendo con la cabeza.

Vuelvo a coger el teléfono; espero que capte la indirecta.

—En realidad, si tienes un momento, hace tiempo que quería hablar contigo. Sobre la última vez que estuviste en casa. Mira, sé que no estuve a tu lado cuando pasaste por lo de... —Hace una pausa, buscando el resto de una frase que sospecho que tampoco está ahí.

Lo observo atentamente, esperando a ver si de verdad recuerda lo que pasó la última vez que estuve en casa. Hago una apuesta conmigo mismo mientras espero: si recuerda aunque sea un fragmento de lo que ocurrió hace cuatro meses, me quedaré en casa esta noche. Tendremos la conversación que él quiere. Le diré que lo perdono, ya hasta puede que lo diga en serio.

—Ya sabes —empieza de nuevo—, cuando pasaste por todo eso.

—¿Qué toca ahora, hacer las paces? —le pregunto—. ¿Ya estás en el paso nueve? Otra vez —murmuro entre dientes.

—No. —Hace una leve mueca de dolor—. No es eso, Josh.

Suspiro y vuelvo a dejar el teléfono en el suelo.

—Perdona, papá —le digo, aunque no lo siento. Pero tampoco quiero que vuelva a recaer porque la vida me haya dado un golpe bajo—. Joder, es que...

—No pasa nada, Joshie. —Extiende las manos frente a su pecho y niega con la cabeza, aceptándolo sin más—. Está bien. Me lo merecía. —Retrocede un par de pasos hasta que puede agarrarse al marco de mi puerta, como si necesitara un sitio en el que apoyarse. Abre la boca para decir algo más, pero el timbre le interrumpe. Ahora también oigo a mi madre abajo, hablando con Dominic.

—No sé por qué he dicho eso —intento disculparme de nuevo—. Lo siento.

—Está bien —me dice. Luego se vuelve hacia el pasillo, saludando a Dominic como el padre perfecto que es a veces—. ¡Dominic DiCarlo en persona! He oído que lo estás petando esta temporada. —Se abstiene de mencionar que yo lo estoy haciendo de pena esta temporada; no hace falta que lo haga, todos lo sabemos—. Supongo que estarás manteniendo a raya a este chico —añade con tono campechano.

—Pues claro —bromea Dominic, estrechando la mano extendida de mi padre—. Alguien tiene que hacerlo. —Parece tan contento hasta que me ve, quitándome la gorra y tratando de alisar las arrugas de mi camisa—. Pero, tío, si no estás preparado.

Eden

Por fin tengo las manos firmes cuando agarro el tirador de la puerta. Firmes cuando bajo la visera del coche de Mara y me paso el rímel por las pestañas. Firmes cuando Steve se sienta a mi lado y entrelaza sus dedos con los míos, sonriendo con ternura mientras dice:

—Hola, te he echado de menos.

Ahora que la pastilla ha llegado a mi torrente sanguíneo, mi corazón se ha calmado. Aunque sé que no es una calma real, supongo que merece la pena hacerlo por mis amigos. Salir y actuar con normalidad una última noche antes de soltarles otra bomba. Así que miento y digo:

—Yo también.

Cameron, el novio de Mara, da un portazo al subir. La besa, me mira y dice:

—Nos vamos a perder a los teloneros.

—No vamos a perdernos nada —responde Steve en mi lugar. Luego se inclina hacia mí y me besa el hombro desnudo—. Me alegro de que te hayas animado a venir.

—Sí, yo también —repito, pensando que debería decirlo en serio.

—Ya era hora de que volvieras a salir —añade.

—Eso le he dicho yo, Steve —interviene Mara, sonriente.

—Piensa en esta noche como un nuevo comienzo —continúa él—. Volverás a clase el lunes, y luego podremos disfrutar los dos últimos meses de nuestro último curso. Por fin. ¡Nos lo hemos ganado!

—Ya te digo, tío —afirma Cameron.

Se comportan como si me estuviera recuperando de un gripazo o algo por el estilo. Como si ahora que no guardo ningún secreto, las cosas pudieran volver a la normalidad por arte de magia, sea lo que sea la normalidad. Como si terminar el último curso del instituto no fuera lo último en lo que pienso en este momento. O quizá tengan razón, y deba intentar olvidar toda esa mierda y ser una adolescente normal durante los próximos dos meses mientras pueda.

—Cameron —me oigo decir por encima de la música, y todos giran la cabeza para mirarme—. Hemos comprado las entradas para ver a los cabezas de cartel, ¿no? Así que, si llegamos tarde, tampoco pasa nada.

No es que me importe mucho ninguno de los dos grupos, pero les debo un poco de entusiasmo.

Cameron pone los ojos en blanco y se da la vuelta, murmurando:

—Querrás decir que yo compré las entradas. —Cameron es el único que no finge, que no se hace el amable conmigo de repente por todo lo que ha pasado, y me siento extrañamente agradecida por ello—. Por cierto, puedes devolverme el dinero cuando quieras.

Nuestra discusión hace sonreír a Mara y Steve me coge de la mano con demasiada fuerza. Ambos se lo toman como una buena señal, una indicación de que todavía puedo luchar. Me aclaro la garganta, preparándome para darles el aviso que me ayudó a preparar mi psicóloga durante la sesión de esta semana.

—Bueno, chicos, pues... —empiezo—. Solo quería deciros que... Ya sabéis que hace tiempo que no me rodeo de mucha gente, y no sé, es posible que me ponga nerviosa o...

—Está bien —me interrumpe Steve, acercándome más hacia sí—. No te preocupes, estaremos contigo.

—Vale, es que puede que necesite hacer una pausa y tomar el aire en algún momento. Pero si lo hago, no pasará nada y estaré bien, así que no quiero que nadie se preocupe ni que penséis que tenemos que irnos ni nada de eso. —No me sale tan bien como cuando lo ensayé, pero he dicho lo que tenía que decir. Poner límites.

Steve vuelve a mirarme con ojos de cachorrito herido. Y Mara lo hace por el espejo retrovisor.

—Es decir, es posible que no pase. No lo sé —añado enseguida para que dejen de mirarme así—. También podría emborracharme de verdad y entonces lo pasaríamos todos de puta madre.

—Edy —me regaña Mara.

—¡No! —exclama Steve al mismo tiempo.

—Era una broma —les digo con una sonrisa. También han pasado cuatro meses desde la última vez que hice algo malo, aunque mi psicóloga me diría que sustituya la palabra «malo» por «poco saludable». No he bebido, no me he liado con desconocidos ni fumado ninguna sustancia en absoluto. Sin embargo, todavía no entiendo en qué se diferencia tomar pastillas cuando me da el agobio de las otras cosas *poco saludables*. No estoy segura de quién decide lo que es bueno y lo que es malo. Pero lo hago de todos modos, sigo las reglas, porque quiero mejorar, ser mejor persona. De verdad que quiero.

Después de dejar el coche en el aparcamiento, pasamos junto a un grupo de universitarios con vasos en la mano, reunidos en torno a una vieja mesa de pícnic de madera que parece sostenida en parte por las paredes de hormigón del edificio. El humo de sus cigarrillos me llama, y veo cómo se ríen derramando sus bebidas. Si Steve no me estuviera agarrando la mano con tanta fuerza, si las cosas no fueran distintas ahora, me vería a mí misma vagando hacia ellos, encontrando con facilidad el que sería mi sitio durante el resto de la noche.

Pero las cosas han cambiado. Ya nada me resulta tan fácil.

Cuando llegamos a la puerta nos dan a cada uno una pulsera de color rosa fluorescente en la que pone -21. El tío que me la pone me roza el interior de la muñeca al ajustarla. Aunque sé que no es nada, ese pequeño contacto hace que me sienta violada, a la vez que extrañamente indiferente.

La pulsera me aprieta demasiado. Intento tirar de ella para ver si cede, pero es de esas de papel que no se pueden quitar ni ensanchar.

A Mara no parece molestarle en absoluto, así que procuro olvidarlo.

La música retumba en los altavoces. Allá por donde miro, la gente bebe, se ríe, grita. Alguien se choca conmigo, y en ese momento me doy cuenta de que mi cuerpo debería estar reaccionando a todo esto. Esa antigua descarga de adrenalina, el corazón acelerado, la respiración agitada. Pero no siento nada. Únicamente esta sensación de desaparecer de nuevo, aunque ahora no me provoca pánico. Solo me hace sentir como si una parte de mí no estuviera aquí realmente. Y con esa parte dormida, ya no sé si puedo confiar en mí misma, saber si estoy a salvo o no.

Agarro la mano de Steve con más fuerza mientras nos acercamos al escenario. Mara me coge de la otra mano, y cuando veo a Cameron cogido de la suya, pienso en los recreos de la guardería, en los niños pequeños que forman una cadena humana para cruzar la calle y llegar al parque. Odio tener que necesitar esto.

—¿Estás bien? —me pregunta Mara al oído cuando los cuerpos empiezan a amontonarse a nuestro alrededor.

Asiento con la cabeza.

Y estoy bien. Más o menos. Mientras tocan los teloneros, estoy bien. Incluso me relajo lo suficiente para contonearme un poco. No bailo, ni salto, ni muevo las caderas, ni cierro los ojos y toco a mi novio como Mara, que hace que parezca tan fácil. La falta de alcohol me produce una sensación química diferente, en combinación con las pastillas que me nublan la cabeza en su lugar.

Cuando suben al escenario los cabezas de cartel, el grupo favorito de Steve, a los que hemos venido a ver, siento que emerjo de nuevo. Al principio, poco a poco. Se me acelera el corazón en el pecho, mi respiración se vuelve rápida y entrecortada, los bajos reverberan en mi cráneo.

—No pasa nada —susurro, incapaz de oír mi propia voz por la música. Suelto la mano de Steve. Me sudan las palmas. Y ahora soy muy consciente de cada parte de mi cuerpo que toca los cuerpos de los demás al chocarse conmigo.

Miro a mi alrededor, demasiado rápido, asimilando los detalles que me perdí al llegar, todo al mismo tiempo. Veo los colores de nuestro instituto. Una chaqueta del equipo de baloncesto refleja las luces del escenario. De repente se me cae el alma a los pies; no sé por qué no me había imaginado que vería a alguien esta noche. Al fin y al cabo estamos aquí. Pero entonces lo veo por partes, en ráfagas, echando la cabeza hacia atrás, riéndose. Deportista. Uno de los viejos amigos de Josh.

No. Me estoy imaginando cosas. Cierro los ojos un segundo. Reinicio.

Pero cuando los abro, él todavía sigue ahí. No hay duda de que es Deportista. El que me encontró en mi taquilla aquel día después de clase. El que me persiguió por el pasillo. El que quería asustarme, hacerme pagar por la paliza que le dio mi hermano a Josh. Miro al frente, al escenario. Esto es ahora. No es entonces. Pero no puedo evitarlo y vuelvo a mirar. Vuelvo a cerrar los ojos. Vuelvo a escuchar su voz en mi cabeza: «He oído que eres muy guarra».

De repente me entra una jaqueca terrible.

Me aclaro la garganta, o al menos lo intento.

—¡Steve! —lo llamo, pero no me oye. Le toco el hombro y me mira. Ahueco las manos alrededor de la boca y él se inclina hacia mí. Prácticamente le chillo en la oreja—. ¡Voy a salir!

—¿Qué? —grita.

Señalo la salida.

—¿Estás bien? —vuelve a gritar.

Afirmo con la cabeza.

—Sí, es solo que me siento rara.

—¿Qué? —grita otra vez.

—Me duele de cabeza —grito yo también.

—¿Quieres que te acompañe?

Niego con la cabeza.

—No, tú quédate aquí, de verdad.

Me mira a mí y después al grupo.

—¿Estás segura?

—Sí, es solo que me duele la cabeza. —Pero no estoy segura de que me oiga.

Mara se da cuenta de que me voy y me agarra del brazo. Dice algo que no logro entender.

—Es solo que me duele la cabeza —repito—. Ahora vuelvo.

Ella abre la boca para discutir y me coge el otro brazo, de modo que nos quedamos frente a frente, aunque inesperadamente, por suerte, es Cameron quien le toca la muñeca con suavidad, haciendo que me suelte. Luego me mira asintiendo con la cabeza y sigue reteniendo a Mara.

Me deslizo entre la aglomeración de cuerpos, aguantando la respiración mientras lucho contra la corriente. La jaqueca ha ido a peor, siguiendo el ritmo de la música, pero desincronizada con mis pasos, haciendo que pierda el equilibrio a la vez que me vibra el pecho. Por fin llego a la peor parte, rebotando como una bola de pinball contra la marea de gente que aún espera para entrar.

Me parece oír mi nombre, por encima de todas las voces y de la música que se escapa por las puertas.

Cuando consigo salir, me voy directa al aparcamiento, y ahora estoy segura de que alguien me llama por mi nombre. Steve siempre ha querido ser una especie de príncipe azul, pero si él es el príncipe, yo no soy más que una triste Cenicienta, mis pastillas mágicas se han gastado, el hechizo se ha roto. Me quedo en harapos, el baile continúa sin mí. Y este ya no es mi sitio; nunca lo fue. Mientras intento recuperar el aliento, sudorosa, el aire frío me azota la cara y el cuello, y sé que no podré entrar ahí otra vez.

Alzo la cabeza hacia el cielo, inhalo hondo y cierro los ojos exhalando lentamente. Inhalo y exhalo. Dentro y fuera, como me enseñó mi psicóloga. Siento un golpecito en la parte posterior del brazo.

—En serio, Steve, ya te he dicho que estoy bien. —Me doy la vuelta—. Es solo que… me duele la cabeza.

Josh

Dominic no para de quejarse de lo mucho que tardamos en entrar, y de lo que nos hemos perdido del concierto. Se manda mensajes con los colegas que ya están dentro, y que últimamente son casi siempre amigos suyos.

—Nos están guardando sitio al fondo —me dice. Al ver que no respondo, añade—: Déjalo de una vez.

—¿Que deje el qué?

—Ese rollo melancólico que te traes. —Levanta la vista de su teléfono y me mira, apenas un segundo—. Déjalo ya.

—Lo siento, pero no entiendo qué le ves a este grupo —le digo, fingiendo que mi mal humor se debe al concierto y no a mi padre—. Solo son unos tíos que se hicieron famosillos a principios de los ochenta, pues vaya cosa. —Me encojo de hombros.

—Y que son de nuestra ciudad —replica—. Enorgullécete un poco de tus paisanos, pedazo de ingrato.

Niego con la cabeza porque sé que a él tampoco le importa. Ese no es el motivo por el que estamos aquí, en este concierto, ni aquí, de vuelta en nuestra ciudad. Lo que pasa es que ha quedado con alguien, la misma persona con la que ha estado escribiéndose todo el rato, aunque no quiera decirme que esa es la verdadera razón por la que quería que viniera.

—A este paso nos vamos a perder todo el concierto —murmura—. Estarás contento.

—Bueno, no habríamos llegado tan tarde si no me hubieras obligado a cambiarme de ropa.

—De nada por no dejarte salir de casa con esas pintas. —Suelta una risa burlona, me mira y por fin se guarda el móvil en el bolsillo—. A veces eres tan hetero que ni siquiera te das cuenta de la suerte que tienes de que sea tu amigo.

Alarga el brazo para intentar peinarme con la mano, pero se la aparto.

—¿En serio?

—¡Tienes el pelo chafado del gorro, tío! —Se ríe mientras lo intenta de nuevo. Lo esquivo y me choco con una persona.

—Lo siento, perdona —digo, girándome a tiempo para verla pasar a toda velocidad. Me vuelvo hacia Dominic.

—¿Esa era…?

—¿Quién? —me pregunta él.

La miro otra vez. Se está yendo al aparcamiento. Lleva el pelo de otra manera, pero sin duda camina como ella, con los brazos cruzados sobre el pecho.

—¿Eden? —la llamo, pero es imposible que me oiga entre la multitud—. Enseguida vuelvo —le digo a Dominic.

—No, Josh, ni de coña. —Me agarra del hombro, y ya no hay alegría en su voz—. Venga, si ya estamos casi…

—Sí, lo sé —le digo, saliendo de la fila—. Pero dame un momento, ¿vale?

—¡Josh! —lo oigo gritar detrás de mí.

El corazón me late con fuerza mientras corro detrás de esa chica que podría ser ella o no serlo. Ella camina muy rápido hasta que se detiene bruscamente.

Por fin la alcanzo, inmóvil en mitad del aparcamiento.

—¿Eden? —la llamo, ahora más bajo. Alargo la mano y mis dedos tocan su brazo. Y sé que es ella incluso antes de que se dé la vuelta, porque hace mucho tiempo que mi cuerpo memorizó el suyo en relación con el mío.

Responde algo de que le duele la cabeza mientras se vuelve para mirarme.

—Eres tú —le digo como un idiota.

Abre la boca, pero se queda callada unos segundos antes de sonreír. Ni siquiera dice nada; tan solo da un paso adelante y me abraza, con la cabeza perfectamente acunada bajo mi barbilla, como siempre. No sé por qué me sorprende tanto que me resulte tan natural, como si agarrarnos el uno al otro fuera lo más normal del mundo. Sus pulmones se expanden como si me aspirara y yo entierro la cara en su pelo, pero solo un momento, me digo. Su olor es dulce y limpio, como alguna especie de fruta. Murmura sobre mi camisa y me doy cuenta de que había olvidado lo bien que sienta oírla pronunciar mi nombre. Cuando la rodeo con los brazos, mis dedos tocan la piel desnuda de sus brazos. Es tan familiar, tan reconfortante, que podría quedarme así para siempre. Pero ella se separa un poco, apoya las manos en mi cintura y me mira.

—Eres literalmente la última persona que esperaba ver esta noche —me dice, sonriendo todavía.

Por mucho que me haya preocupado, disgustado y deprimido todo lo ocurrido, no puedo evitar devolverle la sonrisa.

—¿Literalmente? —repito—. Pues vaya.

Entonces se ríe, y es el mejor sonido del mundo.

—Bueno, ya sabes lo que quiero decir.

—Claro. —Me suelta y vuelve a cruzarse de brazos mientras se aparta. Me meto las manos en los bolsillos—. No soy tan guay como tú. Lo entiendo.

—¿Tan guay como *yo*? —repite, con un ligero matiz en la voz—. Sí, claro. No, me refería a qué haces aquí. ¿No deberías estar en la universidad?

—Son las vacaciones de primavera.

—Ah. —Mira a su alrededor e inclina la cabeza en dirección a la cola—. ¿Tienes que volver o…?

—No —respondo demasiado rápido.

—Oye, que si quieres… —me dice.

—Podríamos… —le digo yo al mismo tiempo.

—Perdona —decimos los dos a la vez, interrumpiéndonos mutuamente.

Señala una mesa de madera de pícnic que hay a la vuelta del edificio. La sigo y la observo mejor. Puede que haya engordado un poco desde la última vez, un poco más blanda, más fuerte, y, madre mía, está impresionante a la luz de las farolas. Su cara, su pelo, todo. Me doy cuenta de que nunca la había visto así desde que la conozco, con una camiseta de tirantes, unos vaqueros cortos y sandalias en los pies. Siempre la había visto durante los meses fríos, en otoño o invierno. Sus brazos y piernas desnudos, sus uñas pintadas (partes de ella que solo había conocido dentro de mi dormitorio) me hacen añorar el frío de nuevo. Intento que no me pille mirándola. Pero me pilla de pleno.

Sin embargo, en lugar de echarme la bronca, se limita a mirarse los pies y dice:

—O sea, que estás de vacaciones de primavera, y no se te ocurre otra cosa que venir *aquí*, a Villa Aburrida, Estados Unidos.

—Ya te dije que soy un tío bastante aburrido, Eden.

Me da un empujoncito en el hombro y siento el deseo de volver a abrazarla.

Llegamos a la mesa y, cuando me siento en el banco, ella se sube al tablero, con las piernas muy cerca de mí. Me entran unas ganas tremendas de inclinarme y besarle las rodillas, de acariciarle los muslos, de apoyar la cabeza en su regazo.

Uf, no puedo dejar que mi cerebro vaya por ahí. Pero ¿qué es lo que me pasa? Tengo que parar ahora mismo. Así que me levanto rápidamente y me coloco en la mesa junto a ella.

—¿Estás incómodo? —me pregunta.

—No —miento—. Para nada.

—¿En serio? Pues es raro, porque yo me he puesto nerviosa al verte. Me alegro mucho —añade, jugueteando con el dobladillo de su camiseta—, pero estoy nerviosa.

—No lo estés —le digo, aunque apenas me salen las palabras, con el corazón latiéndome así en la garganta. Yo no es que esté nervioso; es más bien que cada una de las terminaciones nerviosas de mi cuerpo parecen cobrar vida en su presencia, todas al mismo tiempo. Me mira como siempre lo ha hecho, como si me viera de verdad y, por primera vez desde el último día que estuvimos juntos, me doy cuenta de que ya no me siento tan perdido. Y como siempre me resulta tan fácil hablar con ella, contarle mis pensamientos tal cual los pienso, sin filtros, obligo a mi boca a decir algo distinto, y callarme estas otras cosas.

—Te has cortado el pelo.

Se pasa la mano por el cabello, y se lo aparta de la cara.

—Sí, me estoy reinventando. —Hace un ruido entre una tos y una risa y pone los ojos en blanco—. O algo de eso.

—Me gusta. —Inclina la cabeza hacia delante y sonríe con esa timidez que solo deja ver cuando intento decirle un piropo. Alargo la mano y le recojo un mechón detrás de la oreja, como he hecho tantas veces, rozándole la mejilla con los dedos. Y no es hasta que levanta la vista cuando recuerdo que ya no puedo hacerlo—. Perdona. Supongo que ha sido un acto reflejo. Perdona —repito.

—No pasa nada. Puedes tocarme —me dice ella, y los latidos de mi corazón vuelven a impedirme hablar—. Ahora somos amigos, ¿no?

Afirmo con la cabeza, porque sigo mudo. Es mucho más fácil ser su amigo cuando no estamos sentados uno al lado del otro.

Se aclara la garganta, gira todo el cuerpo hacia mí y me mira fijamente. Alarga el brazo y apenas me roza el pelo de la frente antes de pasar el dorso de la mano por mi mejilla. Hay una parte de mí que desea dejarse tocar por ella.

—Tienes el pelo más largo —observa—. Y te está creciendo la barba.

Ahora soy yo el que sonríe, tímido e incómodo.

—Bueno, en realidad no me estoy dejando crecer la barba, es pelusilla.

—Vale, pues pelusilla. —Sonríe mientras parece pensar algo—. Me gusta. Sí. Es muy… Josh universitario —añade con la voz más grave.

Me río, y ella también, y toda la tensión que había entre nosotros se desvanece. Sé que vuelvo a mirarla durante demasiado tiempo, pero no puedo evitarlo. Todo esto me está matando. De la mejor manera posible.

—¿Qué? —me pregunta ella.

Tengo que obligarme a apartar la mirada y niego con la cabeza.

—Nada.

—Entonces ¿a qué vienen esas sonrisas y esos suspiros? —insiste, dibujando un círculo en el aire mientras me señala con el dedo.

—No, nada. Es solo que, cuando pienso en ti, por algún motivo siempre se me olvida lo graciosa que puedes llegar a ser. —Normalmente, cuando pienso en ella, solo pienso en lo triste que estará y en lo mucho que me preocupa. Pero cuando estoy cerca de ella, recuerdo casi al instante que, a pesar de su oscuridad, también puede ser igual de brillante. Me muerdo el labio para no decir todo eso en voz alta. Porque eso no se le dice a la chica de la que estabas enamorado, mientras te sientas en una vieja mesa de pícnic detrás de un edificio lleno de grafitis, por donde pasa gente borracha y hay un penoso concierto de rock sonando de fondo.

—¿Piensas en mí? —me pregunta, seria de repente.

—Sabes que sí.

Hay un silencio, y dejo que se interponga entre nosotros porque tiene que saber que es cierto. ¿Cómo es capaz de preguntarme eso?

Por una vez es ella la que rompe el silencio.

—Quería responderte al mensaje —dice, como si me leyera la mente—. Debería haberlo hecho.

—¿Por qué no lo hiciste?

—Sentí que había muchas cosas que decir, o... —se calla un segundo— demasiadas cosas para decirlas en un mensaje.

—Siempre podías haberme llamado.

—Huy, definitivamente eran demasiadas cosas para decirlas por teléfono —me explica, y aunque no estoy muy seguro de lo que significa, en el fondo creo que lo entiendo.

—Pensaba que estabas enfadada conmigo —confieso.

—¿Qué? ¿Por qué? —exclama ella en voz alta—. ¿Cómo iba a estar enfadada contigo? Si eres…

—¿Qué?

—Eres… —empieza de nuevo, pero vuelve a detenerse y toma aire—. Eres la mejor persona que conozco. Sería imposible enfadarse contigo, sobre todo porque no has hecho nada malo.

Pero esa es la cuestión, yo ya no estoy tan seguro de no haber hecho nada malo.

—Bueno, no solo me preocupaba que pudieras estar enfadada conmigo, sino también triste o, no sé, decepcionada conmigo.

—¿De qué estás hablando?

—Ya sabes, por la última vez que nos vimos.

Menea la cabeza lentamente como si de verdad no lo supiera. Me va a obligar a decirlo.

—Cuando te besé —respondo por fin—. He pensado mucho en ello desde entonces. Y en esas circunstancias, con todo lo que estaba pasando, seguramente era lo último que necesitabas. Además de todo lo que te dije luego. Fue una cagada, dada la situación, y en el peor momento posible. Por eso supuse que te había hecho sentir incómoda…

—Espera, espera, para un momento —me corta—. Pensaba que te había besado *yo*.

No sé qué decir. Vuelvo a acordarme de cuando estuvimos en mi habitación, hace cuatro meses, y de repente es un borrón de manos y bocas y cansancio y desesperación y emociones a flor de piel, más que nunca, y ya no estoy seguro de quién besó a quién, quién dio el primer paso.

Pero su risa interrumpe mis pensamientos. Es fuerte, aguda y clara.

—Pues yo pensaba que la había cagado yo.

—¿Tú? —Yo también me río—. ¿Por qué?

—Por besarte después de que me dijeras claramente que tenías novia, una novia con la que ibas en serio —remata, utilizando mis palabras contra mí—. Si hubiera sabido que tú tenías la culpa, podría haberme ahorrado la vergüenza todo este tiempo.

Está de broma, lo sé, pero esa palabra… «Vergüenza». Su voz se desgarra al pronunciarla, como si fuera una espina. No es una palabra que se suelte a la ligera, a menos que esté ahí, bajo la superficie. Por eso sé que no es el momento de confesar toda la verdad sobre mi novia (ahora exnovia), ni que rompimos aquella noche, a causa de aquella noche.

—Todo es culpa mía —le digo en vez de eso, riéndome con ella—. Asumo toda la responsabilidad.

La multitud suelta una ovación al otro lado del muro, pero allí no puede haber nada más emocionante que lo que está pasando aquí fuera en este momento.

—Ay, Josh. —Eden levanta las manos—. Esto es tan típico de nosotros, ¿verdad? Otra vez más.

«Típico de nosotros». Odio que me encante cómo suena.

Eden

Todas estas sensaciones me parecen tan ajenas a mi cuerpo, la risa, la ligereza. Me pone nerviosa, pero de un modo agradable, como una pequeña sobredosis de cafeína. Estar con él otra vez, aquí sentados, hablando, es como si me lo estuviera inventando, como si lo estuviera inventando *a él*, en un sueño o una alucinación. Porque esta noche no hay nada que necesite más que esto, que estar con Josh. Y, madre mía, qué poco acostumbrada estoy a conseguir lo que necesito.

—Te veo bien, Eden —me dice, pero su sonrisa se desvanece.

—Sí. —Asiento con la cabeza, aunque no me atrevo a mirarlo a los ojos—. Ajá. —Sigo asintiendo.

—Te veo bien —repite, e intuyo que es más una pregunta que una observación, pero aún no estoy preparada para perder esa ligereza.

—Eso has dicho. —Intento mantener la complicidad que se nos da tan bien, pero me observa, entornando los ojos como si intentara ver algo a lo lejos, aunque me está mirando a los ojos. Me concentro en mis manos y no en él.

—Vamos —musita.

—¿Qué?

—¿Estás bien? —pregunta finalmente.

—Pues claro. —Me encojo de hombros—. Estoy mejor, creo. Ya no me dedico a hacer locuras, así que algo es algo. —Y espero que sepa que por «locuras» me refiero a que ya no me emborracho ni me acuesto con desconocidos—. Ah, y he dejado de fumar —añado.

—¿En serio? —Sonríe—. Enhorabuena. Estoy impresionado.

—Gracias. Es un asco.

—Pero no me refería a eso —me dice—. Me refería a cómo *estás*. ¿Estás bien?

—Pues no me queda otra. Pero intento estar me-mejor —tartamudeo. Por Dios. No es una pregunta difícil, pero parece que no puedo responderla.

—Sí, pero ¿cómo estás *en realidad*?

Me va a obligar a decirlo.

—¿Qué? No estoy bien, Josh —le suelto, a punto de gritar, pero luego me contengo—. Perdona. La verdad es que no estoy bien. ¿Vale?

—Vale —responde con suavidad—. Oye, no pretendía discutir. Solo quiero que sepas que no tienes que fingir conmigo. Eso es todo.

—No finjo nada contigo —le digo—. Eres la única persona con la que no finjo, así que… —No termino la frase.

Abre la boca como si fuera a decir algo más, pero de repente se acerca a mí. Durante una fracción de segundo creo que se está inclinando para besarme y se me acelera el corazón. Entonces se saca el móvil del bolsillo trasero. Mientras mira la pantalla, solo puedo pensar en que le habría devuelto el beso, otra vez, siempre. A pesar de que Steve esté ahí dentro. Aunque Josh tenga una novia en alguna parte. Lo habría hecho.

—¿Te está esperando alguien? —le pregunto, deseando que ese alguien no sea su novia, que no esté a punto de dejarme para irse con ella, aunque sea lo que debería hacer—. ¿No tienes que irte?

«Por favor, di que no».

Me mira mientras escribe un mensaje.

—No, solo le estoy diciendo a mi amigo que estoy aquí. —Deja el teléfono boca abajo sobre la mesa y me mira con esos ojos, que me han tenido cautiva desde que me perdí en ellos en una estúpida sala de estudio el primer día de décimo curso, y de los que nunca he conseguido escapar—. ¿Y tú?

—¿Y yo qué? —le pregunto, incapaz de recordar de qué estábamos hablando.

—¿No te estarán echando de menos ahí dentro?

—Lo dudo mucho. —Levanto el móvil para ver la pantalla. Todavía no hay nada. Lo pongo boca abajo junto al de Josh—. Les dije que necesitaba tomar un poco el aire. Me estaba dando claustrofobia, y dolor de cabeza por la música. —Decido omitir que he visto a Deportista. Sería muy tentador contarle toda la historia de lo que pasó ese día, y ahora mismo necesito concentrarme, concentrarme en el ahora mismo, y empaparme todo lo que pueda de esto, mientras sea posible—. Me temo que últimamente no soy el alma de la fiesta —concluyo, encogiéndome de hombros.

Sigue con la mirada fija en mí mientras hablo y luego alarga el brazo.

—A ver, ¿me permites? —me pregunta, señalándome la mano.

Dejo que tome mi mano entre las suyas, entonces coloca con delicadeza el pulgar y el índice donde se juntan los míos, y pellizca esa parte carnosa.

—Es un punto de presión —me explica, y aprieta más fuerte—. Se supone que alivia los dolores de cabeza. Mi madre me lo hacía cuando era niño.

Cierro los ojos porque de repente esto me parece demasiado intenso, demasiado íntimo y real, demasiado todo. No puedo soportarlo. Siento que se me cierra la garganta, que me arden los ojos. Podría echarme a llorar ahora mismo si me lo permitiera, y ni siquiera estoy segura de por qué. Pero no lo haré. No, no voy a llorar.

—No duele mucho, ¿verdad? —me pregunta, aflojando la presión un momento.

Niego con la cabeza, pero aún no puedo abrir los ojos.

—¿Seguro?

Afirmo con la cabeza.

Vuelve a presionar, en silencio.

Es lo contrario de desaparecer. Como si estuviera más presente aquí de lo que he estado en ningún sitio en toda mi vida. Ahora es todo lo demás lo que desaparece, no yo. Después de unos segundos me suelta la mano, me coge la otra y repite la misma operación. Cuando afloja la presión de nuevo, respiro hondo, abro los ojos y vuelvo a mirarlo. Sigue observándome con atención.

—¿Cómo notas la cabeza ahora?

«Pero ¿sigo teniendo cabeza?», pienso. Porque lo único que siento es la parte donde sus manos tocan las mías. «Y precisamente por eso no te respondí», quiero decirle. Pero no sería justo, después de todas las cosas injustas que ya le he hecho. Él no tiene la culpa de ser capaz de hacer que el dolor desaparezca, que desaparezca el mundo.

—Mejor —le digo—. Gracias.

Nos quedamos así, mirándonos lánguidamente a los ojos, y siento que me balanceo al ritmo de la música que suena al otro lado de la pared, y me pregunto si no estaremos callándonos lo mismo los dos, cuando uno de nuestros teléfonos vibra.

—¿Es el tuyo o el mío? —me pregunta cogiendo el suyo, y doy gracias por la interrupción—. Debe de ser el tuyo.

Steve: Me necesitas?

Respondo: No, estoy bien.

Él contesta enseguida: Seguro?

Sí.

—¿Todo bien? —me pregunta Josh—. No quiero entretenerte… Bueno, la verdad es que sí. Pero no lo haré. Si tienes que regresar.

—No. No voy a volver a entrar. —Dejo el teléfono en el suelo y me tiro de la pulsera—. Ni siquiera quería venir…, pero me alegro de haberlo hecho. —No creo que esté coqueteando, solo estoy siendo sincera. Creo.

—Yo también.

—¿Seguro que no tienes que volver con tus amigos? —le pregunto.

—Sinceramente, desde que te he visto, casi no me acuerdo del motivo por el que estaba aquí. Pero supongo que tú ejerces ese efecto en mí en general.

Puede que *él* sí esté coqueteando.

—No sé cómo tomarme eso —le digo—. No estoy segura de que sea algo bueno.

Se encoge de hombros.

—A mí me parece bien.

Uf, me está mirando de una manera que me corta la respiración. Suelto una carcajada involuntaria porque es lo único que puedo hacer para que entre aire en mis pulmones.

—¿De qué te ríes? —me pregunta, pero está a punto de reírse él también—. Hablo en serio.

—Lo sé —le digo—. Yo también.

Asiente con la cabeza y parece entender que esto está siendo excesivo para mí, porque se aclara la garganta, se endereza un poco y cambia de tema, si es que lo había.

—Y bueno, ya no te queda nada para graduarte, ¿no?

—Sí. Más o menos.

—¿Más o menos?

—No, sí, me voy a graduar, pero en realidad no estoy yendo al instituto. Físicamente, quiero decir. Lo he estado haciendo todo a distancia. —Pero no le cuento por qué no estoy yendo a clase. Que tuve una crisis total la primera semana después de las vacaciones de invierno: un crío se chocó conmigo en la cola del comedor, pero no me di cuenta de que solo era eso. Parecía más. Pensé que me estaban atacando. Y simplemente reaccioné, le di una patada en la espinilla y le lancé mi bandeja de comida. De todo lo que podía haber hecho por acto reflejo, no sé por qué hice *eso*. Pero lo hice. Y luego me fui corriendo a una esquina del comedor, me tiré al suelo y empecé a hiperventilar delante de todo el mundo. Hasta los profesores parecían demasiado asustados para acercarse a mí. Pero Steve estaba allí. Me acompañó a la enfermería y esperó conmigo hasta que mi madre vino a recogerme.

Mis ojos vuelven a enfocarse. En Josh, que me mira fijamente, con gesto cada vez más preocupado cuanto más tiempo paso sin hablar.

Meneo la cabeza, destierro el recuerdo y sigo hablando como si no se me hubiera ido la olla.

—Hum, estoy pensando en no volver durante lo que queda del año, y quizá empezar a estudiar en un centro de formación mientras tanto. No sé, por ver si descubro qué voy a hacer con mi vida.

—Sin presiones ni nada. —Ahora hace acto de presencia esa sonrisa oblicua suya.

—¿Verdad? —Intento reírme, pero suena falso. Asiente comprensivo, como si entendiera por qué no me han aceptado en ninguna de las universidades a las que me he presentado—. Mis notas han bajado mucho estos dos últimos años —le explico.

—En realidad no es culpa tuya.

Me encojo de hombros.

—Un poco sí. Casi no estudié para la selectividad. Y luego me puse a mandar solicitudes cutres como una loca a un montón de universidades justo antes de que se cerrara el plazo en febrero. Esperando que sonara la flauta. Pero...

—¿Aún no te han respondido? —pregunta.

—No, sí que me han respondido.

—Oye, no pasa nada por estudiar en un centro de formación, ¿sabes?

—Lo sé. —Lanzo un suspiro—. Pero, bueno, ese es el plan, de momento. Terminar el instituto a distancia y esperar que mis amigos me perdonen por no volver. Es más fácil así.

—¿Qué parte?

—Lo de ir al instituto, supongo. Es fácil hacerlo por internet, y... —Me doy cuenta de que, en realidad, no he manifestado cuál es el problema, ni en voz alta ni a ninguna otra persona—. Me cuesta ir. Me resulta muy duro estar allí. Creo que hay gente que sabe algo de lo de la detención y del juicio, y que yo estoy mezclada de alguna manera. No *deberían* saber lo mío y lo de Mandy. Amanda, quiero decir. Su hermana. Pero esta puta ciudad es muy pequeña. La gente habla. Es chungo, ¿sabes? —Oigo que me tiembla la voz, y ahora me mira como si me fuera a romper o algo. Me encojo de hombros en plan valiente.

—Ya. —Asiente con la cabeza—. Es lógico.

—Gracias.

—¿Por qué me das las gracias?

—No sé, a veces dudo de mí misma. Y pienso que tal vez debería estar mejor, agradecida, superarlo o algo así. No creo que mis amigos lo entiendan. No creo que les parezca lógico, así que me siento... validada —digo, usando una de las palabras favoritas de mi psicóloga.

—Bueno, pero sí que lo saben, ¿no? —me pregunta—. ¿Tus amigos saben lo que te pasó?

Aquel antiguo nudo vuelve a aparecer en mi garganta. Trago saliva.

—Lo saben, pero no estoy segura de que entiendan por qué todavía no estoy... —Joder, no puedo ni terminar una frase.

—¿Bien? —la termina él por mí.

Afirmo con la cabeza y ya no puedo ocultarlo. Noto cómo se me enrojecen las mejillas, se me empañan los ojos y me arde la sangre bajo la piel. Él alarga la mano y me toca el hombro, luego la mejilla, y eso me lleva al límite.

—Josh —gimo, apartándolo—. No quiero liarla esta noche. —Pero me lanzo en sus brazos abiertos de todos modos. Me agarro a su hombro con una mano, apoyo la otra sobre su pecho. Es como él dijo antes, un acto reflejo. Un hábito, un buen hábito al que ansío volver. Cierro los ojos, aprieto la mejilla contra su cuello, siento vibrar su voz.

—No pasa nada —me dice—. Puedes liarla. Me parece bien.

En este pequeño y delicado espacio entre nosotros me doy cuenta de que mi corazón late desbocado no porque se esté rompiendo, sino porque hacía meses que no sentía nada tan bueno ni tan fuerte. Cuando abro la boca para decírselo, mis labios rozan su clavícula y los dejo allí un poco más de la cuenta. Espero que no note mi boca abierta sobre su piel. Pero debe de notarla, porque vuelve a posar su mano en mi mejilla, desciende por mi cuello, y, si abro los ojos, no podré detenerme y creo que él tampoco, y joder, ¿por qué siempre acabamos así, por qué nunca es el momento adecuado para nosotros?

—Estoy bien —digo apartándome de él—. Estoy bien. De verdad. —No sé a quién de los dos intento convencer.

—Vale —susurra, dejando que me escabulla.

—En el fondo no soy tan frágil como parezco en este momento, quiero que lo sepas. No sé por qué estoy tan sensible. —Por fin me atrevo a mirarlo de nuevo, ahora que vuelvo a estar frente a él, en mi lado de la línea invisible que acabo de trazar en la mesa, a un brazo de distancia entre nosotros—. Bueno, un poco sí —le digo sin poder evitarlo.

—¿El qué?

—Sé por qué estoy sensible. —Pero, aunque las palabras salen de mi boca, no estoy segura de qué voy a decirle, cuánto de verdad voy a contarle.

—¿Por qué? —me pregunta, y enseguida añade—: Tampoco necesitas ninguna razón.

«Tú. Tú eres la razón».

Pero no le digo eso.

—La fiscal se puso en contacto con nosotras a principios de semana —le digo en su lugar—. Conmigo, con Amanda y con Gen. Se llama Gennifer. Su novia. O exnovia. Gennifer con ge. No sé mucho más de ella, pero... —Estoy divagando. No me salen las palabras. No estoy segura de querer hablar de esto con él.

—Entonces ¿se sabe algo del juicio, o...? —me pregunta dubitativo.

—Sí y no —le contesto—. Se suponía que iba a celebrarse una vista en primavera, pero se ha aplazado, así que ahora puede que no sea hasta verano o incluso otoño. —Todavía tengo el mensaje de la fiscal Silverman en el móvil, sin contestar, junto con el mensaje de voz de Lane, nuestra abogada de oficio del centro de mujeres, diciéndome que la llamara si alguna vez necesitaba hablar de ello. Levanto la vista y me doy cuenta de que me he quedado callada en mitad de la historia.

—Lo siento —me dice, y parece que le importa de verdad.

—Supongo que Kev... —Pero mi boca no me deja terminar; tengo que aclararme la garganta antes de continuar—. Ahora tiene un nuevo equipo de abogados caros. —Tomo aire y me miro el regazo, intentando arrancarme la pulsera de la muñeca.

Él alarga la mano y la posa sobre la mía.

—Eso no cambia lo que hizo —me dice, y yo dejo de juguetear con la maldita pulsera y le cojo la mano. Sé que le estoy apretando demasiado, pero a él no parece importarle.

—Empiezo a preguntarme si esto se acabará alguna vez. —Lo miro—. Si algo de esto habrá merecido la pena.

—No digas eso. Claro que merece la pena —insiste, dándome un pequeño apretón en la mano para tranquilizarme.

Asiento con la cabeza, pero me obligo a soltarme de él porque sé que tendré que hacerlo tarde o temprano.

Hay un breve silencio entre nosotros. Mira hacia abajo y luego hacia el aparcamiento, como si estuviera pensando en algo que decir.

—¿Y de dónde ha sacado el dinero para abogados caros? —me pregunta al fin—. No habrá sido de sus padres, si su hermana es... —Se interrumpe, no termina la frase, pero una parte de mí quiere saber qué iba a decir.

«Si su hermana es...» Qué, ¿una de sus *víctimas*? ¿Es eso lo que iba a decir? ¿Piensa en Gennifer como otra de sus víctimas? ¿Y *yo*? ¿Qué hay de mí? ¿Soy su víctima?

—No, de sus padres no —respondo al cabo. Este no es el momento de seguir ese partido de tenis entre víctimas y supervivientes que se desarrolla constantemente de un lado a otro de mi cerebro. Sus padres están de parte de Amanda, lo que me sigue pareciendo bastante milagroso, conociendo la fuerza gravitatoria de Kevin—. El dinero ha salido de algún exalumno rico de la universidad, o varios, gente que lo respalda y espera incluirlo en su Salón de la Fama del Amiguismo. —Intento reírme de mi propio chiste malo y hago una pausa para recuperar el aliento y contener un poco mis emociones—. La verdad es que no lo sé. Todo está relacionado con el puto baloncesto, y... —Me callo y me tapo la boca con la mano. A veces se me olvida que él también forma parte de ese mundo—. Lo siento, no quería decir...

—No, si tienes razón —me interrumpe, negando con la cabeza—. En serio, lo entiendo. El puto baloncesto... —repite mis palabras, aunque con más desprecio y amargura en la voz que yo.

—No quería decir que *todo* el baloncesto sea malo. O que los deportes son malos ni nada de eso. Solo... solo esa parte.

—Sí —masculla, mirando al infinito con los ojos entornados—. La parte de que no se puede manchar el nombre de su equipo. Su legado, su imagen —se burla, haciendo comillas con los dedos, como si hubiera oído esas frases demasiadas veces—. Perdona, es que esta mierda me... —Pero tampoco termina. Suspira y se frota la nuca, como si todo esto le afectara tanto como a mí.

—Vale, vamos a hablar de otra cosa. Hablemos *de ti*. En serio, por favor. Te lo pido.

—¿De mí? —me pregunta, a la vez que encoge un poco el hombro y niega con la cabeza—. No, no quiero hablar de mí.

—Siempre me dejas hablar demasiado de mí.

—Bueno, pero es que a mí no me pasa nada.

—Sí te pasa.

Me mira como si le hubiera sorprendido.

—¿Por qué dices eso?

No sé muy bien por qué lo he dicho, pero su respuesta me confirma que estoy en lo cierto. Nos interrumpen antes de que pueda responder. La gente sale en tropel por las puertas, gritando, corriendo y perturbando esta burbuja de sensibilidad que habíamos creado.

—No puede ser que se haya acabado ya —dice Josh, cogiendo su móvil para mirar la hora.

Yo también miro el mío.

—¿Cómo es que son más de las once?
Y entonces veo la serie de mensajes.

Steve: Oye vas a volver?
Mara: Estás bien?
Steve: Me estoy preocupando. Estás bien?
Steve: Responde porfa
Mara: Steve está histérico
Mara: Yo un poco también
Steve: Dónde estás???

—Mierda, me están buscando —le digo a Josh mientras escribo un mensaje y luego lo borro, incapaz de decidir quién será más comprensivo, Mara o Steve—. Lo siento, me hubiera gustado seguir hablando contigo.

—No pasa nada. —Echa un vistazo a su teléfono y vuelve a guardarlo en el bolsillo—. Creo que yo también la he cagado con mis amigos.

—Puedes echarme la culpa a mí —le sugiero.

Él se limita a sonreír y niega con la cabeza.

—Eso nunca.

La gente empieza a congregarse alrededor, desplazándonos de nuestra mesa.

—Creo que deberíamos irnos. —Josh se baja de la mesa y me tiende la mano para ayudarme.

Me levanto del banco, todavía cogida de su mano, y al darme la vuelta me encuentro con Steve.

Josh

Ese tío se está acercando más de la cuenta. Estoy a punto de decirle que se aparte, pero entonces veo algo en su mirada cuando sus ojos pasan de Eden a mí, y luego bajan hasta nuestras manos. Ella me suelta demasiado rápido.

Reconozco esa mirada porque tiene que ser igual que la mía.

—Ah —digo en voz alta. Mi cerebro tarda mucho en procesar lo que está pasando.

Explica que ha estado buscándola y, cuando ella se separa de mí, le pasa el brazo por encima del hombro, como reclamándola. «Es mía», me dicen sus ojos.

—Hum, Josh, este es Steve —indica Eden—. Steve, puede que te acuerdes de Josh, iba a nuestro instituto.

—No —responde el tío. Steve.

Se acerca otra chica y le pone la mano en el otro hombro a Eden. Me acuerdo de ella; la vi una vez.

—Madre mía —dice al reconocerme también.

Eden se aparta de Steve y se agarra al brazo de su amiga.

—No sé si recuerdas a…

—Josh, sí, claro. Hola.

—Hola, tú eres Mara, ¿verdad? —consigo decirle.

—Sí —me contesta sonriente—. Qué buena memoria. —Entonces suelta el brazo de Eden y tira de otro chico hacia delante, que levanta una mano para saludarme—. Este es mi novio, Cameron.

—Ah, sí. —No sé cómo puedo seguir hablando y respirando, ahora que la tengo tan cerca, y está a punto de irse, y no sé cuándo volveré a verla—. Creo que estuvimos juntos en una clase, ¿no? Biología o…

—Química —me corrige, asintiendo con la cabeza.

—Eso —respondo, pero me cuesta concentrarme porque la estoy viendo retorcer los brazos, con los dedos muy apretados, y sé lo incómoda que está. Ese tío, Steve, la agarra de la mano, separándole los brazos, y me mira fijamente como si quisiera pelea. Noto la furia que irradia de él, siento cómo me traspasa la piel.

Detrás de ellos veo a Dominic abriéndose paso hacia nosotros a través de la multitud. Niega con la cabeza y levanta los brazos mientras se acerca.

—¡Te lo has perdido todo! —grita. Y como tiene esa voz profunda y atronadora, sobresale por encima de los demás y todo el mundo se vuelve para mirarlo.

Cuando se pone a mi lado y ve lo que está pasando, me lanza una mirada de «te lo dije» mezclada con compasión.

—Dominic —le digo, agradecido por tener algo que decir—. Te presento a…

—Eden —termina él, con un buen humor que no deja entrever lo que realmente piensa de ella, o, mejor dicho, de nosotros dos—. Cuánto me alegro de conocerte por fin.

—Ah —responde Eden, supongo que sorprendida de que sepa quién es. Aun así, le dedica una sonrisa rápida y asiente con la cabeza—. Igualmente.

Continúo con las presentaciones.

—Y ellos son Mara, Cameron y… —Cruzo la mirada con Steve, y sé que es una cabronada, pero es que el tío la está cogiendo de la mano—. Perdona, ¿cómo te llamabas?

El otro aprieta la mandíbula.

—Steve —masculla.

—Eso. Steve.

Dominic toma el relevo, entablando conversación sobre las clases, el concierto, cosas normales. Con naturalidad, como lo hace siempre. Me miro los pies, porque si vuelvo a mirarla a ella, temo soltarle alguna estupidez melodramática, del tipo: «¿En serio, Eden? ¿Te vas a ir con este tío? ¿Con este tío celoso, posesivo y cabreado que...?». Pero entonces me detengo y caigo en una cosa. Puede que sea *yo* el tío celoso, posesivo y cabreado.

Cuando vuelvo a mirarla, tiene la boca un poco abierta, y quiero que diga algo, lo que sea, que me diga lo que está pensando, lo que debería pensar yo. Porque durante un momento me ha parecido que *quizá...* Pero ahora la veo tomar aire, y, justo cuando estoy seguro de que está a punto de hablar, la interrumpe el resto de la gente con la que habíamos quedado. Un grupo de chicos del antiguo equipo, unas cuantas chicas de nuestro año que recuerdo vagamente. Todos gritan y agitan los brazos para llamarnos. Eden les echa un vistazo y veo que se retrae, haciéndose más pequeña, y esta vez, cuando vuelve a mirarme, parece que lo hace desde una distancia tan inmensa que nos sería imposible oírnos aunque intentáramos hablar de nuevo.

—Vamos a una fiesta ahora —les dice Dominic, señalando a la multitud claramente ansiosa por que sigamos adelante—. Os podéis venir todos.

Steve responde, al parecer en nombre de todo el grupo:

—Ya tenemos planes.

—Pero gracias —interviene Mara.

—No hay de qué. —Dominic me da una palmada en el hombro que me arranca de mis pensamientos—. ¿Estás listo para irnos?

Afirmo con la cabeza, aunque no podría estar menos listo.

—¿Eden? —consigo decir—. Tenemos que... —«Irnos. Intentarlo de nuevo. Huir juntos».

—Tenemos que ponernos al día pronto —termina ella por mí. Y deseo creer que hay algún significado más profundo en sus palabras, algún mensaje secreto que me indique que no soy el único que busca mensajes secretos. Mientras los veo marcharse a los dos, pasan demasiadas cosas, y es como si nos separaran corrientes opuestas, alejándonos cada vez más, apartándonos al uno del otro en una especie de desastre natural devastador.

Eden me mira como si al final fuera a darse la vuelta y venir corriendo hacia mí. Steve también gira la cabeza, en plan advertencia. Ella sigue adelante y esta vez no mira atrás.

—Así que esa era la famosa Eden, ¿eh? —me dice Dominic.

Pero no puedo hablar hasta que desaparece. Siento una opresión en el pecho y el impulso de correr tras ella, muerto de miedo como la última vez que nos despedimos en diciembre. Cuando estaba en los escalones de mi casa y la vi marchar, sin saber si volvería a verla.

—Oye. —Dominic me da un codazo en el brazo—. ¿Estás bien? ¿Quieres que pasemos de esta gente? —Señala a nuestros antiguos amigos con la cabeza—. Podemos hacer otra cosa. En serio, solo van a beber y a hacer el cabra como siempre. No me importa.

—No —digo al cabo de un momento—. Vamos, no te voy a fastidiar el plan.

Ladea la cabeza y entorna los ojos, intentando disimular una sonrisa.

—¿Qué? —Hago un gesto de negación—. No soy tan tonto como tú te crees. Tu amor secreto va a estar aquí esta noche, ¿verdad? —Creo que se llama Luke, pero solo lo sé porque D me preguntó una vez si lo recordaba del instituto. Y no lo recordaba; iba un año por detrás de nosotros. Pero sé que es la verdadera razón por la que Dominic quería volver a casa este fin de semana. Han estado hablando por internet, aunque no ha contado mucho, cosa rara en él, porque desde que llegamos a la universidad, no se ha callado nada—. Es ese chico, Luke, ¿no?

—Qué astuto y perspicaz eres —me responde.

—No se me ocurre otra razón para que insistieras tanto en venir a casa esta semana.

Dominic se ríe y suspira.

—Aunque creo que podría ser *yo* su amor secreto.

—Ah. ¿Es que no ha salido del armario?

—No está del todo claro.

Asiento con la cabeza.

—Bueno, beber y hacer el cabra me suena genial ahora mismo.

—¡Así me gusta! —exclama, con demasiado entusiasmo—. Vamos.

Al acercamos a nuestros antiguos amigos, me reciben con los brazos abiertos, palmaditas en la espalda, vítores y empujones. Una de las chicas (creo que dice que se llama Hannah) se presenta cuando paso a su lado y me mira como si tuviera que tirarle los tejos. De repente se me llena la boca de un sabor amargo que me produce náuseas.

Va a ser una noche larga y tonta.

Eden

El trayecto hasta la cafetería que abre toda la noche se me hace insoportable. Steve está en el otro lado del asiento trasero, mirando por la ventanilla. Mara y Cameron no dejan de observarnos con incomodidad.

—Dios, me muero de hambre —dice Mara, tratando de relajar el ambiente—. Espero que no esté lleno.

Nadie responde.

Cameron y Mara cruzan una mirada, y entonces Cameron dice:

—Cómo ha molado el concierto, ¿verdad, tío?

Nada.

Pasamos dos semáforos y él sigue de morros, poniendo caras, como si yo hubiera hecho algo malo.

—¿Vas a decir algo? —le pregunto finalmente.

Steve se vuelve hacia mí, y me mira por primera vez.

—No puedes desaparecer de esa manera.

«Pero lo hago», pienso. Desaparezco todo el tiempo. Estoy desapareciendo ahora mismo. Es lo único que hago cuando estoy contigo. Sin embargo, digo otra cosa:

—No desaparecí. Tuve que salir de allí, y te avisé.

Niega con la cabeza como si lo que digo no tuviera ninguna lógica.

—¿Qué? —insisto.

Clava los ojos en el asiento delantero un momento y luego se acerca a mí.

—¿Tenías pensado encontrarte con él esta noche?

—¿De verdad me estás preguntando eso? —le digo, lo bastante alto para que me oigan ellos también.

—Bueno, no es culpa mía que todo esto resulte un poco familiar —murmura, como si no quisiera avergonzarme delante de nuestros amigos.

Tardo unos segundos en rebobinar todos mis pecados de los dos últimos años, hasta que ubico el incidente al que se estará refiriendo.

—Ah, ¿que quieres entrar en eso? Pues venga.

Esa noche la tengo borrosa, aunque recuerdo lo más destacado: estábamos en una fiesta, Mara, Cameron, Steve y yo. Mara me había estado presionando para que le diera una oportunidad a Steve. Sin embargo, cuanto más bebía yo, más me ofendía la dulzura con la que me hablaba en aquel pasillo lleno de gente. Como si pensara que seguía siendo la misma niña tonta e inocente que había conocido. Así que le pedí que me trajera otra cerveza y me enrollé con el primer tío que se me presentó. Hasta que apareció mi hermano por algún motivo (esos detalles se han perdido) y tuvimos una pelea a gritos delante de todo el mundo. Según me contaron, yo estaba muy borracha y me porté fatal. Cuando le expliqué la historia a mi psicóloga, me dijo que ese fue el momento en que toqué fondo. Espero que tenga razón.

—¿Edy? —me llama Mara desde el asiento delantero—. Estoy segura de que no quería decir eso. ¿Verdad, Steve?

Ni siquiera me digno a responder porque está clarísimo que sí quería decir eso.

—Te das cuenta de que ni siquiera estábamos juntos cuando pasó, ¿no?

—Vale, da igual. —Me agarra de la mano. Se la aparto—. Olvida lo que he dicho.

—No, vamos a aclarar lo de esta noche, que es de lo que estamos hablando en realidad —replico, intentando que no me tiemble la voz—. Resulta que Josh me vio salir corriendo y fue detrás de mí para ver si estaba bien.

—Me dijiste que no te siguiera —argumenta él—. ¡Me dijiste que estabas bien!

—Evidentemente no estaba bien. —¿Cómo sabe Josh que no estoy bien, pero Steve, al que veo todo el tiempo, con el que supuestamente tengo una relación, no se da cuenta?—. Sabes que estoy teniendo ataques de ansiedad, que por cierto me hacen sentir como si me estuviera muriendo, y que no iba a poder tragarme todo ese puto concierto. Aun así me obligas a ir, y ahora me…

Suelta una carcajada, pero no porque le haga gracia, sino enfadado, como si él tuviera toda la razón y yo estuviera equivocada, y me dan ganas de abrir la puerta y saltar del coche en marcha para no seguir sentada a su lado.

—¿De qué te ríes?

—Todavía no has respondido a la pregunta.

—¡Y no pienso hacerlo!

—¡Chicos! —nos grita Mara—. Estoy intentando conducir, y me estáis recordando las peleas que tenían mis padres antes del divorcio.

—Sí, ¿puedes calmarte un poco? —dice Cameron, y estoy a punto de contestarle, pero me doy cuenta de que está hablando con Steve. Por una vez no me echa toda la culpa a mí.

Se hace el silencio hasta que entramos en el aparcamiento sorteando los baches que amenazan con destrozar el viejo Buick marrón de Mara. Tras detenerse en un sitio libre, gira la cabeza y nos dice:

—Vamos a entrar a por una mesa. Vosotros podéis quedaros discutiendo, follando o lo que tengáis que hacer. Sea como sea, yo voy a pedirme un *banana split*. Cerrad el coche cuando terminéis. —Tira las llaves en el asiento trasero y se van, dejándonos aquí.

—Supongo que nos vamos a pelear —dice Steve, como si no hubiera empezado él.

—Bueno, no vamos a hacer lo otro.

—Claro. —Resopla—. ¿Por qué no me sorprende?

—¿Qué significa eso?

—Ya lo sabes.

—No, no lo sé.

—Vamos a ver, no es que yo sea un salido que solo piensa en el sexo, pero… —Se calla a mitad de frase.

—Ah, espera un momento, que no me entero. ¿El problema es que soy demasiado guarra, o no lo bastante guarra para tu gusto?

—Déjalo, estás tergiversando lo que digo.

—No, solo quiero asegurarme de que lo entiendo bien, *Stephen* —añado, usando su nombre completo como cuando éramos solo amigos—. ¿Esto es porque no quise hacerte una mamada el otro día?

—Madre mía, ¿tienes que decirlo así? —protesta, medio susurrando, medio gritando.

—Porque sabes que me lo pediste en el peor momento posible, ¿verdad? Cuando intentaba tener una conversación seria contigo sobre lo de volver al instituto.

—Lo sé, y te dije que lo sentía. Pero no es solo por eso. —Pone los ojos en blanco y suspira—. ¿Por qué me parece que estabas más interesada en mí antes de salir juntos?

Me muerdo el labio para que no se me escape una sonrisa, una risa o algo peor. Porque podría hacerle mucho daño si quisiera. Podría decirle la verdad, que nunca me interesó tanto. Pero intento ser buena. Intento ser feliz en mi relación, con el chico de mi edad que me impuso mi mejor amiga porque cree que es el tío más majo que conocemos. La verdad es que era el que estaba a mano. Y yo también lo estaba, intentando con todas mis fuerzas ser normal, pensando que podría ser la solución.

—Antes de salir juntos —empiezo a responder, sin saber hasta qué punto puedo hablar con sinceridad—, me interesaba follarme cualquier cosa que se moviera, así que…

—Qué bonito. —Sale del coche, me mira y dice—: Estupendo, muchas gracias. —Luego me cierra la puerta en la cara. «Demasiada sinceridad». Cojo las llaves de Mara y lo sigo hasta el final del aparcamiento, donde se ha quedado parado, dándome la espalda.

—¡Steve! —lo llamo mientras camino—. Oye, no me he explicado bien. Me refería a si de verdad quieres que me comporte como antes de que saliéramos juntos.

Se da la vuelta tan rápido que tengo que resistir el impulso de retroceder para protegerme.

—¿Te lo has tirado? —me pregunta.

—¿Hablas en serio? ¡Solo estábamos hablando!

—Esta noche no. Quiero saber si te acostaste con él.

—¿Por qué?

—Porque te miraba como si… —Aprieta los puños mientras se vuelve a un lado y luego al otro, como si buscara las palabras que se le han caído al suelo.

—¿Qué?

—Como si… —Pone cara de asco.

Y entonces decido que no quiero saber cómo me miraba, porque no tiene sentido saber algo así.

—¿Como si estuviera preocupado por mí? —sugiero.

—¿Y *yo* no estaba preocupado? ¡Te estuve mandando mensajes toda la noche, Edy! —me grita.

—Vale, lo siento, lo sé. Por favor, Steve, no quiero discutir.

—Yo tampoco. —Hay un silencio, y cuando empieza a hablar de nuevo, lo hace más bajo—. Es que… te estaba cogiendo de la mano.

—Me estaba ayudando a bajar de la mesa. Y estábamos hablando. Somos amigos. Es lo que hacen los amigos.

Niega con la cabeza como si diera igual lo que digo y me mira como si pensara que me está pillando en una mentira. Llegados a este punto, tal vez debería haber besado a Josh como me hubiera gustado, y a la mierda los demás.

—Pero estuvisteis juntos, ¿no? —me pregunta.

—Es mi amigo —repito, con más firmeza.

Se mira las manos y luego vuelve a mirarme, entornando los ojos.

—*Ahora* es mi amigo. Y me ha ayudado mucho, y es muy majo, y tú has sido un capullo integral con él.

—¡Ya lo sé! Pero él también ha sido un capullo.

—No es cierto.

Resopla y niega con la cabeza.

—Es que no lo has visto —replica, quitándome la razón.

Odio que se enfade: me da vértigo y miedo y ganas de hacerme pequeñita y huir. Me hace sentir débil, que es lo que más miedo me da.

—Sabes que no pretendía encontrarme con él, ¿verdad? —digo finalmente, renunciando a la última pizca de amor propio a la que me aferraba.

—Lo sé —reconoce.

—Entonces ¿por qué te pones así?

Gira la cabeza y me mira como si fuera tonta.

—Oye, ya sé que tú eres un diez, y yo, pues seré un tres —dice, ahora con más suavidad, más como es él—. Si tengo un buen día.

—¿Qué? —Me río—. No soy un…

—Y ese cabronazo de *Miller*… —murmura, como si de repente supiera su apellido—. Es que, joder, ¿por qué tiene que ser tan alto?

—Un momento, ¿lo que te pasa es que estás… celoso?

Se encoge de hombros y asiente con la cabeza, sonrojándose de vergüenza.

—¿Y por eso eres borde y me insultas?

—Lo siento. —Extiende un brazo hacia mí y me toca los dedos de la mano derecha con su izquierda—. Lo siento mucho. Es que, no sé, desde que estamos juntos, me siento muy inseguro. Como si te fueras a dar cuenta de que no te merezco y…

—Eso ni siquiera es… —intento interrumpirlo, pero él me interrumpe también.

—No, hablo en serio. Creo que solo es cuestión de tiempo hasta que te pierda por alguien como él.

Le cojo la mano y él me abraza.

—No tienes que preocuparte por eso —le digo. Porque no sería por alguien como Josh. Porque no hay nadie como Josh. Porque sería por Josh.

Me levanta la barbilla para mirarme, y no puedo saber lo que está pensando realmente, pero se inclina y presiona sus labios contra los míos. Vuelve a abrazarme y repite «Lo siento» una vez más.

Debería decirle que no pasa nada. No porque sea verdad, sino para hacer las paces. Pero no consigo obligarme a hacerlo, porque todavía puedo cerrar los ojos y seguir sintiendo los brazos de Josh sobre mí.

—¿Te quedas a dormir esta noche? —murmura en mi pelo antes de apartarse para mirarme—. Mi padre está en casa de su novia. Podrías decirle a tu madre que duermes en casa de Mara.

Lo único que quiero hacer es irme a casa, tirarme en el sofá y dormirme con la tele puesta. Pero antes de que se me ocurra una respuesta o una excusa, continúa:

—Es que siento que últimamente no estamos nunca solos. Siempre nos acompañan Mara y Cam. Sabes que los quiero, pero echo de menos estar a solas los dos.

—Voy a enviarle un mensaje a Vanessa, es decir, a mi madre —me corrijo. Intento cambiar el hábito. Mi psicóloga dice que será bueno que empiece a llamarlos mamá y papá, y que con el tiempo volveré a sentir que somos una familia.

Al entrar veo que Mara y Cameron están sentados a una mesa cerca de la cocina. Mando allí a Steve y le hago una señal a Mara para que vaya al baño conmigo. Cuando entro, me apoyo en el lavabo y la espero.

—La cosa se ha puesto un poco chunga —me dice Mara.

—Un poco, sí —le respondo—. Sinceramente, ¿he hecho algo tan horrible?

—No... A ver, no, pero... —Mara titubea y levanta su bolso de la encimera—. Ha estado mal que no respondieras a los mensajes, pero Steve se ha puesto bastante agresivo y desagradable. Cosa rara, porque es un pedazo de pan.

—No siempre —murmuro. ¿No se acuerda de aquel día de hace cuatro meses, cuando me echó la bronca delante de toda la sala de estudio? Me llamó zorra, y no le faltaba razón, pero después también me llamó puta, y me da igual cuántas veces se haya disculpado por ambas cosas, no creo que lo haya perdonado del todo—. No me puedo creer que haya mencionado esa estúpida fiesta.

Mara frunce los labios y toma aire.

—Ya, eso ha sido un golpe muy bajo. Supongo que hasta los ositos de peluche adorables como Steve pueden ponerse capullos a veces.

—Los ositos de peluche siguen siendo osos —le digo, pero no parece darle mucha importancia a mi opinión mientras se inclina para limpiarse las manchas de rímel de debajo de los ojos. Tendré que apuntármelo para decírselo a mi psicóloga; a ella sí se le da bien hacerme sentir inteligente y perspicaz.

Mara me mira a los ojos en el espejo.

—Bueno, Joshua Miller… —dice, una pregunta, una afirmación, una orden, una exclamación.

—Bueno. —Inhalo profundamente, porque me he quedado sin aliento de repente—. Él. Sí.

—*Jooosh.* —Alarga la palabra, burlándose de sí, y esboza una sonrisa traviesa—. Parece que cada día está más guapo, ¿eh?

—Ah, ¿sí? —le contesto, aunque me temo que no puedo borrar la sonrisa de mi cara—. Pero, por lo que más quieras, no se lo digas a Steve. Y a propósito de eso, pensaba que eras del equipo de Steve hasta el final.

—Y lo soy, pero… *joder.* —Se abanica con la mano como una de esas bellezas sureñas de las películas en blanco y negro—. ¿Quién iba a decir que le quedaría bien el look desaliñado?

Niego con la cabeza, pasando por alto su fingida lujuria hacia Josh, igual que siempre, y me miro en el espejo, dando gracias por haberme duchado antes de salir esta noche.

—Ha sido raro verlo.

—Es normal —farfulla mientras se aplica la barra de color rubí por el labio superior—. Hace tiempo que no lo ves. —Y luego por el inferior—. Han pasado muchas cosas.

—No, pero es que ese es el tema. Lo raro es que no ha sido raro. Después del corte inicial hemos seguido hablando como lo habíamos dejado y... —Me detengo antes de decir algo que es muy cierto. Como que he estado en pausa estos últimos meses, mientras mi vida avanzaba sin mí, y que esta noche, con él, ha sido como dejar atrás esa pausa, sentir de nuevo lo que es estar viva, aunque solo fuera un rato.

Mara se da la vuelta para mirarme.

—¿Y qué?

Desenrosco la tapa de su pequeño y caro brillo de labios, meto el dedo anular y me lo aplico en lugar de responder, y reconocer que he pensado mucho en él desde que empecé a salir con Steve, comparando todo lo que hace (y lo que no hace) con Josh.

—Quieres volver a eso, ¿no? Y por eso, me refiero a... todo *eso* con Josh.

—¿Todo eso con Josh? —le pregunto, a punto de echarme a reír—. ¿De qué hablas?

—Pues ya sabes, a toda esa pasión secreta tan rica y deliciosa con Joshua Miller —responde, fingiendo que un escalofrío le recorre el cuerpo.

—Vale, lo primero es que eres tonta. Y segundo, aunque quisiera, daría igual. —Me encojo de hombros y guardo el brillo de labios en su bolso—. Porque Josh tiene novia.

Mara se ríe echando la cabeza hacia atrás y después dice:

—¡No olvides que Steve también tiene novia!

Una camarera entra en el baño, seguramente para comprobar que no estamos haciéndonos rayas o algo así.

—Cállate —murmuro entre dientes—. Eso también está muy claro.

Nos dirigimos hacia la puerta, cuando Mara se detiene en seco y se da la vuelta.

—Por cierto, yo soy del equipo de Edy. —Y me mira más seria que en mucho tiempo. Ha evitado hablar demasiado en serio conmigo desde que le conté lo sucedido. Creo que es porque intenta levantarme el ánimo, pero a veces echo de menos esa mirada.

Me da un pequeño apretón de manos.

—Lo sabes, ¿verdad?

Josh

Sé que Dominic no ha dejado de mirarme durante todo el trayecto.

—¿Quieres que quedemos en una palabra clave o algo? —dice al fin, mientras se detiene junto a los otros coches en el aparcamiento que hay detrás del campo de fútbol.

—¿Una palabra clave? ¿De qué estás hablando?

—Por si tienes que irte.

—¿Por qué iba a tener que irme?

—Por todo lo de ver a tu ex —responde, como si fuera obvio.

—Ya te he dicho que estoy bien.

—Ya, y yo te conozco demasiado bien para creerte.

Voy a abrir la puerta, pero la cierra.

—¿Tengo que decir una palabra clave para que me dejes salir del coche?

—Estás hablando conmigo, tío. —Me lanza esa mirada que me ha lanzado tantas veces durante estos últimos meses, cuando he estado a punto de meter la pata—. ¿Puedes reconocer al menos que no estás bien?

—Vale —le digo, cediendo—. ¿Ha sido un asco verla con ese imbécil? Claro, pero somos amigos, no es que estuviéramos prometidos.

—Solo voy a decir una cosa, y después me callaré para siempre, ¿de acuerdo?

Suelto un suspiro.

—Venga. De acuerdo.

—Pues parecía una chica maja y tal. Y es guapa, lo admito. Mira, estoy seguro de que en el fondo no pretende convertir tu vida en un caos de mierda, pero…

—Ya está —le corto—. No te pases.

—Solo digo que quizá te venga bien verla con otro tío. Así podrás seguir adelante por fin.

—¿Seguir adelante? —Me echo a reír—. He seguido adelante.

—Sí, claro. —Entorna los ojos y alza una ceja con su típica mirada incrédula—. Solo digo que podrías dejarte ese rollo atormentado que te llevas con ella. Al final te vas a hacer daño.

—Ya te lo he dicho, lo nuestro no es así —vuelvo a explicarle.

—Vamos a ver, ella sigue yendo al instituto —continúa de todos modos.

—¡Ya lo sé, D! —le digo bruscamente—. Y repito, solo somos amigos.

—Tal vez, pero sigo pensando que ha estado tomándote el pelo, y mientras tanto, tú…

—No es eso —lo interrumpo—. No es eso, Dominic. Para nada.

—Y *mientras tanto* —dice más alto— has mandado toda tu vida a tomar por saco por una tía que está con otro. Solo quiero que seas consciente de que eso no está bien.

—No es así —le repito—. Nada de eso fue culpa suya.

—Ah, ¿no es culpa suya que rompieras con Bella y terminaras delante de mi puerta sin un techo bajo el que vivir?

—No. Y, técnicamente, fue Bella la que rompió conmigo.

—Vale, entonces supongo que tampoco es culpa de Eden que te pasaras las vacaciones de invierno en un agujero negro, que te perdieras uno de los partidos más importantes de la temporada y que estuvieran a punto de echarte del equipo por pasar un día con ella. Un día —enfatiza, levantando el dedo índice para dejar claro su punto de vista, a pesar de que no podría estar más alejado de la realidad.

—Yo no... —Pero me callo, porque es mejor que todos sigan pensando que simplemente no fui al partido, en lugar de lo que sucedió en realidad—. No fue por ella.

—Ah, ¿y solo es una coincidencia que no hayas salido con nadie desde entonces? Quiero decir, ni siquiera intentaste arreglar las cosas con Bella, quien, por cierto, era una tía genial que nos caía estupendamente a todos.

—Oye, te agradezco que te preocupes por mí, pero no puedo seguir hablando de esto o... —«Diré algo de lo que me arrepentiré»—. Estoy bien, ¿vale? Te lo prometo. ¿Puedes conformarte con eso, por favor?

Suelta un suspiro, pero luego asiente con la cabeza y pulsa el botón para desbloquear las puertas. Después abre el maletero y cogemos las cervezas que hemos comprado de camino a esta estúpida fiesta improvisada. Al atravesar el campo, pasamos junto a la silueta gigante de nuestra antigua mascota, pintada en la pared de ladrillo de las gradas.

Entonces Dominic dice:

—¡Ah! ¿Qué te parece «águila» como palabra clave?

—Meter «águila» en una conversación no llamará la atención en absoluto.

—La palabra clave puede ser llamativa —dice risueño—. Hay un cincuenta por ciento de posibilidades de que nadie sepa lo que significa.

Me arranca una sonrisa.

—Qué malo eres —le digo, y al mirar hacia delante, ya veo las linternas de los móviles bailando en las gradas—. Se supone que esos son nuestros amigos.

—Malo no, soy sincero —me corrige—. Y tú eres el que se ríe.

—No me rio.

—Bueno, nosotros no tenemos la culpa de que no todo el mundo pueda presumir de tener unos cuerpos y unos cerebros como los nuestros —se burla Dominic con su mejor voz de reinona, como él la llama, levantando las cajas de cerveza como si fueran pesas.

—Claro —resoplo—. Y tu modestia tampoco.

—¡Se acabó la modestia! —grita en la noche, y sus palabras resuenan contra los edificios de ladrillo de nuestro instituto.

—¿Quién está ahí? ¿DiCarlo? ¡Miller! —dice una voz desde las gradas, imitando perfectamente a nuestro antiguo entrenador—. ¡Venid aquí ahora mismo! —grita Zac.

—Qué absurdo es esto —gimoteo.

—Oye, pórtate bien. —Dominic se ríe, pero se para en seco cuando ve a Zac—. Madre mía —dice en voz baja—. ¿Todavía...?

—¿Todavía se pone la chaqueta del equipo del instituto? —termino la frase por él—. Sí, todavía.

—No importa. Olvida lo que he dicho, no tienes que portarte bien —murmura mientras subimos los escalones.

Hay unas doce personas. Unos cuantos estuvieron en el concierto, entre ellos Zac, al que he conseguido esquivar hasta ahora. Están alborotados, borrachos ya. Tendremos suerte si nadie nos denuncia a la policía por allanamiento. Reconozco a la mayoría. Zac parece haberse erigido en cabecilla del grupo. Durante un tiempo pensé que era mi mejor amigo, pero todo cambió el último curso, después de Eden. Sin embargo, casi todo cambió en mi vida después de Eden. La llamó puta una vez, cuando ya habíamos roto, a pesar de que le había confiado cuánto la quería, y aún ahora, más de dos años después, es lo primero en lo que pienso cuando lo veo.

—¿Qué se siente al estar de vuelta? —pregunta Zac satisfecho, extendiendo los brazos como si señalara un vasto reino.

—Es como si no te hubieras ido nunca. —No sé si me estoy quedando con él o intentando empezar una pelea, pero me sonríe de todos modos. No lo ha entendido, y seguramente es mejor así.

Me doy la vuelta y miro el paisaje. Este lugar, que me parecía tan importante, tan decisivo, ahora me parece pequeño. En realidad, son solo cuatro edificios de ladrillo, un viejo marcador, una pista de tenis, un campo de fútbol, aparcamientos vacíos y un asta de bandera oxidada en el centro de todo.

—¡Victorioso! —responde Dominic. Ya no sé si habla en serio o no. Puede que se sienta así de verdad, porque antes no había salido del armario, al menos con nuestros compañeros de equipo. Siendo negro y gay en un instituto mayoritariamente blanco y heterosexual, creo que intentaba hacerse invisible, menos cuando estaba en la cancha—. Ser una estrella del baloncesto universitario me sienta bien.

—Seguro que sí —murmura Zac, y puedo oír la envidia en su voz sin necesidad de mirarlo—. Para ti, Miller. —Me doy la vuelta justo a tiempo para coger la lata de cerveza que me lanza.

Le hago un gesto con la cabeza y subo al nivel superior de las gradas. Veo que Dominic está saludando a la gente, acercándose al único chico al que ha venido a ver esta noche. Iré a presentarme dentro de un rato. Al fin y al cabo, él ha sido amable con Eden, aunque crea que es mala para mí. No es fácil explicarle lo mucho que se equivoca, lo que significa ella para mí, sin decirle cosas que no me corresponde a mí decir.

Tres de los chicos saltan la valla y empiezan a hacer carreras alrededor de la pista, seguidos por dos de las chicas, que supongo que habían sido animadoras. Ellas se ponen a entonar los antiguos cantos que recuerdo de las temporadas de baloncesto, solo que lo hacen a trompicones y riéndose, cayéndose unas encima de otras y gritando. Mientras voy mirando a cada grupito, me pregunto si todos fingen divertirse o si de verdad se divierten, y hay algo malo en mí que me impide seguir siendo como ellos.

Dejo la cerveza en el banco de al lado y saco el móvil. Quiero mandarle un mensaje, pero como ha dicho ella, ahora mismo hay demasiadas cosas para que quepan en un mensaje, así que vuelvo a guardarlo.

Una de las chicas que están dando el espectáculo no me quita el ojo de encima. Ojalá pudiera colgarme del cuello un cartel que dijera: RETROCEDA 30 METROS. Nada más pensarlo, Zac se fija en mí y empieza a subir los escalones. Abro la cerveza, que suelta un silbido gaseoso, y le doy un buen trago. No voy a poder mantener una conversación con él estando sobrio.

—Colega —me dice, sentándose a mi lado—. Cuánto tiempo.

—Sí —respondo. Glup, glup, glup.

—¿Y qué? ¡Cuéntame algo! ¿Cómo te ha ido?

Me encojo de hombros y me termino el resto de la cerveza. Él saca otra lata del bolsillo de su chaqueta como por arte de magia y me la da.

—Gracias. —La abro.

—¿Qué te pasa, tío? —me pregunta, mirándome de reojo.

—No me pasa nada.

—Si tú lo dices. —Toma un trago larguísimo—. Oye, ¿ves a esa chica? —me dice, señalándola con el cuello de la botella—. Estaba preguntando por ti antes de que llegaras.

—Hum.

—¿Hum? ¿Eso es todo? —Resopla por la nariz y sigue bebiendo—. Ahora que lo petas en la universidad, supongo que te sobrarán los coñitos.

—Oye —le advierto, y doy otro sorbo—. Venga.

—A no ser que se te esté pegando algo por vivir con DiCarlo —añade, y se parte de risa.

—¡Eh! —le mando callar, esta vez con más firmeza—. ¿Ves que me esté riendo?

—¡Relájate, hermano! —me grita, apretándome el hombro.

—Joder, ¿siempre has sido así? —pregunto, más para mí mismo que para él, y me lo quito de encima.

—¿Siempre has sido así tú? —me contesta.

—No me interesa, ¿vale? —respondo, para que lo deje. Y bebo otro sorbo, intentando ir a mi ritmo.

—Vale, vale. —Levanta las manos como si fuera yo el gilipollas—. Te he visto hablando con una chica en el concierto. ¿Era…, eh…? —Mira hacia otro lado, chasqueando los dedos como si intentara recordar su nombre.

—Eden.

—Correcto. Pero tengo una duda. ¿No te jodió la última vez? ¿No te puso los cuernos o algo de eso?

—No, no lo hizo.

—Estamos hablando de la hermana pequeña de Caelin McCrorey, ¿verdad?

—Sí. —Lo miro mientras doy otro trago largo—. Creo recordar que una vez la llamaste zorra, ¿verdad?

Se ríe como si no tuviera la menor importancia.

—¿Por *eso* estás enfadado conmigo?

—¿Quién ha dicho que esté enfadado contigo?

—Pero, tío, si eso fue hace un millón de años. —Me mira fijamente, y en su cara se dibuja una sonrisa extraña, como si estuviera medio satisfecho consigo mismo, medio asustado de mí—. ¿Qué pasa? ¿Es que te ha contado algo…? —Se interrumpe—. Porque solo fue una broma.

Ella nunca me había mencionado una palabra sobre Zac, pero ahora me pregunto si ocurrió algo aparte de aquella vez que le susurró «zorra» hace unos meses en los pasillos, fingiendo toser.

—¿Como qué? —le pregunto—. ¿Qué iba a contarme de ti?

Antes de que pueda responder, los tres chicos que habían estado corriendo alrededor de la pista suben a toda velocidad por las gradas hacia nosotros, seguidos de las animadoras. También se acerca Dominic, con el brazo alrededor del hombro del chico que le gusta (al parecer, no tan en secreto) y los demás detrás.

—Tío, ¿alguien acaba de decir algo sobre Caelin McCrorey? —pregunta uno de ellos cuando llegan—. ¿Os habéis enterado de lo que le ha pasado?

—Ah, sí —responde otro—. He oído que lo echaron de la universidad o algo de eso, ¿no?

—No, no. Te estás confundiendo con su amigo —explica una de las animadoras—. Kevin, ¿recuerdas? Kevin Armstrong.

Escuchar su nombre me produce un escalofrío. Busco la mirada de Dominic. «Águila».

—No es solo que lo echaran de la universidad, me han dicho que está en la cárcel.

—No, no está en la cárcel —contesta otra persona—. Aunque es verdad que lo detuvo la policía.

Mi corazón se acelera. «Águila», grito en mi cabeza.

—¿A ese *boy scout*? —resopla Zac, riendo—. ¿Qué coño hizo?

Sigo bebiendo. Nadie parece saberlo. Mi corazón se calma un poco. Quizá lo dejen.

—Yo lo sé —interviene ahora la otra animadora, esperando a que todos la miren antes de continuar, más alto—. Violó a alguien.

Hay un alboroto de voces que dicen cosas como «¿qué?», «¿hablas en serio?» y «¡no puede ser!», pero es la voz de Zac la que se impone:

—Vale, ahora quiero saber quién lo acusa, ¡porque eso es mentira!

Me vuelvo para mirarlo y no se me ocurre qué decir, porque todos mis pensamientos están ocupados en contenerme para no darle una patada en el culo ahora mismo.

—No, es verdad —afirma la primera animadora—. Conozco a la chica. La conocimos. —Señala a la otra animadora—. ¿Te acuerdas? Kevin la trajo a casa en Acción de Gracias el año pasado. ¿Jen, Gin o algo así? Era su novia. —Así que Eden tenía razón. La gente ha estado hablando.

—Está claro que ya no lo es —añade la otra chica, resoplando entre dientes antes de estallar en carcajadas.

—Ah, ¿que fue la novia? —pregunta Zac, lanzando un brazo hacia delante sin ningún cuidado—. Pues entonces no hay duda.

—¿Qué significa eso? —acabo diciendo, porque no puedo contenerme ni un minuto más.

—Venga ya, ¿cómo va a acusarlo su novia de violación?

Aprieto la lata vacía entre las manos.

—Te das cuenta de la gilipollez que has dicho, ¿no?

—La hostia, Miller. —Zac me da un codazo—. Tranquilo.

Dominic me lanza una mirada interrogante, pero me cubre las espaldas, aunque no tenga ni idea de por qué. Por eso es tan buen amigo.

—No, en serio, Zac —se burla de él—. Dinos que eres un gilipollas sin decirnos que eres un gilipollas, ¿eh?

La gente se ríe, pero Zac sigue mirándome como si le hubiera pegado de verdad. Me alegro.

—Bueno, no es solo ella —dice la animadora—. Hay por lo menos una o dos chicas más. No sé quiénes son, pero es toda una movida.

—Ya *vesss* —añade la otra chica, arrastrando las palabras—. He oído que va a haber un juicio y todo.

Veo una caja de cerveza que ha traído alguien y pido una. La abro al instante. Me la bebo a toda prisa. Esto es demasiado difícil.

—¿Está muy mal que no me sorprenda que sea verdad? —dice una vocecita.

A mi lado, en el banco debajo del mío, veo a la chica. Es Hannah, la del concierto, la misma de la que me habló Zac. Me mira y sonríe rápidamente antes de apartar la mirada.

—Madre mía —masculla su amiga, que está sentada a su lado, agarrándola del brazo—. ¿Qué quieres decir?

—¡No! Eso no. Nunca me hizo nada —responde ella—, pero una vez me quedé sola con él después de un partido y me puso los pelos de punta.

—¿Cómo? —le pregunto. Dominic me lanza otra mirada, para advertirme que me estoy poniendo excesivamente intenso—. Es decir, ¿por qué? ¿Qué fue lo que hizo?

—Ah, pues… —farfulla, ruborizándose como si le sorprendiera que estuviera hablando con ella—. En realidad, no hizo nada exactamente —continúa—. No sé, fue más bien una sensación. —Se encoge de hombros—. Por su forma de mirar, quizá. Me pareció raro. En plan… —Hace una pausa y se queda observando el infinito, como si intentara recordarlo con más claridad.

Y durante un segundo (una fracción de segundo, ahora que la miro de verdad), veo algo en ella que me recuerda a Eden de alguna manera. Tomo otro trago. No es que se parezca a ella, porque no se parece. Es algo más profundo, y creo que puede ser la timidez de sus gestos. Lo percibo con demasiada claridad mientras espero a que termine de hablar. Kevin también tuvo que ver esa cualidad en esta chica, sea cual sea. Igual que la vería en Eden. Como si una parte de ellas estuviera desprotegida, vulnerable. La idea de que yo pueda estar viendo lo mismo que él me asusta.

—Depredador —concluye Hannah con seguridad, aunque luego niega con la cabeza y suelta una pequeña carcajada—. En fin, no lo sé. Solo sé que no quise volver a quedarme sola con él nunca más. En toda mi vida.

—Sí, seguramente sea lo mejor. —Asiento con la cabeza, tragándome las palabras. Alguien me da otra cerveza. Estoy bebiendo más de la cuenta, y demasiado rápido, pero la acepto de todos modos. Dominic me hace una especie de gesto con la mano, como para que vaya más despacio, pero si tuviera idea de lo difícil que es esto, no me culparía.

—Ahora lo entiendo todo —dice la amiga de Hannah—. Siempre había pensado que Kevin Armstrong estaba buenísimo, y solo me atraen los psicópatas totales, así que me lo creo.

Todos se ríen como si fuera un chiste cojonudo.

Me levanto demasiado deprisa y el mundo da vueltas. Tengo que agarrarme a la barandilla para mantener el equilibrio.

—¿Adónde vas? —grita Zac detrás de mí—. ¡Oye, Miller!

Ni siquiera lo miro. Solo me concentro en bajar los escalones sin derramar mi cerveza. Llego abajo y, de repente, Dominic está ahí, de pie frente a mí. Me doy la vuelta hacia las gradas, ¿no estaba ahí arriba con los demás? Y cuando lo miro otra vez, me pone la mano en el hombro para sujetarme.

—Oye, ¿estás bien?

—Sí, estoy bien —le miento—. Quiero volar solo un rato, pero no me pasa nada.

—¿Qué? —me pregunta con cara de confusión.

—Ya sabes, lo de la metáfora del águila.

—Vas como una cuba y sigues usando la palabra «metáfora» —me dice, negando con la cabeza—. ¿Cómo te has puesto así tan rápido?

—Yo no bebo, ¿recuerdas?

—Oye, voy a necesitar que se me pase un poco el puntillo antes de poder conducir. ¿De verdad vas a estar bien solo hasta entonces?

—Estoy bien. Solo... solo voy a ras un paseo.

—¿Vas a ras un paseo? —repite.

—Dar —me corrijo, pronunciando con cuidado—. ¡Sí! Vete. En serio. Quédate con tu… *hombre* —digo después de barajar varias opciones en mi cabeza: chico, amigo, novio y churri.

—Anda, ¿ahora es mi hombre? Vale. —Dominic se desternilla de risa—. Ya me las pagarás por eso luego.

—Eres un buen amigo, ¿lo sabías?

—Ya, ya. Tú también. Ve a dar tu paseo. Nos iremos pronto, ¿de acuerdo?

Vuelvo hacia el instituto, y no sé muy bien adónde me dirijo hasta que estoy allí de pie, en esa franja de hierba entre la pista de tenis y el aparcamiento de los alumnos. Voy a tomar otro sorbo, pero me doy cuenta de que la lata está vacía. La estrujo y apunto al cubo de basura que hay a la entrada de la pista.

—Apunta y marca —digo en voz alta.

Oigo aplausos detrás de mí. Me doy la vuelta.

—Buen tiro. —Es Hannah.

—Ah. No te había visto.

—¿Te importa que te acompañe? —me pregunta, sacando una petaca del bolso—. He traído algo bueno.

—Claro —contesto de mala gana, aunque solo sea para mantener a Zac lejos de ella.

Nos sentamos en el lugar donde me senté con Eden el día que me dijo que saldría conmigo. Entonces había dientes de león por todas partes; tuvimos esa conversación sobre pedir deseos. Y ella estaba interpretando su papel de chica dura, pero me dejó conocerla un poquito de todos modos. Si cierro los ojos, puedo verla aquí sentada al sol con toda claridad.

Paso las manos por la hierba. Está recién cortada. Ya no crece nada.

—Me ha gustado lo que has dicho antes —me dice mientras me tiende la petaca.

La acepto y me la llevo a los labios. Whisky. «Esta vez a sorbitos», pienso. Me encojo de hombros y se la devuelvo.

—Supongo que ya me he cansado de todo este ambiente.

Ella asiente con la cabeza, bebe un sorbo mucho más largo y arruga la cara mientras traga.

—Tengo que decirte que estaba enamoradísima de ti cuando íbamos al instituto. Estoy segura de que tú no sabías ni que existía.

Me devuelve la petaca y doy otro sorbo antes de pensar qué responder.

—Ay, acabo de fastidiarlo todo, ¿verdad? —Se ríe y se tapa la cara con las manos. Luego separa dos dedos para mirarme.

—Eh, no —digo finalmente—. Pero no estoy en condiciones de... Quiero decir que me siento halagado, pero...

—Pero tienes novia, ¿no? Claro que sí, ¿y cómo no?

—En realidad no, pero no... —Me detengo a mitad de frase porque no sé cómo explicar lo que pasa. Es cierto que no tengo novia, pero tampoco me siento disponible—. Quiero decir que es un poco...

—¿Complicado? —sugiere ella con una sonrisa de complicidad.

—Exacto.

Toma un buen trago, me devuelve la petaca y, mientras bebo, mira a su alrededor y dice:

—Bueno, ahora estamos los dos solos.

—Pareces un encanto, pero no...

Se acerca tan rápido que no puedo pararla. Siento su boca húmeda sobre la mía, el sabor fuerte del whisky en su lengua, que me hace sentir aún más borracho de lo que estoy. Le devuelvo el beso, aunque no debería. Y me siento bien, aunque no quiera. No he besado a nadie desde aquel día de hace cuatro meses, cuando besé a Eden... o ella me besó a mí.

Se sube a mi regazo con las piernas a horcajadas, levantándose la falda larga. Me coge las manos y las pasa por sus muslos. No puedo evitar acordarme de las piernas desnudas de Eden, como la he visto antes. Tiene la piel cálida. Y suave. Ahora apoya las manos sobre mi pecho y me empuja hacia el suelo. Y yo la arrastro conmigo. Me estoy perdiendo, y todo empieza a estar borroso. Ojalá la hubiera besado esta noche. Ojalá hubiera encontrado las palabras adecuadas para contárselo todo. Ella estaba allí. Justo aquí, en mis brazos. Y la dejé escapar. Otra vez.

Noto que regreso a mi cuerpo y abro los ojos. Estoy tumbado en la hierba, y no es su cuerpo el que está apretado contra el mío, ni su pelo el que se enreda entre mis dedos. Ella se separa un poco de mí y se ríe, diciendo:

—Me llamo Hannah.

—¿Qué?

—Acabas de llamarme Eden.

—Mierda, lo siento —le digo, intentando recuperar el aliento—. Tengo la cabeza... No estoy pensando con claridad. Sé tu nombre, te lo prometo.

—No pasa nada —responde, rozándome los vaqueros con la mano—. Si me besas así otra vez, puedes llamarme lo que quieras.

—No, es que... ahora mismo no estoy para... —Me pongo nervioso y me aturullo mientras intento incorporarme—. Uf —murmuro—, joder.

—Exacto. —Se ríe—. Eso es lo que intento hacer. —Se inclina para besarme de nuevo y tengo que apartarle las manos.

—No, de verdad, es que no puedo. —Me pongo de pie, me abrocho los pantalones y vuelvo a pasar el cinturón por la hebilla. Ella me mira extrañada, confundida—. Lo siento, no eres tú.

Hannah se levanta y se marcha sin decir nada. Ni siquiera mira atrás.

—No eres tú —le digo—. De verdad.

Claro que no es *ella*. Ella no es Eden.

Pego una patada en la hierba, le doy a la petaca metálica y casi vuelco al agacharme para recogerla. Me siento de nuevo, bebo otro trago y saco el móvil del bolsillo.

Eden

Nos estamos quedando fritos viendo una película en el portátil de Steve cuando mi móvil vibra en la mesilla. Levanto la cabeza para mirar la hora.

Él me abraza con fuerza y volvemos a acomodarnos. Pero entonces, de repente, se incorpora y me suelta.

—¡Venga ya! —grita, mirando mi teléfono mientras la pantalla se oscurece—. ¿Por qué te manda mensajes a la una y media de la madrugada?

—No lo sé —le respondo—. ¿De verdad quieres que lo compruebe?

—No —me dice bruscamente.

Alargo la mano y le doy la vuelta al móvil, boca abajo, para darle a entender que no me importa que acabe de mirar mi teléfono sin que le haya dado permiso, ni lo que quiera que me haya escrito Josh. Steve me mira fijamente como si debiera darle algún tipo de explicación.

—¿Todavía estamos con esto? —le pregunto—. Porque si vamos a discutir otra vez, prefiero irme a casa.

Se tumba a mi lado de mala gana. Hay una segunda vibración que ignoramos. A la tercera, Steve vuelve a incorporarse.

—Pero, por Dios, ¿qué es lo que quiere?

Cojo el teléfono y esta vez lo apago, no sin antes vislumbrar el comienzo de cada mensaje que ilumina la pantalla:

Me ha gustado...
Perdona si la he...
Podemos vernos...

—Ni lo sé ni me importa —miento—. Olvídalo —le digo, aunque ya estoy intentando rellenar el final de cada frase, y lo único que quiero hacer es quedarme mirando las palabras y darles vueltas a todas y cada una durante horas y horas.

—Lo siento —me dice Steve, luego cierra el portátil y lo deja en el suelo—. Eso ha estropeado un poco el ambiente. —Sin embargo, el ambiente ya estaba estropeado antes de que llegáramos. Se vuelve a tumbar junto a mí, enfurruñado.

—Me da la impresión de que me estás culpando a mí otra vez. Yo no le he pedido que me escriba.

—Ya lo sé —replica Steve—. Puedes estar segura de que no te culpo a ti. Lo culpo a él.

Pienso en volver a soltarle el resto, que somos amigos, y los amigos se mandan mensajes, y que no me gusta que se crea con derecho a opinar al respecto. En vez de eso, le pregunto:

—¿Todavía quieres que me quede?

—Claro que sí —me responde, ablandándose un poco al mirarme.

—Bueno, ¿me prestas una camiseta o algo para dormir? No esperaba pasar la noche fuera de casa.

—Ah, sí. Perdona, debería habértelo ofrecido antes —dice, recordando que se supone que es un buen tío. Baja de la cama y lo sigo hasta su cómoda, donde abre un cajón lleno de sus típicas camisetas frikis, unas más dobladas que otras—. Elige la que quieras.

Hago una criba hasta que encuentro la que le he visto llevar tantas veces a lo largo de los años, primero cuando éramos amigos, luego estando distanciados, después siendo amigos de nuevo, hasta llegar a esto, lo que sea que estemos intentando ser ahora. Tiene un dibujo de un gato riéndose. Me la pongo por delante y me vuelvo para mirarlo.

—¿Qué te parece esta?

Él se ríe y asiente con la cabeza.

—Genial.

Y empiezo a relajarme por primera vez desde que solté la mano de Josh esta noche. Ahora que estamos frente a frente, creo que nos damos cuenta al mismo tiempo de que ninguno de los dos sabe muy bien qué hacer. Nos hemos visto sin ropa unas cuantas veces, pero nunca de esta manera, estando de pie uno delante del otro.

—Hum —dice nervioso, pasándose la mano por el pelo—. ¿Quieres que me dé la vuelta, o…?

—No —respondo insegura, mientras me quito la camisa por encima de la cabeza y la dejo encima de la cómoda. Sin embargo, ahora me da un poco de corte que me vea el sujetador, así que empiezo a desabrocharme los pantalones cortos para tener algo que hacer con las manos. Steve se quita los vaqueros y los coloca junto a mi camisa, equilibrando la situación. Ahora solo lleva los calzoncillos y la camiseta del grupo de antes.

Coge la camiseta del gato y la levanta por encima de mi cabeza para que pueda meter los brazos. Por suerte es lo bastante grande para que me tape el trasero.

—Gracias.

Termino de bajarme los pantalones y deslizo la mano por debajo de la camiseta para librarme del sujetador. Nos metemos en la cama y él me mira con una sonrisa tímida que me recuerda a la versión regordeta y torpe de Steve, mi antiguo amigo.

—¿Qué?

—Nunca hubiera imaginado que mi camiseta pudiera ser tan sexy.

Levanto la mano para apagar la luz, riéndome. Pero él me besa, con fuerza, amortiguando el sonido. Mueve las manos sobre la camiseta con más confianza, con más libertad que en los tres meses que llevamos juntos oficialmente. Suele ser muy tímido cuando las cosas se calientan, pero ahora acerca mi cuerpo al suyo de una manera que me deja sin aliento. Puede que sea porque su padre no está, o por Josh, en quien seguro que no ha dejado de pensar en ningún momento.

No lo sé. Sea por el motivo que sea, quiero dejarme llevar. No quiero resistirme, no quiero seguir esperando a que todo salga bien para poder disfrutar de esto. Los besos, su peso sobre mi cuerpo, la cercanía. Me sube la camiseta por el vientre y se quita la suya para que estemos piel con piel. Me pasa la pierna por la cintura, se frota contra mi cadera, su muslo me aprieta entre las piernas.

—¿Te gusta? —susurra.

Asiento con la cabeza en el pequeño espacio que nos separa.

No importa que no lo quiera. Me gusta, confío en él. Más o menos. A pesar de que los acontecimientos han demostrado que no confía en mí, intento olvidarme del resto de la noche. Me acaricia el estómago, mete la mano en mis bragas y gime cuando me restriega los dedos.

—Tengo un condón —me dice acercando sus labios a los míos—. Por si quieres volver a intentarlo…

Hemos intentado tener relaciones sexuales tres veces, pero siempre ha fallado algo. La primera vez fui yo la que se echó atrás, la segunda, él, y la tercera estábamos demasiado nerviosos los dos y no duró lo suficiente para contarlo. Ahora mismo le diría que sí, si creyera que va a ser fácil. Pero estas cosas nunca son fáciles con él, y no sé si hoy podré soportar otro golpe emocional más.

—Espera —le digo, sacándole la mano de mis bragas—. ¿Podemos quedarnos así un rato? —le pregunto, rodeando su cuerpo con brazos y piernas—. Se está muy a gusto.

—Haré lo que tú quieras. —Me besa mientras se coloca entre mis piernas de modo que me cubre con todo su cuerpo, separados únicamente por un par de finas capas de ropa interior, que apenas logran amortiguar lo fuerte que me aprieta, la fricción de nuestros cuerpos—. ¿Estás bien así? —me pregunta sin aliento.

—Sí —respondo jadeante.

Los dos respiramos más fuerte y nos movemos más rápido. Y mientras me acaricia por debajo de la camiseta, no puedo quitarme a Josh de la cabeza. No puedo dejar de pensar en sus manos tocándome, en sus brazos, su aliento, su voz, su cuerpo. Abro los ojos en la oscuridad para intentar recordar dónde estoy, pero es inútil porque se convierte en la habitación de Josh.

Se me escapa un gemido y tengo miedo de que se dé cuenta de que no es por él. Empuja con más fuerza y empiezo a preguntarme si su cabeza también está en otra parte. No puedo evitar pensar que, si estuviéramos haciéndolo de verdad en vez de restregando nuestros cuerpos, me estaría haciendo daño. Pero no es eso, me digo, no lo estamos haciendo, así que no me hace daño. No pasa nada.

—Estoy a punto —me dice mientras le doy vueltas a todo esto.

Vuelvo a cerrar los ojos e intento con todas mis fuerzas pensar en Josh y no en Steve. Soy una mala persona, lo sé. Pero no quiero que esto termine. No sé cuándo volveré a sentirme así y deseo saborearlo mientras pueda. Me empuja con tanta fuerza que estiro los brazos por encima de la cabeza, en busca de la pared que tenemos detrás, solo para tener algo sólido a lo que agarrarme.

—Ya casi estoy —susurra sobre mi cuello.

Sin embargo, antes de que pueda plantearme lo cerca o lejos que estoy yo, me agarra de los brazos tan bruscamente que me devuelve a la realidad.

—Steve. —«Me estás apretando mucho», quiero decirle, pero todo está pasando muy rápido. Me rodea las muñecas con las manos y me sujeta los brazos contra la cama—. ¿Steve? —repito, pero no me mira, no me oye. Empujo y estiro los brazos. Intento moverme. No puedo moverme. Aprieto las piernas a su alrededor, para que vaya más despacio. Intento gritar su nombre de nuevo, pero no me salen las palabras ni la voz.

Siento que algo se estira y se rompe en mi corazón como una goma elástica, una fuerza que se abalanza sobre mí como unas manos que tiran debajo del agua. Agua oscura y helada que no me deja ver nada.

Me arrastran a través de esta turbia oscuridad hasta que vuelvo a estar allí. Y ya no es Steve, pero tampoco es Josh. Tengo las muñecas inmovilizadas, como si llevara unas esposas, tan apretadas que se me clavan en la piel. Otra vez. Una mano alrededor de mi garganta. Otra vez. Una voz que me dice que me calle. *Otra vez.* Me ahogo. No puedo luchar contra esto. Me resisto. Le grito que pare... o creo que lo hago. No estoy respirando. Llevo demasiado tiempo sin respirar. Me asfixia. Y entonces, cuando estoy segura de que voy a rendirme, a hundirme, a morir, esas manos me sueltan y salgo a la superficie del agua tenebrosa, jadeando, temblando.

Me pongo de pie y enciendo la luz. Respiro con dificultad, toso, camino de un lado a otro, intentando alejar los recuerdos que acaban de invadir mi mente y mi cuerpo sin previo aviso.

Steve me observa durante unos segundos, sentado en la cama, con una almohada sobre el regazo.

—¡Edy! —grita, con los ojos muy abiertos, como si no fuera la primera vez que lo hace—. Edy, ¿dónde estabas hace un momento?

—¿Dónde estabas *tú*? —le contesto.

—Estaba aquí —me dice—. Estoy aquí. —Y me mira con tanta inocencia que no puedo soportarlo. Me doy la vuelta y apoyo las manos en su escritorio, tratando de recomponerme, y suelto un suspiro lento y tembloroso. Me miro en el espejo. Bordes nítidos y duros. Sin borrones ni actos de desaparición. Estoy aquí del todo.

—Por favor, Edy, vuelve a la cama —musita Steve.

Me encuentro con sus ojos en el espejo y tengo que apartar la mirada de nuevo.

—Necesito un momento —consigo decir entre jadeos.

Y entonces veo cómo su reflejo se levanta de la cama y se acerca a mí con cautela.

—Me estás asustando. Dime lo que he hecho. Por favor.

—Nada —le respondo con voz ahogada—. No has sido tú.

—¿Y entonces qué? —me pregunta—. Todo iba bien, has dicho que estabas bien, y luego ha pasado algo.

Niego con la cabeza. Me pone las manos sobre los hombros y me hace girar lentamente para que lo mire. Me coge las manos entre las suyas.

—Dios, estás temblando.

Aparto las manos y las sacudo.

—Estoy bien.

—¿Estás teniendo un ataque de pánico o de ansiedad o lo que sea? —Se queda paralizado, con cara de auténtica preocupación—. ¿Qué puedo hacer?

—Quédate ahí —le digo, extendiendo los brazos para que no se acerque más—. Un segundo. —Sigo jadeando—. ¿Vale?

Afirma con la cabeza. No se mueve. Retrocedo y vuelvo a apoyarme en el escritorio. Cierro los ojos. Inhalo y exhalo. Inhalo y exhalo hasta que mis pulmones vuelven a funcionar.

Cuando abro los ojos, Steve está sentado en el borde de la cama. Se ha puesto la camiseta.

—Ven y nos abrazamos, ¿vale? —me dice, levantando la manta para que me meta dentro. Y lo hago. Me acurruco contra él y me rodea con su cuerpo. Siempre se le ha dado bien esta parte—. Yo no soy él —murmura con suavidad, alisándome el pelo—. Lo sabes, ¿verdad?

Si hablo ahora, podría echarme a llorar, así que me limito a asentir. Porque sé de lo que está hablando. Él no es Kevin, por supuesto que no. Pero tampoco es Josh.

Josh

Es muy buen tío —oigo decir a Dominic—. En serio, es el mejor amigo que he tenido. Pero está jodido por esa chica. Además, casi nunca bebe, así que esta noche no es él mismo.

—No, si lo entiendo —responde otra persona—. Yo también he pasado por eso. Bueno, por una chica no, pero, ya sabes…

Abro los ojos. Las luces de la calle entran a través de las ventanillas. Estoy de lado, tumbado en el asiento trasero del coche de Dominic. Me oigo gemir. Cada sonido resuena en mi cabeza.

—Hola, bella durmiente —dice el admirador secreto de Dominic, mirándome sonriente desde el asiento del copiloto.

—Sí, menuda bella durmiente —replica Dominic—. No vomites en mi coche.

Cojo el móvil y veo la pantalla borrosa mientras intento fijar la vista. Son las tres de la madrugada.

—No me ha contestado —murmuro.

—Luke, ¿puedes quitarle eso? Será mejor que no escriba borracho a su ex.

—Oye, ¿y si me das eso un rato? —Es tan amable y educado que se lo doy.

—Luke —repito su nombre—. Soy un maleducado, n-n-no me presenté.

—Sí te presentaste, Josh —dice Luke.
—Unas cinco veces —añade Dominic.
—Ella no me ha contestado —me oigo decir de nuevo.
—Lo sé —dice Dominic—. No pasa nada.

Lo siguiente que recuerdo es que estoy más o menos de pie, entre Dominic y Luke. Cada uno me sostiene por un brazo, y subo a trompicones los escalones de mi casa. Dominic me saca las llaves del bolsillo como si yo no fuera capaz. Y quiero decirles que no tienen por qué hacer todo esto, pero no consigo que me salgan las palabras.

Entonces entramos por la puerta y alargo la mano para agarrar el picaporte y evitar que golpee la pared y despierte a mi madre, pero me tropiezo con algo y los tres nos caemos hacia delante, unos encima de otros.

Me estoy riendo, aunque intento no hacer ruido. Dominic me está chistando.

Después me depositan sobre el sofá.

Dominic y Luke están en el salón, dándome la espalda, pero el tiempo vuelve a saltar hacia delante, y ahora son mis padres quienes están aquí en albornoz y zapatillas. Hablan en voz demasiado baja para que pueda oírlos.

Ahora están a mi lado y mamá se tapa la boca con la mano, negando con la cabeza. Papá me mira como si me pasara algo grave, como si estuviera horriblemente desfigurado o algo así. Me llevo la mano a la cara con dificultad y me palpo los ojos, la nariz y la boca, que parecen estar en su sitio.

Dejo que mis ojos se cierren de nuevo.

Eden

Se despierta cuando me inclino sobre él para coger mi teléfono, que sigue apagado.

—¿Qué estás haciendo? —me pregunta con voz pastosa y aturdida mientras entorna los ojos para protegerlos de la luz del día—. Ay, no. ¿Por qué te has quitado mi camiseta?

—Tengo que irme a casa —susurro.

—Es sábado —gime, acercándose a mí—. ¿Por qué te has vestido ya?

—Tengo que irme —vuelvo a repetirle en voz baja.

—No, por favor, no te vayas. Quédate un rato más. ¿Cuándo podremos hacer esto otra vez?

Me siento a su lado en la cama y dejo que se me acerque porque no sé cuándo volveremos a hacerlo. Si es que volvemos a hacerlo. Apoyo la cabeza en su hombro y me rodea con el brazo. Cierro los ojos y siento el subir y bajar de su pecho. Sería fácil quedarse así. Casi me dejo llevar por el sueño, pero entonces él inhala profundamente y dice:

—¿Edy?

—¿Hum?

—¿Podemos hablar de lo de anoche?

No estoy del todo segura de qué parte de anoche quiere hablar (de Josh, de nuestra pelea o de nuestro último, triste y humillante intento de intimidad), pero siento que la conclusión va a ser la misma en todos los casos.

—¿Tenemos que hacerlo? —le pregunto.

—Bueno, un poco sí —responde, incorporándose y haciendo que yo me incorpore también. Se vuelve para que estemos frente a frente y se frota los ojos—. ¿No crees?

—Supongo —admito.

Me coge la mano y la besa.

—Lo siento —me dice.

—¿Por qué?

—Por todo.

—No, Steve, no tienes que...

—No, sabía que te estaba presionando para que salieras anoche. Solo quería que estuvieras allí. Pero fui un egoísta. Y sé que me pasé de la raya cuando dije esa estupidez sobre ti y... *él*. —Supongo que no se atreve a decir el nombre de Josh. A veces yo tampoco puedo, pero me imagino que en el caso de Steve es por una razón muy diferente.

—Gracias.

—Y luego aquí, en la cama —continúa, pero hace una pausa, tocándose la boca, reprimiendo el impulso de morderse una uña—. Me parece que la he cagado de verdad.

—No es verdad.

—Tuviste un ataque de pánico por mi culpa, Edy.

—En realidad no fue culpa tuya —intento decirle, pero no es del todo cierto.

—Por favor, dime qué fue lo que hice para que no vuelva a hacerlo. —Me mira tan fijamente, conteniendo la respiración, como si lo que pensara que ha hecho fuera peor de lo que ha pasado en realidad.

—No fue tan grave —empiezo, y él se inclina más hacia mí—. Solo me agarraste los brazos.

—Vale —dice, esperando más de mí.

—Bastante fuerte —añado.

—Ah —susurra, enarcando las cejas.

—Quiero decir que me inmovilizaste. Con mucha fuerza.

—Bueno, pero pensaba que te gustaba así. —Mira las sábanas arrugadas, el lugar donde estábamos tumbados, como si lo estuviera reviviendo—. Pensaba que lo estabas disfrutando, ¿no?

—Sí, sí —le aseguro—. Hasta ese momento, sí. Pero luego no podía moverme y me asusté mucho, intenté decirte que pararas y sentí que no me escuchabas.

—Pero lo hice. Me paré. Me detuve de inmediato.

No lo recuerdo. No recuerdo que se detuviera. Pero la verdad es que no sé qué sucedió entre esa sensación de ser arrastrada bajo el agua y salir a la superficie, ya en pleno ataque de ansiedad.

—¿Sí? —le pregunto.

—Por supuesto que sí —insiste, cogiéndome las dos manos—. Claro que lo hice. Te juro que paré en cuanto me dijiste que parara. Me crees, ¿verdad?

—Te creo. Es solo que no me acuerdo —reconozco, y no sé quién de los dos está más disgustado por ese hecho—. Me hizo pensar en... lo que pasó. Es decir, *él* también lo hizo. Kevin —añado, porque la fiscal Silverman me dijo que tenía que ensayar para decir su nombre con confianza y dejar de sonar tan insegura.

—Ostras, no me di cuenta —dice Steve, frotándose la frente—. Lo siento mucho.

—Lo sé. Es...

—Pero sabías que te soltaría. Es decir, ni siquiera pensaba que te estaba sujetando tan fuerte. Creía que podías apartarte si... —Sin embargo se calla cuando niego con la cabeza. Creo que ahora se está dando cuenta de lo fácil que sería dominarme si quisiera, porque se inclina sobre mi regazo y me besa las muñecas donde me agarró con las manos. Cuando vuelve a incorporarse, le brillan los ojos—. Sabes que nunca te haría daño ni intentaría obligarte...

—Lo sé, lo sé. —Al menos, mi cabeza lo sabe. Sin embargo, mi cuerpo no ha recibido el mensaje—. Aunque en ese momento no fue eso lo que pensé.

Asiente y se aclara la garganta como si fuera a decir algo más, pero duda antes de continuar.

—¿Qué?

—Te quiero —me dice en voz baja.

Miro nuestras manos y siento una enorme presión que me sube por la garganta. Anoche no me importaba el amor, pero esta mañana me tiene que importar.

—No tienes por qué responderme. Pero sí, te quiero. —Cada vez que lo dice siento como si me apuñalara en el corazón—. Qué demonios, te quiero desde noveno curso, puede que desde secundaria.

—No, Steve —le digo, y suelto una de sus manos para poder enjugarme las lágrimas que se acumulan en mis ojos—. No es verdad.

—No me digas cómo me siento —replica con suavidad mientras se acerca para tocarme la cara.

—Vale, no te diré lo que sientes, pero ¿puedo decirte lo que pienso?

Afirma con la cabeza.

—Creo que quieres a la persona que conociste entonces, a la persona que crees que puedo volver a ser algún día. Pero eso no es lo mismo que quererme tal como soy ahora.

—Edy, no digas eso. Eso no es...

—No, eso tampoco, Steve. Lo de Edy. No quiero que me llamen Edy, pero todo el mundo me llama así igualmente. Y no soy ella. —Ya no puedo contenerme; no puedo quedarme a medias—. No soy ella y no creo que pueda seguir haciendo esto.

—¿Qué estás diciendo? —me pregunta mordiéndose el labio, como si tuviera miedo de dejar salir las palabras—. ¿Estás...? ¿No irás a romper conmigo?

Asiento y él deja caer la cabeza entre las manos. Odio que no sea la primera vez que hago llorar a Steve.

—Lo siento. —Alargo la mano, pero no consigo tocarlo—. Quería que esto funcionara, te lo juro, de verdad.

Me mira con lágrimas en los ojos.

—Podría funcionar si lo intentaras —me suplica.

—¿Crees que no lo intento? —Se me quiebra la voz, pero continúo—: Lo intento a cada minuto, con todas mis fuerzas, pero es demasiado. —Y ahora estamos llorando los dos—. ¿Me odias? —le pregunto—. No me odies, por favor.

Niega con la cabeza, se inclina hacia mí y, por primera vez, soy yo quien lo abraza. Se me duerme el brazo, pero no me muevo.

—¿Steve? —digo al fin, cuando nuestra respiración se ralentiza y ya no hay jadeos ni mocos.

—¿Sí? —responde con la voz entrecortada.

—Sabes que eres un diez, ¿verdad?

Él se ríe.

—Y tú una mentirosa.

—No miento.

Me mira y sonríe.

—¿Puedo decirte otra cosa? —le pregunto.

Asiente con la cabeza.

—No voy a volver al instituto.

Abre la boca, pero luego la cierra.

—No puedo enfrentarme a todo eso —le explico—. Han pasado demasiadas cosas.

—Lo sé —dice, apoyando la cabeza en mi hombro—. ¿Podemos quedarnos así un poco más? —me pregunta.

—Claro —le respondo.

Josh

Me despierto en mi cama. La luz que entra por la ventana es tan brillante que parece que estoy mirando directamente al sol. Vuelvo a cerrar los ojos y tengo un recuerdo borroso de mi padre y Dominic subiéndome por las escaleras. Entrando por la puerta de mi habitación. Tirándome en la cama.

Todavía llevo puesta la ropa de ayer, así que me busco el teléfono en los bolsillos. No lo encuentro. Me enderezo, pero me pesa el cuerpo y me duele la cabeza. Toqueteo la cama, miro debajo de las sábanas, en el suelo. Me levanto y la gravedad me tumba otra vez.

Lo intento de nuevo, más despacio. Reviso mi escritorio, muevo papeles, tiro libros al suelo. No está aquí. Empiezo a caminar hacia la puerta. Vuelvo sobre mis pasos. Se me habrá caído.

Mi madre es la primera en entrar.

—Josh, ¿por qué estás tirando cosas?

—No estoy tirando nada, estoy buscando mi teléfono —le digo—. ¿Lo has visto? Creo que se me ha caído del bolsillo.

—Tu teléfono puede esperar —contesta mi padre de pronto, bajo el umbral de la puerta. Pasan como si llevaran toda la mañana en el pasillo, esperando a que me despierte. Mamá vuelve a poner las sábanas sobre mi cama y se sienta encima, dando un golpecito a su lado.

—Tenemos que hablar, cariño —me dice ella—. Siéntate.

Mi padre afirma con la cabeza y se acerca a nosotros.

Hago lo que me ordenan. La última vez que me sentaron así fue cuando tenía diez años y murió nuestro primer gato.

—¿Qué ha ocurrido? —les pregunto.

—Dínoslo tú —me responde papá.

—¿Qué quieres decir?

—Josh —dice mamá, molesta de repente—. Anoche. ¿Qué narices pasó?

—No pasó nada. —Me retumba la cabeza con cada sílaba que me obligan a pronunciar.

—Joshua —dice mamá, utilizando mi nombre completo—. No podías ni entrar por la puerta sin…

—¿De eso se trata? —Intento reírme como si no estuviera a punto de morirme—. Estáis exagerando. Bebí demasiado. Todo el mundo bebió demasiado.

—Ah, bueno, si lo hizo todo el mundo —mamá levanta las manos—, entonces no pasa nada, está bien.

—Solo fue una noche. —No puedo creer que me estén atacando así—. No es como si me hubiera puesto a conducir.

—Tampoco es que pudieras ir andando al final —me acusa papá.

Ahora me pongo de pie. No pienso quedarme a escuchar esto sentado. No voy a aguantar sermones de él.

—¿Qué pasa, que no puedo meter la pata una vez? —le digo, sintiendo que mi corazón late más rápido.

Me mira fijamente.

—No, lo pregunto de verdad —insisto—. No hice nada malo en el instituto, ¿es necesario que os lo recuerde? Nunca falté a clase, no bebí, no me drogué, ni siquiera me fumé un cigarro. Joder, ¡ni siquiera me castigaron una sola vez!

—Ya no estás en el instituto —me dice mamá.

—Vale. Exactamente. No soy un niño. Ni siquiera vivo aquí. Tengo veinte años y es la primera vez que…

—Esta no ha sido la primera vez que has estado así de borracho, Joshua —me interrumpe mamá, poniéndose de pie también—. Aunque agradezco que en esta ocasión no hayas llegado a casa apaleado.

—Mamá —empiezo a protestar. ¿Cómo ha podido sacar ese tema?—. Eso fue diferente.

—Un momento, espera, ¿qué? —dice papá, haciéndonos la señal de «tiempo muerto» con las manos, como cuando era el entrenador de mi equipo infantil y el árbitro me pitaba falta—. ¿Cuándo fue eso? —pregunta.

—Durante las vacaciones de invierno de su último año de instituto, Matt —responde mamá, prácticamente sacando la fecha exacta de su cerebro. Cuando me pegué con el hermano de Eden, o, mejor dicho, cuando él me pegó a mí. En realidad no fue una gran pelea, porque apenas tenía fuerzas para defenderme.

—Cómo no, tenías que acordarte de la *única* vez que me atreví a portarme como alguien de mi edad, ¿verdad? —le digo bruscamente, y sus ojos se abren de par en par por mi traición: siempre habíamos estado en el mismo equipo.

—Volver a casa borracho con los nudillos ensangrentados, moratones y un ojo a la virulé no es cosa de ninguna edad. Es actuar de forma tonta y peligrosa. Y, además, te equivocas. Esto… —agita las manos en el aire, señalándome—, todo esto se parece mucho a aquello.

—¿Por qué acabo de enterarme? —pregunta papá, hablando por encima de mamá.

—¿En qué se parece esto? —digo yo, ignorándolo.

—¿Por qué me entero ahora? —repite papá, más alto.

—¡Te enteraste entonces, Matthew! —le grita mi madre—. ¿Cómo has podido olvidarlo? El hermano de esa chica le dio una paliza.

—A ver, no me dio una paliza —intento explicar, pero ahora está centrada en papá. «Pues claro que no se acuerda». Por aquel entonces estaba bebiendo, entre otras cosas.

—Todo esto es por la misma chica de la última vez —le dice, y luego se vuelve de nuevo en mi contra—. Josh, cada vez que te juntas con esa chica…

—¿Quieres dejar de llamarla «esa chica», mamá?

—¿Entonces es por la misma chica de hace unos meses? —dice papá, poniéndose al día demasiado despacio para la paciencia de mamá, que disminuye rápidamente.

—Esto no es por Eden. No ha sido por nada. ¡Ni siquiera ha sido nada!

Ella nos mira, niega con la cabeza y sale de mi cuarto, murmurando:

—Ahora mismo no puedo con vosotros dos. No puedo.

Cuando se va, el aire de la habitación parece más ligero. Exhalo y giro el cuello de un lado a otro.

—¿Has visto mi teléfono? —le pregunto a papá, reanudando mi búsqueda debajo de la cama.

—No, Joshie —dice, exasperado—. Olvídate del dichoso teléfono y habla conmigo.

—¿De qué quieres hablar? —Vuelvo a sentarme en la cama, mareado después de agacharme.

—Dominic nos dijo que te encontraste con esa chica, tu exnovia, en un concierto, y lo siguiente es que vuelves a casa borracho como una cuba. ¿Qué fue lo que pasó?

Levanto la vista y lo miro a los ojos, y me entran unas ganas tremendas de echarme a reír. Claro, *ahora* es cuando quiere hablar de ella.

—Papá, ya sabes cómo se llama. Si vuelves a llamarla «esa chica», te juro por Dios que... —Pero me callo, porque no tiene sentido discutir—. Y, además, ya he dicho que esto no tiene nada que ver con ella. Fui a una fiesta. Había alcohol. Fin de la historia.

—Eden —se corrige—. ¿Vale? Recuerdo que se llama Eden. ¿Qué pasa exactamente con esa..., con Eden? —me pregunta. Luego se acerca más a mí, bajando la voz—. ¿De qué se trata? Suéltalo ya, Josh. Puedes decírmelo.

—¿Decirte el qué? No sé qué quieres que te diga.

—¿Está embarazada?

—¿Qué? —Me vuelvo a levantar—. ¿Qué estás diciendo?

—¿La has dejado embarazada? —repite en voz más baja, lanzando una mirada rápida por encima del hombro. Me mira con tanta seriedad, tan preocupado y dispuesto a ayudar, que ahora sí se me escapa una carcajada—. Oye, que te estoy hablando en serio. ¿Por eso estás así? Porque podemos solucionarlo.

—No, no la he dejado embarazada, papá. Pero ha tenido su gracia. ¿Quieres volver a probar?

—Te prometo que lo estoy intentando.

—No te acuerdas de nada de lo que te dije, ¿verdad?

Cierra los ojos, como si fuera yo quien le hiciera daño en lugar de al revés. Mi padre ha borrado grandes partes de mi vida, y la mayoría de ellas no me importan lo más mínimo, pero esta era una de las que necesitaba que recordara. Y es evidente que la ha olvidado. No recuerda que me desahogara con él, que se lo contara todo, que le pidiera consejo, consuelo. Por supuesto, no fue hasta que se acercó a mi lado de la mesa de la cocina y me abrazó que olí el alcohol. No fue hasta que dejé de llorar que reconocí esa mirada vacía en sus ojos.

—Quise hablarte de esto en diciembre. Vine a verte entonces. ¿Te acuerdas? —le pregunto—. Entendería que no, ya que resulta que en ese momento estabas en plena borrachera.

—Recuerdo que estabas muy disgustado. Sí lo recuerdo. He intentado hablar contigo muchas veces desde entonces, y siempre me has apartado. Ni siquiera viniste a casa durante las vacaciones, Josh...

—Sí, la verdad es que no quería verte —le digo, sin importarme si hiero sus sentimientos.

—¿Y sabes qué? Lo entiendo, pero vamos a ocuparnos de esto ahora.

—¿Mamá lo sabe, o cree que has estado sobrio todo este tiempo?

—Sabe lo de mi recaída, sí. Pero ya he vuelto por el buen camino y... —Se mete la mano en el bolsillo y saca una ficha que he visto muchas veces—. La semana pasada llegué a los noventa días.

—¿Y tú sabes qué, papá? Que me da igual. Colócate. Bebe hasta morir. Sinceramente no me importa. Ya no puedo más. —Me dirijo hacia la puerta—. Necesito encontrar mi teléfono. ¿Me dejas salir?

—Vamos, Joshie. —Levanta las manos como si fuera a cortarme el paso—. Ahora te estoy escuchando. Me necesitabas y no estuve a la altura. Lo siento si mi ausencia es la causa de que las cosas se te hayan ido de las manos últimamente, pero no puedes echar a perder todo lo que tienes porque estés enfadado conmigo.

—¡No todo gira en torno a ti! Lo creas o no, tengo mis propios problemas que no tienen absolutamente nada que ver contigo.

—Está claro que te estás abandonando. Has sido imprudente. Estás tirando el baloncesto por la borda, todo tu futuro.

—¿El baloncesto? —repito en tono burlón—. El baloncesto no es mi futuro.

—Y si te hubieran expulsado del equipo por presentarte borracho a ese partido a principios de año, ¿qué habría pasado entonces, eh? Te habrían quitado la beca. ¿Sabes cuántas horas me tiré al teléfono con tus entrenadores, con el decano, con tu orientador, para convencerlos de que solo te dejaran en el banquillo el resto del semestre?

—No estaba borracho —miento. Había estado en ese agujero negro, como lo llamó D, durante todas las vacaciones de invierno. Apenas salía del apartamento. Estaba harto de Eden, de mi padre, de mí, de no poder hacer nada al respecto. Y estaba harto de sentirme mal. Así que me tomé unas cervezas antes del partido. Y funcionó. Me sentí mejor. No creí que estuviera borracho. Pensé que nadie lo notaría. Pero el entrenador sí. Se dio cuenta enseguida e hizo que uno de sus ayudantes me llevara a casa antes de que me viera nadie más.

Papá se queda mirándome con la mandíbula apretada, mordiéndose la lengua.

—Estaba enfermo —le digo. Cree que es otra mentira, pero no puedo explicarle por qué no lo es, así que continúo—: Y no te pedí que lo hicieras. Yo mismo habría afrontado las consecuencias.

—Tenías *resaca* —replica, pensando que me está corrigiendo—. Igual que ahora.

—¿Y tú me lo dices? —le grito—. ¿Cómo tienes el morro de sermonearme?

—¡Porque lo sé mejor que nadie! —me grita también—. No te hagas esto. Dios, te pareces tanto a mí —murmura para sí mismo—. Por favor, no seas como yo.

—¡No soy como tú, deja de decir eso! —Los gritos hacen que me duela la cabeza, el corazón me lata con fuerza y el estómago se me revuelva—. Papá, quita, voy a vomitar —consigo decir, esquivándolo.

Llego al cuarto de baño y, mientras vacío todo mi cuerpo, papá no deja de darme palmaditas en la espalda.

—Sácalo —me dice una y otra vez—. Sácalo todo. Te vas a poner bien.

Cuando estoy seguro de haber terminado, me siento en el suelo con la espalda apoyada en la pared. El frescor de las baldosas resulta agradable sobre la piel. Veo que mi padre coge una toalla del armario y la pone bajo el agua del lavabo. La escurre y se sienta a mi lado. Me pone la toalla en la nuca.

—Déjalo, papá. —Le aparto las manos.

—Solo intento ayudarte.

Tiro la toalla sobre la encimera porque una parte de mí no quiere sentirse mejor. Pero no se lo digo; eso solo le haría pensar que estoy peor de lo que ya cree.

Lanza un suspiro y, como no quiero oír más sermones, abro la boca. Lo primero que me sale es:

—Mamá se equivoca con Eden.

—Ah, ¿sí? —me anima a continuar—. Te escucho.

—Nada de esto es culpa suya. Bueno, puede que en parte sí, pero no porque hiciera nada malo. Ella no me hizo nada. Es solo que...

—¿Qué? —me pregunta, dándome un codazo en el brazo—. Dime qué es lo que pasa entonces. Por favor.

—Eden es especial. Me importa mucho.

—¿Pero?

—No se lo cuentes a mamá, ¿vale? Se supone que no debo hablar de ello.

Levanta ambas manos delante del pecho y niega con la cabeza.

—Sabes que no puedo prometerlo hasta que sepa lo que es.

—La violaron.

Chasquea la lengua.

—Joder.

—Ocurrió antes de que estuviéramos juntos. Y no me enteré hasta después de romper. Mucho tiempo después de romper. Me lo dijo hace unos meses y…

—¿En diciembre? —me pregunta.

Afirmo con la cabeza.

—Y desde entonces he estado… No sé. Fui la primera persona a la que le contó lo que pasó, y no supe qué hacer ni qué decir. —Me abstengo de añadir: «Por eso te necesitaba»—. Me sentí impotente. Bueno, todavía me siento impotente.

—Lo siento —me dice mi padre.

—Supongo que me hubiera gustado saberlo antes. Siento que debería haberlo sabido sin que ella tuviera que decírmelo. Quizá hubiera podido hacer algo para ayudarla. No sé, es como si me pasaran mil cosas por la cabeza. ¿Y si hice algo mientras estábamos juntos que lo empeoró todo? Si no le presté la atención suficiente, o si la presioné en algún momento…

—¿Te refieres en el sexo, o…? —A pesar de todos sus defectos, siempre se ha mostrado tranquilo ante estas cosas, así que sé que lo pregunta para aclarar la cuestión, no para juzgarme.

Afirmo con la cabeza.

—Sobre todo en eso. Pero en otras cosas también.

—Vamos, Josh. Siempre has sido un tío legal. Seguro que fuiste un caballero.

—¿Cómo puedes estar seguro? Yo no lo estoy. Hubo momentos en los que me enfadé mucho con ella, perdí la paciencia. Pero sólo porque no entendía lo que pasaba. Ahora que lo hago, me he cuestionado mucho de lo que ocurrió entre nosotros. A veces me gustaría poder reconstruir toda nuestra relación. Si pudiera hacerlo de otra manera, lo haría.

—Nunca es tarde para volver a intentarlo.

Niego con la cabeza.

—No sé, puede que sea mejor que sigamos siendo solo amigos. Parece demasiado... complicado —digo, tomando prestada la palabra que usó Hannah anoche—. Es decir, hasta que la veo, y entonces me parece que sería facilísimo. Pero ahora sale con otro, y además está la cuestión de la diferencia de edad...

—Ah —susurra, interrumpiéndome sutilmente, y puedo ver cómo se le arruga la frente de preocupación—. ¿De cuánta diferencia estamos hablando, Josh?

—Tiene diecisiete años. No es algo terrible, pero está ahí. Solo nos llevábamos dos cursos en el instituto —intento explicarle—. De todas formas, está a punto de graduarse.

—Está bien —responde, y parece que se relaja un poco—. Perdona, sigue.

—Quiero... —empiezo a decir—. No sé, es que no puedo... Supongo que pensaba que... —Pero ni siquiera estoy seguro de lo que intento expresar, de lo que quiero, de lo que pienso—. Pensaba que lo había superado —reconozco al fin.

Suspira y me aprieta el hombro, dejando que esas palabras floten en el aire.

—Bueno, parece que vas a tener que encontrar la manera de seguir adelante, colega. De una forma distinta a esta —añade, señalando a nuestro alrededor, es decir, resacoso y agonizante en el suelo del cuarto de baño.

—Sí —estoy de acuerdo.

—Date una ducha. Bebe un poco de agua. Échate una siesta. —Papá vuelve a darme palmaditas en la espalda mientras se levanta—. Te pondrás bien, te lo prometo. —Y me deja allí, cerrando la puerta tras de sí con suavidad—. Buscaré tu teléfono —me dice desde el pasillo.

Eden

Espero a salir de la ducha, con la ropa limpia, y me siento ante el escritorio de mi habitación, tranquila y serena, antes de mirar por fin sus mensajes.

Me ha gustado verte esta noche.
Echaba de menos hablar contigo.
Perdona si la he fastidiado con tu novio.
Parecía bastante cabreado. Espero que
entienda... cómo son las cosas entre
nosotros. Quieres que le diga que no
pasa nada? Lo haré si es necesario.
Solo quiero que seas feliz.
Podemos vernos otra vez antes de que
vuelva a la uni?

Yo también echaba de menos
hablar contigo
No has fastidiado nada,
las cosas ya estaban así...
Dime cuándo y dónde. Allí estaré.

Espero una hora. Incluso lo llamo. Espero otros treinta minutos. Mientras camino hacia su casa, repaso todas las veces que he hecho esto antes. En la oscuridad. Pasando frío. Su casa no cambia nunca. Su gata sale del porche cuando me acerco y baja los escalones como si me estuviera esperando. Al agacharme para acariciarla, distingo algo entre los arbustos. Me acerco y veo que es un móvil. Lo cojo y le doy la vuelta. Es el teléfono de Josh. La pantalla se ha roto y está apagado.

La puerta se abre de golpe antes de que pueda llamar.

—¡Ah! —chillo, dando un respingo, y casi se me cae el teléfono al suelo.

—Perdona —dice un hombre que es básicamente una versión adulta de Josh. Me quedo muda unos instantes mientras asimilo el parecido. Tiene la misma estatura, la misma complexión, la misma estructura facial, los mismos ojos. Si no fuera por su piel curtida, su pelo con canas o su nariz ligeramente diferente, sería Josh—. ¿Necesitas algo?

—Ah, pues he encontrado esto —le digo, tendiéndole el teléfono—. Estaba aquí tirado. Le escribí un mensaje, pero supongo que no le llegó. También lo he llamado. No habrá podido responder por el motivo evidente. —Ahora estoy divagando, y parece que soy incapaz de detenerme—. Entonces se me ocurrió pasarme por aquí. No sabía cuánto tiempo iba a quedarse en la ciudad y no quería dejar de verlo.

—¿Eden? —me pregunta entornando los ojos mientras coge el teléfono.

—Ah, es verdad. Sí, perdón. Soy Eden. —Me agito inquieta, poniéndome cada vez más nerviosa. No me imaginaba que sus padres fueran a estar aquí un sábado por la mañana. Los padres suelen odiarme. Es como si pudieran oler mis problemas, y temieran que se los contagie a sus hijos.

—Matt —replica él, señalándose a sí mismo, y entonces recuerdo aquella vez que Josh me dijo su segundo nombre: Joshua Matthew Miller. Me pareció el mejor nombre del mundo—. Soy su padre —añade al ver que no contesto.

—Sí, claro. Hola —digo, como una idiota—. Hum, ¿Josh está en casa?

La puerta se abre más y de pronto sale su madre. Solo la había visto una vez, un día que fue a recoger a Josh del instituto, pero también lo identifico en ella. La misma nariz, la misma boca delicada. Sin embargo, cuando me mira a los ojos, tiene las facciones tensas y la mandíbula apretada.

—No es un buen momento —me informa ella.

—Ah, claro. Vale, sí. —Me trabo con las palabras—. ¿Pueden decirle que me he pasado por aquí? —les pregunto, pero me arrepiento al instante porque su madre me fulmina con la mirada más intensa que creo haber recibido nunca de nadie y se da la vuelta sin decir nada más, dejando allí a su padre—. Lo-lo siento —tartamudeo, apartándome de la puerta—. No quería molestar.

—No, espera —me dice su padre, que sale al porche, cerrando la puerta tras de sí—. No tienes que disculparte, es solo que nos has pillado en una mañana difícil.

Asiento con la cabeza. Lo entiendo perfectamente. Yo también estoy teniendo una mañana bastante dura. Pero no digo nada. Miro a mi alrededor, intentando ubicarme, y entonces me doy cuenta de que su coche no está aquí.

—¿Josh está... bien? —le pregunto, volviendo a fijarme en la pantalla destrozada de su teléfono, que sujeta su padre en la mano.

—Se pondrá bien —responde, lo que me preocupa aún más.

Me llevo la mano al corazón, que se acelera con mis tétricos pensamientos.

—Su coche no está. No ha pasado nada, ¿verdad? No ha habido ningún accidente ni... Quiero decir que se encuentra bien, ¿verdad? ¿No está herido ni nada?

—No —se apresura a responder—. Dios mío, no. Nada de eso. Es solo que tiene una resaca monumental esta mañana.

—¿Josh? —Mi voz suena ahogada. Nada de eso tiene sentido—. Pero si lo vi anoche. No estaba bebiendo. Él no bebe alcohol —le digo a su padre, que sigue mirándome de una manera inquietantemente parecida a como me mira Josh cuando parece creer que sé más de lo que digo.

—Bueno —musita—, anoche seguro que bebió.

—Ah. —Exhalo y dejo caer la mano a mi lado—. De acuerdo. ¿Puede decirle que he venido? —vuelvo a preguntar, segura de que su madre no lo hará.

—Se nota que Josh te importa. ¿Verdad?

—Sí, me importa más que… —Me siento un poco avergonzada ante mi muestra de sinceridad, pero hace que su padre dé otro paso hacia mí y pienso que quizá le diga a Josh que estoy aquí después de todo—. Nadie —concluyo.

Sin embargo, no me deja entrar. Asiente con seriedad y se sienta en el último escalón del porche.

—¿Tienes un momento? —me pregunta.

Afirmo con la cabeza. Me hace un gesto para que me siente. Me siento. Al principio no dice nada, y empiezo a preguntarme si se supone que debo hablar yo. No conozco el protocolo paterno. Se toca el bolsillo de la camisa y saca un paquete de cigarrillos blando, que parece arrugado y aplastado como si llevara tiempo allí.

—¿Te importa? —me pregunta dándole un golpe al paquete, del que sale un mechero.

—No —le digo—. No pasa nada.

Saca un cigarrillo y se lo lleva a la boca. Lo enciende y, mientras el humo se arremolina a nuestro alrededor, siento que el corazón me late con fuerza, anhelando ese alivio, esa inmediatez.

Inhala hondo, retiene el humo en los pulmones y dice:

—Siempre estoy intentando dejarlo, pero… —Y luego me da la espalda para expulsar el chorro de humo por la boca. Siento la tentación de pedirle uno, pero enseguida lo apaga contra el escalón de cemento después de darle una calada larga y profunda. No sé si yo tendría ese autocontrol.

—Recuerdo que, cuando Josh era niño, le encantaban los cómics. —Hace una pausa, y esboza una sonrisa mientras mira hacia el jardín—. Siempre los leíamos juntos.

Le devuelvo la sonrisa, pero de repente no tengo nada claro hacia dónde se dirige esta conversación.

—Todo superhéroe tiene un defecto fatal —continúa—. Lo que pasa con Josh es que… siempre ha sido una de esas personas que disimulan bien, si sabes a lo que me refiero. Siempre parece tan equilibrado por fuera que es fácil olvidar que eso no significa que esté así por dentro. Siempre he pensado que era su defecto fatal.

—Lo sé —le digo, y él me mira como si intentara averiguar si realmente sé eso de Josh o si solo le doy la razón porque sí.

—Es muy buena persona, aunque no haya sido gracias a mí, como también sabrás —deja caer, antes de proseguir rápidamente—. Estoy orgulloso de él, pero me preocupa —confiesa—. Sufre muchísimo por los demás. Quiere que todo el mundo sea feliz. De hecho, creo que se preocupa tanto por los demás que ahora mismo no se ocupa lo suficiente de sí mismo. Y eso me asusta.

Contengo la respiración y lanzo una risa corta y nerviosa.

—No sé si me está echando la culpa o pidiéndome ayuda.

—Yo tampoco —me dice, poniéndose de pie y recogiendo el cigarrillo apagado—. Solo he pensado que debías saberlo.

—Vale. —Yo también me levanto—. Gracias por el aviso.

—Ha sido un placer conocerte, Eden.

—Sí, igualmente. —Me doy la vuelta después de unos pasos—. Hum, en ese caso, quizá será mejor que no le diga que he venido. Supongo que ya nos pondremos al día en otro momento. Uno mejor —añado, pensando en las palabras de su madre.

Me dedica la clásica sonrisa oblicua de Josh mientras me muestra el teléfono.

—Me aseguraré de darle esto.

Parte II

Julio

Josh

Estoy sentado detrás del mostrador del centro deportivo, escaneando carnets de estudiantes cada pocos minutos, asegurándome de que la foto de la base de datos coincide con la persona que entra en el edificio. El sol de las primeras horas de la tarde se cuela por los ventanales y me deja amodorrado.

Esto está siempre muerto los viernes, sobre todo durante las sesiones de verano, así que por fin tengo la oportunidad de estudiar. Me las estoy viendo con el capítulo sobre métodos de investigación de mi clase de psicología, cuando oigo el llavero del entrenador tintineando por el pasillo. Me enderezo, tomo un sorbo de café e intento parecer más despierto de lo que estoy.

Al acercarse al mostrador, me dice:

—El lunes por la mañana temprano, ¿sí?

—Sí —afirmo—, nos vemos el lunes.

—Saluda a tu padre de mi parte —añade.

—Lo haré. Gracias, entrenador. Buen fin de semana.

Casi he vuelto a ganarme el respeto de mi entrenador. Me consiguió este puesto de trabajo para el verano, creo que para tenerme vigilado. Se ha esforzado mucho para asegurarse de que no tenga tiempo para estudiar, ni para nada, excepto para esforzarme al máximo para demostrar lo que valgo. Lo que básicamente significa ser el chico de los recados de todo el departamento. Si alguien tiene hambre, voy a por comida. Si hay que recoger en el aeropuerto a un patrocinador u otra persona importante, soy su chófer. Si hay que limpiar el equipo del gimnasio, soy el conserje. Si un deportista en apuros necesita un tutor, también soy yo. Al menos me dejó tomarme el fin de semana libre para ir a casa; le dije que era un asunto familiar y le agradecí que no me presionara para que le diera más detalles.

Supongo que me merezco el castigo, teniendo en cuenta lo que hice.

Sin embargo, todas las mañanas, cuando suena el despertador antes de ir a entrenar, se produce una lucha en mi cabeza. Una parte de mí sabe que soy afortunado por tener esta oportunidad y quiere cumplir con sus obligaciones. Porque me comprometí a aceptar la beca y jugar en este equipo. Además sé que eso hace feliz a mi padre. Luego está la otra parte de mí, que solo quiere dormir de vez en cuando, ser un estudiante normal, estar aquí para obtener una educación en lugar de practicar un deporte que rara vez disfruto.

La mayoría de los chicos del equipo toman solo tres clases durante el semestre porque simplemente no hay suficientes horas en el día para más, pero me he obligado a tomar cuatro este último año, en contra de la recomendación de mi orientador. Este verano intentaré tomar al menos dos clases más; de lo contrario, a este ritmo pasaré otro año en la universidad, y no quiero seguir jugando más tiempo del necesario.

No es que no supiera en qué me estaba metiendo, lo de los sacrificios inútiles y la presión. Pero algunos días, al estar tan quemado después de dos años y aún no haber llegado ni a la mitad, me dan ganas de abandonar. El baloncesto, incluso los estudios. Sin embargo, esta mañana, antes de clase, mi profesora de psicología me preguntó algo que no había considerado antes y en lo que no he dejado de pensar desde entonces: quería saber si iba a escoger una especialización este otoño.

«¿Una especialización?», repetí. Ni siquiera tengo muy claro en qué me voy a graduar. Bella me convenció de estudiar medicina deportiva durante mi primer año de carrera, y entonces me pareció lógico. Ella estaba en la rama sanitaria, seguro que aún lo está, y sus argumentos eran muy convincentes.

«Una especialización en psicología —me aclaró la doctora Gupta al ver que no estaba entendiendo lo que quería decirme—. Ya cumples todos los requisitos». He dado dos asignaturas con la doctora Gupta, y otra de psicología el semestre pasado para completar un requisito de ciencias sociales. Hice un curso de nivel introductorio en el instituto, por lo que no necesito hacer otro para empezar. Tenía lógica. Después de todo, me interesa el tema, aunque no formaba parte de un plan más amplio. Simplemente sucedió. Así que no supe qué contestarle.

«Piénsatelo —me dijo—. Avísame si tienes alguna duda».

Pero ahora que estoy aquí sentado, pensándolo de verdad, recuerdo que el argumento de Bella se basaba principalmente en que yo practicaba un deporte y ella estudiaba medicina, de modo que podíamos tomar alguna clase juntos.

Saco el móvil. Me escribió a principios de semana. Es la primera vez que sé de ella desde que rompimos en diciembre. Este fue su mensaje:

Estarás en el campus durante
el verano?
Si quieres nos tomamos una copa
y nos ponemos al día

He estado posponiendo la respuesta porque me sentiría mal diciéndole que no, pero si dijera que sí, puedo prever lo que pasaría. Ella querría volver conmigo a pesar del daño que le hice, y yo me dejaría llevar porque lo nuestro tenía lógica en teoría. Y esa parte racional de mí, la que cumple con sus obligaciones aunque no quiera, a veces se pregunta si me equivoqué al dejarla. Se pregunta qué habría pasado si no hubiera respondido a la llamada de Eden aquella noche. Estoy seguro al noventa y nueve por ciento de que Bella y yo seguiríamos juntos, no me habría enterado de lo que le pasó a Eden, estaría felizmente ignorante de la recaída de mi padre y no habría metido la pata con el baloncesto durante el invierno. Estos últimos siete meses habrían ido como la seda, todo según lo planeado.

Pero ahora que releo su mensaje, me acuerdo de las cosas reales que no funcionaron.

Por ejemplo, Bella me ha preguntado si quería tomar una copa porque ni siquiera sabe que no me gusta beber. Porque nunca se lo he dicho. Y nunca se lo dije porque entonces me habría preguntado por qué, y habría tenido que hablarle de mi padre, y de que las pocas veces que he bebido en mi vida bebí demasiado y acabé arrepintiéndome, temiendo parecerme más a mi padre de lo que quisiera reconocer. Porque, aunque vivíamos juntos y nos llevábamos bien, y ella me gustaba de verdad (pensaba que la quería), había cosas que jamás podría decirle. No como a Eden.

Dejo el mensaje de Bella sin contestar y vuelvo al de Eden de esta mañana, el que me hizo reír a carcajadas en el vestuario.

En el trabajo, perfeccionando el arte
del dibujo en la espuma del café con
leche

Adjuntaba la foto de una taza ancha con el logotipo de la cafetería Bean de nuestra ciudad. Hace un par de semanas mencionó que había empezado a trabajar allí.

Lo sé, lo sé. Muchos optan por el
corazón o la roseta, pero mi forma
distintiva es… la mancha

Bonita mancha. Starbucks no
tiene nada que envidiarle al Bean

Gracias.
La próxima vez que vengas te haré mi
mancha especial de vainilla

Todavía no he decidido si voy a decirle que volveré a casa este fin de semana. No llegamos a quedar otra vez durante las vacaciones de primavera. Ella me llamó, me dejó un mensaje de voz que he escuchado demasiadas veces en los últimos meses. Me dijo que quería verme. Le di excusas: había perdido el móvil, se me había roto, estaba enfermo, tenía que comprarme un móvil nuevo, estaba ocupado, tenía que irme pronto... Ninguna de esas cosas era mentira, aunque me sentí como si lo fueran.

Ella me ha estado escribiendo con bastante regularidad, pero todo es ligero y superficial, como si de repente nuestra comunicación se basara más en la cantidad que en la calidad. Nunca había sido así con ella. Siento que algo ha cambiado, pero no sé qué ni por qué, y me da demasiado miedo preguntárselo. Por suerte, al menos no me habla de Steve. No creo que pueda soportar eso todavía... ni nunca.

A la mañana siguiente salgo para casa, paro a repostar en la gasolinera de siempre, a los veinte kilómetros de las cinco horas de viaje. Miro el número del surtidor. El dos. El mismo que usé la última vez que vine, en diciembre.

Estaba nevando aquella tarde cuando llamó la primera vez y colgó. Yo iba de camino al entrenamiento. Llamó y colgó cuatro veces seguidas. Había borrado su número de mi teléfono hace años, pero me di cuenta de que era ella al instante.

Hice todo lo que pude por olvidarlo, pero más tarde, esa misma noche, estábamos sentados a la mesa de la cocina, con los libros abiertos, estudiando para los exámenes finales, cuando nos interrumpió su siguiente llamada. Contesté, pero volvió a colgar tres veces.

«¿Qué está pasando? —me regañó Bella a la cuarta llamada—. No hagas caso».

Pero no pude. «Eden, ¿eres tú?», respondí. Y colgó de nuevo.

«¿Eden, como tu exnovia Eden? —me preguntó Bella, dejando el subrayador sobre la cubierta de su libro de texto—. ¿Qué es lo que quiere?».

Negué con la cabeza y me levanté de la mesa. La llamé yo. Mientras esperaba a que contestara mi enfado fue en aumento y ni siquiera sabía muy bien por qué: porque estaba molestando a Bella o porque empezaba a preocuparme si iba a oír su voz o no.

Al final respondió, pero sin decir nada, y Bella seguía allí escuchando, así que le pedí que no me llamara más. Pero sentí un alivio inmediato cuando volvió a hacerlo al cabo de un segundo.

«¿Es que te está acosando o algo así? —murmuró Bella, más cabreada de lo que la había oído nunca—. No respondas, Josh... Se está quedando contigo».

Pero lo hice. Y cuando habló por fin, su voz estuvo a punto de aplastarme. No sonaba nada bien. No paraba de decir «Me importaba». Al principio no sabía a qué se refería, y entonces lo repitió: «Me importabas. Siempre me has importado».

Nunca me lo había dicho antes, y oírlo en ese momento, de esa manera, me asustó.

«¿Lo sabías? —preguntó—. ¿Sabías que me importabas?».

No supe qué contestar, así que le dije la verdad: «A veces».

Empezó a hablar de todas esas cosas sobre las que me había mentido y de lo mala persona que era y de lo mucho que se odiaba a sí misma y de que yo debería odiarla también. Estaba siendo tan críptica y errática que pensé que habría estado bebiendo o algo así, pero cuando se lo pregunté, se echó a reír y me dijo que no, y me di cuenta de que se había puesto a llorar.

Algo iba mal. No sabía qué, pero estaba seguro de que no se estaba quedando conmigo. Intenté mantenerla al teléfono, aunque la sentía más lejos con cada palabra que le decía. Le pregunté qué necesitaba, cómo podía ayudarla.

«¡No puedes!», aulló.

Me asusté más porque me pareció que se calmaba, o tal vez se estaba poniendo más nerviosa; en cualquier caso, la estaba perdiendo rápidamente. Decía cosas como «lo siento» y «no debería haber llamado». Intenté transmitirle que no pasaba nada, pero era como si ya no pudiera oírme.

«A veces te echo muchísimo de menos y quería que supieras que me importabas. De verdad —dijo en voz tan baja que tuve que taparme la otra oreja para poder oírla—. Y no hubo nadie más. Nunca. Espero que me creas».

«¡Espera, Eden, no cuelgues!», grité, porque sabía que había terminado. Aunque ya era demasiado tarde.

Bella me miraba mientras me paseaba por nuestro pequeño apartamento, intentando localizar a Eden, dejándole un mensaje tras otro. Llevábamos juntos más de un año (pensaba llevármela a casa durante las vacaciones de invierno para que conociera a mis padres), pero nunca me había visto así.

«Cálmate —me repetía ella—. Está claro que estás exagerando».

Pero no podía calmarme. Y no estaba exagerando.

«No seguirás queriéndola», dijo al principio, reprimiendo una carcajada. Pero no como si fuera una pregunta, sino como una afirmación. Cómo vas a seguir estando enamorado de una chica del instituto que, para empezar, nunca fue tu novia realmente. Yo intentaba decirme lo mismo. Podía estar meses sin pensar en ella. Lo había superado. Pero si eso era cierto, ¿cómo era posible que me llamara de repente al cabo de los años y yo me derrumbara al oír su voz?

«No la quieres —repitió Bella al ver que no contestaba—. ¿Josh?».

«¿Qué pasa?», le espeté, otra cosa que nunca me había visto hacer antes.

«Oye, no me grites —dijo, levantándose de la mesa. Se dirigió hacia mí y me cortó el paso, observándome con atención—. ¿Por qué te has puesto como un loco con todo esto?».

«Bella, dame un poco de espacio. Tú no lo entiendes. Algo va muy mal, ¿vale?».

«Bueno, pues ayúdame a entenderlo». Y entonces se quedó esperando frente a mí, tan pragmática como siempre, como si yo pudiera *explicarle* a Edén. Como si fuera uno de nuestros problemas de Cálculo Avanzado que podríamos resolver juntos. Pero nunca pude explicarle a nadie cómo era Eden, ni siquiera a mí mismo.

«Vale —dijo Bella, cruzándose de brazos mientras yo me quedaba allí, en silencio—. Es increíble que tenga que preguntarte esto, pero ¿hay algo entre vosotros?».

«Bella, vamos». Esa fue la mejor respuesta que pude darle. Porque por supuesto que había algo entre nosotros, siempre lo hubo. Nunca terminamos. Apenas habíamos empezado.

«No es una pregunta retórica, Josh, dime la verdad», me exigió.

Sin embargo, la verdad era muy complicada para poder decírsela a Bella, quien, como me estaba dando cuenta en ese momento, no entendía que yo también era complicado.

Pero la verdad sobre nosotros también era sencilla. Eden estaba enfadada y yo triste, y no deberíamos haber encajado, pero lo hicimos. Encajamos como si no estuviéramos demasiado rotos para encajar. Quizá solo a veces, cuando no se interponían otras cosas. Como toda esa tristeza, toda esa rabia. Y otras personas, y los momentos malos y las tonterías de adolescentes. Desde luego, también estaban sus mentiras. Los secretos que siempre supe que me ocultaba.

Pero, a pesar de todo, la volví a llamar. Dejé a mi novia en nuestro nuevo apartamento en plena noche, en mitad de una pelea. Recuerdo haber pensado, incluso en ese momento, que no debería estar dispuesto a tirarlo todo por la borda por ella. No debería ser capaz de hacer oídos sordos cuando mi novia llora lágrimas de verdad, mientras me suplica que me quede. Sentir que tira de mi brazo y seguir adelante de todos modos. Oírla, y creerla, cuando me da el primer y último ultimátum de nuestra relación: «Si te vas ahora, no te atrevas a volver nunca más». Y ni siquiera poder decirle que lo siento y decirlo en serio. Cerrar la puerta y subirme a mi coche de todos modos.

Todo porque ella me había llamado. Todo porque yo tenía miedo. Miedo porque de repente se me había ocurrido que tal vez ahora era yo el que estaba enfadado y ella se había puesto triste... Excesivamente triste, tal vez.

Le dejé un mensaje de voz mientras estaba aquí, en la gasolinera, de madrugada, en este punto exacto, helado de frío. Le dije que iba a ir y recé a todos los dioses de todos los universos para que, cuando el depósito estuviera lleno, me hubiera devuelto la llamada y me hubiera dicho que diera la vuelta. Quería que me mintiera. Quería que me llamara y me dijera que estaba bien. Que no me necesitaba. Que no le importaba. Que nunca le importé.

Quería creer que su llamada no era una despedida definitiva. Porque, a pesar de las muchas cosas de las que no estaba seguro con respecto a ella, estaba seguro de eso. Era capaz de hacerlo. No sé por qué lo sabía, pero lo sabía. Y aunque había pasado tanto tiempo sin ella, no estaba seguro de si podría seguir viviendo sin ella en el mundo.

«Por favor, Eden —susurré, las palabras envueltas en una nube blanca de vaho—. Llámame, joder».

El surtidor se detiene y, de repente, regreso a la luz del día, al calor, al sol que me da en la nuca y los hombros. Me miro los brazos, se me pone la carne de gallina y un escalofrío me recorre la espalda.

Vuelvo a colocar la manguera en el soporte y veo cómo los números de la pantalla parpadean y se ponen a cero. Tomo aire e intento quitarme el frío que seguía sintiendo en los huesos desde aquella noche sin que me diera cuenta.

Me meto en el coche y saco el móvil para contestar a Bella:

No creo que sea buena idea vernos,
pero espero que estés bien, Bella.
Lo siento.

Eden

Sabía que mis solicitudes habían sido un asco. Mandé la misma a todas partes, junto con una estúpida redacción genérica que prácticamente escribió mi orientadora por mí, marcando todas las casillas de lo que, según ella, buscaban esas universidades. Recuerdo que pensé fugazmente: «¿Y qué hay de lo que busco yo?».

Así hice con todas, menos por una solicitud que no pensé que fuera a importar.

Para esa escribí algo que seguramente debería haber guardado dentro de un diario en algún rincón alejado del mundo. Era en parte una disculpa a mí misma, en parte una carta de amor a Josh, en parte la declaración de una víctima a cualquiera que quisiera escuchar…, todo en forma de redacción para la oficina de admisiones de la Universidad de Tucker Hill. Demasiado poética, demasiado sincera y rebosante de metáforas y cultismos, pero estaba orgullosa de ella. Hablaba de todo eso de las segundas oportunidades, del tiempo perdido, de los remordimientos y la esperanza en el futuro. Y la escribí con tanta confianza que creí que mi futuro estaba ahí.

Todo lo que dije lo dije en serio. Fue un disparo al aire, un deseo que nunca se haría realidad. Y la improbabilidad de que se cumpliera me dio el valor suficiente para intentarlo.

Fue a finales de enero, y yo estaba de subidón al saber que habían detenido a Kevin, y la gente parecía creerme, y todavía creía que eso contaba para algo. Pensaba que pronto lo encerrarían y saldría de mi vida, de las vidas de *todas*, para siempre. Me sentía libre. Josh y yo habíamos vuelto a hablar, antes de que dejara el instituto, antes de Steve, antes de que las cosas se pusieran mucho más difíciles. Así que escribí esa redacción en el último momento. Aún no sabía que, meses después, el juicio no habría avanzado nada, y yo me sentiría menos libre con cada día que pasaba, menos esperanzada.

No tenía ni idea de cómo funcionaba la justicia, así que cuando la fiscal Silverman y nuestra abogada de oficio, Lane, me explicaron que no iba a ser un juicio en el que me enfrentaría yo sola a él, sino que sería el Estado contra él, y que yo solo era una pieza de algo más grande, me sentí aliviada. Casi poderosa. Incluso protegida. Como éramos tres contra uno, Amanda, Gennifer y yo, las probabilidades parecían justas por fin. La unión hace la fuerza. Nos imaginé a las tres entrando en un elegante juzgado, como una banda salida de un cartel de cine: la exnovia, la hermana pequeña y la vecina de al lado, todas duras y fuertes, con los brazos entrelazados en solidaridad.

Fue un bonito sueño.

Mientras duró. Porque, como me dejaron muy claro Silverman y Lane al explicarme todo el proceso de recogida de pruebas, vista preliminar y juicio, en ninguna circunstancia se nos permitía hablar entre nosotras sobre cualquier cosa relacionada con el caso, con Kevin, o con lo que nos pasó. Porque si lo hacíamos, podían acusarnos de..., no estoy segura de qué, de mentir, supongo, de compincharnos para inventar una calumnia. Pero ¿no se habían dado cuenta de que Kevin era el verdadero cerebro detrás de todo?

Casi no recuerdo la persona que era cuando escribí esa redacción. Estuve pensando en ello durante semanas, las veinticuatro horas del día, hasta que fui consciente de un hecho que tenía su parte buena: ya podía dejar de tener esperanzas. Un vistazo a mi expediente académico me garantizaba que nadie la leería jamás.

Por eso me cuesta procesar el correo electrónico que estoy viendo en mi móvil. Pone que me han quitado de la lista de espera y que me ofrecen una plaza. Lo leo diez veces, pero sigo sin entenderlo. Tiene que ser un error.

Busco frenéticamente su correo electrónico anterior.

Apenas lo leí la primera vez. Mis ojos buscaron la palabra «desgraciadamente» y lo cerré al instante, sin volver a mirarlo. Pero no era un rechazo. Me decían que estaba en la lista de espera. Vuelvo al correo electrónico de hoy. Sí, aquí pone claramente: «Nos complace ofrecerle una plaza para el semestre de otoño».

—Dios mío —susurro.

—¿Qué? —pregunta mi hermano Caelin cuando entra en la cocina, donde estoy paralizada, con el microondas abierto, mi burrito enfriándose, la camiseta y la gorra del Bean puestas, el aroma del café pegado a mi pelo y mi piel.

—M-me han aceptado —tartamudeo, mirándolo—. En la Universidad de Tucker Hill.

—Ostras, Eeds. —Sonríe mientras le paso mi teléfono, y me doy cuenta de cuánto tiempo hacía que no le veía sonreír—. Qué gran noticia. Ni siquiera sabía que habías pedido allí. Tucker Hill está muy bien.

—Lo sé. Por eso pensaba que no entraría ni en un millón de años.

—Enhorabuena —me dice, y extiende los brazos como si fuera a inclinarse para abrazarme, pero se detiene en seco.

—Aunque eso no significa que pueda ir realmente, ¿verdad? —le respondo—. Me refiero a que es muy caro y está muy lejos...

—Eden, tienes que ir —me interrumpe—. En realidad no está tan lejos, ni siquiera está fuera del estado. Serán unas cuatro o cinco horas, como máximo.

—Vale, pero es caro.

—Bah, a la mierda el dinero —replica, agitando la mano en el aire despectivamente—. Hay ayudas económicas y becas, subvenciones, préstamos...

—Pero es muy pronto. No tengo tiempo suficiente para prepararme, y con todo lo que está pasando... —Se supone que el juicio empezará en otoño, algo de lo que no hemos hablado ninguno de los dos. De cómo será para él ver así a su antiguo mejor amigo, y a su propia hermana.

—Pues razón de más para que te vayas de aquí, pero puedes volver cuando lo necesites —insiste, omitiendo el tema clave del juicio—. Y te queda más de un mes. Es tiempo de sobra.

—A mamá y papá no les parecerá buena idea. Si ni siquiera se fían de mí para prestarme un coche para ir al trabajo. Y esa es otra: no tengo coche.

—Venga, para ya, ¿vale? —Junta las manos como si estuviera rezando—. Primero, ¿desde cuándo te importa una mierda lo que piensen ellos? O lo que piense yo, ya que estamos. —Se ríe, y yo también, porque tiene toda la razón—. Y ya encontrarás un coche. Joder, ¡te daré el mío! —exclama—. Deja de poner excusas.

—Pero tú necesitas tu coche.

—¿Para qué necesito un coche? Me voy a tomar el semestre libre —me recuerda—. Vas a matricularte y no hay más que hablar.

Intento imaginar cómo podría funcionar todo esto, cómo podría no ser una locura. Suelto una carcajada y me tapo la boca, negando con la cabeza mientras vuelvo a mirar el móvil. De repente siento vértigo y náuseas ante la abrumadora sensación de posibilidad que florece en mi pecho.

—Tucker Hill —dice Caelin—. ¿No es ahí donde está Josh Miller?

Asiento lentamente.

—Entonces ¿eso significa que vais a salir otra vez o...? —me pregunta, incómodo.

—Tiene novia —me oigo responder al instante. Es la frase que me ronda por la cabeza desde hace meses, aunque no sea exactamente lo que me ha preguntado—. Quiero decir, solo somos amigos —concluyo.

Llevo mi burrito tibio a mi habitación, cierro la puerta y abro el portátil. Tengo unas ganas terribles de fumarme un cigarrillo, porque siento que me asaltan demasiadas emociones, miedo, excitación, alegría y congoja, luchando entre ellas por estar en cabeza.

Pero inhalo despacio, exhalo despacio y abro mi correo electrónico para volver a comprobarlo, como si el mensaje pudiera transformarse desde el móvil a mi ordenador. No ha cambiado. Sigo el enlace de las ayudas y becas del departamento de inglés. Inglés, había dicho que mi especialidad era el inglés. Intento imaginarme allí, como en una de esas fotos idílicas que veo en internet. Quizá podría ser esa chica de ahí, sentada bajo un árbol con una manta y un libro, leyendo. O esa que sonríe en la sala de conferencias. Podría estar entre ese grupo de amigos que caminan juntos, hablando, riendo. Cierro los ojos e intento soñarlo: grandes edificios y vastas bibliotecas, vivir en una ciudad de verdad.

Y luego está la otra parte. Cierro mi portátil. La parte de Josh. Todo eso con Josh, como dijo Mara la noche del concierto.

Esta noche estoy picoteando la ensalada de mi plato, intentando encontrar el momento adecuado para sacar el tema. Caelin no deja de mirarme, esperando a que diga algo. Mamá está leyendo en su teléfono. Papá, que apenas me habla últimamente, está encorvado sobre su pollo, comiendo en silencio, como de costumbre.

—Eden ha recibido una noticia muy buena hoy —anuncia Caelin.

Mamá levanta la vista del teléfono y se lleva la servilleta a la comisura de los labios.

—¿Buenas noticias? Eso nos vendría muy bien por aquí.

—Ah, sí. Resulta que me han aceptado en la Universidad de Tucker Hill para el otoño.

—¿Qué? —dice papá, dejando el tenedor y mirándonos a Caelin y a mí como si hubiéramos estado guardándolo en secreto.

—Acabo de enterarme —le explico.

—¿Y tú... quieres... ir? —me pregunta mamá, con palabras lentas e inseguras.

—Pues, a ver... —empiezo a decir, pero su forma de hablar me ha hecho sentir como si no debiera ir, como si no tuviera derecho a quererlo.

—Por supuesto que quiere ir —me interrumpe Caelin.

—Claro, por supuesto que sí —dice mamá, aunque presiento un pero a continuación.

—Esto es algo bueno —argumenta Caelin en mi defensa, reforzando un poco mi determinación.

—Sí —coincido—. ¿Por qué parece que os estoy dando malas noticias?

—No, es una gran noticia, de verdad —responde mamá—. Solo que algo inesperada.

—Vale —digo y resoplo—. ¿Ni siquiera te alegras por mí?

—¡Desde luego que sí! Sí, claro que sí. Perdona, solo pienso en todo lo que te está pasando. Por fin parece que las cosas empiezan a asentarse por aquí, con tus sesiones y tu trabajo y... y tienes una rutina. Me preocupa que un gran cambio no sea lo que necesitas en este momento.

—O es exactamente lo que necesito. Ya he llamado a la consulta de mi psicóloga y puedo seguir hablando con ella por teléfono. Seguro que encontraré otro trabajo a tiempo parcial preparando cafés caros. Y puedo volver para la vista, si es que se celebra. Es decir, que podría aplazarse de nuevo. ¿Por qué voy a seguir poniendo toda mi vida en espera?

Papá suspira ruidosamente, y menea la cabeza.

—¿Qué? —le pregunta Caelin, y hasta yo oigo el desafío en su voz.

Papá lo mira entornando los ojos.

—¿Perdona?

—He dicho la palabra «psicóloga» —murmuro en voz baja—. He mencionado la vista ante el juez. Ya sé que se supone que debemos actuar como si nada de esto estuviera pasando.

—Eden —interviene mamá—, nadie está…

Pero papá la interrumpe:

—Va a hacer lo que le dé la real gana. ¿Por qué se molesta en preguntarnos?

—¿Quién, yo? —digo en voz alta, contagiándome del atrevimiento de Caelin, porque estoy harta de que mi padre no me hable desde que todo esto salió a la luz, como si yo hubiera hecho algo malo—. Entonces ¿prefieres que me quede aquí? Porque apenas me diriges la palabra.

—Esto no… —Papá empieza a apartarse de la mesa y mira a mamá—. Es demasiado joven, Vanessa. Es demasiado joven para irse. Esto no… —repite—, esto no puede estar pasando.

—¿En serio no eres capaz de mirarme? —le suelto, perdiendo los nervios.

—Eden —dice mi madre—, cálmate.

—Dios mío —murmura Caelin.

—¿Qué quieres que haga aquí? —le pregunto, y ahora ni siquiera intento controlar el volumen de mi voz—. ¿Qué, trabajar en el Bean durante el resto de mi vida, hacer algún cursillo de vez en cuando? Soy capaz de hacer otras cosas, ¿sabes? Esto es lo que quiero. No sé por qué te pones así.

Papá se levanta de la mesa, se dirige hacia la puerta y coge las llaves del coche.

Y entonces digo lo que he estado callándome durante los últimos siete meses.

—Crees que todo esto es culpa mía, ¿verdad?

Se da la vuelta y me mira por primera vez desde hace mucho tiempo.

—Bueno, pues yo no pedí que pasara nada de esto. Lo que me hizo Kevin no es culpa mía, ¡y estoy harta de que me eches la culpa todos los días!

Ahora también se levanta mi madre.

—Tu padre no te echa la culpa. Díselo, Conner —le exige ella.

Caelin también se levanta, mira a mi padre y luego a mí, mientras dice:

—No, me echa la culpa a mí, Eden. —Empuja su silla con calma y se va a su habitación.

Papá se da la vuelta, abre la puerta y se marcha.

—Por el amor de Dios —murmura mi madre—. Eden, ahora vuelvo. Lo resolveremos. Deja que… —Y se va detrás de mi padre. Me quedo sola, sentada a la mesa con cuatro platos de comida a medio comer.

—Me voy —le digo a nadie.

Tardo toda la noche en armarme de valor para mandarle un mensaje. Desde la conversación que tuve con su padre en el porche, me he esforzado mucho por no descargar toda mi mierda sobre él. He intentado estar ahí por si me necesitaba él a mí, para variar. He intentado preguntarle muchas veces cómo está, pero no se ha abierto a mí en absoluto. Ha empezado a preocuparme que nuestro tiempo haya llegado a su fin. Que hayamos perdido demasiadas oportunidades y que al final nos hayamos quedado sin ellas.

Me tumbo de espaldas, con la mirada fija en el ventilador de techo, dejando que me arrulle en una especie de extraño estado meditativo. Tengo que apartar la vista. Me pongo de lado, me incorporo, respiro hondo y abro nuestros mensajes por millonésima vez. Si espero más, será demasiado tarde y tendré que repetir todo esto mañana.

Sé que es tarde, pero puedo llamarte?

Mi móvil vibra en mi mano al instante.

Josh

Suena demasiadas veces antes de que me responda, y mi mente empieza a imaginar toda clase de desgracias. Tengo exceso de adrenalina corriendo por el cuerpo.

—Hola —dice en voz baja.

—Hola. ¿Qué ha pasado?

—Vale, ¿por qué es eso lo primero que me preguntas? —Se ríe.

Intento analizar su voz.

—Perdona. Es que desde que te conozco, solo me has llamado cuando algo va mal.

—¿De verdad?

—Ay, no lo sé —murmuro, sin querer que se sienta mal, sin querer volver a pensar en aquella llamada.

—Bueno, no pasa nada —inhala hondo y exhala despacio—, solo quería hablar contigo. ¿Te parece bien?

—Pues claro que sí. Te dije que podías llamarme cuando quisieras.

—Sé que me lo dijiste, pero... Vale, gracias. —Hace una pausa—. Hum, ¿está tu novia por ahí?

Nunca llegué a decirle que Bella y yo habíamos roto. Nunca surgió el momento de hacerlo sin que pareciera que había algún motivo oculto, como intentar que volviera conmigo.

—¿No se enfadará porque te llame tan tarde?

—Bueno, te he llamado yo, así que… —Me paso el teléfono a la otra oreja, como si eso pudiera ayudarme a pensar mejor—. ¿Por qué, se enfadaría tu novio? —le pregunto en su lugar.

—Sí, probablemente. —Suelta una carcajada perfecta, la suya, la de verdad—. Si aún fuera mi novio.

—Ah —susurro.

Se ríe de nuevo, esperando que me ría yo también, pero no puedo.

—Espera, ¿es verdad? —le pregunto antes de emocionarme demasiado—. ¿Ya no estáis juntos?

—Sí —responde ella—. Es verdad. Ya no estamos juntos.

—Ah —repito.

—¿Josh?

—Perdona. No, la única que podría molestarse sería Harley. —Ahora soy yo el que espera que se ría, pero no lo hace—. Ya sabes, mi gata… ¿Harley Quinn? No importa. Ahora mismo estoy en casa.

—¿En casa de tus padres? —me pregunta.

—Sí, pasando el fin de semana.

—¿No ibas a decírmelo?

—Ah, voy a estar poco tiempo.

—Pero… ¿me lo ibas a decir?

—Bueno, no sabía si tendría tiempo para verte, así que… —arrastro las palabras, esperando que diga algo, porque ¿cómo voy a contarle la verdad? «No sé si puedo confiar lo suficiente en mí mismo para estar cerca de ti».

—¿Eden?

—Sí, no, estoy aquí —dice suavemente.

—¿Y si…?

—¿Qué?

—¿Y si hablamos en persona? —le pregunto—. ¿Puedo ir a verte?

Contengo la respiración durante el silencio que se produce al otro lado de la línea. Nunca me había dejado ir a su casa. Ni siquiera sé por qué se lo he pedido. Debería haberla invitado a la mía.

—No pasa nada si no… —empiezo, pero ella me corta.

—Vente.

Me he cambiado de camiseta, me he lavado los dientes y, en menos de diez minutos, he aparcado delante de su casa. Desde que la conozco, nunca la he recogido ni dejado aquí, nunca he entrado. Su casa está muy oscura, pero cuando cojo las llaves del coche y subo por el camino de entrada, se enciende la luz del porche.

Abre la puerta cuando me acerco y sale descalza. Baja a mi encuentro sonriente, al mismo tiempo que subo yo, y nos abrazamos torpemente en los escalones, chocando y tambaleándonos.

—Hola —murmura mientras se aparta y se hace a un lado—. Perdona, creo que me he emocionado demasiado al ir a abrazarte.

—No me importan los abrazos con emoción si son tuyos.

Es literalmente una de las cosas más ñoñas que he dicho en mi vida, pero vuelve a llevar pantalones cortos, esta vez de tipo pijama, con una camiseta de tirantes a juego debajo de una sudadera ancha con capucha, y me cuesta pensar en otra cosa que no sea eso. Entro con ella, intentando calmarme un poco.

Hay zapatos alineados en la entrada, así que sigo el ejemplo y me quito los míos.

—Gracias —me dice en voz baja, mientras desplaza el peso de su cuerpo de un pie al otro, se rasca el muslo y vuelve la cabeza. Parece extrañamente incómoda en su propia casa. O quizá se da cuenta de que yo estoy nervioso y eso la pone nerviosa a ella también—. Mis padres están arriba —añade, sin llegar a susurrar, pero haciéndome saber que tenemos que ser relativamente silenciosos.

—Ah, vale —respondo, asintiendo.

—Por aquí. —Me guía desde la sala de estar hasta un pasillo donde oigo los sonidos amortiguados de una televisión, procedentes de una de las habitaciones, de la que sale una franja de luz bajo la puerta—. Mi hermano —me indica. Me acuerdo de la fiesta de Nochevieja de mi último año de instituto. Habían corrido rumores sobre Eden, y yo intentaba explicar que esos rumores no eran más que mentiras, sin mucho éxito porque estaba borracho (era la primera vez en mi vida que bebía). Ahora que lo pienso, estoy seguro de que solo empeoré las cosas. Cuando su hermano se enfrentó a mí esa noche, intenté explicarle que ella no era solo un ligue para mí, pero antes de que pudiera decirle que la quería de verdad, ya me había tirado al suelo. Mi primera pelea. Mi primer ojo morado. Mi primera resaca.

Eden cierra la puerta de su habitación mientras trato de echar un vistazo rápido sin que se note mucho. Todo es minimalista y austero; parece más una sala de exposiciones que un dormitorio.

—Bueno, pues este es mi cuarto.

—No sé por qué, pero es diferente a lo que imaginaba.

Mira a su alrededor como si también lo viera por primera vez.

—Pero es muy bonito —me corrijo.

—No —contesta ella—. Sé que es raro. Aquí ya no queda mucho de mí.

No estoy seguro de lo que eso significa, y supongo que se me nota en la cara porque me lo explica.

—Mi madre se fue de juerga al IKEA y se deshizo de todo lo que había antes. Después pintó las paredes y lo dejó todo... muy gris. Me temo que no he pasado mucho tiempo dándole mi propio toque. Menos por mi lámpara —dice, acercándose a su escritorio para encender una lamparita de cristal, que es la única fuente de color en toda la habitación—. La encontré en una tienda de segunda mano. Me siento muy orgullosa de ella. Perdona, me estoy enrollando. Supongo que son los nervios.

—No pasa nada, puede que yo también esté un poco nervioso. —Hago una pausa—. Estar aquí por primera vez hace que me sienta como si hubiera vuelto al instituto.

Suelta una risita y pasa a mi lado para pulsar el interruptor de la pared. La luz del techo se apaga y la lámpara de su escritorio proyecta una especie de resplandor amarillo por toda la habitación.

—Así está mejor —dice—. Menos brillante.

—Sí —coincido, observándola frente a mí en la penumbra, que le da un aspecto aún más… *cautivador*. Esa es la palabra que me viene a la cabeza.

—Nunca había invitado a nadie. Bueno, a Mara sí, claro, pero nunca había entrado ningún *chico* —se tapa la boca con las manos y susurra— en mi habitación. —Luego respira hondo y dice—: Perdona, se suponía que iba a ser algo gracioso.

—No, ha sonado bien —le digo, pero en realidad estoy pensando en Steve. ¿Es que él nunca ha estado aquí? ¿Y qué significa eso?

—Hum. ¿Quieres sentarte o, ah, te apetece algo de beber?

—Estoy bien —respondo—. No quiero nada.

Dice «Vale», pero sigue jugueteando con los cordones de su sudadera, que está claro que se puso por encima del pijama justo antes de que llegara yo. Y eso hace que mi mente vuelva a irse por donde no debe. Tengo que apartar la mirada.

—¿Y si empezamos de nuevo? —le pregunto—. ¿Con un buen abrazo?

Ella afirma con la cabeza.

—¿Sí? Vale. Ven aquí. —Le tiendo las manos y ella las coge, se acerca a mí y me agarra de la cintura. Yo la abrazo y apoyo la barbilla en su pelo, que huele de maravilla, como siempre. Aprieta la cara contra mi pecho y me estrecha con fuerza. Entonces se pone a respirar lenta y acompasadamente, como si intentara calmarse. Una parte de mí quiere preguntarle si está bien, pero está claro que no, así que intento respirar con ella y calmarme yo también. Poco a poco va soltándose de mí y nos separamos el uno del otro.

—Perdona, es que últimamente… me ha pasado de todo, pero me alegro de que estés aquí. Siempre es mejor hablar contigo en persona.

No había mencionado nada de eso en nuestros mensajes, aunque supongo que yo tampoco he sido muy comunicativo con mis cosas. Nos sentamos en su cama, uno frente al otro, igual que en la mesa de pícnic.

Como de costumbre, hablamos al mismo tiempo.

—Bueno, ¿y de qué querías hablar? —le digo.

—¿Por qué estás en casa? —me pregunta ella.

—Lo siento, tú primero.

—Vale, ¿por qué estás en casa? —repite.

—He venido por mi padre. Este fin de semana cumple seis meses sobrio. Habrá una ceremonia y luego una especie de celebración familiar.

—Hala, seis meses. Eso es mucho, ¿no?

—Sí —afirmo con la cabeza—. Es decir, le he visto conseguir la chapa de los seis meses unas cuantas veces, pero...

—Pero ¿qué?

—Seguramente me arrepentiré de decirlo, pero esta vez parece diferente.

—Qué bien —me contesta, parpadeando lentamente, como si lo dijera en serio.

—No sé, supongo que estoy siendo optimista, pero con cautela.

—Me alegro mucho, Josh. Te lo mereces.

—¿Me lo merezco? —le pregunto.

—Sí, te mereces tener a tu padre sano, y... a tu lado. Es decir, sé lo mucho que te ha afectado a lo largo de los años. —Alarga la mano para tomar la mía, acercándose más, y veo que le brillan los ojos—. Es que... —Hace una pausa para cerrar los ojos y añade—: Quiero que esta vez también sea diferente para ti.

Le cojo la otra mano, y me doy cuenta de algo importante que nunca había entendido hasta ahora. Eden ha pasado gran parte de nuestra relación ocultando sus emociones porque es *así* como siente las cosas: profunda y completamente. Eso y algo más: que siempre le he importado de verdad.

—Eden —empiezo a decirle, pero no tengo nada más que añadir, así que me conformo con un simple—: gracias.

—Siento lo de la llamada —se disculpa—. Me sorprendió que no me avisaras de que estabas aquí, pero no hace falta que me lo digas cada vez que vengas.

—No, si quería decírtelo… —Yo también me acerco un poco más a ella—. Pero me daba la sensación de que las cosas estaban algo… —intento dar con la palabra adecuada— tensas desde la última vez que nos vimos. No sé, a lo mejor es impresión mía.

—No es impresión tuya.

Hay un silencio que siento que me corresponde llenar.

—Si te soy sincero, no me fue nada fácil verte con otro chico. Pero también creía que debía dejarte en paz.

—No —me dice, apretándome las manos—. No quiero que me dejes en paz nunca.

—Bueno, pensé que, si tú lo habías superado, yo tenía que intentar hacer lo mismo, y que eso facilitaría las cosas, o…

—Si *yo* lo había superado —repite, endureciendo la voz, y me suelta las manos—. Eres tú el que tiene novia formal.

Hago un gesto de negación mientras termina de hablar.

—No tengo novia. Eso… se acabó hace tiempo.

—¿Qué?

—Que se acabó —le repito.

—¿Desde cuándo?

—Desde que fui a verte aquella noche. En diciembre. La verdad es que no le hizo mucha gracia.

—¿Entonces me mentiste?

—Sí —le reconozco. Eden asiente despacio y yo la observo mientras se muerde el labio y se mira las manos en el regazo, con el pelo sobre la cara. Inclino la cabeza hacia ella, pero se lleva la mano a la frente como si quisiera protegerse los ojos del sol—. ¿Eden?

Alargo la mano y le levanto la barbilla hasta que puedo verle la cara… y está *sonriendo*.

—Oye, no te alegres tanto —le digo en broma.

Ahora levanta la vista y se tapa la boca.

—No, perdona, no estoy sonriendo. —Pero le tiembla la voz al ahogar una carcajada.

—¡No, te estás riendo! —Lo que solo hace que me ría yo también por lo absurdo que es todo—. ¿Qué tiene tanta gracia?

—No, nada. ¡Perdón! —Me da un golpe en el brazo—. Déjalo ya —me ordena, pero luego vuelve a partirse de risa.

—Déjalo *tú*. —Su risa es como una droga—. Eres tú la que se ríe de mí.

—Lo siento, no sé por qué me río. Perdona —repite—. No me estoy riendo de ti, te lo prometo.

—No te preocupes, no pasa nada —respondo con ironía—. Solo estamos hablando de mi corazoncito.

—Madre mía —suspira, recomponiéndose—. Soy lo peor.

Asiento con la cabeza, fingiendo estar de acuerdo, para que no se me escape lo que pienso en realidad: «No, eres la mejor».

Cuando paramos de reírnos, no sé cómo ha sido, pero nos hemos acercado aún más el uno al otro.

—Es que he estado obsesionándome contigo y esa... *chica de ensueño*, y ahora... —Niega con la cabeza un momento y luego me mira intensamente, con las mejillas sonrojadas.

—¿Qué? —le pregunto.

—Me importa tu corazoncito, ¿sabes? —Extiende la mano y la posa en el centro de mi pecho, sus dedos apenas rozan mi camisa—. Mucho, en realidad.

Cubro su mano con la mía y la aprieto contra mi pecho. Estamos tan cerca que me pregunto si siente el latido de mi corazón a través de la camisa. Se aproxima a mí y me toca la cara con la otra mano, igual que la noche del concierto, con suavidad. Giro la cabeza y le beso la palma. Cuando su mano baja hasta mi cuello, se arrima más a mí. Entonces se inclina y me besa en la mejilla un instante, antes de apartarse para mirarme. Se agarra a la tela de mi camisa con la otra mano y sus ojos descienden hacia mi boca. Veo que toma un poco de aire... Dios, no sé cómo he podido olvidar ese detalle. Siempre me sorprendía cómo respiraba justo antes de besarme. Cierro los ojos y noto el calor de su boca, nuestros labios a punto de unirse.

Me quedo paralizado, porque esto está sucediendo de verdad, pero entonces, mientras espero a que acorte esa distancia increíblemente pequeña que nos separa, su mano suelta mi camisa y me da un empujón en el pecho. Abro los ojos y la veo retroceder.

Eden

Ahora mismo soy dos personas. La primera quiere lanzarse entre sus brazos. Su visión sesgada se centra solo en las cosas buenas, en lo justo, puro y sincero que sería hacerlo. Pero ¿y la segunda? Esa casi no lo ve, porque tiene visión de rayos X. Para esa chica, la habitación está tan abarrotada de todas las cosas que han pasado aquí que él apenas está presente. Más allá de las paredes recién pintadas y los muebles nuevos y las sábanas limpias, todo en perfecto orden monocromático, ve todas las cicatrices que se esconden debajo.

Una de nosotras se acerca, la otra se aleja, y las odio a las dos porque ninguna siente lo mismo que yo.

—Lo siento —susurro.

—No, lo siento yo. ¿Es que me he equivocado?

No sé qué palabras utilizar para explicárselo. Ni yo misma entiendo lo que me pasa por la cabeza en este momento, pero le cojo las manos y se las estrecho con fuerza porque es lo único que puedo hacer.

—No, Josh, no te has equivocado. Es solo que… aquí no. No puedo. Aquí no —repito, mientras miro cada rincón de la habitación como si las paredes nos estuvieran observando. Algunas veces siento que lo hacen.

—No pasa nada —me dice con mucha delicadeza, aunque tiene que estar aún más confundido que yo.

—Ocurrió aquí... —intento explicarle—. Sabes a qué me refiero, ¿verdad?

Veo en sus ojos que lo comprende. Me aprieta las manos y asiente con la cabeza.

—Sí —susurra—. Claro que sí.

—Quería hablarte un poco de eso.

—Ah, vale —me dice, enderezando la postura.

—No, de *eso* no. No te preocupes.

—No me preocupa, sabes que podemos hablar de ello.

Cierro los ojos y niego con la cabeza.

—No. Es decir, gracias, pero no. Quería hablarte de lo que pasa con este sitio.

—¿Este sitio? —repite, como si fuera a saber lo que significa por decirlo en voz alta—. De acuerdo.

—Sé que me estoy explicando fatal y que soy un desastre.

—Está bien, te entiendo —me dice con una sonrisa cautelosa—. La mayor parte.

—Que sepas que no estoy obviando lo que acaba de suceder, o lo que ha estado a punto de suceder... No pretendo olvidarlo. Es más, te prometo que *no* lo voy a olvidar, pero... —Le agarro las manos y me inclino para besarlas—. ¿Podemos dejarlo en espera de momento? O como se diga. Porque la verdad es que quería hablarte de otra cosa.

—Claro, hablamos. Adelante.

—De acuerdo. —Inhalo y exhalo, tratando de aliviar un poco esta tensión. Fuera lo malo, dentro lo bueno, me digo, como me enseñó mi psicóloga—. Sabes que me he esforzado mucho para que las cosas vayan bien por aquí.

Asiente con la cabeza.

—Pero no van bien —confieso en voz alta—. Y cuanto más lo pienso, más segura estoy de que no van a cambiar. Intento imaginarme aquí dentro de un año y no veo nada. —Hago una pausa para que se disipe la amargura que dejan esas palabras en mi garganta—. Ya no puedo estar aquí. En esta casa, en esta ciudad. Han pasado demasiadas cosas. Ya no es mi sitio. Hace mucho tiempo que dejó de serlo.

—Ajá —murmura, afirmando alentadoramente—. Entiendo que te sientas así.

—Así que he estado pensando en irme.

—¿En irte? —Enarca las cejas y mueve un poco la cabeza—. ¿Qué quieres decir? ¿Adónde?

—Bueno, ¿qué te parecería si me matriculo en tu universidad? ¿Te parecería raro, o…?

—¿A Tucker? —me interrumpe—. ¿Estás de broma? No, me parecería… —Hace una pausa buscando la palabra—. Perfecto.

—¿Sí? —susurro—. ¿De verdad, lo dices en serio?

—Claro que lo digo en serio. Al cien por cien, al mil por cien.

Intento no sonreír como una tonta, pero es difícil no hacerlo cuando me sonríe así.

—Vale, me alegro mucho de que lo digas, porque ya lo he hecho.

—Ah, ¿sí?

—Y he entrado.

—Espera un momento, ¿has entrado? —dice, demasiado alto para ser casi medianoche.

—Y tengo muchas ganas de ir.

—Has entrado —repite—. ¿Es en serio, Eden?

Asiento con la cabeza.

—¡Es genial! —Me rodea con sus brazos y ya me siento más libre—. Me alegro mucho —susurra en mi pelo—. Joder, me alegro un montón.

—¿De verdad? —le pregunto, odiando lo tonta y pequeña que parezco al decirlo. Cuando nos separamos, me coloca el pelo detrás de las orejas y me sujeta la cara con las manos un momento, sin dejar de sonreír mientras me mira a los ojos.

—No me preguntes eso, ya sabes que sí. —Me da un beso en la frente, un beso tierno y casto. Me sostiene la mirada un poco más y luego se aparta de mí, apoyando la espalda en la pared.

Entonces me siento a su lado, también contra la pared, mi brazo contra su brazo, mi pierna contra su pierna.

De repente se queda muy callado.

—¿Qué estás pensando? —le pregunto.

Niega con la cabeza y dice:

—No sé, muchas cosas.

—¿Como qué?

—Que estoy muy orgulloso de ti. ¿Es raro que te lo diga?

—No —le contesto. Pero veo que traga saliva y echa un vistazo a mi habitación, de manera distinta a como lo había hecho antes—. ¿Qué más estás pensando?

Gira la cabeza para mirarme y entorna un poco los ojos.

—¿Sinceramente? Más que nada, intento *no* imaginarte... en esta habitación... con *él* —concluye, con la voz entrecortada.

—Lo siento. —Porque quizá no haya sido justo poner esos pensamientos en su cabeza.

—¿Por qué? No lo decía porque no tuvieras que haberme dicho nada al respecto, me alegro de que lo hicieras. No tienes que disculparte.

—Parece una habitación muy bonita, ¿no crees? —le digo, y no sé si intento quitarle importancia o si se lo pregunto de verdad. Quería que entendiera lo mucho que necesito irme de aquí, pero no me gusta que vea mi vida tal y como es en realidad, como nadie más es capaz de ver.

—Pues no —responde él de inmediato—. Lo siento, pero es que no sé cómo lo haces.

—¿El qué?

—Seguir viviendo aquí... después de todo.

—Pues mal. La verdad es que muy mal. Me cuesta mucho dormir aquí. La cama es nueva, pero todavía acabo en el sofá la mayoría de las noches. Ahora es mejor que antes. Cuando iba al instituto, dormía literalmente en el suelo, con un saco de dormir. Nunca se lo había contado a nadie.

Exhala una larga bocanada de aire y me rodea con el brazo. Yo me dejo caer sobre su costado.

—Solo he dormido bien en una cama en casa de Mara o...

—¿O qué? —me pregunta.

—O cuando estaba contigo —digo, lanzándole una mirada rápida, y veo que me observa con enorme tristeza—. Lo siento.

—No lo sientas.

—No sé por qué te he soltado este rollo. Estoy muy cansada. —Suspiro—. Estoy divagando y haciendo que todo sea incómodo y horrible, ¿verdad?

—No, para nada. Por favor, no digas eso, ¿vale?

Antes de que pueda contestar, se aparta de mí, y durante un segundo pienso que realmente lo he estropeado todo, pero entonces se tiende, apoya la cabeza en mi almohada y extiende el brazo a un lado.

—Ven aquí, me quedaré contigo hasta que te duermas.

—¿En serio?

—Si te parece bien a ti.

Asiento con la cabeza y me tumbo junto a él.

—¿Estás cómoda? —me pregunta.

Me vuelvo a incorporar porque la sudadera me da demasiado calor. Me la puse solo porque estaba en pijama y no llevaba sujetador, pero ahora me parece una tontería, así que abro la cremallera y él me ayuda a sacar los brazos de las mangas. Me vuelvo a acostar, apoyando la cabeza en ese espacio perfecto que he buscado en tantas otras personas, pero que nunca he encontrado.

—¿Quieres que apague la luz? —me pregunta, acercando la mano a la lámpara de colores de mi escritorio.

—No, no apagues —le digo con excesiva rapidez, y él retira la mano, casi sobresaltado—. Es decir, ¿te importa si la dejamos?

—Está bien —responde con suavidad—. ¿Es lo que sueles hacer? ¿Dejar la luz encendida?

—No tengo miedo a la oscuridad —intento explicarle, levantando la cabeza para mirarlo—. Solo un poco cuando estoy aquí. Otra cosa que nunca le había dicho a nadie.

En vez de contestar, se limita a hacer un gesto de asentimiento. Vuelvo a apoyar la cabeza y dejo que mi brazo descanse sobre su vientre mientras sus dedos recorren mi piel desnuda como una canción de cuna.

—¿Eden? —dice tan bajito que apenas puedo oírle—. ¿Puedo preguntarte una cosa?

—Claro.

Su pecho se eleva al llenar sus pulmones de aire, y siento su corazón acelerándose debajo de mí.

—Cuando estábamos juntos, ¿alguna vez...? —Hace una pausa y yo espero—. A ver, sé que nuestra relación fue muy deprisa y empezó siendo muy...

—¿Sexual? —sugiero, porque resulta evidente que le cuesta hablar de esto.

—Iba a decir física, pero sí. —Hace otra pausa y traga saliva antes de continuar—. Y tú eras más joven de lo que yo pensaba.

—Porque te mentí.

Hace caso omiso de mis palabras y sigue hablando como si no hubiera dicho nada.

—¿Alguna vez hice algo que no te pareciera bien, o que te hiciera sentir...? Es decir, ¿alguna vez no te escuché o te presioné para...?

Veo adónde quiere llegar, así que le corto.

—Josh, *no*.

—No, no me... —Al oír el temblor en su voz no tengo más remedio que mirarlo—. No me digas solo lo que crees que quiero oír. Necesito saber la verdad. Me está matando —añade, y sus palabras me duelen en el alma.

—Te estoy diciendo la verdad.

—A veces pienso en el pasado y ya no estoy seguro de si te traté bien. Yo ya sabía que algo iba mal, desde la primera vez que estuvimos juntos. Lo sabía, pero no hice nada...

—¿Y qué ibas a hacer? Intentaste preguntarme y básicamente te mandé a freír espárragos.

—Pero no...

—No insistas. *Nunca* has hecho nada malo, te lo prometo. —Cuando intento tocarle la cara, me coge la mano y la apoya contra su mejilla, mirándome a los ojos.

—Lo prometes —repite—. ¿De verdad?

—De verdad. —Me suelta la mano y vuelvo a recostarme a su lado—. Por favor, no pienses eso ni por un segundo, Josh. En todo caso, fue lo contrario.

—Vale —susurra, acariciándome el pelo con una mano y sujetándome el brazo con la otra—. Perdona, te dejo dormir.

—No pasa nada.

Al cabo de unos minutos, cuando cree que no voy a oírle, susurra:

—Gracias.

Josh

Me quedo mirando el techo durante no sé cuánto tiempo. Debería sentirme mejor, por fin tengo las respuestas que necesitaba, pero sus palabras siguen repitiéndose en mi cabeza.

—Lo contrario —me oigo decir en voz alta—. ¿Qué es lo contrario?

—¿Hum?

—Has dicho: «En todo caso, fue lo contrario», pero ¿qué significa eso?

—Ah —murmura, con la voz pastosa por el sueño—. No sé. Siempre me hiciste sentir… segura. Demasiado segura, tal vez. —Suelta una risita—. Como que ya no podré conformarme con cualquier otro.

—No sé cómo tomarme eso —murmuro, pero me aferro a esa pequeña risa.

—Es que…, ya sabes, no hay nadie como tú.

En cuestión de segundos, su respiración se vuelve más lenta y profunda, y finalmente se duerme.

—Tampoco hay nadie como tú —le digo, aunque sé que no me va a oír.

Cuando abro los ojos, me doy cuenta de que me he quedado frito. Eden sigue dormida, con una pierna encima de la mía. Me muevo despacio y busco el móvil en el bolsillo trasero. Son casi las cuatro. Primero le aparto la pierna y luego, con mucho cuidado, saco el brazo de detrás de su cuello. No quiero despertarla, pero tampoco quiero irme sin más. En su escritorio, cerca de la lámpara, hay un montón de notas adhesivas y un bote lleno de rotuladores y bolígrafos.

Continuará... Que duermas bien, J

La tapo con la manta de punto que está doblada sobre el respaldo de su silla y dejo la nota en la almohada, a su lado.

Atravieso de puntillas la casa a oscuras, sin atreverme a respirar. No sé con quién sería peor que me encontrara en mitad de la noche: con sus padres, que no tienen ni idea de quién soy y pensarían que ha entrado un intruso, o con su hermano. Llego hasta el recibidor, donde recojo mis zapatillas y me las llevo en la mano. Cuando cierro la puerta al salir, me permito soltar el aire por fin. Me apoyo en la barandilla, intentando mantener el equilibrio mientras me pongo las zapatillas.

—Hola, Miller.

—¡Joder! —Casi me caigo por los escalones cuando miro hacia arriba y veo a su hermano sentado en la penumbra.

—Lo siento —me dice—. En realidad, pretendía *no* asustarte.

—No pasa nada. —Intento ponerme la otra zapatilla a toda prisa, por si acaso tengo que salir corriendo—. Hum, sé lo que parece, pero no me estoy escabullendo ni nada por el estilo.

Se ríe despacio.

—Sí, esto es un poco incómodo, ¿verdad? —murmura a la vez que se enciende un cigarrillo que le ilumina la cara, y es entonces cuando me doy cuenta de que tiene toda una colección de botellas a su lado.

—¿Estás bien, tío? —le pregunto, porque tiene muy mal aspecto. Nada que ver con el que fuera el mejor jugador del equipo del instituto, del que se decía que sería una estrella de la NBA a los veinte; apenas se parece al tipo que me dio una paliza en la fiesta de Nochevieja.

Se encoge de hombros.

—¿Quieres una? —me pregunta él a mí, y está a punto de dejar caer la cerveza que me ofrece. Si alguna vez he necesitado motivación para no volver a beber, puede que sea esta.

—No, gracias. Es tarde, debería irme a casa.

Afirma con la cabeza y se abre la botella para él.

—Me alegro de verte —le digo, aunque en realidad es horrible verlo así.

—Oye, Miller —me llama cuando empiezo a bajar los escalones del porche—, ¿tú lo sabías?

No necesito preguntarle de qué está hablando.

—No, no lo sabía. Ojalá lo hubiera sabido, de verdad.

—¿Crees que está bien?

No sé qué decir, pero intento responder de todos modos.

—Creo que está… haciendo todo lo que puede. Deberías preguntárselo tú —añado.

Asiente, pero no dice nada. Levanto la mano para despedirme y doy otro paso.

—Oye, Josh, para que conste… Siento haberte pegado en la cara aquella vez.

—No pasa nada. —Doy otro paso, pero me detengo y vuelvo a mirarlo—. Sabes, tu hermana me importa de verdad. Siempre me ha importado. Nunca fue como tú pensabas.

Caelin asiente de nuevo y se levanta, da un par de pasos vacilantes en mi dirección y me tiende la mano. Cuando la cojo, me abraza y me da unas palmaditas en la espalda, como hacíamos antes después de los partidos.

—Me alegro de que seas… su amigo, o lo que sea —me dice.

—Sí, bueno, yo también me alegro —le respondo, esperando que se acuerde de esta conversación por la mañana—. Cuídate, ¿vale?

—Claro. Nos vemos.

Cuando arranco el coche, él ya ha entrado en la casa.

Eden

Estamos todos reunidos en la entrada de mi casa. Es como la escena de la despedida de *El mago de Oz*, pero en vez de chapines de rubíes, mi método de transporte mágico es un Toyota beis prestado. Y, además, no vuelvo a mi hogar, me estoy yendo. Es increíble lo rápido que pasa el tiempo cuando intentas poner en orden tu caótica vida. He tenido que dejar mi trabajo en el Bean, matricularme en las asignaturas, encontrar un lugar para vivir, conseguir un nuevo trabajo y hacer todas las sesiones con mi psicóloga que he podido. Estoy agotada.

Pero lo he hecho. Y ahora estamos aquí. Mara está llorando como una magdalena y, para sorpresa de todos, mi padre también, y me cuesta mantener la compostura más de lo que pensaba, incluso después de tomarme otra pastilla. Pero lo consigo.

—Eden, ¿estás segura de que no podemos seguirte en otro coche? —me pregunta mi madre de nuevo—. Solo para que te instales.

—No, puedo hacerlo sola. En serio, tendré mucha ayuda allí. Y volveré a casa el mes que viene para la… —Hago una pausa, cruzando una mirada de Caelin antes de que vuelva a agachar la cabeza—. Vista —concluyo.

—¿Seguro que no se te ha olvidado nada? —insiste mamá mirando hacia la casa.

—Seguramente, pero siempre puedo cogerlo la próxima vez.

—Ojalá conociéramos al tal Joshua con el que vas a vivir —murmura mi padre.

—No voy a vivir *con* él, papá —le corrijo, pero tampoco quiero ser muy dura con él, porque no me había dirigido tantas palabras, o pronunciado tantas palabras cerca de mí, desde la discusión que tuvimos durante aquella cena—. Solo estaremos en el mismo edificio.

—Yo lo conozco —le dice Caelin—. Es un tío legal.

Eso parece tranquilizar a mi padre, lo que prende una pequeña llama de irritación en mi pecho. ¿Por qué no basta con que yo lo conozca, responda por él y me fíe de él? Ese pensamiento me revuelve el estómago y apaga el fuego antes de que llegue a mi cerebro y me haga decir algo de lo que me arrepentiré después. No quiero que esto acabe así. Ni que empiece así.

Nos miramos unos a otros, y luego al coche de Caelin, lleno hasta los topes de cajas, bolsas y mi colchón, el nuevo, envuelto en plástico y atado al techo con cuerdas elásticas.

—Bueno —dice mamá, apretándose los lagrimales con los dedos—. Esto no me gusta nada.

—A mí tampoco —solloza Mara.

Me dirijo a cada uno de ellos: mamá, papá y Caelin. Les doy un abrazo y les digo que los quiero. A Mara, mi espantapájaros, la dejo para el final.

—Creo que te voy a echar de menos más que a nadie —le susurro al oído.

—Calla —se ríe, aunque gimotea—, no me puedo creer que te vayas.

—Más vale que me visites —le digo, con su pelo en mi cara, sus brazos aferrados a mi cuello y su cuerpo tembloroso por el llanto.

—Avísanos cuando llegues —me pide mi madre mientras saco el coche de la entrada.

Casi estoy en la autopista cuando me doy cuenta de que no sé adónde voy, así que me meto en una calle lateral y aparco. Entonces veo un mensaje de Amanda, enviado un cuarto de hora antes.

Solo dice:

Vas a volver, verdad?

Me pregunto si nos habrá estado mirando mientras nos despedíamos. Percibo el pánico que desprenden sus palabras. Se refiere a si volveré para la audiencia ante el juez. Cuando le pregunté a la fiscal si tenía que hacerlo, me dijo que podían obligarme, aunque usó la palabra «exhortar». Supongo que Mandy no lo sabe. Ahora no puedo hablar con ella. Me sacudo el escalofrío y copio la dirección del mensaje de Josh para pegarla en mi navegador.

Respira hondo. Empieza de nuevo.

A los veinte minutos de viaje, estoy a punto de matarme cuando me desvío hacia el carril de la izquierda mientras compruebo las indicaciones. El camionero con el que casi me estampo toca el claxon dos veces y me hace un gesto con el dedo. Sin embargo, tras salir de los límites de la ciudad, me siento bastante bien. La carretera está despejada y conduzco a toda velocidad con la ventanilla bajada, la radio encendida y la lista de reproducción que me preparó Mara, con todas las canciones que me sé de memoria. Empiezo a pensar que quizá no haya sido una idea tan descabellada después de todo, que podría ser algo bueno. El cielo está gris, pero me parece perfecto. Un día perfecto para intentar cambiar.

A mitad de camino le envío un mensaje a Josh con mi tiempo estimado de llegada, cuando paro para repostar e ir al baño. Dejo la radio apagada durante la segunda parte del viaje. En realidad, no había planeado llegar tan lejos. Es decir, sé que las clases empiezan dentro de una semana, y que el lunes por la mañana tengo la orientación y una visita al campus con un grupo de estudiantes de primero como yo. Y que mi compañera de piso se llama Parker Kim, una chica de segundo año que está en el equipo femenino de natación y que vive en el mismo edificio que Josh.

Reduzco la velocidad hasta el límite exacto, intento prepararme.

Todas nuestras conversaciones y mensajes recientes se han limitado a tratar cuestiones puramente logísticas. Por ejemplo, la tremenda escasez de viviendas para estudiantes que hay en el campus y que todos los apartamentos que le pasé para que les echara un vistazo estaban en barrios marginales y apartados de la universidad. O la habitación que se había quedado libre en el apartamento de su amiga (su anterior compañero acababa de mudarse con su novia, así que necesitaba meter a alguien lo antes posible, casi tanto como yo). «Es perfecto, ¿verdad?», me había dicho Josh. Y yo me lo tomé tal cual, tratando de no darle demasiada importancia a su deseo de tenerme tan cerca.

Sin embargo, a lo largo de estas seis semanas de planificación, preparativos, idas y venidas, no he dejado de tener ese amago de beso en la cabeza. Lo más cerca que ha estado él de revelarme lo que siente fue cuando me envió el enlace a una oferta de trabajo para estudiantes en la biblioteca, con unos emojis muy sugerentes.

> Deberías presentarte. Recuerdo que eras voluntaria en la biblioteca del instituto cuando te escondías de mí... Y tu rollo 🔥 del club de lectura 😉

Releí ese mensaje muchas veces, y hasta le pedí a Mara que lo analizase. Ella pensó que me estaba tirando la caña, pero yo no lo tengo tan claro. Aun así, solicité el trabajo y, tras una entrevista telefónica de cinco minutos, lo conseguí. Doce horas a la semana. Tendré que encontrar algo más, pero es un buen comienzo.

El GPS dice que estoy a solo dos minutos. Me detengo a varias manzanas del edificio, me enjuago la boca con la botella de agua tibia que llevo en el coche y me tomo un caramelo de menta. Estoy rebuscando en el bolso cuando toco con la mano uno de mis tres frascos de pastillas. Unas para la depresión, otras para dormir y las últimas para los ataques de ansiedad. Me planteo tomarme una, solo para calmarme. En vez de eso, me pongo un poco de brillo de labios y me recojo el pelo alborotado en un moño un poco más decente. Por si acaso. No sé exactamente por qué.

Josh

Anoche no pude pegar ojo. Estoy sentado con Parker en la azotea de nuestro edificio, bebiendo café, aunque ya he tomado demasiada cafeína hoy.

—Me estás poniendo negra dando golpecitos con el pie —me dice Parker—. ¿Tengo que cerrarte el grifo? —Señala la taza que me tiembla en la mano. La dejo en la mesa derramando café. Miro mi móvil. Otra vez.

—Debería llegar en cualquier momento.

—¿Puedo preguntarte una cosa? —dice Parker, mirándome por encima del borde de su taza—. Este extraño nerviosismo que tienes, ¿es de ansiedad o de emoción?

No sé qué responderle, porque ahora mismo no puedo distinguir entre ambas cosas.

—Porque me estás dando unas vibraciones bastante chungas —continúa ella, pero estoy demasiado ocupado mirando el último mensaje de Eden, y la voz de Parker pasa a segundo plano.

—¡Josh! —grita, chasqueando los dedos delante de mi cara.

—Perdona, ¿qué?

—Ella *mola*, ¿no? —me pregunta finalmente—. ¡Voy a tener que vivir con esa persona, y tu rollo raro me está haciendo dudar!

—No, ella es genial, de verdad. Soy yo el que no…

—¿Mola?

—Muy graciosa. —Me obligo a sonreír—. Lo que pasa es que dejamos las cosas un poco en el aire la última vez que nos vimos. No tengo muy claro qué es lo que somos. La línea entre la amistad y algo más está muy borrosa en este momento, y no sé qué esperar.

—Bueno, ¿y qué quieres que pase?

Me encojo de hombros, deseando poder decir con certeza que me bastaría con ser su amigo.

—Pues aceptaré lo que ella me diga.

—Genial, suena supersano. Ningún drama en absoluto.

—Vale, obviamente, quiero más.

Se queda mirándome con una sonrisa burlona en la cara.

—Tú —se limita a decir.

—Yo, ¿qué?

—*Tú*... —Se levanta y me señala con el dedo—. Más te vale no montar ningún drama con *mi* compañera de piso, porque entonces tendrías un drama *conmigo*. —Ahora se señala a sí misma—. Y no me gustan los dramas.

—A mí tampoco.

—Ajá. —No parece muy convencida.

Me suena el móvil.

—Ya está aquí.

Mientras bajo trotando el primer tramo de escaleras, Parker grita desde atrás:

—*¡Corre, Josh-wah, corre!* —citando la película que vimos en Historia de los Estados Unidos, donde nos asignaron al azar para hacer una presentación en pareja. Tardé un año entero en darme cuenta de que en realidad no me odiaba. Simplemente le gusta burlarse de la gente y tocar las narices.

Después de llamar a la puerta de mi apartamento y asomar la cabeza («D, ¡ya está aquí!»), me pregunto si habré tomado la decisión correcta al juntarla con Parker. Sé que en el fondo es buena persona, pero también puede ser muy brusca.

—¡Sí, ya voy! —exclama Dominic mientras cierro la puerta.

Me detengo y espero a que Parker me alcance.

—¿Qué? —me dice.

—Oye, vas a ser amable con ella, ¿verdad? —Intento preguntarlo con la mayor delicadeza posible.

—Siempre soy amable, imbécil.

—Vale, pero es que tiene que hacer muchas cosas y...

—Como la mayoría de las chicas —me corta—. Escucha, Josh, sé leer entre líneas. Lo entiendo. Seré buena con ella. —Y, por primera vez desde que la conozco, no hay sarcasmo en su voz, ni la sombra de una sonrisa en su cara—. Pero no intentes controlar tanto.

—Muy bien. —Dominic aparece por el pasillo, dando palmas entre nosotros—. Estoy listo. Vamos allá.

—Vale —les digo a los dos.

Bajo el siguiente tramo de escaleras, obligándome a adoptar un paso más lento, porque Parker tiene razón, no puedo intentar controlar lo que ocurrirá a continuación. Al salir veo el coche del hermano de Eden aparcado frente al edificio. Es fácil de distinguir, con el colchón atado al techo del coche. Pero no localizo a Eden. Me agacho para mirar por la ventanilla del acompañante. Su móvil está ahí, en el portavasos; la lámpara de su dormitorio asoma de una bolsa en el suelo.

—*Relax* —canturrea Parker detrás de mí—. Además creo que es esa de ahí, ¿no?

Sigo la dirección en la que mira Parker, al otro lado de la calle, hacia una chica que está en el paso de peatones. Lleva el pelo recogido y gafas de sol, la correa del bolso cruzada sobre el pecho y una bandeja de la cafetería de la esquina. Al principio no la reconozco. No sé exactamente por qué. Supongo que esperaba verla fuera de lugar, tener que ayudarla a aclimatarse, protegerla incluso. Pero ya parece una más, como si siempre hubiera estado aquí. El semáforo cambia y ella empieza a caminar hacia nosotros, saludando con la mano cuando me ve.

—¡Hola! —dice mientras se acerca—. Traigo capuchinos con hielo.

Parker se adelanta y hace un anuncio:

—Oh, presiento que este es el comienzo de una hermosa amistad.

—Tú debes de ser Parker —dice Eden, subiéndose las gafas de sol con la mano libre.

—Y tú debes de ser Eden. —Parker se dirige hacia ella con los brazos abiertos, pero entonces se detiene—. ¿Te gustan los abrazos?

—Hum, claro —responde Eden, lanzándome una mirada rápida—. Sí.

—He oído hablar mucho de ti —le dice Parker abrazándola, algo que nunca le había visto hacer con nadie—. Bienvenida al edificio, y a Tuck Hill. Esto te va a gustar, te lo prometo.

—Gracias —contesta Eden—. Me alegro de estar aquí.

—Hola de nuevo, querida —interviene Dominic, sin dejar entrever sus muchos recelos, que no se había cortado en transmitirme a mí, y la rodea fugazmente con un brazo—. Si quieres, te ayudo quitándote uno de esos cafés de las manos.

—Me alegro de volver a verte —dice ella mientras le entrega uno de los vasos, y luego le da otro a Parker.

Entonces sus ojos se cruzan con los míos. Me dedica una sonrisa tan radiante que me quedo literalmente sin palabras.

—Hola, tú —consigo decir al fin.

Nos acercamos el uno al otro por la acera y, cuando la rodeo con mis brazos, Parker le coge la bandeja de bebidas. Ahora siento sus dos manos contra mi espalda, atrayéndome hacia ella. Me permito saborearlo un momento, pero, como me quedaría así todo el día si pudiera, termino soltándola antes.

Eden

Sigo a Parker por las escaleras hacia mi nueva vida. Ella habla tranquilamente durante los dos tramos, mientras que yo me estoy quedando sin aliento. Supongo que será por sus pulmones de nadadora. O quizá es que llevo tanto tiempo conteniendo la respiración que ya no sé lo que es respirar con facilidad.

—La lavandería está en el sótano. Josh y D viven en el piso de arriba —me dice mientras me guía a través de un pasillo largo y estrecho—. Ah, y después, recuérdanos que te enseñemos nuestro rinconcito en la azotea.

—Vale —consigo responder.

Cuando llegamos al final del pasillo, anuncia:

—Aquí es, el 2 C. Hogar, dulce hogar.

Una parte de mí también se pregunta si el ritmo desbocado de mi corazón se debe a que no estoy acostumbrada a subir escaleras, a que los ansiolíticos están haciendo efecto, o si solo es por ver a Josh y la emoción que me produce poder abrazarlo al fin, tocarlo a la luz del día, en público, sin miedo a quién pueda vernos y lo que puedan pensar, o a si estoy haciendo algo mal o fingiendo algo que no es.

Parker abre la puerta y extiende el brazo para que entre yo primero. Paso a una sala de estar grande, diáfana y luminosa, con ventanas en dos de las paredes. En el centro hay un sofá gastado, que en sus tiempos fue de un rojo brillante. Una mesa pequeña con sillas desparejadas en un rincón. Una cocina diminuta con antiguos electrodomésticos blancos y una barra estrecha que separa ambos espacios.

—Sé que no es gran cosa —me dice Parker mientras miro a mi alrededor—. Es pequeño y tenemos que compartir el cuarto de baño, pero está mucho mejor que las residencias del campus.

—No, esto está… —Está limpio y ordenado, y no se parece en nada a mi casa. Cuando doy un paso, las tablas del viejo suelo de madera crujen bajo mis pies—. Me encanta.

—Aquí está tu habitación. —Sonríe y señala una puerta al otro lado—. Mi anterior compañero se dejó algunas cosas: una cómoda, una estantería, un escritorio y una silla. Podemos tirarlo todo si quieres, pero pensé que era mejor esperar por si te venía bien quedarte con algo.

Mi habitación.

Camino sobre el suelo de madera y, mientras traspaso el umbral, tengo la sensación de que la habitación me está invitando a entrar. Es más pequeña que la de mi casa, pero tiene una ventana grande que da a un árbol, y los muebles viejos y destartalados resultan cálidos y acogedores. Paso la mano por encima del escritorio y noto los surcos de las marcas de bolígrafo que se entrecruzan en la superficie.

—¿Qué te parece? —dice la voz de Josh detrás de mí.

Cuando me doy la vuelta, Parker se ha marchado y Josh está de pie en la puerta con dos de mis maletas a sus pies, acunando mi lamparita de cristal en un brazo como si fuera un bebé.

Nuestros dedos se tocan cuando se la cojo, el cuerpo de latón de la lámpara está caliente por el tacto de sus manos. Acerco la lámpara al escritorio (*mi* escritorio), la conecto al enchufe y giro el pequeño interruptor en forma de llave para encenderla.

—Perfecto —digo, y me giro para mirarlo. Está apoyado en el marco de la puerta y me sonríe como siempre. Con esa sonrisa perfectamente imperfecta. Sin embargo, ahora enciende algo en mi interior, como ese interruptor en forma de llave. Como si lo viera a todo color por primera vez. Me quedo paralizada donde estoy, pero camino hacia él en mi mente. Porque lo único que quiero hacer es meterlo en la habitación, *mi* habitación, cerrar la puerta, coger sus manos entre las mías y ponerlas sobre mi cuerpo. Quiero besarlo por todas partes, sentir su boca en mi piel. Quiero…

—¿Estás bien? —me pregunta recogiendo las bolsas, y es evidente que no está teniendo los mismos pensamientos que estoy teniendo yo en este momento.

Trago saliva al verle los brazos, mientras deja las maletas junto a la puerta del armario con tantísima facilidad, tan grácilmente.

—Sí. Es que… —Me llevo las manos a las mejillas. Las tengo ardiendo. Siempre me he sentido atraída por Josh, pero esto es diferente: esta agitación que me invade es como un hambre voraz, pero más profunda. Suelo poner tantos cortafuegos cuando pienso en él que la intensidad repentina de este despliegue pasional me pilla desprevenida—. Tengo mucho calor. Bueno, solo un poco —me corrijo.

No sé qué me está pasando. ¿Es esto lo que siento por él cuando no filtro mis emociones y censuro cada uno de mis pensamientos?

Pasa junto a mí, rozándome con el brazo, y se acerca a la ventana.

—Déjame ver si puedo abrirla. Estas ventanas viejas se atascan mucho en verano. —Descorre el pestillo metálico y le da un fuerte golpe al marco de madera, que chirría dejando entrar una brisa fresca que acaricia mi piel y me aplaca lo suficiente para que no me abalance sobre él y ponga en práctica las cosas que no paran de rondarme por la cabeza.

—Gracias —le digo, alargando la mano cuando pasa a mi lado. Le agarro la manga de la camisa, le agarro el antebrazo cuando se detiene. Quiero acercarme a él, quiero que se acerque a mí, pero se queda parado y me cubre la mano con la suya solo un instante antes de soltarme.

—No hay de qué —me dice tan tranquilo, y se dirige a la puerta como si solo le hubiera dado las gracias por abrirme la ventana.

Bajo por las escaleras sintiéndome un poco mareada, mientras mis sentidos sintonizan con él, a unos pasos detrás de mí. Pasamos todo el día muy juntos, cruzándonos en el pasillo, apretujándonos en las escaleras. Cada vez que lo hacemos me dan más ganas de tocarlo. Pero él no parece tener el mismo problema, y yo ya no sé qué pensar.

Ahora hace más calor y hay más humedad que en todo el día, cuando de repente me encuentro sola en la calle. Tomo el último trago de mi capuchino con hielo ya derretido y decido que por lo menos puedo intentar soltar las cuerdas elásticas que sujetan el colchón y el somier.

Me subo al coche por la puerta abierta, me pongo de puntillas y meto la mano debajo del colchón, buscando el punto donde se unen los dos ganchos. No lo veo, pero lo rozo con la yema de los dedos.

—¡No te hagas la heroína, Eden! —exclama Parker a mi espalda—. Deja que los chicos se encarguen de eso. No es nada antifeminista, te lo prometo. Y si lo es, no pasa nada, no se lo diré a nadie.

—Lo tengo —afirmo, aunque sé que no llego.

—Te ayudo —me dice Josh, apareciendo de pronto. Siento su pierna junto a la mía, su mano se apoya un momento en mi espalda mientras me rodea con el otro brazo, su cuerpo se aprieta contra el mío—. Casi lo tienes. —Su mano recorre mi brazo hasta el gancho que toco con los dedos. Tira de las cuerdas y, con su boca dolorosamente cerca, me indica—: Sujeta este lado. —Pone el gancho en mi mano y luego se estira, apretándose más contra mí, hasta que separa ambas cuerdas.

Mi corazón se acelera al sentir su cuerpo de esa manera. Él también tiene que estar notándolo.

Entonces se baja del coche y pierdo el equilibrio.

—Eh, ¿estás bien? —me pregunta tan pancho, agarrándome de la cintura para que no me caiga. Si me diera la vuelta, creo que no podría mirarlo a los ojos sin besarlo.

Y como no creo que deba hacerlo aquí, en plena calle, me limito a murmurar:

—Sí, todo bien. —Sigo de espaldas a él mientras desciendo entre sus brazos. Luego me sitúo a una distancia prudencial con Parker en la acera y vemos cómo Josh y Dominic sacan mi colchón del coche.

Subo los escalones corriendo para abrirles la puerta de la calle.

—Gracias —me dice Josh al pasar.

Me permito levantar la vista solo una fracción de segundo, y me doy cuenta de la expresión atónita de sus ojos, como si fuera *yo* la rara.

Cuando la puerta se cierra tras ellos, Parker suelta una carcajada.

—Vaya, vaya. —Suelta un suspiro exagerado, casi un silbido—. Se podía cortar la tensión con un cuchillo.

—¿Qué? —le pregunto, aunque por supuesto que lo sé.

Ella ladea la cabeza y sonríe.

Me vuelvo a llevar las manos a las mejillas y siento la sangre ardiendo bajo la piel.

—¿Y si comemos? —le digo, en lugar de reconocer lo que al parecer es evidente para todo el mundo—. Voy a pedir algo de comer. ¿Qué hay por aquí que esté bien?

Media hora después estamos los cuatro en la azotea con una pizza grande y dos litros de refresco. Dominic trae platos de papel y vasos de plástico que nos da a cada uno.

—Sabes que estás destruyendo el planeta con eso, ¿verdad? —le dice Parker.

—No —replica Dominic al instante—, las compañías energéticas y las grandes empresas están destruyendo el planeta. Yo estoy siendo considerado y haciendo que nuestra muy merecida cena sea un poco más civilizada.

Josh se acomoda en el sofá de mimbre y me hace sitio para que me siente a su lado.

—Ya te acostumbrarás a sus discusiones —me dice, y sonríe mirándome a los ojos. Es la primera vez en todo el día que me mira.

—Qué va, si me gusta —le respondo. Y es la verdad. Mi casa ha estado muy muerta durante los últimos meses, sin nadie hablando. Nadie haciendo bromas. Nadie riendo—. Me gusta todo esto —añado, observando la pequeña azotea llena de muebles de exterior desparejados, una mesa y sillas, plantas en maceteros.

El sol se retira por fin tras los edificios más altos a lo lejos, y una plácida serenidad nos invade mientras comemos nuestras porciones de pizza. Hasta que Dominic me ve intentando limpiarme los dedos pringosos en el plato de papel manchado de grasa.

—Mierda, se me olvidaba... —Saca un fajo de servilletas que tenía en el bolsillo y me da una—. Aquí tienes.

—¿Más productos de papel? —exclama Parker a través de su último bocado.

—¡Pues te limpias con los pantalones si quieres!

Parker levanta las manos y luego se las lleva a los muslos, ensuciándose los vaqueros. Dominic se pone de pie bruscamente, llamando la atención, y alza un dedo como si fuera a soltar un monólogo solemne, pero su única respuesta es:

—Puaj.

Me tengo que reír, aunque no estoy muy segura de que estén bromeando, en realidad. A Josh se le escapa una risita a mi lado, pero se contiene.

Parker se levanta con una sonrisa de satisfacción en la cara.

—Bueno, chicos, voy a ver si nado un poco antes de que se haga muy tarde.

—Y yo debo prepararme, tengo una cita —dice Dominic—. Y por cita me refiero a una videollamada en mi habitación. —Se tiene que notar la confusión en mi cara, porque me explica—: Con Luke. Creo que lo conoces. ¿Lucas Ramirez, del instituto?

—Ah, sí —respondo—. Iba un curso por delante de mí.

—De momento lo estamos llevando a distancia. Estoy intentando convencerlo para que se venga aquí como has hecho tú, pero… —Se calla de repente, y Josh se retuerce a mi lado—. Bueno, a ver, no es que sea lo mismo. No quería decir que hayas venido solo para estar con…

—Hum, vale —lo interrumpe Josh—. No querrás llegar tarde a tu cita, ¿verdad?

Parker apoya las manos en la espalda de Dominic y lo dirige hacia la puerta.

—Nosotros nos vamos, pero vosotros disfrutad de esta puesta de sol tan poco romántica. Hasta luego, compi.

—Guau —susurra Josh mientras salen por la puerta y sus carcajadas siguen resonando después de cerrarla—. Te pido perdón. Son unos inmaduros.

—No pasa nada. —Lo que de verdad quiero decirle es que quien está siendo inmaduro es él—. Me caen bien.

Dejo el plato de papel sobre la caja de pizza vacía y me reclino en los cojines, sintiendo la tensión que aflora en mis músculos. Pero la vista es preciosa: la luz incide en los edificios que forman la pequeña ciudad universitaria, y más allá, sobre un paisaje de colinas verdes y onduladas. Mucho más agradable que la llanura monótona de casa.

La brisa recorre nuestros cuerpos y agita las hojas de los árboles cercanos, refrescando mi piel acalorada y el sudor de todo el día. Este sería el momento perfecto para que me besara, para que hablara conmigo, o para que me hiciera lo que él quisiera.

Josh

Llevo todo el día esperando a quedarme solo con ella, intentando no forzar las cosas para que no sea incómodo, pero ahora estamos aquí y no sé qué hacer.

—Bueno, Parker no se equivocaba con la puesta de sol —dice Eden.

Me vuelvo hacia ella y la veo contemplando el cielo, bañada por esa luz anaranjada como un polo de frutas, pero la única respuesta que se me ocurre es:

—Sí.

Suspira, se echa hacia atrás, sube las piernas al sofá y las cruza. Gira la cabeza de un lado a otro, se estira, se encorva y empieza a amasarse los hombros con las manos.

—Jolín, no estoy nada en forma —se queja con una risita.

No sé qué puedo añadir sobre eso que no me incrimine de alguna manera, así que me quedo ahí sentado, intentando no mirarla.

—Supongo que no estoy acostumbrada a levantar y cargar peso —continúa, moviendo los hombros hacia delante y hacia atrás.

—Ah, claro —consigo responder.

—¿Josh?

Cuando levanto la vista, ha dejado de moverse y me mira fijamente.

—¿Estás bien?

—¿Yo? —le pregunto—. Sí, ¿por qué?

—No lo sé. Has estado muy callado todo el día. —Hace una pausa—. ¿He hecho algo malo? ¿No te alegras de que esté aquí?

—*No.* —Así que me ha salido el tiro por la culata—. No, por Dios. Me alegro mucho de que estés aquí, solo trataba de darte espacio.

—¿Por qué, quieres que *yo* te dé espacio?

—¡No! —digo casi gritando—. No es eso en absoluto. Es que acabas de llegar y no quiero que sientas que hay mucha prisa por saber qué hacemos.

—Ah. —Ella asiente con la cabeza, parece pensarlo durante unos segundos—. Ya, pues no lo había entendido para nada.

—Lo siento —murmuro—. Supongo que tendría que haberlo dicho, ¿no?

—¿No se suponía que tú eras el buen comunicador en esta relación? —dice y lanza una risa breve, pero luego añade rápidamente—: No me refiero a una relación-relación, ya sabes lo que quiero decir. —Vuelve a llevarse la mano a la nuca y se aprieta los músculos mientras gira la cabeza.

—Estaré perdiendo la práctica. —Me siento un poco más relajado después de haberlo sacado… y verla aturullarse por la palabra «relación»—. ¿Quieres que te lo haga yo?

—Sí, por favor. —Se desplaza en el sofá para darme la espalda—. Pensaba que no te ofrecerías nunca. Es aquí donde me duele. —Se pasa la mano del cuello al hombro.

Su piel está caliente cuando mis manos se introducen bajo el cuello de su camiseta, y tengo que contenerme para no inclinarme y besar ese lugar. Siento que exhala con todo su cuerpo y empieza a contonearse y derretirse bajo mis manos. Emite pequeños gemidos cada vez que la aprieto. Me alegro de estar sentado detrás de ella para que no vea cuánto me afectan sus sonidos. Si no la conociera mejor, una parte de mí se preguntaría si lo hace a propósito para excitarme, pero ella no piensa así. Ni siquiera sabe lo que me está haciendo. Nunca lo supo.

—Ya está —le digo parando en seco, porque ahora mismo la deseo muchísimo.

—Ay, no —protesta, volviendo la cara—. Me encanta.

—Ya, a mí también me gusta demasiado —murmuro.

—¿Qué? —me pregunta, y no sé si no me ha oído o no sabe a qué me refiero.

Me aclaro la garganta, intentando decidir si debo decírselo o no.

—Nada.

—No, ¿qué? Dímelo. —Se da la vuelta para estar frente a mí.

—Eden, estabas… —empiezo a decir, pero no puedo evitar reírme—. Estabas…

—¿Qué? —repite.

—Estabas haciendo… sonidos sexuales.

Abre la boca y suelta el aire, y veo que su cara se ruboriza ante mis ojos. Pero sé que también intenta no reírse.

—¡Por el amor de Dios, Josh!

—¡Es la verdad!

—¡No lo es! —grita, dándome un manotazo antes de taparse la cara con las manos.

—Yo te digo que sí. Y lo sé bien.

Su risa se apaga mientras sigue mirándome a mí y a los últimos restos de color que quedan del atardecer.

—Lo siento —me disculpo, intentando prolongar la alegría un poco más—. Es que ya no podía aguantarme.

Vuelve a sentarse y mira hacia el cielo cada vez más oscuro, negando con la cabeza y soltando una pequeña carcajada de vez en cuando.

—Sonidos sexuales —se burla. Luego se vuelve de nuevo hacia mí—. Vale. Pues, hablando de… eso, ¿crees que ha llegado el momento de dejar de esperar?

—Sinceramente, tú decides. —Intento mantener la pelota en su tejado, pero me cuesta saber cuándo le estoy dando demasiado espacio o no lo suficiente—. Yo puedo seguir así. Es decir, si quieres esperar o necesitas más tiempo, podemos hablarlo cuando no estemos tan hechos polvo.

—Vale. —Suspira y después bosteza—. Ha sido un día muy largo.

—Sí —estoy de acuerdo—. Quizá deberíamos entrar, ¿no? Supongo que tendrás mucho que hacer y eso.

Asiente mientras se levanta y me tiende la mano para ayudarme. La cojo y caminamos medio agarrados por la azotea.

Llegamos primero a mi piso.

—Mi apartamento está aquí —le digo—. ¿Quieres que te acompañe al tuyo?

—No, está bien.

Cuando nos paramos frente a mi puerta, me rodea el cuello con los brazos.

—Me alegro mucho de que estés aquí —vuelvo a repetirle.

—Yo también —susurra, cerca de mi oído—. Te he echado de menos. —Me da un besito rápido en el cuello antes de apartarse, dejándome con el corazón latiendo a mil por hora.

—Vale —contesto sin motivo alguno, seguramente rojo y sonriendo con cara de idiota—. Bueno, ya sabes dónde encontrarme si me necesitas.

Me coge la mano mientras se aleja, y la aprieta un poco antes de soltarla.

—Igualmente —responde, y hay algo en su tono, en su sonrisa… ¿Está coqueteando conmigo? «Dios, no me tientes».

—Buenas noches —le digo. Se da la vuelta cuando llega al final del pasillo, junto a las escaleras, y se despide con la mano.

Dentro, puedo oír a Dominic hablando con Luke detrás de la puerta de su habitación. Todavía siento la presión de sus labios sobre mi cuello. Miro la hora en mi teléfono. Solo son las ocho y media. ¿Qué coño estoy haciendo aquí? ¿Por qué no le he dicho que no puedo dejar de pensar en ella, que lo único que quiero es saber lo que piensa de nosotros? «Yo puedo seguir así». ¿De verdad he dicho eso? En realidad, es lo que he estado haciendo. Seguir esperando. Durante meses, años.

Me doy cuenta de que estoy andando. Obligo a mis pies a detenerse. Voy hacia la puerta, pero mi mano se niega a girar el pomo. Debería esperar. Puedo esperar. No, no puedo esperar. Abro la puerta y corro por el pasillo, bajo las escaleras, llego a su puerta. Levanto la mano para llamar, pero no lo hago. Empiezo a volver por donde he venido, pero me detengo de nuevo. Retrocedo. Y ahora me pongo a dar vueltas por el pasillo.

«Ella está ahí dentro», me digo.

Regreso a su puerta. Voy a hacerlo.

Levanto la mano y doy un golpe, demasiado alto y rápido.

Se oyen ruidos al otro lado de la puerta y, cuando la abre, parece sorprendida de verme. Lleva el pelo suelto, algo alborotado, y eso hace que esté aún más guapa.

—Hola —me dice.

Tomo aire, me salto el saludo y le pregunto:

—Eden, ¿quieres salir conmigo mañana por la noche?

—¿Salir?

—Ajá. Tú y yo solos. Mañana. Por favor.

Se mira los pies y sonríe, y me cuesta un mundo dejarme las manos en los bolsillos y no apartarle el pelo de la cara.

—Vale —accede, y por fin levanta la cabeza para mirarme de nuevo.

—¿Vale? —le repito.

—Vale —vuelve a decir, y suelta una risita.

—Vale. —Empiezo a retroceder y estoy a punto de tropezar como si tuviera doce años y fuera la primera vez que le pido salir a una chica.

—Buenas noches —me dice—. Otra vez.

—Buenas noches otra vez.

Ella cierra la puerta y yo camino por el pasillo sintiéndome completamente revitalizado, después de este día agotador en el que he tenido que controlar cada uno de mis movimientos, palabras y pensamientos. Sin embargo, ahora mismo podría correr una maratón. Acelero el paso y me dispongo a subir las escaleras de dos en dos para desfogar tanta emoción, cuando oigo un clic y un chasquido a mi espalda.

—¡Josh, espera!

Me doy la vuelta y la veo venir hacia mí a toda velocidad. Cuando me alcanza, se para en seco, respira entrecortadamente y se queda muy cerca, haciendo una pausa antes de cogerme las manos.

—Es que… —empieza, pero no termina. En lugar de eso, deja que sus manos recorran mis brazos, mis hombros, mi cuello y mi cara, donde noto que sus dedos tiemblan sobre mi mejilla y su pulgar roza mi labio inferior.

Abre la boca y parece que va a continuar, pero entonces lanza ese suspirito que me vuelve loco y me mira. Sus ojos buscan una respuesta en los míos. No creo que pueda hablar, pero asiento con la cabeza porque, sea cual sea la pregunta, sea lo que sea lo que ella quiera, mi respuesta siempre va a ser sí.

Sus labios separan los míos con suavidad, su boca es cálida, y cuando mi lengua prueba la suya, me besa con más fuerza. Nuestras respiraciones se mezclan, pesadas y profundas, y ella vuelve a hacer esos ruiditos de la azotea, y no me puedo creer lo bien que me siento al besarla. *Solo* por besarla.

Mis manos buscan su cara, su pelo, sus brazos y sus caderas, todo al mismo tiempo. Ella se agarra a mi cintura apretándose contra mí mientras yo tiro de ella para acercarla, hasta que llegamos a la pared y me doy un golpetazo en el codo.

—Ay —susurra en mi boca, a la vez que pone la mano entre mi codo y la pared. No sé por qué un gesto tan sencillo hace que mi corazón empiece a latir de esta manera incontrolable, pero lo hace, y tengo tantas ganas de que me lleve a su habitación que me duele.

Alguien abre una puerta, y nos separamos justo a tiempo para ver al hombre mayor que vive en el 2 E, que asoma la cabeza y murmura «Buscaos una habitación» antes de cerrar de nuevo.

Volvemos a mirarnos, y aunque querría seguir besándola así, aquí, unas cuantas horas más, estallamos en carcajadas los dos.

—¡Lo siento! —exclama Eden en dirección a la puerta cerrada—. No lo siento —me susurra.

—Para nada —niego con la cabeza.

Me coge de los hombros y tira de mí para besarme otra vez, lenta y suavemente. Se apoya en mi pecho, suspira y siento el calor de su aliento a través de la camiseta. Me mira y me pone la mano en el corazón.

—¿Continuará? —me pregunta.

Hago un gesto afirmativo, pero no puedo hablar ni moverme de donde estoy. Cuando se aparta y retira la mano, la reemplazo por la mía, en el mismo lugar donde la tenía ella, porque quiero sentir que todavía me toca. Echa a andar por el pasillo, pero a medio camino se da la vuelta para sonreírme. Suelta una risita tapándose la boca y corre hacia la puerta. Me quedo allí esperando casi un minuto, por si vuelve. Y mientras subo las escaleras despacio, escalón a escalón, solo puedo pensar que así es como debería haber empezado todo entre nosotros, como debería haber sido siempre.

Eden

Me paso el día mandándole fotos a Mara de todos los conjuntos de ropa que tengo en el armario, que no son muchos. Ella no deja de decirme que me ponga el único vestido que me he traído, pero me parece demasiada presión para nuestra primera cita de verdad. Ya hay bastante presión después de esta espera de casi tres años, y no creo que haga falta añadir más.

Así que opto por los vaqueros cortos que me puse para el concierto. Son nuevos y estoy segura de que esa noche le pillé mirándome las piernas por lo menos una vez. Una camiseta sencilla de florecitas amarillas. Bonita, pero sin llegar a ser sugerente. Las sandalias. Me depilo las piernas y las axilas, por si acaso. Intento seguir los consejos del vídeo que me mandó Mara sobre peinados chulos para melenas cortas. Me hago un recogido con horquillas que me queda bastante bien, al menos por delante. Brillo de labios, rímel, pulsera, collar, pendientes.

Me recoge a las ocho en punto, tal como dijo, y está tan guapo y huele tan bien que casi me dan ganas de no ir a ninguna parte y meterlo en mi apartamento. Pero entonces se inclina y me besa en la mejilla, lo que me hace reír. Y cuando salimos a la calle, me toma de la mano, y es un gesto tan tierno, inesperado y sincero que estoy a punto de llorar.

Vamos cogidos de la mano, sonriendo y mirándonos a lo largo de las tres manzanas que nos separan del restaurante.

El sitio se llama Nonna's Little Italy. Es pequeño, oscuro y acogedor, y se pueden oler las hierbas, el queso fundido, el ajo y el aceite desde la calle. Si hubiera un lugar que simbolizara la comida reconfortante, sería este. La mujer que nos recibe lo hace con pocas palabras, pero nos sonríe con calidez al entregarnos las cartas. Un hombre más joven se acerca para dejarnos una cesta de pan recién hecho envuelto en una servilleta de tela, como las que rodean nuestros cubiertos.

—¿Y bien? —me dice Josh después de pedir, retirando con cuidado la servilleta del pan, como si abriera un regalo—. ¿Qué te está pareciendo la cita? Y no dejes que el hecho de que llevo planeando esto desde que nos conocemos influya para nada en tu respuesta.

—Bueno, para empezar, has llegado puntual. Y muy guapo, además. —Hago una pausa porque, ¿de verdad acabo de decir eso en voz alta? Creo que debería darme vergüenza, pero... hemos esperado demasiado tiempo como para andarnos con jueguecitos. Eso es algo que habría hecho la antigua Eden. Así que me obligo a añadir—: Lo del beso en la mejilla también ha sido un buen detalle.

—Me alegro —responde, sonrojándose—. No estaba seguro de que hubiera salido como esperaba.

—Sí, sí —lo tranquilizo—. Y este sitio. Parece que me hubieras leído el pensamiento. Creo que Nonna's Little Italy va a ser mi nuevo restaurante favorito, y eso que todavía no he probado el pan.

Me acerca la cesta y parto un pedazo, pero aún está muy caliente. Sin embargo, la mantequilla se funde a la perfección. Josh espera hasta que le doy un bocado.

—¿Y ahora que has probado el pan? —me pregunta.

Me tomo mi tiempo para masticarlo y tragar. Luego abro la boca como si fuera a responder, pero doy otro bocado, lo que le hace reír, y yo siento una calidez inexplicable por dentro.

—Está siendo la mejor cita de mi vida —le digo.

—Hala. No esperaba tanto.

—Bueno, para serte sincera, también es la *única* cita que he tenido.

—¿Steve no te sacaba por ahí?

Había olvidado que Josh conocía a Steve. En mi cabeza, pensaba más bien en el montón de desconocidos con los que me había enrollado después de Josh, a los que conocía en fiestas u otros lugares sórdidos, estando borracha y colocada. La mayoría de ellos sin rostro. Anónimos. Tíos a los que no he vuelto a ver y con los que nunca salí por ahí.

—La verdad es que no —reconozco finalmente—. Aunque lo intentó muchas veces —añado, en defensa de Steve.

Josh se queda mirando su plato un momento, y hace una especie de mueca al alzar la vista.

—Vaya, esa era la regla número uno de las primeras citas, ¿verdad? No mencionar al ex de la otra persona. Casi parece que soy yo el que es nuevo en esto —me dice, intentando bromear, y bebe un sorbo de agua.

—No pasa nada. —Pero ahora que ha salido el tema, me siento obligada a decir algo—. Steve era muy buena persona. Deberíamos haber sido solo amigos.

Josh asiente con la cabeza, y está a punto de decir algo cuando llegan nuestros platos. Empezamos a comer en silencio, y pienso que lo he estropeado todo, hasta que termina diciendo:

—Entonces, ¿eso significa que seguís siendo amigos?

—¿Quieres decir como tú y yo, que seguimos siendo amigos? —le pregunto.

—Más o menos —admite.

—No. Somos amigos. Pero no somos *amigos* como tú y yo. Si sabes a lo que me refiero…

Me lanza una sonrisa radiante y audaz, aunque un poco tímida, todo al mismo tiempo.

—Creo que sé lo que quieres decir, sí.

—Bien. —Lleno el tenedor de pasta y me lo meto en la boca para dejar de hablar.

—Y para que conste —me dice—, ahora mismo tampoco soy *amigo* de nadie más.

—Tomo nota. —Y hasta yo tengo que reírme de lo torpes y pardillos que somos—. Gracias por la información —añado.

—De nada.

Nos vamos de Nonna's repletos de pasta, salsa, queso y pan, pero, al salir, Josh echa a andar en dirección contraria a la que vinimos.

—¿Por aquí no? —le pregunto.

—No hemos terminado todavía —me dice.

—¿Hay más?

—Sí, es una cita temática.

—¿Temática? —repito, realmente impresionada, incluso halagada—. ¿Cuál es el tema?

—Es más bien un tema libre, o... un tema dentro de otro tema —me explica, haciendo gestos con las manos.

Después de caminar media manzana, pasamos por delante de unos edificios de apartamentos muy parecidos a los nuestros, con tiendas en los bajos que ya han cerrado por hoy. Hay árboles viejos bordeando las aceras, y sus raíces levantan el cemento formando montículos. Josh me coge de la mano otra vez y yo se lo permito, pero sigue haciéndolo después de dejar atrás los desniveles.

—Nunca habíamos hecho esto —me indica, enlazando sus dedos con los míos—. Siempre te apartabas cuando intentaba cogerte de la mano.

Asiento con la cabeza.

—Ahora me gusta. Es bonito. —Pero es más que eso. Y me gusta muchísimo, aunque no sé cómo decirlo exactamente.

Sonríe mirando al suelo y le aprieto la mano una vez. Él me devuelve el apretón. Como una especie de código Morse entre los dos. Tras cruzar una esquina oscura, el viento empieza a soplar de repente, agitándonos la ropa y el pelo. Me da la sensación de que no me gustaría pasear sola por aquí de noche sin él.

—Ya estamos cerca —me dice como si supiera lo que estoy pensando.

Nos detenemos frente al escaparate de lo que al principio creo que es una cafetería, porque en el letrero de neón pone MÁS QUE > CAFÉ. Suena una campanilla al abrir la puerta. No parece que haya nadie y, cuando nos acercamos al mostrador, veo por lo menos una veintena de helados de sabores diferentes alineados en el congelador. En la caja registradora hay un cartel escrito a mano donde se puede leer: VEN POR EL CAFÉ, QUÉDATE POR EL GELATO.

—Mmm, ¿helado de postre? —le pregunto.

—Me he arriesgado —dice, medio entornando los ojos, medio mirándome de reojo, como si estuviera conteniendo la respiración—. Entonces ¿te gusta el helado...?

—Pues sí. Me gusta el helado, así que...

Aparece una chica detrás del mostrador que se endereza las gafas mientras proclama:

—El *gelato* no es helado. El helado no es gelato. El gelato es mil veces mejor que el helado. Es un hecho.

—Estoy de acuerdo —responde Josh, pero apenas mira a la chica, que me recuerda a mí por algún extraño motivo. Quizá sea por las gafas, el pelo y la altura, pero puedo imaginármela como otra versión de mí misma en un universo alternativo.

La chica se pone unos guantes de plástico nuevos y anuncia:

—Me llamo Chelsea. —Luego suspira, como si decir su nombre fuera la peor parte de su trabajo—. Hoy seré vuestra camarera. Podéis probar los sabores que queráis.

—Gracias —responde Josh mientras echamos un vistazo a la selección.

No puedo evitar fijarme en ella. Está mirando a Josh (cosa que entiendo), y cuando ve que me doy cuenta, se sube las gafas, como hacía yo cuando estaba nerviosa.

—Hum, ¿puedo probar el de pistacho con menta? —le pregunto.

Coge un poco con una cucharita de plástico y me la pasa desde el otro lado del mostrador. Por el rabillo del ojo veo que Josh me observa mientras me la meto en la boca.

—¿Qué?

—Nada. Es que, ¿pistacho con menta? ¿Qué eres, una anciana?

—Está bueno. Toma, pruébalo —le digo, poniéndole la cuchara delante de la cara.

—Qué asco, quédate con tu pistacho con menta para viejas. —La camarera, Chelsea, suspira de nuevo, con cara de malas pulgas. Una parte de mí se pregunta si nos mira y se pregunta cómo, *por qué* está Josh aquí conmigo y no con ella, cuando somos tan parecidas.

—¿Puedo probar el de chocolate con crema de cacahuete? —dice Josh. O no se da cuenta del enfado de la camarera o simplemente no le importa. Ella le da una muestra, y ambas lo miramos mientras se mete la cuchara en la boca y cierra los ojos.

—Chocolate con crema de cacahuete, ¿en serio? ¿Eso es lo que te gusta? —le pregunto.

—¿Qué tiene de malo el chocolate con crema de cacahuete? Es una combinación clásica.

—Sé que estoy en minoría, pero hay cosas que no combinan bien juntas.

—Qué disparate —replica la camarera en un tono completamente monocorde.

Josh la mira, luego me mira a mí, y durante un instante me pregunto si él también se ha dado cuenta, pero entonces dice:

—Pues lo siento mucho, Eden, pero me temo que lo nuestro es imposible. —Se da la vuelta como si fuera a salir por la puerta y yo intento reírme porque sé que está bromeando, pero me doy de bruces contra un muro de pánico al pensar que algún día me dirá esas palabras en serio.

Alargo la mano hacia él, pero se me escapa entre los dedos porque se me han dormido. El tiempo parece dilatarse durante el segundo que tarda en detenerse, dar media vuelta y estrecharme entre sus brazos.

—Es broma —me susurra en el pelo. Después me mira y me da un pico en los labios. El tiempo vuelve a correr. Y estoy aquí, me digo, estoy bien. Puedo seguir aquí.

Veo a Josh. Siento a Josh. Oigo a Josh. Huelo a Josh. Puedo saborear a Josh.

Me coge del cuello y me atrae hacia él.

—Sabes que no iba en serio, ¿verdad? —me dice en voz baja, pasándome el pulgar por la mejilla.

—Sí —susurro, recuperando la voz. Sin desaparecer. Esta noche no. Con él no.

La camarera se aclara la garganta y pregunta en voz alta:

—Entonces ¿un pistacho menta y un chocolate crema de cacahuete?

Vuelvo a mirarla, y ya no la veo tan parecida. Solo es una chica llamada Chelsea, que tiene su propia vida y que probablemente no volverá a acordarse de nosotros cuando nos vayamos de aquí.

—Sí, por favor —respondo apartándome de Josh, y siento que mis pies, mis manos, mis piernas y mis brazos van recuperando las fuerzas mientras me acerco a la caja registradora.

—Puedo pagarlo yo, Eden —me dice Josh.

—De eso nada. Tú has pagado la cena, yo me encargo del postre.

—De acuerdo —acepta—. Gracias.

Chelsea desliza nuestras tarrinas de gelato sobre el mostrador.

—Pasad buena noche. —Y luego añade en voz baja—: Estoy segura de que lo haréis.

Cogemos nuestras tarrinas de papel y nuestras cucharitas de plástico, y vamos comiendo mientras Josh me guía calle abajo.

—Me parece que no le hemos caído muy bien a esa chica —me dice y se ríe.

—Bueno, en su defensa, hay que reconocer que hemos sido un poco... *empalagosos.*

—¿Tú? Jamás. Eres deliciosa. —Me da un codazo en el brazo, pero paso por alto su tierno comentario porque, aunque lo estoy intentando, aún sigo siendo yo, y no sé cómo reaccionar ni ante el piropo más inocente.

—Voy a intentar adivinar cuál es el tema de la cita.

—Vale —dice, recogiendo los restos de su tarrina con la cucharita.

—Obviamente es algo italiano —digo, dándome golpecitos en la barbilla con el dedo, como si estuviera pensando en un acertijo—. ¿Comida italiana rica?

—Caaasi —responde alargando la palabra—. Pero que es más bien un tema dentro de otro tema. Aún tenemos que hacer una parada más.

—¿Me vas a llevar a Italia?

—Sí. —Sonríe y arroja la tarrina a una papelera—. Ojalá.

—Me queda un poco de pistacho con menta. ¿Seguro que no quieres probarlo? Está muy bueno, te lo prometo. Confía en mí.

Mira el contenido de mi tarrina y luego dice:

—Venga, vale, lo pruebo.

Cojo un poco con la cucharita, pero no sé si dársela en la mano o en la boca. Se ríe de mi timidez y agacha la cabeza, cogiéndome la mano para llevársela a la boca. Me mira mientras lo hace. Y es un momento casi insoportablemente íntimo, aquí de pie en la acera de una calle vacía, con el viento levantándose a nuestro alrededor, aún cogidos de la mano mientras hacemos una pausa, probamos, saboreamos.

Empieza a asentir lentamente.

—Mmm.

—Mmm…, ¿bien?

—Diferente —contesta lamiéndose los labios—. No es lo que esperaba, pero me gusta. La verdad es que está muy bueno.

—¿Ves?

Coge mi tarrina vacía y mi cucharita y las tira a la papelera que está a unos pasos. Al volver se coloca frente a mí y me toca la mejilla, igual que cuando estábamos en la heladería. Entonces me besa con mucha suavidad, sin prisa, no como antes, y cuando le devuelvo el beso, puedo degustar todos los sabores.

—Quería compensar lo del besito de antes, pero no podía esperar hasta el final de la noche. —Me tiende la mano de nuevo y añade—: Perdona.

—No te preocupes. Me han gustado los dos. —Le vuelvo a apretar la mano y él hace lo mismo mientras seguimos caminando en dirección al campus.

Llegamos a lo que parece ser un parque a un lado de la calle. Leo el cartel en voz alta:

—JARDÍN CONMEMORATIVO DE TUCKER HILL. ¿Es de la universidad?

—Sí. Yo vivía ahí en mi primer año —me explica, señalando un edificio más adelante—. Y pasaba por aquí todos los días para ir al campus.

—Es muy bonito —le digo. Tomamos un pequeño sendero a través del jardín. Hay diferentes tipos de plantas y flores, algunos bancos situados debajo de los árboles, lucecitas que brillan a lo largo del camino, placas con nombres grabados que adornan todo lo que hay a la vista.

—Tengo que confesarte algo —me dice Josh, dándome un apretón en la mano—. La verdad es que siempre me acuerdo de ti cuando paso por aquí.

—¿En serio? —le pregunto, sintiendo que mi corazón se acelera al imaginarlo en este jardín, pensando en mí.

Asiente con la cabeza.

—¿Por qué?

Se encoge de hombros.

—Es un lugar tranquilo y precioso, y en cada estación florecen cosas diferentes. También es un poco triste, pero sereno. Pensé que podría gustarte.

Medito sus palabras mientras caminamos, y agarro una rama larga de un sauce joven, que recorro con los dedos antes de continuar. Cuando giro la cabeza para mirarlo, veo que me está observando. Le suelto la mano y enlazo mi brazo con el suyo, queriendo estar más cerca de él.

—¿Qué estás pensando? —me pregunta—. ¿Crees que hablo demasiado?

—No, me encanta que hables. —Me atrae a su lado y estamos a punto de tropezarnos con el pie del otro—. Es solo que me sorprende cada vez que haces eso.

—¿El qué?

—Pues... entenderme. Tan bien y tantas veces.

—Bueno, no puedo llevarme todo el mérito —me dice, y ahora es él el que no sabe aceptar un piropo—. Más arriba hay algo que lo merece más.

No tengo ni idea de qué quiere decir con eso, pero a medida que avanzamos por el sendero bordeado de vegetación, veo que hay una luz más adelante, un claro que se abre a un espacio más amplio. Según nos vamos acercando, oigo agua corriendo, chapoteos.

—Vaya —digo, soltándome de su brazo para verlo mejor. Es una fuente en forma de manzana, hecha de piedra y metal sobre un círculo gigante de granito, sin ninguna barrera que impida acercarse a ella. Y eso es lo que hago. Pero entonces empiezan a brotar chorros de agua alrededor, como si me retaran a pasar sin mojarme. El exterior es rojo brillante como un coche de bomberos, y el agua brota de la parte superior, donde el tallo se curva hacia arriba y sobre el lateral de la manzana, junto a una hoja de metal que cuelga al viento, sujeta por un alambre o una cadena de algún tipo.

Al dar la vuelta para tener una visión completa, veo que el otro lado está esculpido como si un gigante hubiera dado varios mordiscos a la manzana, dejando el corazón en forma de reloj de arena con sus semillas de un metal oscuro, todo rebosante de agua. Dentro de la parte redonda hay un banco con dos asientos esculpidos como la hoja metálica del tallo, protegidos de las cascadas. Me recuerda al carruaje de calabaza de *Cenicienta*, solo que más tosco, menos elegante, más peligroso y, de alguna manera, incluso sensual.

Josh se queda atrás, esperando a que vuelva; supongo que ya lo ha visto muchas veces.

—Esto es... —empiezo a decir mientras vuelvo con él—. Nunca había visto nada igual. Es muy extraño, pero precioso.

Me mira sonriente y luego señala algo que hay en el suelo delante de él. Me pongo a su lado y bajo la vista. Veo una placa en la que se puede leer:

—Madre mía.

—¿Ves? No puedo llevarme todo el mérito —repite.

—Ahora tiene más lógica lo de la manzana —le digo, mirando la fuente de nuevo.

—Me alegro de que te guste.

—Me sorprende que te guste a ti, con lo raro y chocante que es.

—Me gusta lo raro y lo chocante —responde mientras me aparta un mechón de pelo que se ha caído de mi intento de recogido—. Mi persona favorita del mundo también es un poco rara y chocante.

—Josh —empiezo, pero realmente no sé qué decir.

Se queda mirando el agua, las luces que brillan desde abajo proyectan reflejos en movimiento a nuestro alrededor.

—Cada vez que pasaba y veía tu nombre, me imaginaba que estabas aquí. O que te traía yo.

—Sabes que yo también he pensado en ti, ¿no?

Él asiente con la cabeza y me toma las manos.

Pero necesito que lo sepa de verdad.

—No es solo que haya *pensado* en ti. Te… —Lo que soy incapaz de decirle es que lo echaba tanto de menos que me dolía.

—Lo sé —responde en voz baja, pero me pregunto si lo entiende de verdad—. Sabes, siempre había pensado que, si teníamos una segunda oportunidad, quería hacerlo bien —continúa, juntando las cejas—. ¿Entiendes lo que quiero decir?

Esta vez soy yo la que asiente con la cabeza.

—Porque quiero estar contigo —me dice, con los ojos clavados en los míos—. Es lo que más quiero en el mundo.

—Yo también. Más que nada.

Ahora sonríe, y veo que todo su cuerpo se relaja, y me suelta un poco las manos.

—Entonces… ¿esta vez vamos a hacerlo de verdad?

Josh

Mis palabras quedan suspendidas en el espacio que nos separa, mi corazón se acelera mientras espero su respuesta. No dejo de imaginar que me la voy a perder con el sonido del agua corriente. Pero entonces empieza a asentir.

—Sí —responde finalmente. Nos quedamos así, cogidos de la mano, sonriéndonos. Me inclino e intento besarla, pero ella retrocede un par de pasos. Estoy confuso. No me suelta las manos, pero tampoco deja de sonreír. «¿Está... jugando conmigo?». Ha cambiado. No es la primera vez que lo he pensado en los últimos meses, pero es la primera vez que sé con certeza que es verdad.

—¿No? —le pregunto.

Ella niega con la cabeza.

—¿No me vas a dar ni un beso, después de mi gran discurso? —bromeo con ella, intentando seguirle el juego.

—Tendrás tu beso, no te preocupes —contesta, tirando de mi brazo mientras se acerca a la fuente—. Ven conmigo.

Me lleva hasta el otro lado, y nuestros pasos desencadenan una serie de chorros que salen de la plataforma y se arquean sobre la pasarela.

—¿Ves ese banquito de ahí dentro? —Señala el banco metálico de hojas y enredaderas que hay tras la cascada—. Vamos —me dice, agarrándome de la mano con más fuerza.

—¿Qué?

—Venga, podemos hacerlo.

Miro a mi alrededor. No se ve a nadie, y lo más seguro es que no haya nadie cerca un domingo por la noche, ahora que ni siquiera ha empezado el semestre.

—No creo que debamos… —Pero antes de que termine la frase, me suelta la mano y avanza a toda velocidad bajo el túnel de agua—. Espera, ¿qué estás haciendo? —grito a su espalda.

Sin embargo, consigue llegar sin mojarse. Se da la vuelta y emite un gritito adorable desde el interior de la manzana.

—¡Vamos! —me dice, haciéndome señas con las manos.

Me río para mis adentros porque voy a tener que hacerlo.

—¿Preparado? —me pregunta—. ¡Ya!

Empiezo a andar, pero me detengo.

—¡Venga, Josh! Tienes que hacerlo. Corre. ¡Ahora!

Así que lo hago. Echo a correr, demasiado deprisa o demasiado despacio, y me acaban dando de lleno todos y cada uno de los chorros de agua. Cuando llego a su lado, estoy calado hasta los huesos.

Ella se tapa la boca con las manos, riéndose.

—Huy —murmura a través de los dedos—. A lo mejor tenías que haber esperado un poco.

—Ah, ¿que te hace gracia? —La abrazo, y ella suelta un chillido al sentir mi ropa fría y mojada sobre su cuerpo. Le caen gotas de mi pelo cuando levanta la cara para mirarme.

—¡Vale, vale! —exclama. Luego me echa el pelo hacia atrás y baja las manos por mi cuello hasta mis hombros. Como siempre, toma una pequeña bocanada de aire y la suelta lentamente antes de darme un beso, más profundo, más pleno.

Mis manos siguen la curva de su espalda hasta su cintura, ajustándose perfectamente a sus caderas. Deja que la acerque más a mí y se pone de puntillas para llegar a mi boca. La estrecho entre mis brazos y la levanto lo suficiente para que se toquen nuestros labios. Nuestro beso se vuelve más profundo, y cuando siento el peso de su cuerpo contra mí, solo quiero más de ella.

—Agárrate —le susurro, y me rodea la nuca con los brazos. Me inclino para agarrarle los muslos y la subo a mi cintura. Ella inhala con fuerza y deja escapar un suspiro entrecortado.

—Vale —me dice, moviendo sus labios sobre los míos. Noto que los músculos de sus brazos y piernas se contraen a mi alrededor—. Ya no me río.

—Yo tampoco —le respondo entre besos, y mi respiración se acelera con la suya. Cuando abre la boca para respirar hondo, siento cómo se expanden sus pulmones contra mi pecho. Beso su cuello, húmedo por las gotas de agua que rebotan en la pared.

—*Dios* —murmura.

Entonces la miro, y parece que sus ojos relucen incluso en la oscuridad, y creo que nunca en mi vida he deseado tanto a nadie ni nada como ahora, ni siquiera a ella misma.

Me mira como si fuera a decir algo más, pero lo que hace es besarme. Doy unos pasos para acercarnos a la pared y poder agarrarla mejor, pero suelta un gritito cuando se choca con la forma redondeada de la manzana. Entonces se tensa y sacude todo su cuerpo, y me doy cuenta de que acabo de ponerla debajo de un chorro de agua.

Retrocedo y la dejo en el suelo. Ella se queda inmóvil un momento, con la boca abierta.

—Lo siento mucho —me disculpo.

—Frío —se queja, empapada de pies a cabeza—. Estaba *muy* fría. —Exhala un jadeo ahogado y me mira—. ¿Lo has hecho a propósito?

—Te juro que nunca habría interrumpido a propósito lo que estaba pasando. —Ahora soy yo el que se tapa la boca para reírse.

—Ya veo —responde, cogiéndome las manos—. Solo me seducías para vengarte.

—No… —intento decirle, pero tira de mí y me lanza entre sus brazos, de modo que quedamos los dos debajo del agua—. ¡Ah! —Me da un escalofrío—. La leche, qué frío.

—¡Ya lo sé! —Se ríe y me besa otra vez—. ¿Puedes llevarme a casa?

—Sí —le digo, tendiéndole el brazo.

—¿Quieres quedarte conmigo esta noche?

Aunque intentamos no hacer ruido al entrar al edificio, cuando llegamos a su puerta, dejando charcos a nuestro paso, entre los chirridos y chapoteos de nuestros zapatos, nos estamos riendo a carcajadas.

—Dios mío —gime Eden, que se limpia un ojo y se mancha la mano de negro—. ¿Qué pinta tengo?

—Estás preciosa —le digo.

Ella pone los ojos en blanco y empieza a soltarse el pelo.

—¿Te importa esperar un ratito? —me pregunta—. Voy a ocuparme de... este desastre —dice, moviendo la mano en círculos delante de su cara.

—Estás preciosa —le repito.

No hace ni caso de lo que digo, pero me da un beso.

—Bueno, pues subo a mi casa un momento, para ocuparme de —miro mi ropa empapada— este desastre yo también.

Se ríe en silencio, aunque luego añade, más seria:

—Pero vas a volver, ¿no?

—Claro.

—Si no he salido del cuarto de baño, entra en mi habitación y espérame ahí, ¿vale? —susurra—. Dejaré la puerta abierta.

Cuando entro en mi apartamento, Dominic está en la cocina comiendo cereales.

—¿Qué pasa? —me pregunta, volviéndose para mirar por la ventana—. ¿Es que está lloviendo?

—No —replico, y paso de largo sin darle explicaciones.

Me lavo los dientes y me pego la ducha más rápida del mundo para quitarme el olor a cloro de la piel. Cuelgo la ropa mojada detrás de la puerta y me pongo otra limpia. Camiseta, calzoncillos de tipo bóxer, porque son cómodos y porque he leído en alguna parte que a las mujeres les gustan más, una estadística que no creía que me importara, o que ni siquiera recordaba antes de, bueno, este mismo momento. Rebusco entre los vaqueros y los pantalones cortos (oigo la voz de Dominic en mi cabeza, diciendo que los de camuflaje deberían estar prohibidos), pero si solo vamos a estar en su habitación, durmiendo, puede ser algo informal. Al final opto por uno de mis pantalones cortos de deporte nuevos. Dudo un momento delante de la mesilla de noche, porque no estoy seguro de si debería coger preservativos.

¿Es presunción o simplemente estar preparado? Abro el cajón y decido llevarme uno, por si acaso.

En la cocina, Dominic me observa mientras me muevo a toda prisa.

—¿Estoy bien?

—¿Bien, para... *qué*? —me pregunta, con una expresión horrorizada a la vez que desconcertada en el rostro.

—Para quedarme a dormir —confieso.

—¿De verdad quieres que tengamos esta conversación?

—La verdad es que no. —Cojo una botella de agua de la nevera—. Gracias. Tengo que irme.

—Diviértete, semental —me dice—. Pero recuerda que tienes entrenamiento por la mañana, no te esfuerces demasiado.

En menos de diez minutos estoy de nuevo en su puerta. Llamo con suavidad antes de abrirla, cruzo la cocina de puntillas y paso ante la franja de luz que sale por debajo de la puerta del baño.

Entro en su pequeña habitación. Me sentaría, pero tiene un montón de ropa tendida en la cama y en la silla, así que me quedo de pie. Está a oscuras, salvo por la luz tenue de la lamparita que hay sobre su escritorio, y me recuerda a cuando estuve en su habitación de la casa de sus padres. Qué opresiva parecía.

Pero esta habitación ya parece suya. Contemplo el desorden reinante. Tiene el portátil abierto sobre el escritorio, con una aplicación de música en pausa, junto al catálogo de cursos de este año, además de otros libros y papeles que se acercan peligrosamente al borde. Entonces me llama la atención otra cosa. Tres frascos de medicamentos, escondidos detrás de un tubo de loción y algunos productos para el cabello.

No es asunto mío, lo sé muy bien.

Pero mi cerebro insiste.

Porque mi estúpido cerebro solo puede pensar en mi padre y sus problemas, en todas las veces que escondía frascos y pastillas, todas las veces que teníamos que *escondérselas* nosotros. Pero ella no es mi padre. Eden me dijo que todo eso quedó en el pasado, y yo la creo.

El sonido de la ducha al apagarse se extiende por el apartamento en silencio.

—De acuerdo —digo en voz alta, respiro hondo y me obligo a mirar otra cosa. Su estantería. Perfecto. Me acerco, pero no consigo concentrarme lo suficiente para leer un solo título. Regreso a su escritorio y vuelvo a mirar la puerta cerrada.

No necesito saber *qué* son; solo necesito saber que son suyas. Con cuidado, cojo el primer frasco, memorizando su posición exacta. Su nombre está en la etiqueta. Y en el segundo. Y en el tercero. Todos recetados a su nombre. Por un médico de nuestra ciudad natal. No hay nada de malo en eso. Y no me incumbe en absoluto.

Pero hay otro pero.

Ahora necesito saber, al menos, lo que *no son*. Y todavía oigo el ventilador en marcha del baño.

Dios, me odio a mí mismo.

Vuelvo a su escritorio. Las etiquetas no dicen para qué sirven, pero tampoco reconozco los nombres, lo cual es bueno. Los únicos fármacos con los que estoy familiarizado (por mi padre, claro) son sustancias controladas peligrosas relacionadas con el dolor. Y, por lo menos, estos no lo son. El primero dice que hay que tomarlo una vez al día, el segundo, un comprimido por la noche, y el tercero, según sea necesario. Todos tienen renovación automática. Los vuelvo a dejar en su sitio.

No hay motivo para que me fije en eso. Ni siquiera es sorprendente que tome algún tipo de medicación, después de todo lo que ha pasado. Joder, hasta es posible que *yo* también deba medicarme.

En ese momento se apaga el ventilador y oigo que se abre la puerta del baño. Rápidamente me coloco frente a su estantería y me agacho para sacar uno de los libros, como si hubiera estado aquí mirando la cubierta todo este tiempo.

—Hola —susurra—. Estás aquí.

Y cuando me doy la vuelta para verle la cara, precedida por la gloriosa fragancia de frutas y flores, casi puedo olvidarme de las cosas que no son de mi incumbencia.

—Claro que estoy aquí —le digo, dejando el libro en el suelo. Empieza a caminar hacia mí, pero entonces se para en seco, mirando a su escritorio, y se me acelera el corazón como si fuera a darse cuenta de que he manipulado los frascos.

—Perdona por el desorden. —Se da la vuelta, recoge la ropa de la cama y la pone encima del escritorio, cubriendo todas las cosas que ahora estoy seguro de que no quería que viera.

—No, si da igual. Es decir, tampoco está tan desordenado —miento.

Se acerca a mí y me rodea la cintura con los brazos.

—Está muy desordenado, pero es solo porque estaba supernerviosa preparándome para una cita importante con un chico que me gusta un montón.

Y ahora me odio todavía más. Pero confesar no me haría sentir menos culpable, y solo le haría pensar que no confío en ella, o que no puede confiar en mí. No hay motivo para estropear lo que ha sido una noche increíble porque tenga la paranoia de que todos mis seres queridos se van a convertir en adictos.

Me aclaro la garganta, aspiro su aroma y digo:

—Ah, ¿sí? —Ella levanta la cabeza, y yo me inclino para besarla—. ¿Crees que volverás a verlo?

Sonríe y suelta una pequeña carcajada mientras aprieta la mejilla contra mi pecho. Su pelo mojado deja una mancha de humedad en mi camisa.

—Hacía mucho tiempo que no lo pasaba tan bien como esta noche —le digo, y esta vez es de verdad. Ha sido divertido, pero también sexy, romántico y significativo, aunque no sé muy bien cómo expresarlo.

—Hum, yo también —canturrea—. Pero…

—Pero ¿qué? —le pregunto, empezando a preocuparme. ¿Ya se lo está pensando?

—Tienes que decirme el tema de la cita.

—Ah. —Exhalo con demasiada fuerza, pero ella no parece darse cuenta.

—A ver… Restaurante italiano. Postre italiano. Fuente italiana. Ese es el tema dentro del tema, ¿no?

—Correcto.

—Entonces ¿cuál es el tema principal? Creo que aún no lo he entendido.

—Tú. Que estés aquí. Yo. Tan feliz de que estés aquí. Supongo que ese es el verdadero tema al que quería llegar.

—Ah. —Hace una pausa—. Bueno, entonces, supongo que lo había entendido, después de todo.

—Bien. —Le toco las mejillas sonrojadas—. Sabes, creo que aquí puedo ver otra faceta tuya —le digo mientras acaricio su pelo mojado.

—¿En serio? —Me rodea el cuello con las manos y me mira con una sonrisa relajada—. ¿No sabías que podía ser divertida?

—Sí, pero me estoy dando cuenta de que también eres un poco… salvaje.

—¿Yo? —susurra—. ¿Y *tú*?

—¿Yo qué? Te aseguro que nadie me ha acusado nunca de ser salvaje. Responsable, fiable, sensato… —Cuento las palabras con los dedos—. Eso sí. Pero ¿salvaje? Nunca.

—¿Tengo que recordarte la escenita del beso en la fuente? —me pregunta, y sus dedos se deslizan tan suavemente por mis brazos que me mareo un momento—. Porque ahora mismo se está reproduciendo en bucle en mi cabeza. Me refiero a antes de que me metieras debajo de un chorro de agua helada. —Hace una pausa durante la que desaparece su sonrisa, y entonces continúa, más seria—: La parte justo antes de eso fue... *intensa*.

Me inclino a besarle el cuello para que no vea que me he puesto rojo, pero me repongo y vuelvo a mirarla, para que lo sepa.

—Nunca habría hecho eso con otra persona.

—Yo tampoco.

Mis manos se dirigen a sus brazos desnudos. Solo lleva una camiseta fina de tirantes y unos pantalones cortos, y cuando me inclino para besarle el otro lado del cuello, no puedo evitar darme cuenta de que no lleva sujetador. Me toca la cara y acerca mi boca a la suya mientras sus dedos recorren mi vientre por debajo de la camisa.

—¿Podemos quitarnos esto? —me pregunta cuando empieza a subirla. Algo en mí se derrite un poco por la forma en que dice «podemos».

Así que lo hacemos. Me ayuda a sacarme la camiseta por la cabeza y la dejamos caer al suelo, pero antes de que pueda empezar a besarla de nuevo, siento que su boca me planta unos besos suaves y cálidos en el pecho y el estómago que me producen escalofríos por todo el cuerpo.

—Ay, Dios —le susurro—. Me encanta eso.

Me coge de las manos, que dejé posadas en su pelo al perder el hilo, y las aprieta por encima de la parte delantera de su camiseta. Se la levanto lo justo para tocar su piel, pero entonces aparecen sus manos de nuevo y meten las mías por debajo de la tela, sobre la suave curva de su vientre.

—¿Te parece bien? —le pregunto, aunque es ella quien me ha puesto las manos ahí—. ¿Podemos...? —Pero de repente soy incapaz de terminar la frase—. ¿Podemos quitarnos esto también?

—Ajá —murmura con voz apagada mientras se saca la camiseta por la cabeza. Se lleva los brazos al pecho y se acerca a mí antes de que pueda mirarla. La sensación de su piel desnuda, su cuerpo apretado contra el mío, me acelera el corazón. Aunque la he visto desnuda muchas veces, esto me parece algo nuevo. Como que no es solo su actitud lo que ha cambiado con el tiempo, sino también su cuerpo: cada parte de ella es más plena, más fuerte, más suave, desde el arco de su espalda hasta la forma de sus hombros, sus muslos, sus caderas y su cintura. Necesito un momento para prepararme. Respiro hondo mientras sus dedos se introducen por debajo de la banda de mis pantalones cortos, recorren con suavidad mis calzoncillos, cuidadosamente seleccionados, y bajan poco a poco el pantalón por mis caderas.

—¿Puedo? —me pregunta mientras se aparta para dejar espacio entre nosotros. Por fin la miro, y es mucho más magnífica de lo que recuerdo. Solo puedo asentir con la cabeza. Me baja los pantalones cortos por las piernas y los deja en el suelo, se quita rápidamente los suyos y le agarro las manos. Nos quedamos el uno frente al otro, en ropa interior, por primera vez en años.

—Eres preciosa —le digo, apretando sus manos entre las mías como habíamos estado haciendo toda la noche—. Sé que vas a seguir fingiendo que no he dicho nada, pero ojalá dejaras de hacerlo, porque es la verdad.

—Lo siento. —Niega con la cabeza, pero me regala esa rara sonrisa tímida que muestra a veces, solo un instante—. Estoy nerviosa —susurra.

—No pasa nada, yo también —le aseguro. He tenido relaciones sexuales con cinco chicas en toda mi vida (dos ocasionales y tres relaciones, incluida ella), pero estoy tan alterado como si fuera la primera vez.

—No pensaba que me pondría tan nerviosa.

—No tenemos que hacer nada esta noche.

Hace una pausa, y observa mi cara.

Es casi como si intentara decidir si lo digo en serio o no; ella debería saber que sí, pero por si acaso no lo sabe, añado:

—¿Te he dicho alguna vez lo increíblemente bien que besas?

Ella sonríe.

—No, nunca lo habías mencionado.

—Bueno, pues eres la mejor del mundo... Oye, te estás riendo, pero lo digo completamente en serio. Y me encantaría tumbarme aquí contigo y seguir besándote. No tenemos que hacer nada más.

—Lo sé. Gracias. —Inhala profundamente y exhala antes de continuar—. Pero quiero hacerlo. Es decir, si tú quieres.

—Ah, sí. —Bajo la cabeza, sintiendo que de alguna manera debería disculparme por no tener más control sobre mí mismo—. Por supuesto que sí. Pero no hay prisa.

Asiente y me pone las manos en las caderas, como si supiera cuánto me gusta tocarlas. Y cuando extiende las manos y me las pasa por la cara, el pecho y el vientre, ni siquiera intenta ocultar que me está mirando el cuerpo. Mirándolo fijamente. Contemplándolo. Me entran ganas de hacer algún chiste tonto, en plan «oiga, señora, mis ojos están aquí arriba», porque estar así delante de ella, en sus manos, con sus ojos clavados en mí, es intenso (esa fue la palabra que utilizó antes), casi demasiado intenso para soportarlo.

—Eres muy bello —susurra.

—¿Q-qué? —tartamudeo. No hay nada que pudiera haber dicho que me sorprendiera más. Nunca me había dicho nada parecido. Casi creo que está de broma. Pero entonces deja que sus manos bajen por mi espalda y se posen en mis caderas. Y no parece una broma en absoluto.

—¿Lo sabías? —me pregunta, y sus ojos vuelven a encontrarse con los míos como si esperara una respuesta.

Eden

Hubo un tiempo en que me daba miedo mirarlo demasiado. Miedo de lo bello que era su cuerpo, de las cosas que podía hacer, de cómo podía hacerme daño con él. Pero ahora no. Ahora ya no tengo miedo de nada. No puedo dejar de mirar su cara mientras lo toco. Tiene los ojos cerrados como antes, cuando saboreó el helado derritiéndose en su lengua.

—Eden… —dice sin aliento, mientras me coge la mano y la coloca en su pecho.

—Perdona, no quería…

—No, por Dios. —Me echa el pelo hacia atrás y me toca los labios—. Ha sido… —Niega con la cabeza casi imperceptiblemente, y puedo sentir su corazón acelerado bajo mi mano—. Solo necesito un momento. Hace tiempo que no hago esto. Y… necesito ir más despacio un momento.

—Ah —respondo avergonzada—, vale.

Me aparto lentamente de él e intento taparme con los brazos mientras me siento en el borde de la cama. Sin embargo, de repente lo tengo delante, como si nuestros movimientos fueran un baile coreografiado, arrodillado en el suelo frente a mí, con sus ojos a la altura de los míos. Me besa las rodillas y suelta un largo suspiro, apoyando la cabeza en mi regazo. Lo veo tan raro, tierno y vulnerable que extiendo las manos por su espalda y le acaricio el pelo todavía húmedo.

Levanta la cabeza despacio y me besa los muslos, sube y baja las manos por mis piernas, avanzando a medida que las separo, deseando que se acerque. Me tumbo en la cama y lo atraigo hacia mí. Siento mi pulso en todas partes al mismo tiempo. Me pasa el brazo por detrás de la espalda. Si vuelve a decirme que me agarre a él, creo que me daría un ataque al corazón, pero no lo hace; se las arregla para subirnos a la cama con agilidad, de manera que mi cabeza reposa sobre la almohada.

—Gracias —susurro.

Empezamos a besarnos despacio, balanceando nuestros cuerpos, y me encanta estar tan cerca de él. Contengo la respiración cuando su mano baja por mi cuerpo hasta tocarme por encima de la ropa interior.

—¿Te parece bien? —me dice en voz baja, besándome el cuello justo debajo de la oreja.

Consigo reunir suficiente aire en mis pulmones para responder:

—Sí.

Y entonces, su mano, tan cálida contra mi vientre, se desliza un instante debajo de mis braguitas, y yo paso de apenas respirar a respirar demasiado rápido. Mi corazón se acelera mientras él se toma su tiempo. Desciende por mi cuerpo lentamente, besándome, besándome por todas partes, y cuando me pasa los dientes por el hueso de la cadera, ni siquiera sé qué sonido involuntario es el que suelto. Cuando llega a mi ropa interior, sé qué ya no puedo aguantar más. Tengo que cerrar los ojos.

—¿Puedo? —me pregunta, metiendo los dedos bajo el elástico. Asiento con la cabeza, y debe de estar mirándome a la cara, porque susurra un «vale» y empieza a bajarme las braguitas. Vuelvo a abrir los ojos y lo veo arrodillado entre mis piernas, besándome los tobillos, luego las pantorrillas y las rodillas. Cuando llega al interior de mis muslos, y su boca se acerca cada vez más, empiezo a perder la noción de mí misma. Se tumba sobre su estómago y me rodea las piernas con los brazos, agarrándome las caderas con las manos. Lo deseo con toda mi alma, pero cuanto mejor me siento, más me pierdo a mí misma.

Sin embargo, ya hemos hecho todo esto antes, me recuerdo. Estoy a salvo con él, puedo permitirme disfrutar. Es un lugar seguro.

Intento encontrar alguna parte de él a la que aferrarme: el pelo, la nuca, los brazos, las muñecas... Y cuando sus manos se encuentran con las mías, es como un ancla: nuestros dedos se entrelazan y me devuelven a mí misma. Me está llevando al límite, pero no puedo dejarme llevar. Porque miro al techo y se parece demasiado a otros techos desconocidos bajo los que he estado, y aunque es él, aunque somos *nosotros*, ya no es como era entonces.

He tenido mucha práctica en mantener a Kevin fuera de mi cabeza en estos momentos, y casi siempre lo consigo. Pero esta vez pienso en los demás, en los que no tienen nombre ni rostro y me arrastran lejos de aquí. Vuelvo a cerrar los ojos e intento concentrarme en lo bien que me siento, en su boca, en su lengua, en el calor, en la excitación, pero...

Le suelto las manos.

—¿Josh...?

—¿Sí? —Levanta la cabeza para mirarme—. ¿Qué pasa, estás bien?

Afirmo con la cabeza e intento sonreír.

—Estoy bien, pero...

—Ha sido demasiado, y demasiado rápido, ¿no? —me dice—. Lo siento.

—No, para nada. Estaba muy bien, de verdad, pero es que me he rayado un poco. Hum, yo también llevo tiempo sin hacer esto.

—Ah —susurra, mirándome como si no lo hubiera tenido en cuenta—. Vale. Bueno, tú dime lo que necesites.

—¿Puedes quedarte aquí conmigo, cerca de mí?

—Sí, claro. —Se tumba a mi lado, me besa el hombro y dice—: Me quedo aquí. Podemos dejarlo si quieres. Te prometo que no me importa.

Niego con la cabeza y le cojo la mano para deslizarla de nuevo por mi cuerpo, guiándola hasta donde quiero.

—No quiero parar —le digo—. Quiero estar presente en esto. Quiero sentirlo todo. No quiero dejar que ganen esos malditos fantasmas que tengo en la cabeza.

Había olvidado cómo me presta atención, como si no existiera nada más en el mundo que nosotros. Lo acerco para sentir su peso contra mí. No hay miedo ni impaciencia ni timidez en él. Se mantiene firme, mirándome a la cara, sin dejar que me pierda. Siento que se me acelera la respiración, tiemblo cuando me lleva al límite de una forma que nunca había sentido, incluso más allá de mi cuerpo. Y entonces me besa los labios, el cuello, el pecho.

—Eres increíble —jadea, como si hubiera estado aguantando la respiración todo este tiempo—. Dios, me muero de ganas de... Perdona, ¿puedo decir eso?

—Sí —contesto, tratando de recuperar el aliento mientras evito sonreír ante sus palabras. Abro los ojos, sin darme cuenta de que los había cerrado—. Pero tienes algo, ¿no?

Mira nuestra ropa tirada en el suelo.

—Sí tengo. ¿Quieres que lo coja ya?

Asiento con la cabeza.

—Ahora vuelvo —susurra. Veo cómo se levanta y saca el condón del bolsillo de sus pantalones cortos. La forma en que me mira mientras vuelve a meterse en la cama, como si yo fuera lo mejor que ha visto en su vida, me derrite.

—Dime si tenemos que parar, ¿vale?

—Lo haré.

Va despacio, con cuidado. Su manera de mirarme, con tanta atención, con sus ojos oscuros, profundos y cálidos, me tiene como hipnotizada. En el fondo de mi mente guardo un montaje de todas las veces que me ha mirado así, lo que me hace sentir débil y fuerte al mismo tiempo. Se mueve lentamente, su respiración es uniforme y acompasada, y me doy cuenta de que intenta contenerse.

—Te quiero mucho —me dice en voz baja, su boca contra la mía—. Lo sabes, ¿verdad?

Asiento con la cabeza porque lo sé. Pero no puedo hablar porque noto que las paredes de mi garganta se cierran de pronto, embargada de tantas emociones, y las palabras se quedan ahí esperando, intentando averiguar cómo salir de mí. Me agarro a sus hombros mientras nos movemos más deprisa, juntos, bebiendo el uno del otro.

Es amable. Delicado. Este vaivén, este ir y venir.

Nunca he estado tan presente. Nunca tan conectada con nadie, ni siquiera con él. Lo abrazo con fuerza y tengo que enterrar la cara en su cuello porque, ahora que me doy cuenta, estoy llorando. Llorando porque nunca me había sentido así. Con él, conmigo misma. Ni siquiera sé lo que es, pero lo siento en mi cuerpo, en mi corazón, en mi mente, en todas partes: en todo.

Y entonces lo sé de repente: este sentimiento es la libertad.

Incluso cuando terminamos, sigue siendo muy tierno conmigo. Jadeamos el uno contra el otro unos instantes antes de que intente levantarse de mi cuerpo. Pero yo lo agarro, no dejo que se vaya.

—No, quédate —le digo.

—Mírame, Eden —susurra apartándome el pelo. Giro la cabeza porque no sé cómo explicarlo—. Estás llorando.

—No, qué va —intento responder, pero oigo mi propia voz, ronca y húmeda.

—Estás llorando. —Me lleva las manos a la cara, sus ojos buscan los míos—. Habla conmigo. ¿He...? —Hace una pausa—. ¿Te he hecho daño?

—*No* —jadeo, y ahora me salen las lágrimas más deprisa—. No, lloro porque nunca me había sentido así. En toda mi vida. Nunca me había sentido tan... —«Tan feliz, tan cuidada, tan respetada incluso». Pero al final le digo lo que significan realmente todas esas cosas—: Tan querida.

—Ah —murmura aliviado, y parece entenderlo—. Es verdad. Me refiero a que te quiero. Te quiero —repite—. Y tampoco me había sentido nunca así.

Dejo que me seque las lágrimas de las mejillas y, cuando me mira, hasta sus ojos se vuelven brillantes. Sonríe y parpadea un par de veces.

—Joder, ahora me vas a hacer llorar a mí.

—Lo siento. —Aspiro por la nariz, casi riéndome de mí misma.

Él suelta una carcajada.

—No pasa nada.

Reajustamos la postura y, cuando se levanta para tirar el preservativo, me pregunta si quiero que deje la lámpara encendida, pero no quiero, no la necesitaré si está él aquí. Se mete en la cama y nos cubre con la sábana, apoya la cabeza en mi pecho y nos abrazamos.

—¿Josh? —me oigo decir en la oscuridad.

—¿Hum? —susurra con voz somnolienta.

—Yo también te quiero.

Levanta la cabeza y me mira, entornando un poco los ojos como si estuviera confuso o no me hubiera oído bien, pero luego me besa suavemente los labios y dice:

—Sé lo mucho que te ha costado decirlo.

Niego con la cabeza.

—No me ha costado.

Parte III

Septiembre

Josh

Esta mañana la dejé durmiendo en mi cama. Ni siquiera se movió cuando sonó mi despertador a las cinco. Estuve tan tentado de quedarme con ella. Pero el entrenador no me ha perdonado todavía, así que no puedo permitirme llegar tarde ni una vez si quiero tener alguna esperanza de jugar esta temporada.

El primer mes del semestre ha pasado volando. Entre mi horario deportivo y el trabajo de Eden, más nuestras horas lectivas, parece que cada día tenemos menos tiempo el uno para el otro.

Entreno por la mañana de seis a ocho, y tengo la reunión del equipo antes de mi primera clase a las nueve. Le mando un mensaje de buenos días por el camino. Pero ella casi siempre llega tarde, y no me contesta hasta que termina su primera clase a las diez y media. Solo tengo una hora de descanso entre las clases y luego vuelvo a prepararme para el entrenamiento de la tarde.

Me revienta que no tengamos tiempo para relajarnos juntos. No sé cómo nos veríamos si no viviéramos en el mismo edificio. Ella consiguió un segundo trabajo en la cafetería de enfrente de nuestro piso, pero el encargado ya se está portando como un capullo con su horario. No sé qué espera. Esta es una ciudad universitaria; las agendas de todo el mundo son una locura. Voy a estudiar allí cuando trabaja los fines de semana. Le digo que es para poder pasar más tiempo con ella. En gran parte es verdad, pero tampoco me fío de ese tío. Parece que la tiene tomada con Eden sin ningún motivo, criticando todo lo que hace, queriendo que llegue antes, que se quede hasta tarde.

Una vez se le cayó una taza al suelo y se rompió mientras yo estaba allí.

A ella se le escapó una risita de la vergüenza, fue algo tierno y encantador, y todo el mundo lo consideró así, dedicándole sonrisas y gestos de comprensión. Y entonces, cuando estaba literalmente de rodillas en el suelo para limpiarlo, el encargado se le acercó con la cara descompuesta y le tiró un trapo al lado, murmurando: «No tiene gracia. Presta atención a lo que haces. Si no tienes más cuidado, no podrás seguir trabajando aquí».

La cuestión es cómo lo dijo, tan cabreado, mucho más de lo que debería cabrearle una taza de cerámica barata. Y cómo lo miró ella. Vi algo en sus ojos, y me di cuenta de que había pasado miedo durante un instante. Me levanté y fui hacia él, sin saber lo que iba a hacer o decir, aunque sentí el impulso irrefrenable de agarrarlo del delantal, empujarlo contra la pared y sacarlo a la calle a rastras. No fue una sensación que me resultara familiar, ni me gustó lo rápido que surgió.

«Oye, la he distraído yo, deja que pague por la taza», le dije.

Ni siquiera me dirigió la palabra; se limitó a fulminarnos con la mirada y se marchó.

Entonces me puse en cuclillas al lado de Eden y le susurré en voz baja: «No tienes por qué aguantar esta mierda».

«Por favor —se burló ella—. He tratado con tíos peores que él. Pero deberías irte. No me has hecho romper la taza, *pero* tu cara me distrae mucho. Además, todas esas chicas no dejan de mirarte. Me estoy poniendo celosa».

Eché un vistazo a mi alrededor. Nadie me miraba. Pero alguien la observaba a *ella*. Un tío que estaba en la cocina, a través de la ventana por la que recogen la comida los camareros. Lo miré fijamente hasta que se fue.

Si soy sincero, estoy deseando que deje ese otro trabajo. No solo porque detesto a su jefe y a sus asquerosos compañeros de trabajo, sino porque no llevamos ni un mes de curso y ya está agotada. Lo único bueno de estar tan ocupados es que el tiempo que pasamos juntos es más especial.

Todas sus clases están en el lado contrario del campus, pero la mayoría de los días podemos volver a casa caminando. A veces conseguimos escaparnos para comer. Hoy me he pasado por la cantina a por unos bocadillos y luego he tenido que correr hasta la biblioteca para verla antes de volver al centro deportivo a cambiarme para el entrenamiento de la tarde.

Meto la bolsa de los bocadillos en la mochila y subo a la cuarta planta de la Biblioteca de Artes y Ciencias. La encuentro al final de uno de los pasillos, cerca de nuestro rincón del fondo, donde solemos disfrutar de unos minutos de intimidad. Me quedo mirándola un momento. Hay un carrito de devoluciones que debería estar ordenando, pero Eden está subida a uno de esos taburetes de plástico y hojea cada libro antes de colocarlo en el lugar que le corresponde en la estantería. Luego coge el libro siguiente y empieza a pasar las páginas. Echo un vistazo a los títulos mientras me acerco a ella. Parece que son biografías. Está tan absorta que ni siquiera se da cuenta de que estoy a su lado.

—¿Disculpe, señorita? —le susurro.

—¡Dios! —grita, y el libro que sostenía se le cae al suelo.

—¡Chis! —le digo, agachándome para recogerlo—. Esto es una biblioteca.

Mientras le doy el libro, sonríe y me dice:

—¿Cuándo vas a dejar de acercarte a hurtadillas?

—No ha sido a propósito, es que estabas muy concentrada.

Mira a ambos lados y se inclina para besarme.

—Así que esto es lo que se siente al ser alta —reflexiona, todavía de pie en el taburete y cinco centímetros por encima de mí—. Aquí arriba es un mundo totalmente diferente.

—¿Quieres que empiece a llevarte en taburete a todas partes? —le pregunto.

—¿Por qué creo que no lo dices en broma?

—Oye, si tú quisieras, sabes que lo haría. —Le sujeto las manos mientras baja y la atraigo hacia mí para darle un abrazo—. ¿Tienes hambre?

Afirma con la cabeza y vuelve a comprobar que nadie nos mira. Entonces vamos al final del pasillo y nos dirigimos a nuestra mesa del rincón, que está oculta a la vista. Estoy abriendo los bocadillos cuando apoya la cabeza en mi hombro y dice lastimeramente:

—Ojalá pudiéramos irnos a casa y pasarnos el día tirados en la cama.

—Ya ves —suspiro—. Esta mañana estabas roque. ¿Hasta qué hora te quedaste anoche?

—No lo sé —me dice frotándose los ojos—. Tenía mucho que leer.

Le toco la cara y veo que tiene ojeras.

—Pareces muy cansada, nena.

—No pasa nada, mañana puedo dormir hasta tarde. No tengo que entrar en la cafetería hasta después de comer. Sigue en pie lo de la cita de esta noche, ¿verdad? —me pregunta.

—Claro —le digo—. El entrenamiento termina a las seis, pero si me doy prisa podría estar en casa sobre las siete menos cuarto.

—No tienes por qué darte prisa —responde, tapándose la boca para darle un bocado al bocadillo—. La reserva no es hasta las ocho.

—¿Reserva? Qué elegante. —Me quedo expectante, intentando juzgar mejor su estado de ánimo—. ¿Vas a pedirme que me case contigo?

Tose y me mira con los ojos muy abiertos.

—No es *tan* elegante.

Me rio. Pero si fuera a hacerlo, seguro que le respondería que sí.

—Estás loco, ¿lo sabías? —me dice con una sonrisa.

—¿Yo? Eres tú la que se quiere casar después de un mes —le digo en broma.

—A ver si nos aclaramos: han sido más bien tres años.

—Entonces ¿me vas a pedir en matrimonio?

Ella menea la cabeza, intenta no reírse.

—Madre mía, qué tonto eres.

Le doy un golpe en el hombro con el mío.

—Y a ti te encanta.

—Ajá —asiente—. Tienes razón, me encanta.

Nos estamos besando cuando alguien se aclara la garganta.

—Oh —dice Eden—. Hola.

—Huy, lo siento. —Es un chico que parece demasiado joven para estar en la universidad. Veo que lleva el mismo tipo de identificación que Eden—. Necesitamos ayuda abajo, en la mesa de préstamos.

—Sí, claro. Lo siento. Solo estaba haciendo una pausa.

El chico se encoge de hombros y desaparece por el pasillo.

Ella se levanta y da un último bocado antes de envolver lo que queda de su bocadillo, que luego intenta meterse en el bolsillo de la sudadera.

—¿Se nota? —me pregunta.

—No —miento—. Pero acuérdate de comértelo en algún momento.

—Lo haré. —Me aprieta la mano y empieza a irse, aunque se da la vuelta para susurrarme—: Te recojo a las ocho menos cuarto, no lo olvides.

Termino de comer y miro el móvil. Olvidé que mi padre me había mandado un mensaje cuando estaba en la cola de los bocadillos.

Tu madre y yo estamos deseando verte la semana que viene por tu cumpleaños. 21 ya! Sigue en pie lo del martes? Qué ganas de conocer a Eden.

Pero resulta que no he llegado a decirle a Eden que mis padres van a venir, y que quieren llevarnos a cenar para conocerla. No he querido estresarla ni presionarla más. Pero voy a tener que hacerlo. Esta noche. Se lo diré esta noche.

Eden

Me siento al fondo del aula para poder salir unos minutos antes sin llamar mucho la atención. Esta semana he llegado antes de tiempo a todas las clases para explicar que, aunque llevamos tan poco de curso, tendré que ausentarme la próxima semana. En la biblioteca me han dado permiso y en la cafetería me lo han dado a medias. Cambié mis turnos con otra persona, pero el Capitán Capullo me dijo que aún tenía que aprobarlos.

Llegados a este punto, que me despida si quiere. Hay unas cinco cafeterías más en un radio de diez minutos alrededor del campus. Estoy segura de que buscan personal en al menos una de ellas. Camino rápido hacia mi próxima clase, con una misión. Es la última explicación formal que tendré que dar. «Voy a testificar en un juicio en mi ciudad natal; debo comparecer en una vista la semana que viene, así que tendré que faltar a clase». Esa es la declaración que nos llevó a mi psicóloga y a mí la mayor parte de nuestra última sesión telefónica de cincuenta minutos, y es lo que le he dicho a cada uno de mis profesores. Ha ido bastante bien todas las veces. Sin preguntas ni problemas. Ninguna efusión emocional por mi parte.

Tengo las frases memorizadas.

Bajo las escaleras hasta la sala de conferencias, donde está mi profesora junto al atril, intentando conectar su portátil al proyector mientras murmura: «¡Maldita sea!». Y la veo tan humana, tan frustrada, que me recuerda a mi madre.

—Hum, hola, disculpe —le digo al acercarme.

Me mira, se baja las gafas de la cabeza y se las pone antes de hablar.

—Hola, ¿qué necesitas?

—Me llamo Eden McCrorey. Estoy en su clase de Historia Universal de esta tarde.

Asiente con la cabeza y mira de nuevo el portátil, sin prestar mucha atención.

—De acuerdo… ¿y? —musita, distraída. Vuelve a recordarme a mi madre.

Respiro hondo.

—Es que voy a tener que faltar a clase la semana que viene.

Ahora se quita las gafas y me mira fijamente, como diciendo: «¿En serio?».

Abro la boca para continuar, pero me doy cuenta de que ya he estropeado el orden de las frases.

—Quiero decir —lo intento otra vez— que tengo que comparecer como testigo en un juicio en mi ciudad. Bueno, no es un juicio. —Yo misma me enredo con las palabras—. Todavía no, al menos. En realidad, solo es una vista. —Pero entonces oigo la voz de mi psicóloga en la cabeza, diciendo: «No minimices, no te disculpes»—. Bueno, no es que sea *solo* una vista —añado.

Da un paso hacia mí y gira levemente la cabeza, como si le costara entenderme. No me estoy explicando bien. Eso no es lo que tenía que decir.

—Es-es solo una vista de instrucción —tartamudeo—. Para ver si va a haber juicio.

Respiro y me pellizco el puente de la nariz. Con fuerza. Intento contener las lágrimas que se abren paso a través de mi cráneo.

—Hum… Perdón, es que…

De repente, mis pulmones se quedan sin aire y me cuesta volver a llenarlos.

—Oh —me dice en tono tranquilizador—. Eden, ¿verdad?

Tengo que afirmar con la cabeza, porque por algún motivo soy incapaz de responderle. Y entonces da otro paso hacia mí, con los brazos extendidos. No comprendo. Me abraza antes de darme cuenta de que he empezado a llorar.

—Ay, lo siento —gimo a través de su pelo esponjoso.

—No pasa nada —responde, y me mece de un lado a otro. Siento que mi mejilla se hunde en su hombro y dejo que mi peso caiga sobre ella—. No pasa nada —repite.

De pronto, estoy sollozando como una niña en los brazos de esta desconocida; es más baja que yo y noto cómo mi cuerpo sacude el suyo mientras me agarro a sus hombros huesudos. Pero no puedo contenerme.

—Dios mío, lo siento mucho —balbuceo, separándome de ella. Me bajo las mangas de la camisa y me seco las lágrimas. Pero es un llanto feo, lleno de mocos y asqueroso.

Se da la vuelta para dirigirse a su maletín y rebusca un momento antes de sacar un paquetito rectangular de pañuelos de papel.

—Toma. —Saca uno y me lo da.

—Lo siento mucho —repito—. Es la quinta vez que tengo que explicarlo. Aunque esta es la primera vez que lloro, qué suerte la suya. —Intento reírme.

—No te preocupes, Eden. —Me dedica una sonrisa ceñuda, inclina la cabeza y me da una última palmada en la espalda—. No hay ningún problema. ¿Por qué no vienes a mi despacho cuando vuelvas y buscamos la forma de recuperar el tiempo?

—Eso sería genial —respondo entrecortadamente—. Gracias. —«Gracias por no preguntarme por qué estoy llorando o si estoy bien», le digo en silencio.

Ahora me da todo el paquete de pañuelos.

—Si tienes que perderte la clase de hoy, puedo hacer que Lauren, mi ayudante, te mande la presentación por correo electrónico.

—No, está bien. Estoy bien, de verdad —digo por hábito.

—Cuidarse es más importante que estar aquí sentada escuchándome hablar durante dos horas sobre la política de la antigua Roma. En serio —insiste—. Por favor.

«Di que sí —me suplico a mí misma—. Di que sí».

—En realidad —uf, uf, uf—, creo que me vendría muy bien, si está segura de que no le importa. Ha sido una semana muy larga. —Mi psicóloga se habría sentido orgullosa de mí por aceptar este pequeño favor.

Pero ahora son las tres de la tarde y no tengo nada que hacer. Es una sensación extraña e inquietante, esta de tener tiempo después de meses de prisas y de un sinfín de asuntos por resolver. Me tomo un café y decido parar en la tienda de camino a casa, pensando que tal vez necesite un paquete familiar de pañuelos de papel por si voy a seguir echándome a llorar en público como una loca.

Paso por delante del mostrador de atención al cliente y observo los estantes llenos de tabaco detrás del mostrador. Podría comprarme un paquete. Me fumaría uno, tiraría el resto y me sentiría mucho más capaz de enfrentarme a todo. Me pongo en la cola, detrás de la mujer mayor que lleva un montón de billetes de lotería. Pero sé que no me fumaría uno solo. Y Josh olería el humo en mi pelo, lo notaría en mi lengua. Entonces se preocuparía. La señora que está delante de mí entrega sus billetes ganadores y la cajera veinteañera los escanea, recitando su valor.

Me salgo de la fila. Me digo que no necesito los cigarrillos. Me digo a mí misma que puede que sean las hormonas, porque empecé a tomar la píldora hace un par de semanas. Nunca había tomado anticonceptivos, y Mara me advirtió que podían alterar mi estado de ánimo. La verdad es que no necesito más interferencias en ese frente, pero con lo mucho que lo estamos haciendo Josh y yo últimamente, no podía arriesgarme a que pasara nada. Me repito que es por eso y no porque esté perdiendo la cabeza a medida que se acerca la vista.

Me paseo por los pasillos sin saber lo que hago. Olisqueo una caja de fresas y la vuelvo a dejar. Cojo una pera y la tanteo con cuidado. Me como un taquito de cheddar clavado en un palillo.

Escojo una bolsa de café ecológico que es demasiado cara y la cargo como un bebé mientras avanzo por el pasillo. Y entonces veo mezclas para pasteles, brownies y magdalenas. Cambio la bolsa de café por una caja para hacer bizcocho de chocolate.

Voy a sorprender a Josh con una cena divertida en un restaurante al estilo *hibachi* al que me dijo que lo llevaron sus padres el año pasado por su cumpleaños. Quiero hacer algo especial para compensar que me voy a perder su cumpleaños la próxima semana. Por supuesto, no le he dicho que estaré fuera, porque aún no le he hablado de la vista. «Mañana, se lo diré mañana», me he estado repitiendo desde hace semanas, pero ese mañana nunca llega.

Saco el móvil. Mi madre contesta enseguida.

—¿Hola? —dice, asustada. No recuerdo la última vez que la llamé en vez de mandarle un mensaje—. Eden, ¿estás ahí?

—Hola. Sí. ¿Estás ocupada?

—No, en absoluto —me dice, aunque oigo de fondo los teléfonos de su trabajo—. ¿Qué ha pasado?

—Nada, es que tengo la tarde libre y estoy en el supermercado.

—Bueno…

—Estoy mirando cosas para hacer una tarta. Para el cumpleaños de Josh —le explico—. Y he pensado que a lo mejor se te ocurría algo. Quiero que sea de chocolate con crema de cacahuete.

—Qué rico —responde ella—. Entonces ¿te va bien con él? ¿Con Josh? —se apresura a añadir.

—Sí —le digo—. Nos va bien. Todo va bien.

—Me alegro.

Hay una pausa dolorosamente incómoda.

—Hum, pues tengo una mezcla para hacer bizcocho de chocolate, pero no veo ningún glaseado que sea de crema de cacahuete. No sé, solo recuerdo que, cuando éramos niños, siempre hacías glaseados de sabores diferentes para nuestras tartas de cumpleaños.

Se ríe.

—Vainilla con sandía. Ese fue el que te hice cuando cumpliste nueve años.

—Cierto. Lo recuerdo. Estaba muy bueno.

—Déjame ver. —La oigo teclear en el ordenador del trabajo. Y mientras espero, oyendo su respiración al teléfono, como tarareando para sí misma, pienso que me gustaría que estuviera conmigo en este momento—. Vale, aquí está. Creo que he encontrado algo. Sí, es una receta fácil de glaseado. Solo necesitas crema de cacahuete, nata chantillí, sirope de chocolate y chocolatinas con crema de cacahuete. Como eres una estudiante universitaria, seguro que ya lo tienes todo en la cocina.

Tardo un segundo en darme cuenta de que está de broma.

—Ah. —Me río—. Durante un momento he pensado que hablabas en serio.

—¡Lo digo en serio! Deberías tener un montón de comida basura cerca para las noches de estudio.

—Bueno, me pondré a ello.

—Te mando la receta por correo electrónico —me dice, y puedo oír la sonrisa en su voz—. También puedo intentarlo por mensaje de texto.

—El correo electrónico está bien. Puedo verlo con el móvil de todos modos.

—Enviando. —La oigo teclear de nuevo.

—Gracias, ya te contaré cómo me sale.

—Bueno, avísame si necesitas ayuda.

—De acuerdo.

—Nos vemos la semana que viene. Por cierto, Eden —añade—, tú puedes.

No sé si se refiere a la tarta o a la vista, y tampoco sé si estoy de acuerdo con ninguna de las dos cosas, pero le digo:

—Gracias, mamá.

Un minuto después de colgar recibo una notificación de mi banco de que mi madre me ha enviado treinta dólares con el siguiente concepto: «Para la tarta de cumpleaños».

Desde que me fui me ha sorprendido con pequeños gestos que me dicen que le importa mucho que me vaya bien aquí.

Decidí comprarlo todo (cuencos para mezclar, un molde para hornear, un batidor manual, una espátula, tazas medidoras) porque supuse correctamente que no teníamos ninguna de esas cosas en el apartamento.

Sienta bien no tener que pensar en nada más que en batir los huevos, el agua y el aceite con el cacao en polvo. Hacer algo por otra persona.

Parker llega a casa justo cuando estoy metiendo la tarta en el horno.

—Hala, ¿qué está pasando aquí? —me pregunta, deteniéndose en la isleta de la cocina para pasar el dedo por el interior del cuenco—. Sinceramente, ni siquiera sabía si eso funcionaba.

—¿El qué, el horno?

Asiente con la cabeza y se lame la masa de bizcocho del dedo.

—Qué rico —murmura.

—Estoy haciendo una tarta de cumpleaños para Josh.

—Oooh, compi. —Me pone ojitos tiernos—. Qué detallazo.

—Vas a venir esta noche, ¿verdad? —le pregunto por vigésima vez.

Ella duda un instante.

—Pues mira, estaba pensando en quedarme porque esta semana ha sido infernal, pero, bueno, me has convencido con esa maldita tarta. ¿A qué hora tengo que estar allí?

—A las ocho. En punto. No, a las ocho menos cuarto. Dominic y tú llevareis los globos para que no sospeche nada.

—O sea, me estás diciendo que no tenía elección en el asunto, ¿no?

Sonrío y niego con la cabeza.

—No.

—Está bien, señora manipuladora —me dice, y se dirige a su dormitorio cargando con su mochila a la espalda—. Voy a echarme una siesta. Despiértame a las siete y cuarto.

—Vale —le digo.

Nunca había tenido una amiga como Parker, aunque lo cierto es que nunca había tenido muchos amigos distintos. Y me cae bien. No es muy sentimental, ni demasiado educada o simpática, pero me hace sentir bien. No parece importarle que Josh esté aquí siempre, ni que yo pase la otra mitad del tiempo en el apartamento de Josh. Se siente cómoda consigo misma, y por algún motivo eso me hace sentir cómoda a mí también. Como si ninguna de los dos tuviera que fingir lo que no es. Sin embargo, nos hemos creado sendos alter egos para pedir comida a domicilio combinando nuestros nombres: Eden Parker y Kim McCrorey. La otra noche nos partimos de risa cuando llegó un repartidor a nuestro apartamento con un pedido para una tal Kimberly.

Voy a leer la receta del glaseado cuando veo que tengo un mensaje de mi madre:

> Hola, Eden, soy mamá. Recuerda que tienes que dejar enfriar el bizcocho al menos dos horas antes de glasearlo. Déjalo reposar a temperatura ambiente durante 30 minutos y luego mételo en la nevera el resto del tiempo. Besos, mamá

Si esto no fuera tan nuevo para nosotras, quizá me reiría de ella, en plan: «No hace falta que seas tan solemne en los mensajes», pero le respondo con un simple «Vale, gracias».

Sigo las instrucciones paso a paso, midiendo y mezclando la crema de cacahuete, la nata chantillí, el sirope de chocolate y las chocolatinas con crema de cacahuete. Lo meto en la nevera para que se enfríe y me siento en el sofá rojo descolorido mientras espero a que el bizcocho termine de hornearse.

Aún quedan veintitrés minutos en el temporizador del horno. Veintitrés minutos para sentarse y no hacer nada.

Mi cerebro aprovecha la oportunidad para aterrorizarme con dudas y preguntas para las que no tengo respuesta. Abro los correos electrónicos de Lane que he evitado mirar durante el último mes. Se había ofrecido a ponerse al teléfono conmigo varias veces para hablar sobre el proceso de la vista. Y es ahora, a las cinco y media del último viernes antes de que todo empiece el lunes por la mañana, cuando seguro que no está en la oficina, que por fin siento la necesidad urgente de hablar con ella. Su correo electrónico de hoy:

> Hola , Eden:
>
> Feliz viernes. Solo quiero recordarte que tenemos que estar en el palacio de justicia/sala de audiencias a las 8 de la mañana del lunes. Intenta sacar un rato este fin de semana para repasar el informe policial y la declaración que le hiciste a la inspectora Dodgson para que lo tengas todo fresco. Sé que la fiscal Silverman te hizo llegar una copia impresa, pero te adjunto un pdf por si te es más fácil así.
> Ponte ropa cómoda y natural (discreta, a falta de una palabra mejor). En plan arreglada, pero informal. Si tienes alguna duda, dímelo.
>
> Hasta pronto,
> Lane

Supongo que les habrá mandado lo mismo a Mandy y a Gennifer. Muchas veces me he preguntado si los abogados se darían cuenta si hablábamos entre nosotras, si podríamos saltarnos las normas un poco. Porque, muy en el fondo, quería saber lo que les había hecho, y quería que ellas supieran lo que me hizo a mí. No en detalle, sino más bien el *cómo*. No sé muy bien por qué. Quizá porque, después de todos estos años, yo tampoco sé muy bien cómo me ocurrió a mí.

Pero me resisto.

En vez de eso busco en internet «arreglada pero informal» y veo muchas americanas sobre camisas de colores vivos. Pero me da la impresión de que ir con colores vivos no es lo más indicado. Y no tengo ni una sola americana. Por fin le devuelvo el mensaje a Amanda. Pienso en disculparme por la tardanza. Intento inventarme una excusa para explicar por qué he tardado un mes en contestarle, aunque supongo que no le importará; solo quiere una respuesta, así que se la doy.

Sí. Volveré.

Inmediatamente veo los tres puntos junto a su nombre, bailando como átomos excitados. Espero su respuesta. No llega.

Suena el temporizador. Tiro el móvil al sofá y corro hacia el horno, abro la puerta y meto la mano, olvidando los nuevos guantes de cocina que había dejado en la encimera.

—¡Mierda! —grito—. Joder, joder, joder, joder, joder —susurro mientras abro el grifo y paso la mano bajo el agua fría. Vuelvo a mirar la tarta, tras la puerta del horno abierta como una boca, y luego veo dos líneas rojas sobre la palma de mi mano izquierda, la marca del mordisco de algún animal rabioso.

Josh

Llama a mi puerta exactamente a las siete y cuarenta y cinco. La abro, listo, pero no preparado para su aspecto.

—Hala.

Se ríe.

—Hala tú también.

—Perdona, es que estás… —Se mira a sí misma. Lleva un vestido; solo la había visto con uno la primera vez que vino a mi casa. Se suponía que era nuestra primera cita, pero ella no quiso ir a ninguna parte—. Estás…

—¿Qué?

—Impresionante.

—*Tú* sí que estás impresionante —me dice, y me atrae hacia ella para darme un beso—. ¿Estás listo?

Me guía escaleras abajo hasta su coche.

—¿Vamos a conducir?

—No está muy lejos, pero… —Levanta el tacón de una forma adorable, como si estuviera a punto de ponerse a bailar—. Con estos zapatos, no.

—¿Estás segura de que no vamos a un sitio elegante?

—¡Por Dios, Josh, que no te voy a pedir que te cases conmigo! —Se ríe mientras abre las puertas.

Me subo y me abrocho el cinturón.

—Me siento mal vestido.

—No es verdad, es que yo voy *demasiado* vestida.

—Hum, bueno... Para mí siempre vas demasiado vestida.

—¿Qué quieres decir? —Me mira de reojo mientras se aparta del bordillo—. Nunca me pongo elegante.

—No —le digo, acercándome para tocar su rodilla desnuda—. Me refiero a que siempre llevas demasiada ropa.

Ella suelta un grito ahogado, finge estar escandalizada.

—¡Pero bueno! —Se lleva la mano al pecho y noto que está envuelta en una venda—. Déjate de guarradas, Miller. —Se ríe—. O al menos ten la decencia de esperar a que te pida matrimonio.

—Vale, ya me dejo de guarradas. —Le cojo la mano e intento echar un vistazo al vendaje—. ¿Qué es lo que te ha pasado?

—Ah, nada —responde, negando con la cabeza—. Tuve un percance en la cocina.

—¿Te has cortado?

—No, es una quemadura pequeña. No pasa nada.

—¿Estás segura? No parece tan pequeña.

—Sí, estoy segura. Soy una tía dura, ya lo sabes. Puedo soportar una pequeña quemadura.

—Sé que eres dura. —Llevo su mano a mis labios y beso el exterior de la venda, un poco sorprendido por lo angustiado que me siento al saber que se ha hecho algún daño—. Pero, aun así.

Retira la mano y me toca la cara mientras me mira.

—Te preocupas demasiado.

—Pues ve acostumbrándote —le digo—. Así soy yo.

Sonríe, pero no dice nada. Y yo la observo con tanta atención que no me doy cuenta de que el coche se ha detenido hasta que se vuelve para mirarme y dice:

—Hemos llegado.

—¿Aquí? —Miro por la ventanilla—. Espera, ¿vamos aquí? El Flaming Bowl. Me encanta este sitio.

—Lo sé —me dice con una risita—. Por eso te he traído.

Entramos unos minutos antes de las ocho. Eden da su nombre y nos dirigen a la zona de la barra mientras preparan nuestra mesa. Voy a cogerle la mano, pero ella se tensa y se aparta con sutileza.

—Mierda, lo siento. Lo olvidé.

—No te preocupes —me dice suavemente, y se pone al otro lado, ofreciéndome la mano derecha en su lugar—. No me voy a romper.

Veo que mira detrás de mí y sonríe, pero antes de que pueda preguntar por qué, oigo dos voces distintas, una en cada oído, que me susurran:

—¡Sorpresa!

Doy un respingo y me doy la vuelta. Dominic y Parker chillan y gritan.

—¡Madre mía, qué cara has puesto!

—¿Lo has visto? —exclama Parker, tirando de Eden para abrazarla mientras le entrega un montón de globos atados con cuerdas que flotan sobre nuestras cabezas.

—¿Qué...? ¿Qué es esto? —pregunto.

—¡Es tu fiesta de cumpleaños sorpresa! —grita Eden, abrazándome.

—Mi cumpleaños no es hasta la semana que viene.

—Lo sé, esa es la sorpresa —me dice riendo—. ¿Estás sorprendido de verdad?

—¡Sí! Estoy muy sorprendido.

—Menos mal que habéis llegado. Ya me ha parado alguien para preguntarme dónde está el baño —explica Parker, dando un sorbo a su tacita de sake de cerámica.

—¿Por qué te han preguntado dónde está el baño? —quiere saber Eden.

—Bueno, como soy asiática, tengo que trabajar aquí.

—Madre de Dios, ¿y qué has dicho?

Dominic se echa a reír, y yo también.

—¿Qué me estoy perdiendo? —pregunta Eden.

—Me pasa mucho, ya lo verás. Así que mi respuesta favorita es decirles en coreano: «Que yo no trabajo aquí, gilipollas». Se van muy rápido.

—¡Qué bueno! —Eden aplaude y se ríe con todo su cuerpo.

Miro a Dominic, que sonríe al ver cómo observo a Eden.

—¿Qué? —le pregunto, acercándome para ponerme a su lado.

Niega con la cabeza y me pasa una Coca-Cola con limón que ya ha pedido para mí en la barra.

—Nada, que me alegro de verte feliz. —Alza su copa—. Feliz cumpleaños, tío.

—Gracias.

Durante la cena hablamos y nos reímos, y Eden se asegura de decirle a todo el mundo que es mi cumpleaños. Y el chef no deja de llamarme «el cumpleañero» mientras pone en práctica todos sus trucos, haciendo equilibrios, cortando y mezclando ingredientes y prendiendo fuego a la parrilla. Normalmente me sentiría incómodo al recibir esta atención especial: cuando era pequeño, nunca dejaba que mis padres dijeran que era mi cumpleaños en los restaurantes por miedo a que hicieran salir a todo el personal y me cantaran. Y eso es justo lo que ocurre. Parker graba un vídeo. A mí me daría vergüenza, con la gente aplaudiéndome, pero me doy cuenta de que Eden está muy contenta. Y entonces me besa delante de todos, me besa de verdad, y todos estallan en vítores.

Me inclino hacia ella y le digo:

—Te quiero.

Apoya un momento la cabeza en mi hombro y dice rápidamente, en voz baja:

—Y yo a ti.

Después de la exhibición del *hibachi,* nos queda terminar de comer.

—Dejad espacio para el postre, chicos —nos dice Eden.

Parker suelta los palillos y responde:

—Ah, sí. Yo sé algo que vosotros no sabéis, y haréis bien en dejar espacio.

Después nos amontonamos en el coche de Eden, con nuestras cajas para llevar y los globos llenando el asiento trasero.

—Gracias —les digo de nuevo—. Me ha gustado mucho la sorpresa de cumpleaños.

—Todo ha sido cosa de tu novia —responde Dominic.

«Mi novia», repito en mi cabeza. Me encanta cómo suena.

—Y... todavía falta otra cosa —añade Eden.

—¿Más? —le pregunto.

—Sí, no eres el único que puede hacer planes múltiples.

Al llegar a casa, Eden les pide a Dominic y Parker que me acompañen a la azotea.

—Yo subiré enseguida —me dice.

Mientras esperamos, Parker se aclara la garganta y anuncia:

—Dominic y yo hemos estado hablando y queremos que sepas que has acertado con esta chica.

—Sé que antes tenía mis dudas —reconoce Dominic—, pero está claro que os hacéis increíblemente felices el uno al otro, así que no hay nada que discutir.

—No es que necesites nuestra bendición ni nada por el estilo —añade Parker—. Solo queríamos darte la opinión que no nos has pedido.

Antes de que pueda decir nada, Eden entra por la puerta de la azotea y, cuando se da la vuelta y deja que la puerta se cierre tras ella, veo que lleva una tarta llena de velas encendidas. Empiezan a cantarme por segunda vez esta noche, y cuando deja la tarta sobre la mesa de mimbre, veo que hay chocolatinas con crema de cacahuete encima del glaseado.

—Madre mía, no será verdad —le digo—. ¿Chocolatinas con crema de cacahuete?

—Pide un deseo. —Se acomoda a mi lado en el sofá y me pasa el brazo por el hombro.

La miro y pienso: «Ya no tengo nada que desear». Pero me callo. Me inclino hacia delante y soplo las velas de todos modos. Eden me besa en la mejilla, luego se levanta para coger una bolsa del rincón y saca platos y cubiertos (que no son de papel), que habrá subido antes.

—Lo has preparado tú todo, ¿no? —le pregunto.

Ella se encoge de hombros, pero no puede ocultar su sonrisa mientras quita las velas de la tarta y las pone sobre una servilleta.

—Vale, como es tu cumpleaños, tienes que hacer el primer corte, y el que cumpla años después tiene que sacar el cuchillo.

—No había oído eso en mi vida —dice Dominic.

Parker niega con la cabeza.

—Yo tampoco.

—¿En serio? —pregunta Eden—. Siempre lo hacemos en mi familia.

—Me gusta esa tradición —le digo. Intento colocar el cuchillo para hacer un buen corte.

—Más grande —grita Parker.

—Vale, ¿qué tal así?

—Perfecto —dice Eden—. Entonces ¿de quién es el próximo cumpleaños?

Dominic levanta la mano y dice:

—Julio.

—Abril —responde Parker.

—Entonces supongo que soy yo. Noviembre —explica Eden, colocando una mano sobre la mía en el mango del cuchillo.

Pasa los platos de tarta y distribuye los tenedores, y no puedo evitar pensar que es el mejor cumpleaños que he tenido nunca. Me mira mientras pruebo un bocado.

—¿Te gusta? —me pregunta.

—Está deliciosa. —Tomo otro bocado, y ella lo hace también—. Pero pensaba que estabas en contra del chocolate con crema de cacahuete.

—Puede que me hayas convencido.

—Josh, sabes que la tarta la ha hecho Eden, ¿no? —me dice Parker.

—Un momento, ¿la has hecho *tú*?

—Bueno, no desde cero, pero sí.

—Jolín, pues sabe como si fuera de una pastelería de verdad.

Le da otro bocado.

—Sí, está bastante buena. Para ser de chocolate con crema de cacahuete.

Cuando entramos en mi habitación, Eden deja el bolso en la cómoda, se quita los zapatos y el jersey y lo cuelga en el respaldo de mi silla. Me encanta que se sienta cómoda aquí. Si no fuera tan precipitado, le pediría que se viniera a vivir conmigo.

—Gracias por todo. —La abrazo desde atrás—. Eres muy amable, ¿lo sabías? —Beso su pelo, su cuello—. Y muy tierna.

—¿En serio? —Se da la vuelta para mirarme—. ¿Amable y tierna? Nadie me había dicho eso en mucho tiempo.

—Bueno, pero lo eres.

—No, tú más —responde, tocándome un lado de la cara con la mano vendada.

—Eres físicamente incapaz de aceptar un cumplido, ¿verdad?

Alza la vista, sonríe de una forma que casi me marea, y me echa los brazos sobre los hombros. Mis manos bajan automáticamente hasta sus caderas y nos balanceamos con torpeza mientras nos acercamos el uno al otro.

—¿Qué, estamos bailando o algo así? —me pregunta.

—¿Por qué no? —le pregunto yo, meciéndola más.

—No hay música —indica.

—Bueno, hay música sonando en mi cabeza —bromeo, entregándome a esta euforia ñoña que brota de mi pecho.

Ella se ríe mientras echa la cabeza hacia atrás.

—Madre mía, ¿de verdad acabas de decir eso? —Suelta otra carcajada y se le ilumina la cara a la vez que se acerca para besarme—. Vaya un pringado.

Le quito la mano de mi cuello, la levanto en el aire y hago que dé una vuelta lentamente. Cuando vuelvo a atraerla hacia mí, se aprieta contra mi cuerpo y se pone de puntillas para besarme de nuevo, esta vez sin reírse.

—Mírame —me dice, sujetándome la barbilla—. Me encanta todo de ti.

Me gusta pensar que siempre estoy a la altura, pero a veces me suelta algo tan maravilloso y sorprendente que me derrite por completo, como ahora. Me saca la camiseta por la cabeza, con la boca sobre mi piel, y paso las manos por todo su vestido, probando por arriba y por abajo, intentando averiguar por dónde se abre.

—¿Cómo…? No veo…

—Cremallera. —Se ríe mientras se da la vuelta para que se la baje—. Pero, espera, hay un corchete arriba que tienes que desabrochar primero.

—Ya lo veo. —Desabrocho con cuidado el delicado corchete y bajo lentamente la cremallera del vestido. Recorro la curva de su espalda mientras los dos lados se separan. Alarga la mano para quitarse la pinza del pelo y, cuando lo sacude con los dedos, puedo oler su champú o lo que sea que me hace desearla aún más de lo que ya la deseo.

Se pone encima de mí cuando nos metemos en la cama, su pelo cae sobre mi piel desnuda, y me besa el pecho, los brazos, el vientre. No sé cómo puede relajarme y excitarme al mismo tiempo, algo de ella que antes no sabía que me estaba perdiendo. Noto su aliento cuando me da pequeños besos en el centro del cuerpo, siento cómo sonríe cuando llega a mis labios. Luego se apoya en el codo, se tumba a mi lado y me mira, posando una mano cálida en mi cintura.

—Sabes que te quiero un montón, ¿no?

—Lo sé —le digo a la vez que trazo la forma de sus labios con el dedo—. Yo también te quiero un montón.

Apoya la cabeza en mi pecho e inhala profundamente, acomodándose en mis brazos.

—¿Podemos quedarnos así un momento? —me susurra.

—Podemos quedarnos así toda la noche.

Ella levanta la cabeza.

—¿Sí? —me pregunta.

—La verdad es que estoy muy cansado —admito—. Pero no me malinterpretes, podría ponerme a tono enseguida.

Suelta una breve bocanada de aire contra mi cuello, una risa silenciosa, y vuelve a recostar la cabeza.

—Yo también podría —me dice, estirándose a lo largo de mi cuerpo, colocando su pierna sobre la mía—. Pero esto me gusta —murmura.

—Sí —respondo, y mi brazo se adapta perfectamente a la parte baja de su espalda.

Sería el momento de contarle que mis padres van a venir de visita. Coloco la otra mano sobre la suya en mi pecho, sintiendo el vendaje de gasa debajo.

—Te quemaste la mano haciendo mi tarta, ¿verdad?

—Un error de novata. Se me olvidó ponerme los guantes de cocina.

Beso la palma de su mano.

—¿Te has echado aloe o algo así?

Ella afirma con la cabeza.

—Sí, no te preocupes.

Me despierta un extraño traqueteo que no consigo ubicar. Abro los ojos y me doy la vuelta. Tardo un segundo en recordar que estamos en mi cuarto y no en el suyo. No está en la cama. Entorno los ojos y miro al otro lado de la habitación.

Está demasiado oscuro para ver mucho más que la silueta de Eden a la luz de la luna que entra por la ventana. Estoy a punto de decirle lo guapa que está, de espaldas a mí.

Pero entonces me doy cuenta de lo que era el ruido.

Pastillas. Oigo que gira la tapa de plástico para cerrar el frasco. Y veo que baja el brazo para volver a meterlo en el bolso. Se lleva la mano a la boca, coge una botella de agua de mi cómoda y se la pone en los labios.

Cuando se da la vuelta, cierro los ojos. La cama cruje cuando vuelve a subirse a mi lado. Ahora siento el frío de su cuerpo, se acuesta contra mí y pone mi brazo sobre su estómago. Noto que inhala profundamente y suspira.

—Oye, ¿estás bien? —le pregunto.

—Ajá —murmura.

Le beso la nuca y la acerco más a mí.

—Sé que no es asunto mío, pero… —empiezo a decir, y ella gira la cabeza para mirarme—. ¿Qué estás tomando? —susurro.

—Ah, no es nada.

—Bueno, ya te he visto hacerlo varias veces, cuando crees que estoy dormido. —Le echo el pelo hacia atrás, detrás de la oreja, intento ser amable—. Sé que no es asunto mío —repito—. Pero ¿estás bien?

—Es solo para ayudarme a dormir.

—¿Otra vez tienes problemas para dormir?

—Otra vez no —me corrige—. Todavía.

¿Cómo es que no lo sabía?

—Lo siento mucho —susurro—. ¿Qué puedo hacer?

Se acurruca contra mí y me dice:

—Esto.

La estrecho entre mis brazos y decido no mencionar las otras pastillas que vi en su habitación.

—No es que no sea asunto tuyo, Josh. Iba a decírtelo, pero no quería que te preocuparas.

—Gracias por decírmelo ahora. Me preocupo un poco menos al saberlo.

—¿En serio? —me pregunta. Su voz suena muy bajita en el silencio de la noche.

Asiento con la cabeza.

—Hay otra cosa que necesito decirte.

—¿Todo bien? —respondo, preparándome para hacerme el sorprendido por las otras pastillas.

—Una de las razones por las que quería celebrar tu cumpleaños antes —empieza a explicar— es porque tengo que estar fuera la semana que viene.

Y ahora me ha sorprendido por segunda vez esta noche.

—¿Cómo? ¿Dónde? ¿Por qué?

—Se va a celebrar una vista. Tendré que volver a casa al menos un par de días. La fiscal dijo que debía estar preparada para quedarme toda la semana, por si acaso.

—*¿Qué?* —pregunto, demasiado alto—. Pero no pueden esperar que lo dejes todo en el último minuto.

—No —susurra, bajando la mirada mientras me acaricia la clavícula, el cuello, la mandíbula—. Lo cierto es que lo sé desde hace unos meses.

No sé qué decir. No sé por qué no me lo había dicho. Pero eso no es lo importante ahora, así que intento quitármelo de la cabeza.

—Voy a ir contigo, evidentemente.

—No. —Deja de tocarme la cara y por fin me mira a los ojos—. En realidad, no es para tanto.

—*Sí* que lo es. —Me incorporo—. ¿Puedo preguntar por qué no me lo dijiste antes?

Ella también se incorpora y se acerca la sábana al cuerpo.

—No te enfades…

—No estoy enfadado —la interrumpo—. No estoy enfadado contigo en absoluto, solo estoy… —me resisto a decir «preocupado» y me conformo con decir—: confundido.

—Las cosas han ido muy bien últimamente —me dice, frotándose la cabeza como si le doliera.

—Sí —le doy la razón—. Es verdad. Ha ido todo muy bien.

—Y, bueno, no quería estropearlo hablando de esa mierda.

—Vale, pero tampoco podemos hacer como si no pasara nada.

—¿Crees que no lo sé? —me replica.

Niego con la cabeza.

—No, claro que no. No me refería a eso.

Lanza un suspiro.

—Lo sé, lo siento.

—No pasa nada.

—Joder. ¿Lo ves? —me dice con la voz temblorosa—. Esa es la razón. Esto es exactamente por lo que no quería contarte nada. —Agita la mano en el aire, este pequeño espacio entre nosotros—. Lo estropea todo.

—Oye, escúchame —le digo, cogiéndole la mano—. Todo va a ir bien, ¿vale?

Empieza a negar con la cabeza.

—Quiero decir con nosotros. Todo va bien entre nosotros. Nada puede cambiarlo. —Lo que no digo es que *ya* está ahí. Siempre ha estado ahí—. Pero déjame ir contigo.

—No.

—Eden...

—No podré hacerlo si estás ahí, Josh.

No sé qué cara estaré poniendo en este momento, pero hago todo lo posible por ocultar cualquier clase de reacción.

—No quiero que escuches los detalles. Sinceramente no quiero que nadie sepa nada de eso. —Hace una pausa y me mira, esperando, debatiéndose—. Él va a estar allí. ¿De verdad quieres estar en la misma habitación que él? —me pregunta, pero no espera respuesta—. Yo no.

—Entonces ¿vas a hacerlo sola?

—Sí.

—¿Y tu madre? Seguro que quiere...

Niega con la cabeza.

—Ella también va a testificar, así que no puede estar ahí para lo mío, y yo no puedo estar ahí para lo suyo. Y tampoco me gustaría. Solo seré capaz de hacerlo si estoy sola. —Me mira fijamente—. ¿Qué? ¿Por qué me miras así?

—No, por nada. Solo estoy pensando. Trato de entenderlo. —¿Por qué prefiere hacerlo sola si me ofrezco a acompañarla? Tengo tantas preguntas que apenas sé por dónde empezar—. Pero pensaba que tu madre no sabía nada de lo que pasó. No lo sabía, ¿verdad? —le pregunto, porque sería muy jodido si lo hubiera sabido. Pero lo que digo es—: ¿Sobre qué va a testificar si no lo sabía?

—Josh —gime ella—, por favor, te lo pido, no quiero...

—Solo quiero ayudarte, Eden. —Toco su cara, beso su frente antes de que pueda apartarse—. Solo quiero saber qué está pasando.

Se tumba boca arriba y mira al techo.

—Mi madre no lo sabía. Pero vio algo. Algo que ella pensó que era otra cosa.

—¿Qué significa eso? —le pregunto—. ¿Qué es lo que vio?

—A la mañana siguiente vio sangre en mi camisón, en mis piernas y en las sábanas.

Sangre. La palabra resuena en mi cabeza. Mi corazón empieza a acelerarse… No, se acelera y se detiene bruscamente.

Eden se aclara la garganta y continúa, más tranquila:

—Dio por hecho que me acababa de venir la regla. Bueno, eso creo. ¿Por qué habría pensado otra cosa? —añade, más para sí misma—. Y esa mañana intenté decírselo, y a mi hermano también, pero no lo hice. No estaba segura. Quería que lo adivinaran. No quería tener que decirlo. No sabía cómo decirlo. Así que no lo sé. Creo que quieren saber qué pasó esa mañana desde la perspectiva de mi madre y de Caelin.

Ahí están los detalles. Camisón. Piernas. Sábanas. Sangre. Por eso no quiere que la acompañe.

—¿Ves? —me pregunta ella—. ¿A que no te sientes mejor sabiéndolo?

—Eso no… Eso no importa, yo… —Intento buscar las palabras adecuadas, pero no puedo.

—Estoy cansada. —Se da la vuelta para apretar la espalda contra mí y vuelve a pasarse mi brazo por encima, poniendo fin a la conversación. Se lleva mi mano a los labios y me besa con suavidad las yemas de los dedos—. Gracias por ofrecerte, de verdad.

Hago todo lo posible por relajarme, pero ahora todo mi cuerpo está tenso. La abrazo mientras se duerme y trato de no pensar en su sangre ni en su camisón ni en sus piernas ni en sus sábanas. Intento no pensar en ella esperando a que alguien la vea, que adivine lo que había pasado. Y, por último, intento no imaginarme lo que haría si volviera a encontrarme en una habitación con él.

Eden

A la mañana siguiente tengo que echar mano de toda mi fuerza de voluntad para salir de la cama de Josh. Me vuelvo a poner el vestido y recojo el bolso, el jersey y los zapatos. Él está tumbado boca abajo, abrazado a la almohada. Me siento en el borde de su cama y me permito este raro momento de tranquilidad para admirarlo. Le paso la mano por la espalda y me inclino para besarle el hombro, pero está tan cansado que no se despierta.

Abajo, Parker está en la cocina, estirándose, con los auriculares puestos (ya ha salido a correr esta mañana), bebiendo uno de sus saludables batidos verdes, con un aspecto vibrante y resplandeciente en comparación conmigo. Yo estoy apagada y agotada con el maquillaje de ayer y el pelo revuelto, y la cremallera del vestido se me baja por la espalda con cada movimiento.

Se quita los auriculares y se ríe al verme.

—Hola, compi —me dice—. Veo que esta mañana has hecho el paseíllo del orgullo.

—¿Qué? —murmuro, dejando el bolso sobre la encimera y los zapatos en el suelo.

—Ya sabes, la caminata del triunfo, los andares sensuales, el rebote postsex…

—¿Te estás inventando todo eso? —le pregunto riéndome.

—Tienes que dejarte un poco de tanta literatura elevada —me dice, con lo que se supone que es un acento británico—. Coge una revista de vez en cuando, mujer.

—Para tu información —le digo mientras me sirvo un vaso de agua de la nevera—, anoche tuvimos una sesión de abrazos maravillosa.

—De abrazos, claro —replica, inclinándose hacia delante para estirarse—. ¿Quieres un batido?

—Huy, qué asco. No. Me tomaré un café en el trabajo.

—Ah, sí. Café y nada de comida, el desayuno de los campeones.

Abro el armario y saco una barrita de cereales.

—¿Contenta?

Se pasa un brazo por delante del pecho y luego el otro, y dice:

—Supongo.

—¿Necesitas entrar? —le pregunto, señalando el cuarto de baño—. Tengo que arreglarme.

—Todo tuyo —me dice mientras empieza a correr hacia su habitación—. Yo me voy a la piscina.

—Oye, Parker, ¿puedo...? —empiezo a hablar, sin saber muy bien cómo voy a terminar.

Se da la vuelta, con las manos cerca de la cabeza, a punto de volver a ponerse los auriculares, y me mira.

—¿Qué?

—No es nada grave, pero quería decirte que voy a estar fuera unos días la semana que viene. Tengo que ir a casa por algo.

—Ah. —Deja caer las manos y da un paso hacia mí—. ¿Va todo bien?

—Sí, sí. Es que... —Podría decírselo. Ahora mismo podría contarle la verdad, pero algo me detiene, como siempre—. Todo va bien, era solo para que lo supieras.

—¿Seguro?

—Sí. —Afirmo con la cabeza, sonrío y empiezo a abrir el envoltorio de mi barrita de cereales. Me observa durante unos segundos, hasta que doy un bocado, mastico y trago—. De verdad, no pasa nada.

—De acuerdo —responde lentamente, y por fin se da la vuelta para entrar en su habitación.

Me como el resto de la barrita de cereales y me meto en la ducha. Cuando salgo, Parker ya se ha ido y me entra el pánico solo de pensar en lo que va a ocurrir esta semana. El corazón se me acelera y me cuesta respirar. Entro en la cocina con la toalla, goteando por todas partes, y tiro el contenido de mi bolso sobre la encimera para encontrar mis pastillas. Me tomo dos. Ahora mismo no tengo tiempo para un puto ataque de ansiedad.

Ficho a las 12.02, y el Capitán Capullo está junto a las taquillas, esperando para decirme que es la tercera vez que llego tarde y que a la próxima me despide.

—Lo siento —murmuro.

—No lo sientas —me dice—. Solo tienes que llegar a tiempo. No es tan difícil.

Se marcha, y mientras guardo mis cosas en la taquilla y saco el delantal para atármelo a la cintura, me doy cuenta de que uno de los cocineros, Perry, me acaba de pillar mirando al encargado con mala cara. Pero se limita a asentir con la cabeza y a reírse en silencio, comprensivo. Yo me encojo de hombros y sonrío.

A mitad de mi turno, a las cuatro, hay una chica en la cola, un poco mayor que yo. Me mira fijamente. Cuando le toca, se acerca al mostrador y sonríe de una forma extraña. Como si debiera conocerla, pero no la reconozco.

—Hola —me dice vacilante, bajando la mirada para leer mi nombre en la etiqueta—. Eden.

Le devuelvo la sonrisa.

—¿Qué te pongo?

—Ah, pues... —Mira a su alrededor, confusa, como si se hubiera encontrado en una cafetería por casualidad y no estuviera preparada para esa pregunta—. ¿Puedo pedir un...? No sé, ¿cuál es tu bebida favorita?

—¿Mi bebida favorita? —repito—. Creo que nunca me habían hecho esa pregunta, pero supongo que un *pumpkin spice latte.* A veces le pongo un poco de vainilla, que me encanta, pero…

—Suena muy bien —responde, con los ojos tan fijos en mí que tengo que apartar la mirada.

—Muy bien —le digo—. ¿Para tomar aquí o para llevar?

—Aquí —contesta, pero luego añade rápidamente—: No, en realidad, para llevar. Creo. Sí, para llevar.

—Vale, ¿cómo te llamas? —pregunto con el rotulador en la mano y la punta apoyada en el vaso de papel.

—Gen —me dice en voz baja—. Con G.

Mi corazón intenta acelerarse, pero está adormecido por la dosis doble de medicación que aún recorre mi cuerpo. Ahora la miro con más atención, como me ha estado mirando ella a mí. La busqué en internet hace meses. En mi mente no era más que una imagen estática en la pantalla. Ahora la reconozco, pero es diferente verla en persona.

—¿Eres Gennifer? —susurro—. Gen —me corrijo.

Ella asiente y sonríe de nuevo. Me doy cuenta de que tiene una sonrisa muy bonita, de esas que pueden encubrir todo tipo de cosas horribles.

—No tendrás tiempo para un descanso rápido o algo así, ¿verdad?

Perry me cubre en el mostrador mientras yo me siento frente a ella en una mesa del rincón.

—Lo siento —me dice—. Vengo de la vista y sabía que trabajabas aquí. Me lo dijo tu hermano. Te prometo que no he estado espiándote ni nada por el estilo. —Hace una pausa y se ríe—. Está claro que sois familia.

—Ah —es lo único que consigo responder. No sé por qué se me había olvidado que mi hermano la conoce: eran amigos, me lo había dicho. Parece que siguen siéndolo.

—Supongo que no quería que la primera vez que nos viéramos fuera en un juzgado. No sé, ¿es raro? —me pregunta, dando un sorbo a su bebida—. Esto está muy bueno, por cierto.

—No, no es nada raro.

—Sé que se supone que no podemos hablar, pero… —Mira a través de la ventana, su sonrisa se desvanece—. ¿Alguna vez te has preguntado por qué? Por qué nos hizo… —Pero se calla—. Esa es la parte que no entiendo. Incluso intenté preguntárselo. Al día siguiente. Volví a casa esa noche y le conté a mi compañera lo que había pasado, y ella me llevó al hospital. Me hicieron la prueba de violación y fue horrible, pero no quise denunciarlo en ese momento porque pensé que tenía que haber una *razón*. ¿Sabes lo que quiero decir?

—Sí… Creo que sí —le contesto, porque, aunque sé que no deberíamos estar haciendo esto, hablar entre nosotras, siento la necesidad imperiosa de escuchar lo que tiene que decir.

Se endereza un poco.

—Quería pensar que quizá no se había dado cuenta, o que se le había ido la olla por algún motivo, pero al final lo que pasaba es que… —Se detiene de pronto, y toma otro sorbo de su café—. Simplemente no lo conocía. En absoluto.

Qué extraño me resulta darme cuenta de esto ahora, mientras la escucho. Creo que nunca me había preguntado *por qué*. Porque en el fondo, en ese lugar más allá del pensamiento lógico, creía saberlo. Hizo lo que hizo porque *yo* había hecho algo para que sucediera. Nunca pude precisar qué era, si una sola cosa o varias. Mi cabeza podía negarlo, decirme que no era culpa mía, pero mi corazón siempre supo que la culpable era yo.

Hasta ahora, quizá.

—De verdad pensaba que lo conocía —repite—. Confiaba en él.

—Yo también —me oigo decir.

Me mira e intenta sonreír de nuevo, pero esta vez no me engaña.

—Perdona que te suelte todo esto.

—Está bien —la tranquilizo—. Quiero decir que lo entiendo.

—Sí —murmura—. Me lo imaginaba.

Solo puedo asentir porque hay demasiadas cosas que quiero decirle, pero no me está permitido contarle ninguna de ellas.

—Sé que tienes que volver al trabajo, y espero no haberte estropeado el día ni hacerte sentir…

—No, no te preocupes. Me alegro de que nos hayamos conocido. De esta manera.

—Supongo que solo quería decirte a la cara que estoy muy… —Hace una pausa, y traza un círculo alrededor de su taza mientras encuentra la palabra que busca—. Agradecida. Por no tener que hacer esto yo sola.

—Yo también —le respondo—. Si no fuera por ti y por Amanda, no habría sido capaz de… —Niego con la cabeza. Ni siquiera puedo terminar la frase.

—Yo creo que sí habrías sido capaz —me dice, estirando la mano a través de la mesa para darme el recibo de su bebida, con su número de teléfono escrito—. Para cuando termine todo esto, si quieres.

Mientras la veo irse, subirse al coche y marcharse, me doy cuenta de que hay una versión de esto en la que Gen nunca dijo nada. Lo deja pasar y sigue preguntándose por qué. Una versión en la que Amanda continúa asustada, enfadada y herida, y se culpa de todo. Es la versión en la que me pierdo para siempre y nunca encuentro el camino de vuelta. Y por primera vez creo que entiendo, en mi cabeza *y* en mi corazón, por qué estamos haciendo esto.

Por nosotras.

Lo hacemos por nosotras. De alguna manera, eso hace que todo sea mucho más real, más aterrador.

Josh

Estoy sentado en la cama, leyendo, cuando oigo a Dominic gritar desde la otra habitación:

—¡Tu novia está aquí! —Miro mi teléfono; ni siquiera son las cinco. Eden entra en mi habitación y cierra la puerta tras de sí con el delantal puesto.

—¿Qué pasa, el Capitán Capullo te ha dejado salir antes de tiempo? —le pregunto.

Niega con la cabeza al tiempo que deja caer la mochila al suelo, como si pesara demasiado y no pudiera sostenerla ni un segundo más. Tiene la mirada perdida mientras se quita los zapatos y camina descalza hacia mí. Dejo los libros de texto en la mesilla de noche para hacerle sitio, porque se sube a mi regazo sin decir palabra y se acurruca contra mí.

—Oye, ¿estás bien? —Puedo oler el café en su pelo mientras la rodeo con mis brazos; ni siquiera ha pasado por su apartamento antes de venir aquí. Inmediatamente pienso en el gilipollas de su jefe, en ese cocinero que la mira siempre con lascivia—. Eden, ¿ha ocurrido algo?

—No —susurra ella—. Te echaba de menos.

—¿Estás segura?

—Sí —murmura contra mi cuello.

—Si uno de los tíos de la cafetería se hubiera metido contigo me lo dirías, ¿verdad?

Por fin levanta la vista y me mira a la cara. Está claro que no tiene ni idea de lo que estoy hablando.

—¿Qué quieres decir, qué tíos?

—No, no importa —le digo, negando con la cabeza—. Nada.

Nos pasamos el resto del fin de semana en la cama, la mitad del tiempo retozando, la otra mitad explorándonos a la luz del día, para variar. Y dormimos, hacemos el amor, nos comemos los restos de la tarta. El paraíso.

El domingo por la tarde se convierte en domingo por la noche y sé que tengo que dejarla marchar, pero sigo deseando estar unos minutos más con ella. Me permite que le cambie la venda y la veo hacer la maleta. En el coche intento convencerla una vez más.

—Te entiendo, ¿vale? —le digo—. No necesito estar en la sala si va a ser peor, pero al menos déjame estar allí antes y después.

—*Estás* conmigo antes. —Me coge las manos—. Y estarás aquí esperándome después, ¿verdad?

Asiento con la cabeza.

—Estaré aquí.

—Gracias, eso es todo lo que necesito de ti —me dice, y yo intento creerla.

Nos damos un beso de despedida y me duele el corazón al pensar que seguramente no volveré a verla en toda la semana. Me da un poco de miedo lo apegado que estoy a ella después de un solo mes de estar juntos de nuevo.

—Puedes cambiar de opinión, ¿vale? —le digo mientras me agacho y me inclino hacia la ventanilla del coche—. Si quieres que te acompañe, allí estaré.

Sonríe y dice «De acuerdo», aunque tengo la sensación de que no cambiará de opinión.

Le doy otro beso, le aprieto la mano, le digo «Te quiero» por última vez.

Y entonces me quedo en la acera, con la misma sensación de impotencia que tenía antes cada vez más clavada en el corazón, mientras veo cómo el coche se empequeñece en la distancia.

Eden

Por la mañana, mamá nos lleva a Caelin y a mí al juzgado para conocer el lugar. Lane se reúne con nosotros al otro lado del control de seguridad y nos acompaña a la sala en la que estaremos. Hay menos madera de la que esperaba por los juzgados que había visto en la televisión, y menos de todo en general: es un espacio funcional, sin calidez, personalidad ni adornos de ninguna clase. Nos oigo respirar a los tres, nadie quiere hablar, y la sala absorbe nuestra respiración.

La fiscal Silverman entra al cabo de unos minutos, con sus tacones altos y su impecable traje, que no tiene nada de informal. Detrás de ella están Amanda y su madre, y Gen, que hoy parece más joven que cuando la vi en la cafetería. La acompaña un hombre mayor que supongo que es su padre.

Los padres se saludan como si estuvieran en un funeral, con monosílabos, todo en voz baja y suave. Gen se acerca a mí y durante un segundo tengo miedo de que vaya a abrazarme o algo así, revelando el hecho de que nos conocimos el otro día. Pero no lo hace; le da a mi hermano un abrazo fugaz.

Y él habla como si fuera otra persona al saludarlas:

—Hola, Gen, Mandy, señora A. —Pero cuando Amanda y su madre asienten con la cabeza y sonríen amablemente a Caelin, me doy cuenta de que parece él mismo, su antiguo yo, al que no había visto desde hace meses. Me resulta extraño verlo aquí, no solo como mi hermano, sino como alguien que también es *algo* para esta gente.

Las tres (Amanda, Gen y yo) nos saludamos con timidez y nos miramos como si nos viéramos en un espejo distorsionado. Nos sonreímos y luego fruncimos el ceño y apartamos la mirada.

—Bien —dice la fiscal Silverman, cortando con su voz toda esta emoción que llena el aire—. Solo queremos explicaros lo que va a suceder esta semana, para que todo el mundo esté al corriente. Si alguien tiene alguna pregunta, este es el momento de hacerla. Ya sabemos que los testimonios darán comienzo mañana. Y como también sabemos, tendremos que estar separados. Hay una sala privada al final del pasillo donde podréis esperar hasta que llegue vuestro turno.

El padre de Gennifer, cuyo nombre ya he olvidado, dice:

—Entonces, de momento no hay jurado, ¿correcto?

—Así es —responde Lane, con la voz demasiado alegre—. Una vista no es muy diferente de un juicio. Pensad que es como la antesala de un juicio, pero sin jurado. Esa parte viene después.

—Pero ¿él estará aquí, en la sala, cuando las chicas estén declarando? —pregunta el hombre.

Veo que la señora Armstrong aprieta la mandíbula. No sé si el padre de Gennifer se da cuenta de que también es la madre de Kevin. Me pregunto qué pensará ahora, cada vez que oiga el nombre de su hijo. No puede ser nada bueno.

—Sí —dice la fiscal Silverman, que nos lleva al estrado y nos dice que miremos hacia delante—. Kevin estará sentado allí con su abogado. —Señala una de las mesas frente a nosotras—. Yo estaré aquí, en este lado.

—Y yo me sentaré aquí fuera —dice Lane, señalando una zona de asientos—. En vuestro lado, con los inspectores que trabajaron en los casos y con quienes vengan con vosotras. Así que, si necesitáis algún sitio donde mirar en cualquier momento, podéis mirarme a mí.

No puedo apartar la vista de la mesa donde se sentará Kevin.

—¿Estás bien? —me pregunta mi madre en voz baja.

—Está muy cerca —consigo decir. ¿Qué fue de aquellos tribunales enormes de la televisión? Esto es diminuto. Claustrofóbico, joder. Anclado en los años ochenta. Quiero levantar la mano. Tengo una pregunta: ¿por qué está tan cerca del estrado esa mesa? Quiero gritar. ¿Quién coño diseñó este lugar?

—El procedimiento empezará mañana —dice la fiscal Silverman asintiendo con seguridad—. Solo tenéis que mantener la calma y ser sinceras. Si no sabéis algo de lo que os preguntan, no pasa nada por reconocerlo. Tened los teléfonos a mano. Si hay algún cambio en el horario o en el orden, os avisaré por mensaje de texto.

Después mamá nos lleva a Caelin y a mí a desayunar al IHOP de la autopista, el mismo al que me llevó Josh aquel día de diciembre, cuando fue a recogerme a mi casa. Aquí fue donde le hablé de Kevin, de mí, de todo.

Comemos en silencio.

Me distraigo mirando las decoraciones otoñales que hay por todas partes (calabazas, fantasmas y cornucopias), pensando en cómo pasa el tiempo. Parecía que este momento no iba a llegar nunca, pero ya está aquí y no me siento preparada en absoluto. ¿No estábamos todavía en verano? ¿Todavía en primavera? Y antes de eso, el invierno, cuando estuve aquí por última vez, en esa mesa junto a la ventana, abriéndole a Josh mi corazón, mi alma, mi mente, todo.

En el coche, mamá nos mira a los dos y nos dice:

—Sabéis que a vuestro padre nunca se le ha dado bien hablar de sus sentimientos, pero no os echa la culpa de nada de lo que os ha pasado a ninguno de los dos. Tenéis que saberlo. Lo que ocurre es que todavía está muy enfadado —intenta explicarnos.

—Sí, ¿con *quién*? —pregunta Caelin—. Esa es la cuestión.

—Contigo no —le dice mamá. Y luego se gira para mirarme en el asiento trasero—. Y contigo tampoco.

Asiento con la cabeza, porque comprendo demasiado bien ese tipo de ira, esa clase de silencio.

Llamo a Mara cuando volvemos a casa. Pensaba bromear con ella sobre la ropa arreglada pero informal. En plan: ¿qué leches es eso? Le iba a preguntar si tiene una americana que pueda prestarme, pero cuando oigo su voz al otro lado de la línea, siento que algo cambia.

—Hola —le digo—. ¿Estás libre dentro de unas horas?

En vez de hablar de ropa, le pido que nos veamos en nuestro parque. Ese en el que jugábamos de niñas y donde solíamos ir a beber, fumar y drogarnos con cualquiera, después de Josh y antes de Cameron.

Nuestro gigantesco castillo de madera (nuestro reino mágico privado) sigue en pie después de todo este tiempo.

Cuando entro en el aparcamiento, está allí esperándome, sentada en un columpio con forma de caballo, balanceándose de un lado a otro. Mis faros la iluminan. En cuanto salgo del coche, corre y se abalanza sobre mí.

—Dios mío, cuánto te he echado de menos —protesta—. Me alegro mucho de verte, Edy.

—Yo también te he echado de menos —respondo, y lo digo en serio, si bien todo parece diferente. Solo ha pasado un mes desde la última vez que la vi, pero han cambiado muchas cosas para mí.

Subimos a la torre más alta y nos sentamos con las piernas cruzadas, una frente a la otra. Ella no para de soltar una risita incómoda y nerviosa que no sé cómo interpretar.

—¿Josh se está portando bien contigo? —me pregunta—. Espero que te esté tratando como a una reina.

—Se está portando muy bien conmigo —le digo, pero parece que no soy capaz de forzar una sonrisa como ella—. Tenía muchas ganas de venir conmigo y estar aquí para la vista, pero le dije que no.

Finalmente asiente, con la cara seria, y dice:

—¿Por qué no?

Me encojo de hombros.

—No lo sé.

Mara se mira las manos.

—Edy, ¿puedo hacerte una pregunta?

—Claro.

—¿Por qué no me lo dijiste nunca?

Abro la boca para contestar, pero cambio de opinión.

—¿Sabes que casi vuelvo a decir «no lo sé»? Porque no lo he sabido durante mucho tiempo. Supongo que decir «no lo sé» es más fácil que intentar enumerar todas las razones.

—Quiero saber todas las razones —me dice—. Porque siempre te habría creído.

—Puede que esa sea la razón más grande. Porque me habrías creído, y al saberlo tú, ya no habría podido fingir y hubiera tenido que hacer algo al respecto. Y no podía. O, al menos, no creía que pudiera.

Ella asiente con la cabeza, pero se muerde el interior de la mejilla como si intentara callarse algo.

—Y tú eras lo único que tenía. No quería que cambiara nada.

—No habría cambiado nada —argumenta ella.

—Pero lo ha hecho. Lo notas, ¿verdad? Ahora las cosas son diferentes.

Vuelve a bajar la mirada.

—No me diste la oportunidad de ser una buena amiga contigo. Por mucho que te quiera, también estoy enfadada, y sé que eso me convierte en una zorra total. Estoy enfadada porque habría estado a tu lado si lo hubiera sabido.

—Lo sé.

—Pero también lo entiendo —añade—. ¿Quién sabe si yo no habría hecho lo mismo?

Me encojo de hombros, asiento y digo:

—Supongo.

Nos quedamos calladas un momento, contemplando esta pequeña parcela que una vez albergó tantas cosas de nuestra infancia, de nuestras indiscreciones en el instituto. En algún lugar a lo lejos suena el claxon de un coche, un breve escape de la agridulce ensoñación de este lugar.

—¿Puedo pedirte un favor muy grande, Mara?

—Lo que quieras.

—¿Vendrás a la vista?

—Por supuesto que sí —me dice ella, sin dudarlo.

—¿De verdad?

—Sí. ¿Qué tengo que hacer?

—Estar ahí sentada —le digo—. Dejar que te mire mientras testifico. ¿Puedes hacerlo?

Ella asiente.

—Tendré que contar todo lo que pasó. Los detalles. Seguramente, todo lo que pasó entre... —Me atraganto y carraspeo—. Él y yo. Kevin y yo —digo al fin—. Sobre todo lo que pasó esa noche, supongo. Pero es que él va a estar allí, y no quiero mirarlo y quedarme paralizada, echarme a llorar o ponerme hecha una furia.

—¿Te ayudaría si lo dijeras ahora? —me pregunta—. ¿Para practicar?

—Tal vez.

Le hablo de la partida de *Monopoly* de aquella noche, de cómo coqueteó conmigo, aunque en aquel momento yo no entendía muy bien lo que estaba haciendo. Le cuento que me desperté con él en mi habitación a las 2.48 de la mañana. Miré el reloj porque no tenía lógica que estuviera en mi habitación. Al principio pensé que me estaba gastando una broma. Se subió encima de mí, me tapó la boca y me sujetó los brazos. Me aplastaba, me hacía daño, me decía que me callara. Luego me puso la mano en la garganta. No se reía. Iba en serio. No era una broma.

Mara me aprieta las manos con mucha fuerza.

—Y después, ¿qué pasó?

Mara me mira fijamente y asiente con la cabeza, con los ojos muy abiertos, sin pestañear, desde el otro lado de la sala.

—Me bajó la ropa interior por las piernas y me subió el camisón con tanta fuerza que se rompió —digo—. Y después me lo metió en la boca.

—¿Por qué hizo eso? —me pregunta la fiscal Silverman.

Por el rabillo del ojo veo asomar la cabeza canosa de su abogado, con la mano en alto, pero mantengo la mirada fija en Mara.

—Especulación —protesta él.

—¿Qué pasó entonces, mientras tenías el camisón en la boca? —me pregunta Silverman en su lugar.

—Intenté gritar, pero no podía.

—¿Y qué es lo siguiente que recuerdas?

—Me daba patadas en las piernas, intentando separarlas. Conseguí soltarme un brazo y lo golpeé, pero él me sujetó con más fuerza y me puso la mano en la garganta. Me decía que parara, que no me moviera. Yo no lo hacía, y él se enfadaba cada vez más. —Me aclaro la garganta.

—¿Él gritaba?

—Me susurraba, pero al oído. Tenía la cara junto a la mía y me dijo: «Hazlo, joder», y lo recuerdo porque no sabía qué quería que hiciera.

—¿Puedes volver a decirnos qué edad tenías entonces, el 29 de diciembre?

—Acababa de cumplir catorce años en noviembre.

—¿Y Kevin estaba a pocas semanas de cumplir los veinte años?

La miro a los ojos. ¿De verdad? ¿Era tan mayor entonces? No lo sé. Pero no tengo la oportunidad de contestar porque su abogado vuelve a hacer eso de levantar la mano, esta vez riéndose.

—Señoría, ¿pertinencia?

—¿Habías tenido relaciones sexuales antes de ese momento? —me pregunta ella entonces.

—No. Nunca había besado a nadie.

—Otra vez. —La mano—. ¿Relevancia?

Silverman gira sobre sus talones, mira directamente a Pelo Blanco y le responde con dureza:

—Estoy intentando establecer por qué, cuando el hombre de *veinte* años le dijo a la niña de *trece* «Hazlo, joder», ella no sabía a qué se refería.

El abogado se levanta. Se quita sus gafitas de montura metálica y menea la cabeza, incluso deja la boca abierta un momento como si no tuviera palabras para expresar lo mucho que se opone.

—Señoría... —es lo único que dice.

—Retiro la pregunta —responde Silverman, y se vuelve hacia mí—. Después de decirte «Hazlo, joder», ¿qué pasó?

Miro fijamente a Mara.

—Me obligó a separar las piernas. Me... me estaba cansando. No podía respirar.

—¿Por el camisón que tenías en la boca?

—Sí, y porque me apretaba la garganta cada vez más.

—¿Recuerdas que pasó después?

—Él... Hum... —Cierro los ojos. Me imagino el parque infantil de madera. Mara y yo solas. La suavidad de la noche a nuestro alrededor. La mano de Mara cogiendo la mía.

—¿Necesitas hacer un descanso?

Abro los ojos.

—No.

—¿Qué pasó después? —repite.

—Me violó —digo finalmente, y la palabra suena demasiado pequeña y simple para transmitir su verdadero significado.

—Vale, ¿y te hizo daño?

—Sí.

—¿Sabía que te estaba haciendo daño?

—Señoría. —Pelo Blanco vuelve a levantar la mano y se pone de pie—. De nuevo, especulación.

—Reformulo la pregunta. ¿Podías indicarle de alguna manera que te estaba haciendo daño?

—Estaba llorando. Es decir, no podía hablar ni gritar porque seguía asfixiándome y no podía moverme porque me sujetaba, pero estaba llorando, y no lo supe hasta más tarde, pero también estaba sangrando. Él sabía que me estaba haciendo daño, quería hacerme daño.

Pelo Blanco vuelve a levantar la mano, casi aburrido ahora, sin molestarse siquiera en apartar la vista de su carpeta.

—Moción para suprimir todo lo posterior a la primera frase, «Estaba llorando». La testigo ya había respondido a la pregunta.

Veo que la cara de Mara se pone roja.

Me dan ganas de mirar a ese hombre, de hacer que me mire mientras suprime mis palabras del acta, pero fijo la mirada en Mara, dejo que se enfade por las dos. Ahora sé con certeza que he tomado la decisión correcta. No podría soportar que Josh escuchara todo esto. Y tampoco podía hacerlo sola.

—¿Sabes durante cuánto tiempo te estuvo violando?

—Cinco minutos.

—¿Cómo lo sabes?

—Miré el reloj cuando pude moverme de nuevo. Recuerdo que me parecieron horas. Pensé que el reloj tenía que estar mal.

—¿Y qué pasó después? —me pregunta Silverman. Me pongo a pensar, intento poner los acontecimientos en orden, pero mi cerebro sigue saltando hasta el final—. ¿Qué es lo siguiente que recuerdas? —vuelve a preguntar, leyéndome la mente.

—Me soltó la garganta y me sacó el camisón de la boca. Empecé a toser y él seguía diciéndome que me callara. Me apartaba el pelo de los ojos, porque lo tenía pegado a la cara de tanto llorar. Quería que lo mirara.

Mano levantada.

—Dijo: «Mírame» —me corrijo. Me estoy dando cuenta de que las emociones no están permitidas aquí, de que los sentimientos no son hechos—. Me dijo que le escuchara y me sujetó la cara para que lo mirara a los ojos.

—Te dijo que le escucharas… ¿Y qué dijo?

—Dijo: «Nadie te creerá nunca».

—¿Y entonces qué? ¿Se fue?

—No. Se incorporó, pero seguía arrodillado entre mis piernas, mirándome fijamente, mirando… mi cuerpo. Intenté taparme, pero me apartó las manos. Me hizo prometer que no se lo diría a nadie.

—¿Y lo prometiste?

—Sí.

—¿Por qué?

—Me dijo que, si se lo contaba a alguien, me mataría. Me dijo: «Juro por Dios que te mato, joder», y después de lo que acababa de pasar, le creí.

—¿Entonces se fue?

—No. —Oigo que me tiembla la voz, siento que se me rompe la garganta, igual que aquella noche.

—¿Qué pasó después?

Ni siquiera puedo mirar a Mara. Me salté esta parte en el parque. Toso, intento aclararme la garganta.

—Él… me besó. Y luego se levantó, se puso los calzoncillos y me dijo que volviera a dormirme.

—¿Y luego se fue?

—Sí.

—Gracias. No hay más preguntas.

Me permito exhalar. Me permito pensar que tal vez lo estoy haciendo bien. Pero entonces su abogado se levanta, se abrocha la chaqueta y me sonríe, igual que Kevin me había sonreído aquella noche, entre meterme la lengua en la boca y ponerse los calzoncillos; se me había olvidado decirlo. «Me besó, me sonrió y se levantó». Demasiado tarde.

—Buenas tardes, Eden —empieza, fingiendo ser un ser humano—. Seré breve, solo tengo unas preguntas. ¿Hace cuánto que conoces a Kevin?

—Desde que tenía siete u ocho años. Fue cuando mi hermano se hizo amigo suyo.

—¿Y no es verdad que estabas colada por él?

—¿Qué?

—Colada. —Se encoge de hombros—. Ya sabes, que te gustaba.

—Tal vez cuando era más pequeña, pero eso no significa…

—Solo di sí o no.

Lo que pasa con estar colada de alguien es que lo estás porque, en cierto modo, es inalcanzable, y, si eres sincera contigo misma, en realidad no lo querrías aunque pudieras tenerlo. Pero lo único que se puede decir aquí es «Sí».

—Y esa noche dijiste que querías jugar a algo con Kevin. Al *Monopoly*, ¿no?

Yo no dije que quería jugar con él, fue idea suya. ¿Cuándo había dicho eso? ¿Lo he dicho hoy? No me acuerdo. Pero un momento, ¿qué importancia tiene eso?

—Eden, ¿puedes responder a la pregunta?

—Jugamos al *Monopoly*.

—¿El juego de mesa?

Pues claro que el maldito juego de mesa. Miro a la fiscal, ¿estas preguntas son serias? Pensaba que nos ceñiríamos a lo que dije en el informe policial.

—¿Eden?

—Sí, el juego de mesa del *Monopoly*.

—Y esa noche, cuando estabais jugando, ¿no le dijiste a Kevin que querías tener novio?

—Yo no dije eso.

—Pero le preguntaste a Kevin si tenía novia, ¿verdad?

Niego con la cabeza. ¿A qué viene esto?

—Yo no... —Cierro los ojos e intento recordar—. No. No, estábamos hablando de que mi hermano tenía novia. Estaba hablando por teléfono con ella y por eso nos quedamos solos Kevin y yo. Fue él quien sacó el juego —añado, tras recordarlo con más claridad—. El *Monopoly*.

—Cierto, y luego le preguntaste a Kevin si tenía novia.

—Tal vez...

—Sí o no.

—S-sí.

—¿Dijiste antes que tenías catorce años en ese momento?

—Así es.

—¿Y sabías cuántos años tenía Kevin en ese momento?

—Tenía casi veinte años —digo, repitiendo lo que había dicho la fiscal.

—Entonces tenía diecinueve, ¿verdad?

—Sí.

—Pero ¿sabías cuántos años tenía? ¿En ese momento?

Ahora empiezo a dudar de mí misma. ¿Pensaba que tenía dieciocho, diecinueve, veinte?

—Pues... la verdad es que no sé si lo sabía exactamente.

La fiscal Silverman se levanta y suspira.

—¿Esto va a alguna parte?

—¿Sabía él cuántos años tenías en ese momento?

Silverman se sienta y vuelve a levantarse.

—Especulación, señoría.

—¿Hablasteis sobre la edad que tenías?

—Bueno, él sabía que yo estaba en noveno.

—Sí o no, ¿tuvisteis una conversación sobre la edad?

—No.

Y así durante lo que parecen horas. Preguntas sin sentido mezcladas con otras importantes, siempre con un «¿verdad?» o un «¿no es cierto?» al final. Diseccionando todas mis frases en fragmentos cada vez más pequeños hasta que apenas tienen sentido.

—Una última pregunta, Eden. ¿Alguna vez dijiste que no?

—¿Si dije que no?

—¿Dijiste verbalmente que no en algún momento de esa noche?

—No podía hablar. Me tapó la boca enseguida, y después...

—¿Dijiste que no?

—Me peleé con él, le di golpes y patadas...

—Pero ¿alguna vez dijiste la palabra «no»?

Miro a Mara, luego a Lane, después a la fiscal.

—Ya he dicho que no podía hablar.

—Señoría, le ruego que ordene a la testigo que responda a la pregunta.

—Por favor, responda a la pregunta —me dice el juez.

—No, pero...

—Gracias —responde Pelo Blanco, y vuelve a sonreír, como si acabara de darle un puto capuchino o algo así—. Eso es todo.

Y cuando se da la vuelta y vuelve a la mesa, cometo el error de mirarlo, a ese monstruo fosilizado, viejo, frágil y de pelo blanco, y cuando se sienta, mis ojos se desvían demasiado hasta que me doy cuenta de que lo estoy mirando a él. A Kevin. Y él me está mirando a mí. Me tiene inmovilizada como a un insecto montado sobre un bloque de espuma, solo con sus ojos, igual que aquella noche.

Oigo un sonido en mis oídos que parece el océano. Cierro los ojos. Me voy de aquí. Abandono mi cuerpo. Desaparezco. Lo siguiente que sé es que estoy en el baño, con Lane, que me dice lo bien que lo he hecho. La palabra que usa es «genial». Resuena en mi cabeza. Genial, genial, genial. Y me está sonriendo en el espejo.

Me miro las manos, me las estoy lavando en el lavabo. Me he arrancado la venda en tiras, el esparadrapo se ha despegado, las dos ronchas rojas que empezaban a formar costra se han abierto y sangran por partes. No recuerdo haberlo hecho. No recuerdo haber salido de la sala del tribunal.

—¿Cómo puede dormir por las noches ese abogado de mierda? —se pregunta Mara.

—Quiero irme —digo en voz alta, a nadie en particular.

Lane me toca el hombro y doy un respingo.

—Lo siento mucho, cariño. Pero lo has hecho muy bien, lo digo en serio.

—Da igual, no me importa. Se acabó. Solo quiero irme.

Josh

Eden me llamó a medianoche para felicitarme por mi cumpleaños. Me contó que se había pensado bien lo que le dije de hacerlo sola y que le había pedido a Mara que la acompañara. Me quedé al teléfono con ella hasta que se durmió. No lo dijo, pero me di cuenta de que estaba muy nerviosa. Ojalá me hubiera dejado ir.

He estado distraído todo el día, esperando noticias suyas. Se me fue la olla durante la reunión del equipo de esta mañana y el entrenador me regañó delante de todo el mundo. Incluso Dominic me llevó aparte en el vestuario para preguntarme qué me pasaba.

«Nada —le dije—. Solo estoy cansado». Lo cual era cierto; incluso después de que Eden se durmiera por fin hacia las dos y yo colgara el teléfono, no pude dormir nada.

Le envié un mensaje antes del entrenamiento de la tarde para ver cómo estaba.

Cuando salgo a las seis, aún no he sabido nada de ella. La llamo y dejo un mensaje de voz: «Hola, soy yo. Estoy pensando en ti. Espero que todo vaya bien. Bueno, llámame cuando puedas. Te quiero. Te echo de menos».

De camino a casa, apenas presto atención a nada: ni a los demás ni al tráfico ni a las señales de tráfico. Estoy todo el rato mirando el móvil.

—¡Josh! —me llama la voz de mi madre, risueña—. ¿Qué estás haciendo?

Miro hacia arriba. He pasado por delante de mi edificio y de mis padres, que esperan en la entrada con sendas tazas de la cafetería donde trabaja Eden.

—¿Estás en las nubes? —me dice papá, que se acerca a mí y me abraza.

Mamá se levanta y le pasa su café a papá. Me pone las manos en los hombros y sonríe mientras me observa un momento.

—Feliz cumpleaños, cariño.

—Feliz cumpleaños, Josh —me dice papá.

Sinceramente, creo que nunca me había alegrado tanto de verlos.

—Pareces cansado —opina mamá mientras subimos al apartamento—. ¿Estás durmiendo bien?

Me encojo de hombros.

—No lo sé.

—¿No lo sabes? —repite, con la voz una octava más alta de lo habitual. Y cuando miro hacia atrás, la veo mirando a mi padre con los ojos muy abiertos.

—Mamá —gimo—. Estoy bien.

Abro la puerta de mi apartamento y los dejo entrar.

—¿Dónde está Dominic? —me pregunta papá.

—Ha salido a cenar con otros chicos del equipo.

—¿Y qué pasa con Eden? ¿Dónde está? —dice mamá, con su voz más informal. Luego mira a su alrededor como si buscara pruebas de que ha estado aquí.

Me siento en el sofá del salón, seguido por ellos.

—No va a poder venir esta noche.

—¿Cómo? —exclama mi madre mientras se sienta en el sofá a mi lado. Después baja el volumen—: ¿No va a venir a tu cumpleaños?

—Lo celebramos el viernes. Ha tenido que irse de la ciudad.

—¿Irse de la ciudad? —repite, como si fuera lo más absurdo que hubiera oído nunca—. ¿En mitad del semestre? —Menea la cabeza—. *Joshua.*

—No, no digas mi nombre así.

—¿Así cómo?

—Como si fuera un ingenuo, o se aprovecharan de mí, o me mintieran o algo por el estilo. No es eso. No es eso para nada.

—Pues dime qué es. —Se cruza de brazos y mira a mi padre como si debiera enfadarse igual que ella—. ¿Qué es entonces?

Miro a mi padre, sentado en la otomana junto al sofá. Me dedica una media sonrisa, asiente con la cabeza, entorna los ojos, junta las cejas e inclina la cabeza en dirección a mamá.

—¿Qué pasa? —pregunta mamá, sin perderse nada—. ¿Qué me ocultáis vosotros dos?

Papá lanza un suspiro.

—Díselo, Joshie.

—Dios mío, ¿qué tiene que decirme? —exige saber ella, agarrándose el cuello de la camisa—. No estará embarazada, ¿verdad? Por favor, dime que no está emba…

—¡No!

—Gracias, gracias, gracias —susurra entre las manos.

—¿Por qué es lo primero que pensáis? ¿De verdad creéis que soy tan irresponsable?

—No —responde mamá—. Pero esas cosas pasan, Josh. Puedes ser cuidadoso el noventa y nueve por ciento del tiempo, y solo hace falta un…

—Dios mío, por favor —le digo, levantando la voz—. Todas las charlas sobre sexo seguro están grabadas en mi memoria de por vida, créeme. ¿Podemos dejarlo ya?

—No hasta que me digas qué pasa —insiste ella—. Esto no me gusta. Tengo que ser sincera. No me gusta esa chica para ti, Josh, solo…

—Vale —me rindo—. Pero deja de decir eso, por favor.

Así que se lo cuento todo. Cuando termino, están sentados a mi lado en el sofá, mamá me abraza y papá me apoya la mano en la rodilla. Cuando miro a mamá, se le saltan las lágrimas.

—Lo siento —me dice, limpiándose las mejillas con el dorso de las manos—. Es horrible, Josh.

—Lo sé —estoy de acuerdo—, ha sido horrible para ella.

—Bueno, y para ti también —responde mamá.

—No es lo mismo. —Niego con la cabeza—. No se puede comparar lo que sienta yo con lo que está pasando ella.

Mi padre toma la palabra:

—Nadie dice que haya que comparar nada, ¿de acuerdo? Pero reconoce que esto no es algo fácil de tratar en ninguna relación.

Asiento con la cabeza. Sé que tiene razón. Pero no sé cómo explicarle que cuando estamos juntos no parece difícil. Cuando estamos juntos, parece que podemos con ello, que podemos con todo.

Pedimos comida y nos quedamos en casa. D y Parker se unen a nosotros. Parker les enseña a mis padres el vídeo del restaurante *hibachi*, cuando me cantaron el «Cumpleaños feliz». Eden besándome al final, sin pudor alguno. Todo el mundo aplaudiendo.

—Déjame verlo. —Mamá coge el teléfono y ve el vídeo dos veces más, sonriendo al final—. Pareces feliz, Josh —me dice en voz baja.

Se van al motel a las once. Fuera, en el coche, papá dice:

—Venga, un abrazo en grupo. —Y ambos me rodean con fuerza en un abrazo gigante. Otro día habría dicho alguna estupidez, como que «me estoy haciendo mayor para esto», pero hoy no. Hoy simplemente les dejo hacer y me siento agradecido.

—Tienes que descansar más. —Mamá me clava el dedo en el pecho—. ¿Me oyes?

—Sí.

—Te queremos —me dice papá.

—Yo también a vosotros.

Veo cómo se alejan, y el brazo de mi padre sale por la ventanilla del acompañante para despedirme con la mano. Camino hasta el final de la manzana y vuelvo, para quemar un poco la ansiedad que he sentido durante todo el día. Saco el móvil, por si acaso me ha llamado y no me he dado cuenta.

Todavía nada.

Subo al apartamento e intento dormirme, pero solo doy vueltas en la cama.

Eden

Es casi medianoche cuando me despierto en el sofá del salón, a oscuras. Josh me acaba de mandar un mensaje.

Espero que estés durmiendo bien.
Hablamos mañana? Te quiero.

Lo llamo. Me contesta enseguida.

—Hola —me dice, y quiero echarme a llorar al oír su voz—. Por fin.

—Hola —susurro, con la garganta irritada de haber hablado tanto antes—. Lo siento. Me acosté después de llegar a casa y nadie me despertó.

—No pasa nada. ¿Cómo...? —Hace una pausa—. ¿Cómo estás? ¿Cómo te ha ido?

—Ha sido una puta mierda. —Fuerzo una risa amarga solo para no empezar a llorar de nuevo.

—Eden, cariño... —me dice transmitiendo tanta suavidad con su voz que no puedo evitar dejar que su voz me envuelva—. Puedo estar allí por la mañana si...

—No, no te preocupes. Se acabó.

—¿Qué quieres decir?

—No, no se ha terminado, pero mi parte está hecha. Mi madre y Caelin se van mañana. Estaba pensando en quedarme un día más y volver el jue… —Empiezo a toser y cojo el vaso de agua a temperatura ambiente que hay en la mesilla.

—¿Estás bien? —me pregunta mientras aparto el teléfono de mi cara.

—Sí, perdona —grazno, y me bebo casi todo el vaso de un trago. Tengo la garganta seca—. El jueves —termino—. El jueves por la mañana.

—Oye, ¿no te estarás poniendo enferma? —me pregunta.

—No, no lo creo. Me duele mucho la garganta de tanto hablar. Hoy he estado hablando durante horas. Parecía que me hacían mil preguntas.

Hace un sonido que no consigo descifrar.

—No te entretengo, ¿vale? Pero me alegra oír tu voz, aunque la tengas tomada.

—Espera, Josh. —Intento reírme, pero acabo tosiendo otra vez—. No cuelgues. No quiero colgar. Cuéntame cómo has pasado el día. ¿Qué tal tu cumpleaños?

—Ah —dice—. Ha estado bien. Es decir, el acontecimiento principal fue el fin de semana. Contigo. El mejor cumpleaños de mi vida.

—Hum.

—Pareces agotada.

—Ojalá estuviera allí contigo ahora mismo —susurro.

—Yo igual, no sabes cuánto.

—¿Josh?

—¿Sí?

—Sé que es una tontería, pero ¿podrías quedarte al teléfono conmigo otra vez esta noche?

—No es ninguna tontería. —Oigo algunos movimientos y el crujido de su colchón. Cierro los ojos y me lo imagino acomodándose en la cama—. Acabo de ponerte en altavoz.

—Te quiero —le digo.

—Yo también te quiero.

—Gracias.

—¿Por qué, por quererte? —me pregunta, con una breve risa.

Sonrío, me duele la cara.

—Sí.

Josh

Me despierto con la alarma de las cinco, como siempre. Todavía está oscuro, pero veo un mensaje de texto de mi madre.

Es ella?

Junto con un enlace a un artículo del periódico local. El titular dice: «TRES MUJERES TESTIFICAN CONTRA ESTRELLA DEL BALONCESTO EN EL PUEBLO CONTRA ARMSTRONG». Busco su nombre rápidamente. No está, por suerte. No han revelado ninguno de sus nombres. Hay una cita ampliada y resaltada en negrita: «Desgarrador… si es verdad».

Son esos puntos suspensivos los que me sacan de quicio. Desgarrador (punto-punto-punto) si es verdad. Como si alguien me empujara por detrás. Punto-punto-punto. Más fuerte, más fuerte, más fuerte.

Ahora se me va la cabeza del todo.

Hay más artículos, y no paro hasta que los encuentro todos. Uno publicado por un periódico universitario, titulado «ÉL DIJO, ELLA DIJO, BLA, BLA, BLA». Otro califica la «falta de pruebas físicas» de «escandalosa». Aquí cometo el error de desplazarme hasta los comentarios.

Algunos son lo bastante comedidos como para escribir solo una o dos palabras, como «¡MENTIROSAS!» o «pobre diablo», mientras que otros sueltan comentarios más largos. «Cinco minutos, ¿en serio? ¡Mandar a un universitario a la cárcel por algo que duró cinco minutos! Qué vergüenza. ¿En qué se está convirtiendo este país?». Y luego están las diatribas que abarcan varios párrafos, algunos más largos que el propio artículo, llenos de odio y errores ortográficos.

Siento que me dan náuseas.

Solo espero que ella no haya visto nada de esta mierda.

Llaman a mi puerta.

—Hola, ¿estás despierto? —Es Dominic—. Me voy al gimnasio. ¿Te vienes?

Apago el móvil.

—Sí —respondo.

Hago más ejercicio que en mucho tiempo. No sé si es la rabia, la tristeza o qué lo que me impulsa. Lo único que sé es que algo se ha metido dentro de mí y me hace querer luchar contra ello. El entrenador pasa y me hace un gesto de aprobación.

Una parte de mí quiere levantarse y decirle que ahora mismo me importa una mierda este puto equipo. Que son idiotas por pensar que algo de esto importa. Pero entonces pienso en mi padre, con su sobriedad recién adquirida, pasando horas al teléfono intentando salvarme el culo para que no me echen del equipo. Y me esfuerzo más. Porque no sé qué otra cosa hacer.

Me muero de ganas de volver a verla.

Eden

El jueves por la mañana, recién duchada, me siento a la mesa del comedor, con mi hermano, mi madre, mi padre, y bebo zumo de naranja de un vaso que ya he usado un millón de veces. Beicon, tortitas, café.

Mamá me pregunta si quiero azúcar y leche. Sí, pero niego con la cabeza.

Papá pregunta quién quiere huevos. Yo no quiero. Pero cuando entra en el comedor con la sartén en la mano, cogiendo una ración de huevos revueltos y sonriéndome, le tiendo el plato y los acepto de todos modos.

Ya estamos todos sentados aquí. Masticando. Los tenedores chocan con los platos y nos invade un silencio incómodo. Jugueteo con mi tortita empapada de sirope. Ni mamá ni Caelin han dicho una palabra sobre cómo fue ayer el juicio, pero esta mañana he podido ver sus ojos hinchados e inyectados en sangre.

—Vaya semana de mierda, ¿eh? —les digo, solo para romper la tensión.

Caelin se ríe, escupiendo el zumo que acababa de beber.

—Justo a tiempo —murmura sobre una servilleta.

Mamá resopla y dice:

—Edy, por Dios.

—¿Cuándo vuelves a la universidad? —me pregunta papá, fingiendo que no hay tensión en el ambiente—. ¿Te quedarás al menos el fin de semana?

Tomo un sorbo de mi café solo, dejando que me queme el paladar.

—Pues creo que me voy a ir pronto. Quizá pueda llegar a mi última clase de hoy, y así no tendré que faltar mañana.

Asiente con la cabeza, pero no dice nada.

—No quiero perderme tantos días.

—Y estoy segura de que también quieres volver con Josh —añade mamá—. Tu hermano me enseñó una foto suya de inter…

—Mamá —la corta Caelin—. No se lo enseñé —me dice—. Necesitaba ayuda para buscarlo en la web del equipo…

—Ah, vale —lo corta ella, tirando la servilleta en su dirección—. Estaba fisgoneando.

—*Acosadora* —murmura Caelin con una tos fingida. Papá se ríe de verdad.

—En cualquier caso, es un chico muy guapo —dice mamá—. No te culpo por querer volver corriendo con él.

—Bueno —empiezo a explicarle—, realmente tengo mucho que hacer.

Ella me sonríe desde el otro lado de la mesa.

—Y entonces —me dice papá—, ¿cuándo vamos a conocer a ese chico tan guapo, Eden?

—Quizá después de que dejéis de llamarlo así.

—Oye. —Caelin levanta la mano—. Para que conste, yo solo dije que es un *tío legal*; nunca lo he llamado guapo ni nada de eso.

Y así, sin más, hemos tenido nuestra primera interacción familiar seminormal desde hace años. Le mando mi agradecimiento silencioso a través del estado a Josh, que seguramente estará de camino hacia su primera clase ahora mismo, por ser tan legal y tan guapo que ha permitido a mi familia superar nuestra última mañana juntos.

Después de desayunar, ayudo a limpiar, pongo en marcha el lavavajillas e intento que no parezca que tengo prisa por irme.

Preparo una mochila con ropa de otoño, mi bufanda suave y los guantes a juego, un abrigo grueso y algunos de mis jerséis y prendas de manga larga del fondo del armario. Tengo que sacar el viejo estuche de mi clarinete para llegar a las botas y, cuando mis dedos se encajan en el asa, me viene un vívido recuerdo de mi primer año de instituto, cuando lo llevaba conmigo a todas partes. Lo dejo en la cama, junto a mi otra mochila, y lo abro.

Como si fuera una cápsula del tiempo de otra vida, encuentro las partituras en las que estaba trabajando cuando decidí dejarlo, con el cuadernillo abierto por la página exacta. Saco cada uno de los objetos y los sostengo un momento en mis manos: la funda de plástico para mis cañas; el paño de limpieza, suave contra mis dedos; el destornillador diminuto que todo el mundo necesitaba que le prestara siempre porque nadie más tenía uno; el tubo de grasa para corcho casi vacío que Mara confundió una vez con bálsamo labial; la boquilla, el barril, la campana, la articulación superior, la articulación inferior... Todas las piezas del clarinete desmontadas y guardadas ordenadamente. Tal como las había dejado, sin saber que aquella sería la última vez que tocaría.

No sé muy bien por qué, pero me lo llevo conmigo, junto con mis calcetines de peluche y mi ropa de abrigo.

Me despido. Caelin me abraza por primera vez desde hace meses. Papá me dice que acaba de transferir doscientos dólares a mi cuenta, lo que agradezco de todo corazón. Mamá me acompaña al coche y me dice:

—Cuídate mucho. Y avísame cuando sepas algo de la fiscalía, ¿vale?

—Lo haré.

El viaje de vuelta a Josh y a mi nueva vida, que no tiene nada que ver con la anterior, se me hace muy largo. Demasiado largo. Se me cierran los ojos. Solo aguanto una hora y media antes de tener que parar en un área de servicio. Empujo el asiento hacia atrás y saco un jersey grande de la mochila que está en el asiento del copiloto, para taparme con él.

Justo cuando me estoy quedando dormida, regreso a la sala del tribunal, con los ojos clavados en los de Kevin. Y luego regreso a mi antigua habitación, aquella noche, con él mirándome desde arriba.

Abro los ojos de golpe.

El árbol bajo el que he aparcado deja que la luz se filtre a través del parabrisas hasta mi cara. Es tan suave que me permito volver a cerrar los ojos. El juez me dice que puedo retirarme. Esa fue la palabra que utilizó. Qué apropiado, pensé, incluso entonces.

«¿Cómo he podido olvidar esa parte?».

Pero no puedo moverme. No hasta que el gilipollas del abogado de Kevin le susurra algo al oído, haciendo que rompa el contacto visual conmigo. Veo a Lane y a Mara de pie, esperando. La fiscal Silverman asiente con la cabeza, mirándome mientras bajo del estrado.

Miro mis pies fijamente, pero sigo sintiendo sus ojos clavados en mí todo el tiempo.

Cuando me despierto, estoy a la sombra, con frío y más agotada de lo que estaba al principio. Vuelvo a levantar el asiento y me pongo el jersey para calentarme. Tiro los restos del café solo y frío de la taza de viaje que traje de casa y entro en la gasolinera a por algo con azúcar, cafeína y calorías.

Así aguanto el resto del viaje. Llego a casa a media tarde, cuando todavía no hay nadie. Subo los dos tramos de escaleras cargada de cosas, abro la puerta, llego a mi habitación y me siento directamente en el suelo.

Respira. Necesito respirar.

Me tumbo boca arriba, cierro los ojos y me concentro en el suelo duro que tengo debajo, busco los puntos de apoyo en los que se sostiene mi cuerpo, como me dijo mi psicóloga que hiciera.

Me pongo la mano en el estómago y siento cómo se expande y se contrae con cada respiración. Dentro y fuera, una y otra vez. Me estoy quedando dormida cuando oigo vibrar el móvil en mi bolso y me doy cuenta de que no he enviado ningún mensaje a nadie para avisar de que he llegado a casa.

Me incorporo demasiado rápido y tiro el bolso al suelo, rebusco dentro hasta que lo encuentro. Pero el mensaje que me espera no es de Josh ni de mi madre, sino de la fiscal Silverman.

Tengo noticias...

No. No voy a abrirlo. No puedo. Sea lo que sea, no quiero saberlo todavía. O nuestro caso está muerto o está avanzando. Y ahora mismo no puedo saber ninguna de las dos cosas. Me levanto y dejo el teléfono en el suelo. Vuelve a encenderse y esta vez lo alejo de mí de una patada. Se desliza por el suelo debajo de la cómoda, fuera de mi vista.

Arrastro las maletas hasta la cama y empiezo a deshacerlas. Mantener las manos ocupadas es otro consejo que me dio mi psicóloga. Todavía oigo la vibración de mi teléfono, que ahora suena como un traqueteo, apoyado contra el rodapié.

Abro el portátil y pongo mi lista de reproducción de chicas tristes. Suena Florence + the Machine, cantando dulcemente sus oscuras letras. Pero aún siento vibrar el teléfono, ahora dentro de mi pecho. Subo el volumen.

Guardo toda mi ropa, doblo literalmente cada prenda, incluso los sujetadores y la ropa interior. Ordeno hasta el último calcetín con su pareja y reservo medio cajón para toda la ropa de Josh que he encontrado por ahí. Cuelgo los jerséis en el armario y alineo las botas con los demás zapatos. Con cuidado, coloco el estuche del clarinete en el estante superior del armario. A continuación ordeno mi escritorio. Llevo los productos de peluquería y maquillaje a la cómoda. Pongo los medicamentos en fila, junto con el paquete de píldoras anticonceptivas y el frasco de paracetamol que he estado tomando como si fueran caramelos durante toda la semana para aliviar mis interminables dolores de cabeza.

El miércoles tuve una sesión en persona con mi psicóloga. Me preguntó cómo me sentía con los nuevos medicamentos, y tuve que reconocer que me olvido de tomarlos a menudo, por lo que no podía estar segura de si me estaban ayudando mucho. Cuando me preguntó por qué, no le dije que es porque los tengo escondidos la mitad del tiempo; simplemente me encogí de hombros. La cosa es que sé que Josh es la última persona que me haría sentir rara por todo esto; entendió lo de los somníferos, como sabía que lo haría. En realidad es por mí.

Así que tomo una decisión y me obligo a dejarlos ahí, a plena vista.

Mi lista de reproducción llega a su abrupto final, sumiéndome en el silencio.

Miro a mi alrededor. Todo está en orden. La cama hecha. Los libros colocados en filas. Mi vida preparada para que me sumerja de nuevo en ella. Pero no me sumerjo. Me arrastro hasta la cama. Ni siquiera tengo fuerzas para levantar las sábanas. Apoyo la cabeza en la almohada, me acurruco dentro del jersey y miro a la pared, esperando volver a sentirme normal.

Josh

Después del entrenamiento, el entrenador nos reúne a todos en el vestuario. Hay tensión en el ambiente. Todo el mundo está cansado, hambriento y con ganas de irse. Solo quiero coger mi teléfono para ver si Eden me ha contestado.

—Muy bien, chicos —empieza el entrenador—. Anuncio rápido. Esto viene directamente del decano. Hablaremos con todos los equipos, así que no os sintáis especiales. Bueno, estoy seguro de que varios de vosotros habréis oído hablar del caso de agresión sexual en el que está involucrado un deportista de la Eastland U.

Se me acelera el corazón.

—Obviamente, en Tucker Hill no toleramos este tipo de cosas —continúa, mirando su portapapeles, leyendo—. Habrá tolerancia cero ante cualquier forma de acoso o las llamadas «charlas de vestuario», tanto en este equipo como en cualquier equipo de este campus. ¿Entendido?

Miro a mi alrededor. Hay cabezas que asienten.

Alguien levanta la mano.

—Uh, entrenador, ¿alguien se ha quejado, o…?

—No. Gracias a Dios. El decano quería que habláramos preventivamente con todos vosotros, como recordatorio de que esa mierda no tiene cabida aquí.

Bueno, esto es solo un anuncio general. Empiezo a relajarme.

El entrenador vuelve a mirar su portapapeles.

—La universidad emitirá una declaración formal sobre su compromiso con… —Se interrumpe y salta hacia adelante—. Así que, básicamente, la moraleja de la historia es que ahora mismo todos los ojos están puestos en equipos como el nuestro, y no podemos permitirnos ninguna mala prensa, caballeros.

«Mala prensa», eso es lo que realmente importa aquí.

—Vaya mierda —oigo murmurar a alguien en voz baja. Cuando levanto la vista, Jon, uno de los jugadores del banquillo, tiene una estúpida sonrisa de comemierda en la cara. Se inclina hacia el tío que está a su lado, le susurra algo, y veo que ambos se descojonan en silencio, temblando como una gelatina. Algo crece dentro de mí como una onda expansiva, y noto que aprieto los puños a ambos lados del cuerpo.

El entrenador nos despide y yo miro a mi alrededor. Me he perdido por completo el final de la reunión.

Intento deshacerme de esta sensación.

Estoy terminando de vestirme y comprobando mi teléfono (todavía no hay nada de ella) cuando oigo la carcajada estúpida de Jon por encima del banco de las taquillas.

—Está claro que ella quería tema, pero como él no quiso tener una relación, ella decidió joderle la carrera. —Esa onda vuelve ahora, y sé que mi cara se pone roja—. Y ese es el motivo exacto por el que no hay que meterles la polla a locas del coño.

Sé que no debería, pero esa onda me derriba, y otra persona, esta otra versión de mí mismo, se levanta en mi lugar. Doy la vuelta a la esquina y veo a Jon secándose el pelo con una toalla mientras regala sus opiniones a dos novatos.

—No sé, tío —se atreve a decir uno de ellos—, he leído que se lo hizo a tres chicas.

—Sí, bueno, tal vez se siente atraído por las psicópatas —responde Jon, y se encoge de hombros—. ¡Esas zorras querrán una paga! Ya sabes cómo son…

Ni siquiera puedo oír el resto de su frase porque la onda me empuja mientras me sitúo detrás de él, demasiado cerca, me atraviesa el pecho, pasa por mi garganta y me sale por la boca.

—Oye, ¿por qué no te callas de una puta vez?

Jon se da la vuelta, con una estúpida sonrisa malvada aún en la cara, y detrás de él, los ojos de los novatos se abren de par en par. Debo de parecerles algo aterrador.

—Perdona, ¿he ofendido tu delicada sensibilidad? —me dice mientras me da una palmadita en el hombro en señal de disculpa. El punto que toca irradia calor, prácticamente vibra. Sé que debería irme, pero el otro Josh tiene algo que decir.

—No, perdona tú, ¿tienes algún tipo de problema con no acosar sexualmente a las mujeres, o qué?

—Vete a la mierda —murmura desdeñosamente—. ¿Sabes cuál es mi problema?

—No, ¿cuál es? —le desafío—. Por favor, dímelo.

—Tú. —De alguna manera, esto hace que la onda retroceda. Puedo lidiar con eso.

—¿Yo? —Me cruzo de brazos—. Vale.

—Sí, porque vagueas en cada entrenamiento, desperdicias un puesto titular del equipo y ahora intentas hacerme quedar mal. —Mira a la multitud que se ha congregado a nuestro alrededor, y no puedo distinguir si están de su parte o no.

—Tú te haces quedar mal a ti mismo.

—¡Y ni siquiera deberías estar aquí! —me grita—. Después de lo que hiciste la temporada pasada. Todo el mundo lo piensa.

Dominic se acerca y le interrumpe.

—Oye, habla por ti, Jon. ¿Por qué no te vas, eh?

—¿Por qué? Es la verdad —argumenta él.

—No, no lo es —dice Dominic.

—Pues vale. —Cojo mi mochila y cierro mi taquilla—. No tengo tiempo para esto.

—Claro, pero ¿tienes tiempo para soltar tu mierda buenista sobre una panda de zorras que dicen que las han violado? Por favor, eres tan…

Y esa onda regresa, ahora es un maremoto contra el que no puedo luchar. Es un zumbido en la cabeza, un hormigueo en las extremidades, un subidón de adrenalina que me recorre el cuerpo.

Se hace un silencio incómodo durante un momento.

Y entonces el sonido estalla a nuestro alrededor, gritos, chillidos.

Tardo un segundo en procesar por qué Dominic se interpone entre nosotros. Por qué alguien me sujeta los brazos. Por qué Jon está en el suelo. Por qué el entrenador aparece aquí, gritando:

—¡Separaos, idiotas!

Nos arrastra a los dos a su despacho.

—¿Qué quieres hacer? —le pregunta a Jon—. Puedes presentar una denuncia si quieres; estás en tu derecho.

Jon me mira y sonríe, como si todo esto le divirtiera.

—No —dice finalmente—. Solo fue un empujón. No es para tanto.

—Bien. —El entrenador se levanta y señala la puerta—. Vete —le dice.

Yo también empiezo a levantarme, pero el entrenador me aprieta el hombro.

—Tú quédate ahí —me ordena, con los dientes apretados.

Cierra la puerta tras Jon y lanza su portapapeles contra la pared, haciéndome dar un respingo.

—¿Qué puñetas te pasa? —me grita—. Te lo juro, contigo es un paso adelante, veinte pasos atrás. Siempre igual, joder. Dime una cosa, ¿quieres estar en este equipo?

Aprieto la mandíbula para no decirlo: «No».

—¿Eh? ¿Y bien? —exclama.

—Sí —miento.

—¡Entonces espabila de una vez, pon tus prioridades en orden! —brama, con las venas del cuello palpitando—. Estás en la cuerda floja, chaval. Un incidente más y estás fuera. Me da igual el talento que tengas. Me importa una mierda lo que pase en tu vida personal. Cuando estás aquí, ¡no *tienes* vida personal! —grita—. ¿Me entiendes?

—Sí, lo entiendo.

La habitación de Eden está a oscuras, aunque puedo verla tumbada en su cama. Al principio me siento aliviado. Está aquí, a salvo. Pero la forma en que está acurrucada en posición fetal, tan quieta, vuelve a producirme ese subidón de adrenalina que me recorre todo el cuerpo. Camino hacia ella con paso inestable.

Eden

Me despierto con el clic de la lámpara al encenderse. No hay luz fuera de la ventana. Oigo el pestillo de la puerta y sus pasos ligeros detrás de mí. El ruido de las zapatillas al quitárselas. No hace falta que diga ni una palabra para saber que es él. El sonido de su respiración es como una huella dactilar.

La cama se hunde cuando se sube con cuidado. Me mueve el pelo y me toca la cintura mientras se acomoda a mi lado, doblando sus rodillas contra las mías, encajándose a mi alrededor como la pieza que falta en un puzle. Mueve lentamente el brazo hasta que descansa sobre el mío.

—Hola —susurro a la vez que tiro de su brazo para rodearme más fuerte.

—Perdona —musita, besándome la nuca—. Intentaba no despertarte.

—No pasa nada —le digo con la voz aún tomada—. ¿Qué hora es?

—Son casi las ocho.

—Hum. —Me estiro un poco y me aclaro la garganta—. He estado durmiendo toda la tarde.

Con la cara en mi pelo, inhala y dice:

—Dios, te he echado de menos. —Me agarra el jersey para

acercarme más a él. Hay algo que me pone nerviosa, la forma en que me abraza, como si temiera que fuera a salir volando.

—¿Josh? —Me doy la vuelta para mirarlo—. ¿Qué pasa?

—Nada. —Me toca la cara y sonríe, pero no termina de convencerme—. No pasa nada —repite con esa tristeza en su voz—. Es solo que te he echado mucho de menos.

Lo beso.

—Yo también te he echado de menos.

Me rodea con ambos brazos, me aprieta contra su cuerpo, me besa el pelo, la frente, las mejillas.

—Espera, déjame mirarte. —Me aparto de él lo suficiente para verlo con más claridad y cojo su cara entre mis manos—. Oh, tu barba ha vuelto.

—Pelusilla —me corrige, y por fin me dedica una sonrisa pequeña pero real.

—Bueno, vale, pues pelusilla —repito—. Me gusta.

—El Josh de la universidad, ¿no? —me pregunta con una leve risa en la voz.

—Más bien el Josh sexy —bromeo, aunque en realidad no estoy bromeando en absoluto.

Me entierra la cara en el cuello y se ríe.

—Me encanta cuando te pones tímido.

—¿Tímido? —repite lentamente, dejando que su cabeza descanse sobre mi pecho, como si intentara recordar qué significa esa palabra, si es algo bueno o malo.

—Es muy mono.

—De acuerdo —dice en voz baja.

—Oye, ¿de verdad estás bien? —le pregunto.

—Sí. —Entonces levanta la cabeza para mirarme—. Me preocupa más cómo estás tú.

—Pareces un poco triste.

—No, estoy bien. Es solo que no dormí mucho mientras estuviste fuera y, no sé, me preocupé cuando no supe nada de ti antes.

—Ah. Lo siento, mi teléfono… —Miro hacia mi cómoda—. Está ahí debajo. Se me olvidó cogerlo. Lo siento.

—No, no lo sientas. —Me agarra la mano vendada y la besa; examina un momento las tiritas mal puestas, pero no hace ningún comentario—. Me alegro de que estuvieras descansando.

—Me alegro de que hayas venido —le digo pasándole la otra mano por la cara.

—¿Cómo te encuentras? —me pregunta.

—Bien. —Me apoyo en el codo para poder besarlo. Él asiente como si quisiera más de mí—. Mejor, ahora que estás tú aquí.

Me da un beso suave y rápido, como si no quisiera que la cosa se calentara demasiado.

—No quieres besarme —le digo—. ¿Qué pasa, tengo mal aliento o algo?

—Anda ya —me contesta y resopla.

Se tumba de espaldas e intento convencerme de que no se está alejando de mí, sino que me está haciendo sitio, invitándome a entrar. Así que lo beso. Lo beso cada vez más profundamente. Me agarra de las caderas, pero no me da mucho más.

Le subo la camisa y le beso el estómago, en ese punto que siempre le hace retorcerse. Al menos suelta un pequeño suspiro, una inspiración profunda, un leve gemido. Me pongo encima de él y me siento, con una rodilla a cada lado de sus caderas, y me quito el jersey. La camiseta que llevo debajo empieza a salir también, pero alarga la mano y tira de ella, sus dedos apenas rozan mi piel mientras vuelve a taparme el estómago.

Me mira fijamente y abre la boca como si quisiera decir algo.

—¿Qué?

—Nada. —Me pone las manos en los muslos y me mira mientras me quito la camiseta.

Ahora se incorpora, conmigo en su regazo, y me besa una vez, deja que su frente se apoye en el centro de mi pecho. Estiro la mano por la espalda para desabrocharme el sujetador, pero él me coge la mano y me la lleva por delante, sujetándola con la suya.

—Eden. —Pronuncia mi nombre lentamente—. Espera un momento, ¿no quieres hablar?

—¿Qué quieres decir?

—Bueno, para ponernos al día, ¿sabes? —me dice con suavidad—. Has estado fuera.

—Ah —le digo—. Dios mío, ¿me estoy portando como una adolescente cachonda o qué?

Esboza una sonrisa y niega con la cabeza.

—Bueno... Yo no lo diría así.

—Lo siento, ¿vale? —me disculpo, apartándome un poco de él—. Sí, por favor. Habla conmigo.

—No, quería decir que quiero que me cuentes *tú*.

—¿El qué?

Gira la cabeza y alza las manos abiertas hacia el techo.

—Todo. ¿Qué pasó mientras estabas fuera, con la vista y todo eso? ¿Cómo fue estar en casa? ¿Sabes lo que va a pasar ahora? En realidad no me has contado nada.

Me quito de encima de él.

—Eden, no...

—¿No qué?

—No me dejes fuera —dice acercándose a mí.

—Creo que eres tú el que me está dejando fuera ahora mismo —le replico.

Me mira entornando los ojos.

—¿Cómo te *estoy* dejando fuera?

—Está claro que no tienes ganas de acostarte conmigo —murmuro mientras me vuelvo a poner el jersey por la cabeza y meto los brazos por las mangas—. ¿Qué, soy demasiado triste y patética?

—No, yo no he dicho nada de eso.

—¿Estoy demasiado rota? ¿Demasiado jodida? —continúo, cogiendo fuelle—. ¿Qué pasa, que estoy mancillada?

—¡Oye! —protesta, con voz severa—. Sabes que eso no es lo que pienso. —Hace una pausa, su pecho sube y baja a medida que respira más fuerte—. No pongas palabras en mi boca, nosotros no hacemos eso.

—Bueno, pero siento que me estás rechazando o algo así.

Paso por encima de él para salir de la cama. Me dirijo a la cómoda y me entran ganas de tomarme una pastilla. Luego me entran ganas de abrir el cajón de arriba, guardarlas todas y cerrarlo bien.

—No te estoy rechazando, pero no me voy a acostar contigo sin tener ni idea de cómo tienes la cabeza ahora mismo. Estoy preocupado por ti, ¿vale?

Lo miro, ahí sentado, tan dueño de sus emociones, tan perfectamente racional en todo momento, haciendo siempre lo correcto. Me siento en la silla de mi escritorio, intento calmar mis pensamientos acelerados, intento tranquilizarme, intento sentir la silla debajo de mí, sentir mis pies en el suelo.

—Lo sé, lo siento.

—No lo sientas —me dice, acercándose al borde de la cama y cogiéndome las manos—. Es que no me entero de nada.

—No quiero hablar de la vista.

—Vale. —Ahora coge los brazos de la silla y me acerca a él para que estemos uno frente al otro—. Está bien, pero dime cómo te sientes, ¿vale?

—Me siento... —empiezo a decir, cerrando los ojos, dejando que me coja las manos otra vez—. Me siento como... —Busco en mi cerebro cualquier cosa, un pensamiento concreto, una imagen fugaz—. Una calabaza —le digo. Qué estupidez.

—¿Una calabaza? —me pregunta. Enarca las cejas como si no estuviera seguro de si hablo en serio o en broma. Yo tampoco lo sé a estas alturas.

—No como una calabaza normal, sino como una de Halloween, ¿sabes?

—Vale —responde y asiente con la cabeza.

—Como si alguien me hubiera dibujado una cara y la hubiera tallado en mi piel para luego sacarme las entrañas y dejarme totalmente hueca, vacía. Y después hubiera encendido un fuego en mi interior y me hubiera echado a la calle. Y yo solo... —Me detengo porque me estoy oyendo a mí misma y noto que me tiembla la boca, como si fuera a echarme a llorar o a reír, y no sé cuál de las dos cosas es. Porque no sé si estoy haciendo el ridículo o si es la metáfora perfecta de cómo me siento ahora mismo.

—Y tú ¿qué? —me pregunta, dándome un pequeño apretón en la mano buena.

—Y yo, no sé, quiero volver a sentirme humana —concluyo—. Lo antes posible.

Sus ojos me atraviesan al mirarme. Y entonces su preciosa boca desciende por las comisuras. Se levanta y me levanta a mí también de la silla. Me estrecha contra su pecho y me besa el pelo.

Josh

Mientras estamos de pie en medio de su habitación puedo percibir esa sensación de vacío que sale de ella y se arrastra hacia mí.

—Lo siento mucho —susurro, porque no sé qué otra cosa decirle.

—No has hecho nada —murmura ella sobre mi camisa, abrazándome como si supiera que necesito que me abrace tanto como ella.

—Pero lo siento igualmente.

—No sientas pena por mí, Josh. —Levanta la vista, con sus ojos tan grandes y abiertos—. Por favor.

—No, no es que sienta pena *por* ti. Solo siento que tengas que pasar por todo esto. No es justo. Y me gustaría poder hacer algo para ayudarte o facilitarte las cosas.

—Ya me ayudas. —Vuelve a apoyar la cabeza contra mí—. Tú lo haces más fácil.

—¿Qué plan te apetece esta noche? —le pregunto—. ¿Tienes hambre, o quieres volver a la cama… para ver una película? Lo que tú quieras.

—¿Podríamos volver a tumbarnos?

Mientras nos desnudamos, empieza a quitarse los pantalones y me mira con una sonrisita traviesa.

—Te prometo que no intento acostarme contigo otra vez, solo me estoy poniendo el pijama.

—Para —gimo, doblando mis vaqueros sobre el respaldo de su silla—. Ya sabes por qué lo he dicho.

—Solo era una broma. —Vuelve a quitarse el jersey y lo cuelga en el pomo de su armario, se acerca a su cómoda en sujetador y bragas, desparejados, y está tan guapa que casi deseo que intente acostarse conmigo porque yo también necesito volver a sentirme humano. Saca una de mis camisetas, que no sabía que había dejado aquí—. ¿Puedo ponérmela? —me pregunta.

—Claro —respondo, intentando no parecer demasiado entusiasmado por verla con mi ropa. Pero mientras veo cómo se quita el sujetador y se pone mi vieja camiseta gris con un agujero en el cuello, mis pies me obligan a ir hacia ella—. Por cierto, siempre tengo muchísimas ganas de acostarme contigo.

—Ah, ¿*siempre*? —repite riéndose, y me da un empujoncito.

—No es broma. Pienso en ello más de lo que debería. —La sigo hasta la cama—. De verdad, te ofenderías si lo supieras.

Sonríe mientras retira las mantas y se mete primero, pero luego me mira con los ojos entornados, como si estuviera confundida por lo que estoy diciendo.

—Así que nunca te rechazaría —le digo mientras me subo a su lado.

—Ah —murmura.

La beso como me besó ella antes: profundamente, en serio.

—Nunca —repito—. ¿Queda claro?

—Vale —susurra.

Cuando estamos tumbados, se acurruca a mi lado, con la cabeza en mi pecho y el brazo y la pierna extendidos sobre mí. Empiezo a sentirme más yo mismo que en toda la semana. Respiramos juntos, y noto que se ha dormido cuando su teléfono vibra desde algún lugar de la habitación. Miro a mi alrededor y veo que ha limpiado, que ha cambiado las cosas de sitio.

El teléfono sigue sonando. Ella suspira con fuerza.

—¿Quieres mirarlo? —le pregunto.

—No —responde quejumbrosa.

—Podría ser importante.

—Sé que es importante, por eso no quiero cogerlo. —Se aparta de mí y dice en voz baja—: Está debajo de la cómoda.

No le pregunto por qué está ahí debajo; me levanto de la cama y le digo:

—Yo lo cojo. —Pero cuando me acerco, mis ojos se dirigen directamente a las pastillas que están alineadas encima su cómoda. Ella me mira. Le devuelvo la mirada.

—Mi botiquín al completo —me explica—. Para el insomnio, la depresión y la ansiedad.

Asiento con la cabeza.

—Vale —contesto, porque no sé si debo añadir algo más. Me alegro de que haya dejado de esconderlas, pero no puedo decirlo sin que sepa que ya lo sabía. Me pongo de rodillas, apoyo la mejilla contra el suelo y veo el teléfono pegado a la pared, iluminado. Lo cojo y lo saco, intentando no mirar la pantalla.

Vuelvo con ella y le doy el teléfono, pero se queda mirándome fijamente.

—¿Eso te molesta?

—¿El qué?

—Eso —dice, señalando la cómoda, las pastillas.

—No, no me molesta. ¿Por qué iba a molestarme?

—Por tu padre.

—Tú las necesitas, Eden. Es totalmente distinto.

—Sí —susurra con tristeza, sosteniendo el teléfono boca abajo contra su pecho—. Sí, es cierto.

Vuelve a acurrucarse junto a mí y respira hondo. Por fin levanta el teléfono.

Miro hacia abajo. Toda la pantalla está llena de notificaciones. Mensajes míos, de su hermano, de Mara, de alguien llamado Lane, dos llamadas perdidas de su madre. Y un mensaje de «Fiscal Silverman». Ese es el que abre.

—Perdona. —Le doy un beso en la cabeza, cierro los ojos—. No estoy mirando, ¿vale? —le digo.

—Puedes mirar. —Inclina la pantalla hacia mí—. Va a pasar.

Tengo noticias y quería asegurarme de
que sois las primeras en saberlo:
vamos a juicio. Enhorabuena, chicas,
lo habéis conseguido! Me pondré en
contacto con vosotras cuando sepa
algo más, pero está previsto que sea
en diciembre, quizá en enero.
Hablamos pronto.

—Eden, esto está muy bien —empiezo a decirle, pero ella apaga el teléfono, pasa el brazo por encima de mí y lo tira sobre su escritorio. Hace un gesto negativo y se aprieta contra mi cuerpo, bajando la cabeza para que no pueda verle la cara—. ¿Eden? —Intento que me mire—. ¿Nena?

Se agarra a mi camisa, respira con dificultad, jadea. Y entonces siento que su cuerpo empieza a temblar. Está llorando.

—No puedo —susurra, me mira por fin, las lágrimas le caen por la cara—. No puedo volver a hacerlo.

Le beso la frente e intento secarle las lágrimas.

—Sí que puedes.

—No —murmura—. No puedo. De verdad que no puedo.

—No pasa nada —le digo, aunque no lo sé con seguridad. No sé si está bien, si ella está bien o si todo irá bien. Pero se lo digo de todos modos.

No para de repetirlo: «No puedo». Lo repite una y otra vez hasta que ya ni siquiera parecen palabras, solo respiraciones. Y entonces, después de lo que parece una eternidad, por fin se queda quieta, se calla. Creo que está dormida, pero ahora dice, con voz clara y tranquila:

—Su abogado me preguntó si alguna vez dije que no.

Levanto la cabeza.

—¿Qué quieres decir?

—Como dando por hecho que podía elegir. Como si hubiera

podido decir que sí o que no. Y yo no pude explicarle que no había nada a lo que negarse, que no había posibilidad de decidir, pero él no dejaba de interrumpirme.

—Joder —le digo.

—Pero que no pudiera decir que no tampoco significa que dijera que sí.

—Ya lo sé.

Me besa, luego me toca la cara, me mira.

—Te quiero —le digo, y me empieza a preocupar que deje de creerlo porque se lo digo demasiadas veces.

Ella sonríe y cierra los ojos un momento.

—No sé qué haría sin ti, Josh.

—Sí, lo mismo digo.

—Me da un poco de miedo —susurra como si fuera un secreto— lo mucho que te necesito.

—No tengas miedo —le digo, aunque a mí también me asusta lo mucho que la necesito—. Nunca tendrás que estar sin mí. Es decir, a menos que tú quieras.

Ahora me mira a los ojos y me sujeta la cara con las manos.

—Nunca querría eso.

Me despierto con sus gemidos entre sueños. Se revuelve. Tiene una pesadilla.

—¿Eden? —susurro.

—No —gime, y me da una patada en la pierna bajo la manta—. No.

—Eh, oye, ¿Eden? —lo intento otra vez—. Eden, despierta.

Le toco la cara, pero me da la espalda.

—Para —dice, y su mano cae flácida contra mi estómago—. Por favor —gime, llorando con todo su cuerpo.

Ahora le toco el brazo, lo acaricio con suavidad.

—Eden —repito, esta vez más alto.

Empieza a toser, a jadear, y luego se lleva la mano a la garganta, con todas las venas y los tendones del cuello visibles como si realmente no pudiera respirar. Tengo que hacer que se despierte de alguna manera.

—¡Eden! —Le sacudo el hombro.

Abre los ojos de golpe y se levanta como un rayo, abalanzándose sobre mí. Me araña el cuello con una mano y el pecho con la otra. La agarro por los brazos.

—Eden, para.

—¡Suéltame, suéltame! —grita.

Lo hago, pero ella me golpea una y otra vez. Respira agitadamente, jadeando. Retrocedo contra la pared, pero ella retrocede también, y está a punto de caerse de la cama, así que me lanzo sobre ella para agarrarla de nuevo. Me da patadas con los dos pies. Esta vez solo grita una palabra:

—¡Mamá!

—¡Eden, despierta! —le digo, pero ella no me oye.

—¡Para!

No sé qué hacer, se va a hacer daño. Pero le suelto los brazos y no puedo hacer otra cosa que verla caer. El sonido es terrible: se golpea contra el escritorio y la lámpara se cae también, parte de la pantalla de cristal se rompe, aunque sigue encendida, iluminándola desde un ángulo extraño. Me mira como si la hubiera empujado o algo así, como si le doliera mirarme.

—¿Eden? —Me apresuro a tirarme al suelo con ella, pero se aparta cuando la alcanzo. Mira alrededor de la habitación: a la lámpara, a mí, sus rodillas desolladas, sangrando, las palmas de sus manos raspadas—. Eden —le repito. Me arrodillo a su lado y ella extiende los brazos, pero no sé si intenta tocarme o alejarme—. Oye, soy yo. Solo soy yo. Estás bien.

—¿Qué? —Su voz suena débil—. ¿Qué ha pasado?

—Estabas teniendo una pesadilla. Te-te has caído de la cama —tartamudeo, intentando darle la versión más suave de la verdad.

Parker empieza a golpear la puerta, y ella da un respingo.

—¿Eden? —la llama Parker—. Eden, ¿estás bien?

Eden me mira como si no supiera qué responder, pero no creo que deba hablar por ella porque yo tampoco lo sé.

—¡Eden! —Da unos golpes más—. Voy a entrar.

Abre la puerta y sus ojos se dirigen a la lámpara rota, luego a Eden, acurrucada contra la pared, con los brazos alrededor de las rodillas, y después a mí, agachado junto a ella.

—¿Qué está pasando aquí? —me dice, y a Eden—: ¿Estás bien?

—Sí, estoy bien... —le contesta Eden.

Parker me mira entornando los ojos.

—¿Es que le has pegado, joder?

—¡No! —gritamos los dos al mismo tiempo.

—Dios mío, Parker, no —le dice Eden, que parece recobrar el sentido y la concentración—. No pasa nada, de verdad. Estaba teniendo una pesadilla. Y me he caído.

—Estabas gritando —insiste Parker.

Eden niega con la cabeza.

—No... No lo sé. No lo recuerdo.

—Voy a buscar algo para esos cortes, ¿vale? —le digo—. Vuelvo enseguida.

Parker me sigue al baño.

—¿Qué coño pasa, Josh? —murmura en voz baja.

—Es lo que ha dicho, tenía una pesadilla horrible. Intenté despertarla y la asusté aún más. Eso es todo. —Abro el botiquín, de donde cogí las vendas para su mano la semana pasada. Saco tiritas y un tubo de pomada—. Te juro que nunca le haría daño.

—¿Y ella te ha pegado a ti? —me pregunta.

—¡No!

—Josh, mírate —me dice.

Cierro el armario y me miro en el espejo. Estoy sangrando. Arañazos en el cuello, en el pecho. Las ronchas rojas de los primeros moratones en los brazos, el pecho y el estómago. Me miro las piernas. Marcas en los muslos y las espinillas.

—Estoy bien. Eden no sabía lo que estaba pasando. —Me aparto de ella para mojar una toalla de aseo en el lavabo. Me tiemblan las manos.

—Josh, ¿estás bien?

—No quiero dejarla sola —le digo en lugar de responder, porque la respuesta es: «No, joder»—. Todo irá bien.

—Vale —me dice ella, poco convencida.

Cuando vuelvo a la habitación, Eden no se ha movido de donde estaba, solo mira al suelo. Cojo su lámpara y la vuelvo a dejar en el escritorio porque también me duele verla así. Coloco las tiritas, la pomada y la toalla en el escritorio y le tiendo las manos para ayudarla a levantarse, pero ni siquiera me mira.

—¿Eden? —Me siento a su lado en el suelo—. ¿Me oyes?

—¿Qué ha pasado? —vuelve a preguntar, mirándome por fin.

—Solo era un sueño, ¿vale?

—No, no lo era, esto era diferente.

—Vamos a levantarte. Agárrate a mí, ¿de acuerdo? Los brazos alrededor de mi cuello.

Deja que la ayude a levantarse del suelo y la tumbe en la cama.

—Voy a limpiar esto rápidamente —le digo cogiendo la toalla y apretándosela contra la rodilla.

—Madre mía, Josh. —Me toca el cuello, posa la mano sobre mi pecho—. Te he arañado. Lo siento mucho.

—No pasa nada —le digo mientras le pongo una hilera de tiritas en la rodilla—. Fue una estupidez por mi parte intentar despertarte así. Es culpa mía, lo siento.

—Pensaba que eras él, no lo sabía.

—No, ya lo sé. —Le acerco la toalla a la otra rodilla y suelta un grito ahogado—. ¿Te duele? —le pregunto.

Me quita la toalla, la dobla por la parte limpia y me la lleva al cuello, para frotarla suavemente, con las manos temblorosas.

—Lo siento mucho.

—Estoy bien —le digo mientras termino de ponerle tiritas en la otra rodilla—. Te lo prometo.

Me levanto y me pongo la camiseta. Ya se ha asustado bastante por los arañazos, no hace falta que vea también los moratones.

—¿Quieres dejar la luz encendida?

Niega con la cabeza y vuelve a meterse en la cama.

Apago la lámpara, evitando tocar los cristales rotos.

Al tumbarme de nuevo a su lado, me siento inquieto. Tengo miedo. No de ella exactamente, sino de las cosas que la atormentan. Recuesta la cabeza en el mismo sitio de siempre y me rodea con el brazo como siempre. Pero todo parece diferente.

—Te quiero —me dice—. ¿Josh?

—¿Sí?

—Te quiero —repite.

—Yo también te quiero.

—¿Estás enfadado?

—Claro que no —le digo. Ahora mismo me pasan muchas cosas por la cabeza, pero para nada estoy enfadado con ella—. Eden, ¿esto te ocurre a menudo? Lo de tener pesadillas.

—A veces —responde—. Pero hacía tiempo que no me pasaba tanto. Sé que te he asustado. Lo siento.

—¿Quieres dejar de disculparte? —Pero ahora me preocupa sonar demasiado duro—. De verdad, no tienes nada que lamentar.

—Vale, ya paro —susurra. Me toca el pecho donde me arañó y me besa la camisa. Me escuece cuando la tela roza la herida.

—Eden, ¿puedo hacerte otra pregunta?

—Ajá —murmura ella.

—¿Estás recibiendo ayuda para todo esto? Algo más que las pastillas. ¿Como un psicólogo o algo así?

—Sí.

—¿En serio?

—Sí, tengo una psicóloga en casa. Hablamos una vez a la semana.

—¿Y te ayuda?

—En general, sí.

—Bien, me alegro.

Se queda tan callada durante tanto tiempo que creo que se ha dormido. Pero entonces levanta la cabeza para mirarme y dice:

—¿Y tú?

—¿Qué? Perdona, ¿yo qué?

—¿Has visto a alguien… por lo de tu padre? ¿O por otra cosa?

—Ah. —Me acuerdo de las reuniones de Alateen a las que me llevaba mi madre cuando estaba en secundaria—. Fui a algunos grupos hace años, pero…

—Pero ¿qué? —me pregunta.

Me encojo de hombros.

—Supongo que no eran para mí. —Pero ahora que estamos aquí tendidos, lo recuerdo con más claridad. No fue eso lo que pasó. Las reuniones entraban en conflicto con el baloncesto y dejé de ir—. Oye, deberías intentar dormir, ¿vale? —le digo—. Yo estaré aquí todo el tiempo.

Eden

Su alarma suena a las cinco, como todas las mañanas. Pero esta vez no se despierta. Y no me está abrazando como cuando nos quedamos dormidos. Está de espaldas. Alargo la mano para coger su teléfono y posponer el despertador.

Susurro su nombre y le toco el hombro, le paso la mano por el lado de la cara. Y nada.

—¿Josh? —repito, un poco más alto.

Se despierta sobresaltado.

—Ah, ¿qué? ¿Qué pasa?

—Nada, nada. Ha sonado tu alarma.

Inspira profundamente y se tumba boca arriba, al menos un poco más cerca de mí.

—¿Cómo es que ya es de día? —se queja.

—Lo sé. —Me pongo a su lado y lo miro a la cara. Mis ojos se posan en los cortes de su cuello, que ahora tienen peor aspecto que anoche. Me inclino y beso las líneas rojas con mucha suavidad.

Alarga la mano y me toca la cara, el pelo.

—No pasa nada —susurra, leyéndome la mente.

Me tumbo contra él y se tensa un poco antes de rodearme con el brazo.

—Técnicamente aún tengo el día libre —le digo—. Voy a ver si puedo tener una sesión con mi psicóloga.

—Vale, me parece bien.

—¿Podrías…? No, no importa.

—No, ¿qué? —me pregunta. La alarma vuelve a sonar—. Maldita sea —dice, tratando de apagarla—. ¿Si podría qué?

—¿Te importaría…? —Iba a preguntarle si podría estar presente durante la llamada, para contarle a mi psicóloga lo que pasó, para *contarme* a mí también lo que pasó, pero siento que no es justo pedirle que lo reviva—. ¿Puedes abrazarme unos minutos más antes de irte? —le pregunto en su lugar.

—Sí, ven aquí —me responde, como esperaba. Se pone de lado y me envuelve con sus brazos.

—Más fuerte —le pido.

Me acerca más a él, me besa el pelo y me susurra:

—Te quiero.

Y durante nueve maravillosos minutos, todo parece ir bien.

Pero entonces vuelve a sonar la alarma.

Lanza un suspiro.

—Tengo que levantarme, nena.

Observo cómo se levanta de la cama y enciende mi lámpara. Saca ropa de su mochila y, mientras se quita la camiseta, me doy cuenta de que me da la espalda.

—¿Josh?

—¿Sí? —dice, todavía de espaldas.

Salgo de la cama y me coloco delante de él. Coge rápidamente unos pantalones deportivos y se los pone delante del cuerpo como si quisiera taparse.

—¿Qué haces? —le pregunto cogiendo los pantalones.

—Eden, no… —Pero luego los suelta.

Y entonces veo lo que esconde.

—Dios mío —murmuro, con la mano sobre la boca—. ¿Yo…? —Trago saliva. Siento que las lágrimas se me acumulan bajo los ojos al ver los oscuros moratones que tiene por los brazos, el pecho, el estómago e incluso las piernas—. ¿Yo te hice eso?

—Ven aquí, ven aquí, ven aquí —me dice, tirando de mí y abrazándome fuerte—. Chiiis, no es culpa tuya, ¿vale? Estoy bien.

—No —replico, moviendo la cabeza de un lado a otro. Porque los moratones que tiene por todo el cuerpo me resultan demasiado familiares, igual que los míos a la mañana siguiente. Cojo la silla y tengo que sentarme porque me flaquean las piernas.

—Por favor, mírame. —Se arrodilla en el suelo enfrente de mí—. No tenías ni idea de lo que estaba pasando, ¿vale? No estabas aquí, estabas allí.

Yo también me deslizo hasta el suelo y toco sus moratones.

—¿Qué he hecho?

—Solo intentabas alejarte de mí, de él, quiero decir —me explica, pero sigo sin creérmelo.

—¿Cómo he podido hacer todo esto? —digo en voz alta. Pero la otra parte de la frase que no digo es: ¿cómo he podido hacerle todo esto a él, mi amor, la única persona con la que me siento segura, mientras que aquella noche no pude hacer nada para defenderme de Kevin? Y entonces me doy cuenta de la diferencia, mientras me mira con esos ojos tiernos y oscuros. Josh no se estaba defendiendo de mí. Simplemente lo estaba aceptando.

—Te agarré. Intentaba ayudarte, pero no sabía qué hacer, Eden. Así que te agarré porque yo… —Deja que sus manos floten por encima de mis brazos, hasta esos anillos rojizos y morados alrededor del antebrazo en mi lado derecho y mi muñeca en el izquierdo—. Eden, te juro que no quería hacerte daño. Te estabas cayendo y temí que te hicieras daño, y sé que lo empeoré. —Me mira con los ojos llenos de lágrimas—. ¡Lo siento mucho! —exclama mientras se encorva hacia delante y se cubre la cara con las manos.

—No, lo siento yo, Josh. Lo siento mucho. Lo siento —le digo una y otra vez. Lo atraigo hacia mí y sé que nunca me lo perdonaré. Caemos al suelo abrazados, llorando los dos—. Te juro que lo estoy intentando.

—Lo sé —me dice—. Yo también.

Josh

Hace solo una semana estábamos en mi habitación bailando sin música, de celebración, y ahora estoy aquí en el suelo, temiendo perderla de nuevo.

Nos quedamos así, enredados el uno con el otro, durante tanto tiempo que hasta sale el sol.

—¿Josh? —me dice finalmente, recolocándose para apoyar la espalda en el lateral de la cama.

Yo también me enderezo, y entonces empieza a tocarme la cara con tanta delicadeza que lo único que quiero es volver a meterme en la cama con ella y dormir hasta que se me pase todo esto.

—Quiero que sepas una cosa —me dice—. Voy a contarle a Parker lo del juicio y todo lo demás. No soporto que piense ni por un segundo que podrías hacerme daño. Se lo explicaré todo, ¿vale?

—No tienes por qué hacerlo —le respondo—. Por mí no hace falta. De verdad.

—No, hace tiempo que quería decírselo. Solo que no encontraba el momento adecuado, pero este lo es, lo sé.

—Solo si es lo que quieres.

—Quiero hacerlo.

Tomo aire, ensayo las frases un par de veces en mi cabeza antes de decirlas.

—Es posible que esto te haga enfadar, pero quiero que sepas que les conté a mis padres lo de la agresión, el juicio y todo eso. Sé que no debería hablar de ello, pero…

—No, está bien —me dice, en voz tan baja que no puedo saber si hay alguna inquietud detrás de sus palabras—. No pasa nada.

—¿De verdad? —le pregunto—. ¿No te importa?

Ella asiente con la cabeza.

—Es decir, confío en tu juicio, Dios, confío en tu juicio más que en el mío. Sé que no vas a contárselo a gente en la que no confíes, que no *necesite* saberlo, ¿verdad?

—Claro. No, por supuesto que no —le aseguro—. Es que me estaba costando mantenerlo en secreto.

—Lo entiendo. Ha sido un secreto durante demasiado tiempo. Es que…

Espero, pero no termina la frase.

—Oye, sé que estarás preocupado por el entrenamiento —me dice—. Vete, de verdad, deberías irte ya.

—De acuerdo —le respondo, a pesar de que entrenar es lo que menos me importa en este momento, pero iré si es lo que ella quiere—. ¿Estás segura de que vas a estar bien aquí sola?

—Pues claro que sí —me dice. Incluso sonríe—. Te lo prometo. Creo que seguiré durmiendo un rato.

Me pongo de pie temblando. Casi mareado, débil, le tiendo la mano y la ayudo a levantarse del suelo. Creo que me voy a caer mientras me visto y me inclino para besarla. Tengo miedo cuando le digo «Te quiero». Me siento inestable cuando salgo de su habitación y cierro la puerta tras de mí.

Llego al entrenamiento con casi cuarenta y cinco minutos de retraso. Jon niega con la cabeza cuando entro en el gimnasio.

—¿En serio? —dice en voz alta, mirando a su alrededor.

Ni siquiera tengo fuerzas para enfadarme con él o intentar defenderme, así que no digo nada.

Dominic me llama desde el banco de pesas.

—Eh, Miller. Ayúdame. —Cuando llego, me dice en voz baja—: ¿Estás loco? ¿Cómo se te ocurre llegar tarde después de lo de ayer? —Apenas tengo energía para juntar las palabras y explicárselo.

—Lo sé. —Es lo único que puedo responder.

—Le he dicho al entrenador que tuviste un problema de última hora con un trabajo de clase.

—Gracias.

Me agarro a la barra con las dos manos (gracias a que ya no tiemblo tanto, la sangre vuelve a bombear por mi cuerpo) y le ayudo a levantar la pesa.

—La tengo —me dice.

Nos turnamos para hacer los ejercicios y le agradezco que sepa que no debería estar solo en este momento. No dejo de pillarlo mirándome con demasiada atención, pero, por suerte, espera hasta después del entrenamiento para preguntarme, cuando nos quedamos solos en el vestuario.

—Parker me llamó en mitad de la noche. Estaba muy asustada. Cuando llegué, supongo que ya había pasado lo que pasó, pero... —Me señala los arañazos del cuello, yo me subo el cuello de la camiseta—. Sé sincero conmigo, ¿qué te pasa? Primero empiezas una pelea con Jon, y ¿ahora lo que fuera esto con Eden?

—No lo empecé yo...

—No —me interrumpe, levantando las manos—. Estaba siendo un capullo, lo sé, pero tú lo tocaste primero. Y tú no eres así.

—Lo sé. —Suspiro—. Es una cosa muy larga y complicada, no sé si...

—Tengo tiempo.

Así que nos saltamos las primeras clases y nos vamos a desayunar. Le cuento todo lo que ha estado pasando. Conmigo, con Eden. Lo del juicio. Lo de anoche. Todo.

—Joder, vaya movida. —Niega con la cabeza—. No tenía ni idea.

—Ya, bueno, yo no quería que lo supieras, pero creo que todo esto me supera. Sinceramente te digo que nunca había estado tan asustado en mi vida. No sé qué hacer. Si esto vuelve a pasar, ¿qué hago?

—Voy a hacerte una pregunta, pero no te lo tomes a mal —me dice, prologando algo que estoy seguro de que no me va a gustar—. ¿Estás seguro de que ella merece la pena?

—Por supuesto que sí —respondo enseguida, sin la menor duda.

—Vale, ¿estás seguro? Porque esto que me has contado es muy fuerte. Para cualquiera, incluso para ti.

—Déjalo, Dominic. Ella lo vale. —Pero siento que vuelvo a emocionarme: enfado, tristeza, cada vez me cuesta más distinguir la diferencia—. Sabes, todo esto está pasando porque todos en su vida la han tratado como si no valiera la pena durante mucho tiempo.

—Lo entiendo —me dice—. De verdad que lo entiendo. —Hace una pausa—. Pero si esto va para largo, tal vez necesites hablar con alguien tú también. Porque ya sabes que puedes contar conmigo, pero yo no tengo ni idea de qué decirte en esta situación.

—No lo sé. Tal vez.

—Sabes que te quiero, tío, pero ¿puedo decirte una cosa como amigo?

—Sí, venga.

—Estás empezando a derrumbarte otra vez —me dice—. Como antes.

Parte IV

Noviembre

Eden

Ha pasado más de un mes desde la pesadilla, y las cosas por fin vuelven a la normalidad. Me tomé una pastilla para la ansiedad antes de salir con Parker del apartamento. Sin embargo, esta noche me ha hecho efecto muy lentamente, sentada sola en las gradas, mientras el caos estalla a mi alrededor.

Alguien me da una palmada en el hombro y señala el asiento de al lado.

—¡Está ocupado, lo siento! —grito, pero hay tanto ruido que apenas me oigo a mí misma. Dejo el abrigo en el suelo e intento crear una burbuja mental mientras espero a que Parker vuelva del baño. Pero no funciona; todavía noto el sudor en las palmas de las manos. Huele a demasiada gente en un lugar excesivamente pequeño. Puedo ver la pista de madera brillando como un lago que podría tragarnos a todos.

El partido no empezará hasta dentro de media hora, y la energía que hay aquí ya es demencial. Todo es… demasiado. Supongo que el primer partido en casa de la temporada es un gran acontecimiento. Es muy diferente de lo que recuerdo de la última vez que asistí a un partido de mi hermano en el instituto, cuando yo aún iba al colegio y podía esconderme en un rincón para leer, con lo que de alguna manera conseguía bloquear todo lo demás.

Por la mañana en la cama, Josh me dijo que no tenía por qué venir esta noche; sabía que me costaría enfrentarme a una multitud de este tamaño. Pero cuando le dije que quería ir, se rio y me recordó que, cuando estábamos en el instituto, una vez le dije que nunca sería la chica que le animara en sus partidos.

—Nunca —enfatizó, burlándose de mí.

—Dios mío —gemí contra la almohada—. ¿Por qué te gustaba entonces?

—Oye, a mí me pareció gracioso —me respondió.

—Fue una bordería.

—No, en serio, tu sinceridad me pareció... —Hizo una pausa, mirando al techo en busca de la palabra—: Refrescante.

—Por suerte para mí —le dije.

Entonces me sonrió con tanta dulzura que quise quedarme en la cama, pero tenía que prepararme para mi turno en la cafetería. Cuando salí de la ducha y regresé a mi habitación envuelta en una toalla que apenas me cubría, pensé que se había vuelto a quedar dormido, así que intenté no hacer ruido mientras empezaba a recoger mi ropa.

En ese momento suspiró y murmuró la palabra «Dios».

Al darme la vuelta, lo vi observándome.

—¿Qué? —le pregunté, pero solo el sonido de su voz había despertado una legión de mariposas que revoloteaban en mi estómago.

—¿Cómo es que hacía tanto tiempo que no te veía así? —me preguntó, incorporándose.

—Hemos estado ocupados —le dije, pero eso solo era una parte de la verdad.

La otra parte fue más difícil de reconocer: que aquella noche ocurrió algo de lo que ninguno de los dos se ha recuperado todavía.

Me acerqué a la cama para besarlo, pero él se quedó allí, me cogió de las manos y tiró de mí para atraerme a su lado.

—Hueles muy bien —susurró contra mi cuello. Cuando me aparté, tenía la cara mojada por mi pelo. Me reí y le sequé la mejilla con la toalla.

Me tocó el vientre y me llevó las manos a las caderas, luego al centro del pecho donde había metido la esquina de la toalla para sujetarla. Después me miró con una expresión que hacía tiempo que no le veía.

—¿Tienes un momento?

—Unos cuantos —le respondí.

Entonces se movió para hacerme sitio.

—¿Vuelves a la cama un ratito?

Cuando me tumbé a su lado, me besó y luego contempló mi cara durante unos instantes, pasó el dedo por la cicatriz que tengo encima de la ceja y sonrió mientras se inclinaba para besarla. A continuación volvió a besarme la boca, el cuello, bajando, tomándose su tiempo, aunque en realidad no teníamos tiempo.

La toalla se soltó de mi cuerpo con facilidad. Me olvidé del reloj.

Porque su tacto... Su boca en mi piel, sus manos. No podía recordar la última vez que me pareció tan fácil. Ceder, dejarme llevar y perderme. Fui a tocarlo también, porque quería que se sintiera tan bien como me estaba haciendo sentir a mí. Pero él me cogió la mano y me subió el brazo por encima de la cabeza.

—Me siento egoísta —le expliqué.

—¿Egoísta? —murmuró mientras se reía con la boca contra mi estómago—. Si supieras lo mucho que estoy disfrutando de esto, pensarías que el egoísta soy yo. Además no puedo hacerlo antes de un partido.

—¿Es una regla de verdad?

Él asintió con la cabeza.

—Más o menos.

—Y sé que tú nunca romperías las reglas.

—Bueno, pero no hay ninguna regla sobre después de los partidos.

Me metí en un lío por llegar quince minutos tarde al trabajo, pero nada podía bajarme de la nube. Ni el imbécil de mi jefe, ni los maleducados hombres de negocios y las distraídas madres futboleras, ni el hecho de haber derramado un café solo sobre la camisa de un cliente. Porque podía cerrar los ojos, volver a sentir el corazón acelerado y recordar lo poco importante que era todo lo demás.

Saco el móvil y me hago unos cuantos selfis con el público de fondo: uno con el pulgar hacia arriba, otro guiñando el ojo, otro con una enorme sonrisa de bobalicona en la boca y otro en el que le mando un beso. Él reacciona a todos con un corazón y me escribe de inmediato:

Llevo todo el día pensando en esta mañana

—¿Por qué sonríes? —me pregunta Parker cuando se sienta a mi lado.

—Le estaba mandando ánimos a Josh antes del partido. ¿Qué se suele decir en estos casos?

—¿Qué tal un simple «buena suerte»? —sugiere, mirando cómo le mando un mensaje—. Me alegro de que estéis mejor —añade, y me da un apretón en el hombro. Me ha apoyado mucho desde que la puse al corriente de todo, como la hermana que nunca tuve. Estoy a punto de decírselo cuando salen las animadoras y todo el mundo a nuestro alrededor se pone de pie, aplaude y grita.

Son todas tan guapas, con su maquillaje brillante, su pelo arreglado y sus cuerpos perfectos. Me pregunto qué pasaría si alguno de los compañeros de equipo de Josh viera los selfis que acabo de enviarle. ¿Diría: «Pues tampoco es gran cosa la muchacha»? Porque no lo soy, en comparación con ellas. Los deportistas pueden ser muy crueles. Pero lo cierto es que todos los chicos pueden ser crueles.

Cuando salen los equipos, todo el mundo se levanta de nuevo y vitorea. Veo a Josh. Su camiseta lleva el número doce, igual que en el instituto. ¿Cómo es que no lo sabía?

No puedo quitarle los ojos de encima en ningún momento. Es como si estuviera viendo una versión completamente diferente de él. Parece tan grácil, moviéndose con rapidez, saltando y pasando el balón como si nada. Me asombra que pueda mostrarse así, exponerse ante toda esa gente.

Me mira cuando se juntan para comentar la próxima estrategia y sonríe. Me siento halagada y mareada. Pero hay algo más. Es una sensación de decaimiento que se instala en mi estómago, en el lugar donde antes revoloteaban esas mariposas, como si alguien acabara de arrojarles un montón de grava encima, apagando su fuego, destruyendo sus alas. Y con esa imagen, le pongo nombre al sentimiento: indignidad. Me siento extraña, repentina y terriblemente indigna.

Cierro los ojos, tratando de evocar esa ligereza palpitante e intensa que había sentido esta misma mañana. Pero ya ha desaparecido. Intento decirme a mí misma que probablemente sean los ansiolíticos.

Después Parker y yo pasamos un rato junto a los vestuarios, esperando a Josh y a Dominic. Y cuando salen, también hay chicas (y chicos) esperándolos, con ganas de ligar con ellos. Me pongo atrás y espero a que se acerque a mí. Él me besa allí mismo, delante de todo el mundo, retirando la pesada piedra de la indignidad que llevaba clavada en el estómago. Una parte de mí quiere detenerlo, decirle: «Josh, espera, ¿qué pensarán de ti... por estar conmigo? Yo no soy nada. Y tú eres...».

Bajo la vista un momento y, cuando vuelvo a levantarla, tiene una sonrisa divertida en la cara.

—¿Qué? —le pregunto.

—¿Estás tímida esta noche? —me dice en voz baja, porque me conoce muy bien—. No tenemos que salir con los demás. No pasa nada.

—No, vámonos. Estaré bien.

—¿Seguro?

—Sí. Y, además, deberíamos celebrarlo.

Niega con la cabeza y se ríe.

—Hemos perdido.

—Ah, claro. —Lo sabía, pero supongo que, en su intento de hacerme estar presente durante todo el asunto, mi cerebro no le dio la importancia debida al concepto de ganar o perder—. Bueno, ¿y qué? Razón de más para celebrarlo.

—Oye, estoy de acuerdo con tu novia, Miller —dice un tío que sé que debe de haber estado jugando hasta hace un momento, pero en realidad no me fijé en nadie más que en Josh. Se presenta y es bastante amable, aunque olvido su nombre al instante.

Caminamos hacia el restaurante cogidos del brazo, por detrás del resto del grupo. Es una de esas noches de principios de noviembre, perfectamente fresca, aunque no demasiado fría, lo que hace que me alegre de que mi cumpleaños sea dentro de unos días.

—Estás muy callada —me dice.

—Lo siento.

—No, no tienes que sentirlo. Simplemente me he dado cuenta, eso es todo.

—Ah. Estaba pensando en el tiempo. Hace muy buen tiempo.

Mira al cielo, las nubes se desplazan por encima de nosotros, más rápido de lo que caminamos.

—Es decir, también estaba pensando en el partido —añado—. Nunca me había quedado sentada todo un partido de baloncesto, prestando mucha atención.

—¿A pesar de todos los años durante los que jugó tu hermano?

Niego con la cabeza.

—Nunca me importó mucho. Pero, Josh —le digo, más en serio—, lo has hecho genial.

Se ríe.

—Te repito que hemos perdido.

—Bueno, perdona. Es que te he estado mirando todo el rato, no me he fijado en nada más. —«Cómo se movía tu cuerpo…». Siento que me arden las mejillas.

—¿A mí? —me pregunta riendo.

—Sí, a ti. —Lo atraigo hacia mí y nuestros pies caminan a cámara lenta mientras nos miramos—. No sé, nunca pensé que pudiera ser una de esas chicas.

—¿Qué chicas?

—Ya sabes de lo que estoy hablando. Una de las quinientas chicas que han venido esta noche y que sin duda fantasearán contigo cuando vuelvan a casa.

Sonríe y me mira con los ojos entornados, la cabeza ligeramente ladeada, como si no acabara de creerse que eso sea posible. Dios, es tan mono cuando no sabe lo mono que es.

—Solo digo que, si te hartaras de mí, podrías encontrar a alguien mejor en menos de un minuto.

Ahora deja de sonreír, pone los ojos en blanco y reanuda la marcha a paso ligero.

—No, solo digo que... tienes opciones.

—¿Es necesario? —me pregunta—. No me interesan esas opciones.

—Vale, pero solo digo que había como una docena de chicas muy guapas en mi entorno inmediato que...

—Dios mío —gime—. Para ya.

—Solo estoy siendo sincera. Pensaba que habías dicho que te gustaba eso de mí.

—Bueno, pero ahora estás siendo mala —susurra, inclinándose sobre mí—. Contigo misma.

Josh

Después del partido vamos con algunos miembros del equipo a un restaurante cercano. Parker se une a nosotros, creo que para que Eden esté más cómoda. Lucas vino el fin de semana para estar con Dominic. Yo les dije que me iría del apartamento, que me quedaría con Eden para darles algo de espacio.

Ni siquiera estaba seguro de querer salir esta noche; una parte de mí esperaba que dijera que no, pero ahora que estamos aquí es bastante agradable. A veces me olvido de lo mucho que me gusta verla así; puedo admirarla de forma diferente a cuando estamos solos. Me doy cuenta de cosas nuevas o recuerdo cosas viejas. Por ejemplo, que no parece interesarle la cháchara (algo que olvido hasta que la veo en situaciones sociales como esta), hasta el punto de parecer un poco grosera. Pero luego presta mucha atención cuando conversa con alguien, hablando de algo real. Se compromete y no se distrae. Al fin y al cabo así fue como me conquistó. Me obligó a ser sincero porque no le servía la otra versión de mí, la que podía charlar educadamente con cualquiera, todo el día, sin decir ni una sola cosa importante.

Está hablando con Luke. Por lo que he oído, parece que tocaron juntos en el instituto. Había olvidado que Eden me dijo una vez que había tocado algún tipo de instrumento. Empiezo a abandonar mi propia conversación para unirme a la suya.

—¿Qué era lo que tocabas? —grito por encima del ruido del restaurante.

Luke señala a Eden y dice:

—El clarinete, ¿verdad?

—¡Sí! —afirma ella, encantada—. Qué buena memoria. Y tú eras… la flauta, creo.

—¿Cómo puedes acordarte de eso? —le pregunta Luke—. ¿No dejaste la orquesta después del primer año?

Lo veo en su cara: se pone pálida y tiene la mirada perdida durante un momento. He llegado a reconocer esa mirada. Significa que tuvo que dejar la orquesta después de aquello, por lo que ocurrió. Sin embargo, se le pasa enseguida y asiente sonriendo, aunque me coge la mano por debajo de la mesa.

Afortunadamente, Dominic se une a nosotros justo en ese momento.

—Esperad un segundo —interviene—. Creía que flauta y clarinete eran lo mismo.

Eden y Luke intercambian una mirada, como si esa fuera la mayor locura que hubieran oído nunca, y empiezan a partirse de risa.

Luke niega con la cabeza, se inclina y besa la mejilla de Dominic. Luego le dice:

—No, cariño. No son lo mismo.

Ahora subo su mano a la mesa y la aprieto una vez antes de soltarla. Cuando abre la mano, veo que las cicatrices rosadas de la quemadura son casi invisibles.

Somos los primeros en irnos. De camino a casa, la miro y la veo sonreír. Pero no a mí, simplemente está sonriendo.

—Parece que te lo has pasado bien esta noche.

—Pues sí. Me cae bien Luke. ¿Sabes que no hablé ni una sola vez con él en el instituto? Es raro cómo pueden cambiar las cosas.

—Sí —estoy de acuerdo—. Oye, quería comentarte una cosa… —empiezo a explicarle.

—Vale, esto parece serio —dice ella, ralentizando el paso mientras me mira.

—¿Serio? No sé. —Me encojo de hombros—. La verdad es que no. Mis padres querían que te invitara a casa por Acción de Gracias.

—Ah, vaya. Conocer a los padres. Eso es serio.

—¿Lo es? —le pregunto. Yo también pensaba que lo era, pero no quería darle mucha importancia—. Parece que es el momento adecuado, ¿no?

Ella mira hacia abajo y sonríe.

—Entonces ¿eso es un sí?

—Sí —responde asintiendo. Pero luego suelta una pequeña carcajada.

—¿Qué?

—Sabes que una vez me dijiste que nunca me dejarías conocer a tus padres, ¿verdad?

—¿*Yo* dije eso?

—Sí. Fue durante esa misma conversación en la que fui *tan sincera* y te dije que no quería ser tu animadora ni tu novia ni nada de eso.

Ahora que lo pienso, recuerdo haberlo dicho. Pero entonces estaba especialmente furioso con mis padres, que intentaban ocultarme la última recaída de mi padre. Sentía que no podía confiar en ellos, y estaba tan harto de sus mierdas cuando conocí a Eden que no quería que se involucraran en nada que pudiera llegar a ser importante para mí.

—Como has dicho, las cosas cambian.

Cuando llegamos a su habitación, la toalla de antes sigue retorcida sobre la cama. Ni siquiera hablamos de ello, empezamos a quitarnos la ropa. No necesitamos hablarlo. Me siento tan bien, como si todo el desasosiego, la tristeza y el miedo del último mes nunca hubieran sido reales.

No deja de besarme todo el rato. Estamos tan cerca, todo armonía y ritmo y conexión, como era siempre antes de aquella horrible y aterradora noche. En un momento dado dice mi nombre jadeando. Al principio creo que solo lo dice, pero después lo repite al cabo de unos segundos.

—Josh… —Me sujeta la cara, me mira profundamente a los ojos, pero no dice nada más.

—¿Sí? —le pregunto, haciendo una pausa para escuchar.

Ella niega con la cabeza, sonríe, susurra:

—Te quiero.

Yo le digo lo mismo. Se lo repito una y otra vez.

Me duermo fácilmente, con la cabeza apoyada en su estómago, la mano en su cadera y sus brazos rodeándome. No puedo recordar un momento en el que me haya sentido más en paz, más a gusto con mi vida que ahora, con mi cuerpo subiendo y bajando al ritmo de su respiración.

Me despierto de madrugada, me estiro y salgo de entre sus brazos. Está tumbada a mi lado, mirando fijamente al techo.

—Eh —susurro. Pero ella no se mueve ni responde. Me levanto y la miro más de cerca. Tiene los ojos muy abiertos, sin pestañear. Siento una intensa descarga de adrenalina que me recorre todo el cuerpo. Porque no hay vida detrás de sus ojos. Parece… *muerta*. La agarro del brazo y digo su nombre más alto. Parpadea un par de veces y se vuelve para mirarme. Ha vuelto a la vida.

—¿Eh? —murmura.

—¿Estás bien?

—Sí —responde en voz baja, y me toca la cara con suavidad—. Solo estaba pensando.

—¿Sobre qué?

—Nada, nada. Todo irá bien.

—¿Qué irá bien? —le pregunto—. ¿Qué va a pasar?

Se lame los labios antes de hablar, como si se le hubieran secado mientras yacía sin vida durante quién sabe cuánto tiempo.

—Es que creo que me olvidé unos días de la píldora.

Me invade una fría oleada de pánico.

—Espera, ¿lo crees o lo sabes?

—Se me acabó el otro día y no pude ir a recoger la caja nueva.

Ahora me incorporo y la miro desde arriba. No sé qué cara pongo, pero ella me mira con el ceño un poco fruncido.

—Bueno, ¿durante cuánto tiempo?

—No lo sé, solo unos días, tal vez.

—Mierda. —Unos días son tiempo más que de sobra. Ya hice mis deberes sobre todo esto hace meses, cuando decidimos dejar de usar condones. Es decir, me pareció lo más lógico en ese momento. Al fin y al cabo, si la píldora es más eficaz, ¿por qué hacer las dos cosas? Pero eso solo sirve mientras la tome todos los días, como me prometió que haría.

—Una semana, quizá, como mucho.

—¡Mierda! —repito—. ¿Hablas en serio?

Se apoya en los codos para estar medio sentada, demasiado tranquila.

—Sí, bueno, no parecía una prioridad, ya que... no hemos estado muy... activos últimamente.

—Dios mío —susurro entre las manos—. ¿Y qué, te acabas de dar cuenta de esto ahora?

Abre la boca, pero no dice nada.

—Te acabas de dar cuenta, ¿verdad?

—No pasa nada —me dice, sin responder a la pregunta—. Puedo conseguir la píldora del día después. Es fácil.

—De acuerdo. —Al menos tenemos un plan. Pero siento algo en el pecho, como un tornillo dando vueltas—. Espera, ¿dejaste que... aunque lo sabías?

—Pues...

—Lo hiciste. —Me doy cuenta al verle la cara—. Eso es lo que ibas a decirme. Cuando me dijiste «Te quiero». ¡Joder, Eden! ¿En qué estabas pensando?

—No me grites —me dice, en voz muy baja—. Por favor.

—¿Por qué no me paraste? —grito de todos modos.

Se acerca a mí.

—Lo siento, yo...

No puedo evitar apartarme de ella.

—¿Te importaría no tocarme ahora mismo?

Se queda muy quieta mientras me ve salir de la cama. Empiezo a vestirme, cogiendo ropa al azar que encuentro esparcida por el suelo.

—Josh, ¿qué estás haciendo?

—Necesito tomar el aire —le digo. Ella también se levanta de la cama—. No me sigas.

Sin embargo, al cabo de unos minutos, está conmigo en la azotea. Se acerca y se queda a mi lado, en la barandilla desde la que contemplo el campus, intentando asimilar lo que acaba de ocurrir. El viento sopla y ella se arrima más a mí. Cuando la miro, veo que lleva otra vez mi camiseta gris, la que tiene un agujero en el cuello, y uno de mis calzoncillos. Está temblando y me pone la mano en el brazo.

—Lo siento —me dice de nuevo—. Es que parecía que las cosas estaban volviendo a la normalidad. Pensé que todo iría bien. O, no sé, supongo que no estaba pensando. Pero todo irá bien, Josh. No es la primera vez que utilizo el plan B, y me fue bien.

Ahora me vuelvo hacia ella.

—¿Conmigo?

—N-no —tartamudea, y baja la mirada—. ¿Te has enfadado de verdad?

—Pues sí, Eden. Estoy muy enfadado.

—Fue un accidente —argumenta ella.

—¡De eso nada!

Hace una pausa. La veo pensar en algo... Dios, ¿por qué no lo pensó tan detenidamente anoche? Mi ira sube a la superficie, casi al mismo nivel que el miedo.

—Bueno, vale, entonces fue un error. Pero si alguien tiene que estar asustada, ¿no debería ser yo?

—¿Sabes qué? —empiezo a responderle, tratando de canalizar algo de la calma de mi padre, tomando prestada una de sus frases—. ¿Puedes darme un poco de espacio, por favor?

—¿Hablas en serio? —exclama.

—Sí, hablo en serio.

Se pasa el pelo por la cara, así que no sé cómo me mira. Pero se da la vuelta y camina hacia la puerta.

—Vas a volver, ¿verdad? —me pregunta.

No le contesté y no volví. Me fui a mi cama. Intenté dormirme, pero no pude. Así que ahora son las 6.45 de la mañana y estoy esperando en la puerta de la farmacia, antes incluso de que abran. Lo que me sorprende es lo mucho que me enfado a medida que pasan los minutos. No me calmo en absoluto, sino que me cabreo cada vez más.

Siempre hemos sido muy cuidadosos. No soy la clase de tío que se despista, tiene accidentes o comete errores. Pero confié en ella, ese fue mi error. Al acercarme a la caja, me siento tan avergonzado que cojo una botella de agua para tener otra cosa en las manos.

Voy directamente a su apartamento y llamo a la puerta. Parker responde con un antifaz en la frente, la cara descompuesta y un ojo cerrado. Lo único que dice es: «Te odio».

Eden está sentada en su cama cuando entro, con los brazos alrededor de las rodillas. Se levanta y corre hacia mí cuando cierro la puerta. Al darme la vuelta, está esperándome con los brazos abiertos, pero no puedo.

—Toma. —Le pongo la bolsa de plástico en las manos.

—¿Qué es esto? —Echa un vistazo dentro y se lleva la bolsa a la cama—. Me habría ocupado de esto yo misma, ¿sabes?

—No, en realidad no lo sé. No sé nada. —Camino de un lado a otro de su pequeña habitación—. Por favor, tómate la maldita pastilla. No estoy de broma.

—Josh, no entiendo por qué estás tan enfadado. Todo va a ir bien.

—¿Cómo es posible que no entiendas por qué estoy tan enfadado? —le suelto.

Resopla mientras saca la caja y la botella de agua de la bolsa.

—Entonces ¿qué? ¿Te vas a quedar ahí mirando cómo me la tomo?

—Hazlo, por favor.

Le tiemblan las manos mientras abre la caja y saca la pastilla del envoltorio. Me acerco para abrirle la botella de agua. Se pone la pastilla en la lengua y murmura cuando me coge el agua:

—Veo que has pensado en todo. —Me mira a los ojos y la traga. Luego se limpia el agua de la boca con el dorso de la mano.

—Gracias —le digo, y me siento en el borde de su cama, esperando a que llegue el alivio. Pero no llega.

—Estuve a punto de no decírtelo, pero quería ser sincera.

—Es un poco tarde para eso. —Hay maldad en mis palabras. Puedo saborearla en mi boca, pero soy incapaz de contenerme.

—¿Por qué te pones así?

—¿Por qué no me paraste? ¿Pensaste que *no* iba a detenerme?

—No, es que...

—¿Qué?

—Es que... No sé, me sentía bien.

—¿Te sentías bien? —repito—. Qué poca cabeza.

—No es que me sintiera bien físicamente, bueno, sí, pero estoy diciendo que me sentía bien por estar juntos de nuevo. Por estar así. —Hace una pausa e intenta cogerme la mano, pero la aparto—. ¿No lo entiendes? Las cosas han ido muy mal entre nosotros. No quería estropearlo diciéndote que pararas, porque entonces habría tenido que contarte que me había saltado la píldora, y tú interpretarías todo como lo estás haciendo ahora y pensarías que estoy aún peor de lo que estoy... Y eso es lo que ha pasado. —Levanta las manos y añade—: Eso es todo.

Dejo caer la cabeza entre las manos, con su explicación aún resonando en mi mente. Intento comprenderlo, pero...

—No puedo —me oigo decir en voz alta.

—¿No puedes qué?

—No puedo... confiar en ti —le confieso—. No puedo... No puedo hacer esto. —Sigo inclinado hacia delante, viendo el suelo a través de mis dedos, mis manos calientes contra mi piel, pero no puedo mirarla a la cara.

—¿Qué estás diciendo?

Las palabras caen pesadas como rocas:

—No sé, tal vez deberíamos tomarnos un descanso.

—Quieres que nos tomemos un descanso. —Se ríe—. ¿Por esto?

Levanto la vista y tiene una media sonrisa en la cara, llena de incredulidad, de fastidio. Supongo que la estoy molestando, lo que me incomoda un montón a mí, y provoca algo aún más profundo: no se lo está tomando en serio. No me está tomando en serio.

—¡Sí, por esto! —le grito, y me pongo de pie otra vez.

Veo esa mirada perdida en sus ojos, como anoche en el restaurante, pero ahora solo consigue enfurecerme más.

—No —responde ella—. Si vamos a hacer esto, al menos dime la verdad. Dime la razón verdadera.

—¿Estás cuestionando *mi* verdad cuando eres tú la que ha mentido?

—No te mentí. Lo que pasa es… —Ahora se cruza de brazos y dice—: Reconócelo, has querido dejarlo desde aquella noche.

—¿Qué noche?

Resopla y pone los ojos en blanco, pero le siguen temblando las manos. Eso demuestra que no está tan tranquila como quiere aparentar.

—No te hagas el tonto —me dice con voz cortante—. Ya sabes qué noche.

—Esto no tiene nada que ver con esa noche —le contesto—. Eden, ¿cómo se supone que voy a confiar en ti después de esto?

—Porque soy yo.

—Sí, exacto —le suelto—. Así eres tú.

Me mira como si le hubiera dado una bofetada y me entran ganas de morirme. Intento retractarme.

—Vale, no me mires así. Sabes que no quería decir eso.

—Sí querías —susurra, mirando la caja de pastillas, la bolsa de plástico y la botella de agua que tiene sobre la cama. Empieza a meterlo todo en la bolsa. Me acerco a ella, pero me esquiva—. No. Si quieres irte, vete.

—Oye, no quiero irme —le digo. «Retíralo, retíralo todo ahora mismo». Vuelvo a acercarme a ella y, cuando levanta la vista, veo que se le llenan los ojos de lágrimas.

—Vete, Josh —dice con voz ahogada mientras se frota los párpados con las manos—. Ahí está la puerta. No pienso impedírtelo.

—Eden, no...

—¡Fuera! —chilla, ya sin voz por el llanto. Tira la botella de agua, pero no me alcanza—. ¡Largo de aquí, por Dios! Vete de una puta vez.

Parker aparece en la puerta y me mira, ahora totalmente despierta.

—Josh —me dice con calma, con firmeza—, tienes que irte.

Me voy. Pero no puedo obligarme a llegar muy lejos. Me siento en el pasillo, frente a su puerta, de espaldas a la pared. La esperaré el tiempo que haga falta, me digo. Mientras tanto, intento recordar cómo se respira. «Un descanso». No recuerdo haber dicho una gilipollez más grande en toda mi vida.

Eden

A la mañana siguiente, Parker me prepara un batido verde, pero no logro recuperar el aliento ni para darle un sorbo. Por la noche me trae un cuenco de helado, pero vuelvo a echarme a llorar pensando en el puto *gelato*.

Cada vez que consigo parar, lo único que veo, lo único que oigo es a él de pie en mi habitación, muy enfadado, diciendo: «Así eres tú». Una y otra vez. «Así eres tú». Así soy yo. Yo misma no podría haber acertado más, pero a él siempre se le han dado mejor las palabras que a mí.

Yo soy… un desastre, alguien que es incapaz de no joderlo todo, soy una maldición para la gente a la que quiero. Nunca pensé que alguien pudiera hacerme más daño del que me hago a mí misma. Pero saber que piensa las mismas cosas horribles de mí que yo… es demasiado para procesarlo.

Me pongo su camiseta gris rasgada y me tumbo en la cama, llorando, sollozando, hiperventilando, durante cuarenta y ocho horas seguidas. Y aunque solo quiero saber de él, rechazo sus llamadas, ignoro sus mensajes, le digo a Parker que no lo deje entrar. Porque yo soy así, y alguien tiene que protegerlo de eso, aunque tenga que ser yo misma.

El lunes falto a clase porque no puedo levantarme físicamente de la cama. Esa noche, Parker entra en mi habitación con una sopa. Le pido que me acerque mis pastillas. Me tomo las tres.

Y, finalmente, me quedo dormida, sin soñar.

El martes, día de mi cumpleaños, voy a clase y trabajo en la biblioteca y, de alguna manera, consigo no hablar con nadie. Me salto la sesión con la psicóloga de la tarde y ni siquiera contesto cuando me llaman de la consulta. En lugar de devolverles la llamada, cojo un turno en la cafetería. Como ya no tengo planes para mi cumpleaños…

Confundo los pedidos, se me cae un plato y soy maleducada con los clientes. A mitad de mi turno digo que me voy a tomar un descanso de cinco minutos, pero me voy durante veinte. Porque empiezo a tener un ataque de ansiedad en el baño cuando me lavo las manos y veo las cicatrices de color rosa pálido en la palma, y de repente, vuelvo a recordar que todo esto ha ocurrido de verdad: él me quería de verdad y me ha dejado de verdad. Entonces lloro en el suelo sucio. Evito mirar a nadie a los ojos cuando salgo e intento actuar como si no pasara nada. Salgo por la puerta de atrás y me dirijo a la tienda de la manzana de al lado para comprar un paquete de cigarrillos, legalmente por primera vez desde que tengo dieciocho años.

La cajera comprueba mi carnet y me felicita por mi cumpleaños. Acto seguido dice, mientras desliza los cigarrillos sobre el mostrador:

—Ya sabes que eso te puede matar.

—Lo sé, gracias —murmuro, y le dedico una sonrisa enorme. Durante un momento pienso que no sería lo peor que podría sucederme.

—¿Necesitas un mechero? —me pregunta, y yo asiento con la cabeza.

Considero la posibilidad de largarme y no regresar a la cafetería, pero en el caso de que no me muera de verdad por este cuchillo invisible que tengo clavado en el centro de mi corazón, seguiré necesitando el trabajo. Cuando vuelvo, el Capitán Capullo me dice que se va a quejar de mí. Me parece bien. Me tomo al menos tres descansos más para fumar en el callejón lateral junto a los contenedores de basura, donde hay una mesa con las patas cojas y la pintura rayada y descolorida. Hace casi un año que no fumo, y ya me siento mareada y débil cuando la puerta trasera de la cafetería se cierra de golpe.

—Hola, Eden. —Es Perry, y ahora me doy cuenta de que todavía no sé si es su nombre o su apellido. Saca un vaporizador del bolsillo de su camisa—. Hay poco movimiento esta noche.

Afirmo con la cabeza.

—No sabía que fumabas —me dice.

—Sí, lo dejé, pero... no del todo, supongo.

Me mira como si acabara de verme por primera vez. Nunca se había fijado mucho en mí.

—Pues, oye, ¿te importa si me fumo algo un poco más fuerte que esto? —me pregunta.

Niego con la cabeza y sacudo la mano.

—¡Genial! —Me señala y sonríe—. Sabía que molabas.

Entonces se saca un vaporizador diferente, y este lo huelo enseguida, ese aroma terroso, dulce y pegajoso. Me río a carcajadas porque el universo tiene que estar poniéndome a prueba, ofreciéndome todos mis vicios de una manera tan organizada y evidente.

—¿Eh? —murmura mientras retiene el humo en sus pulmones—. ¿Qué tiene tanta gracia? —me pregunta con la voz ronca antes de exhalar.

—Nada —miento—. Me estaba imaginando lo que diría el Capitán Capullo si viniera aquí ahora mismo.

—Ese imbécil se fue hace una hora —me informa Perry.

Enciendo otro cigarrillo.

—Entonces no tengo prisa por volver a entrar.

—Así que Capitán Capullo, ¿eh? ¿Es así como le llamáis ahora?

Me encojo de hombros.

Vuelve a asentir con la cabeza y da otra calada.

—Oye, ¿quieres un poco de esto? —Lo miro y se acerca un paso a mí. Puede tener perfectamente diez años más que yo. Debo de estar emitiendo alguna puta hormona, una señal de socorro de chica triste que los atrae hacia mí como un faro, una frecuencia vibratoria de tipo sonar o algo de eso. «¡Aquí estoy, sola y vulnerable, lista para todo! ¡Venid a mí!».

—Bueno, hoy es mi cumpleaños —le digo, a mi pesar.

—¡Pues felicidades! —Veo cómo se le ilumina la cara—. Espera aquí. —Vuelve a entrar un momento y sale con una botella de champán abierta y dos copas. Deja las copas sobre la mesa tambaleante y las llena. Me pasa una y alza la suya, diciendo—: Salud. —Dudo un instante y él añade—: No diré nada si tú tampoco lo haces.

¿El universo quiere ponerme a prueba? Vale. Que así sea. Voy a fracasar, que es lo que mejor se me da.

—Salud —le digo, y brindamos. Josh estaría muy decepcionado conmigo, más de lo que ya está. Tabaco, marihuana, alcohol, tío cualquiera. Hecho, hecho, hecho y hecho. «Así eres tú». Las palabras siguen sonando en mi cabeza. Así soy yo. Es inevitable.

—¿Y qué? —me pregunta, pasándome el vaporizador—. ¿Vas a salir luego con tu novio, el alto? —Levanta la mano por encima de su cabeza.

—Sí —respondo, y doy un par de caladas—. El alto.

Pero por la forma en que me mira, sonriendo, sé que en el fondo sabe que hay vía libre.

Pierdo la noción del tiempo mientras estamos ahí sentados, pierdo la noción de lo que estábamos hablando. Ni siquiera me doy cuenta cuando vuelve a entrar. Creo que limpio la misma mesa cien veces. Barro el suelo durante lo que parece una eternidad. Desde la ventana del frente puedo ver mi edificio. Imagino mi apartamento con visión de rayos X, como si pudiera ver incluso mi dormitorio, mi cama deshecha esperándome allí, llamándome.

Después de cerrar cuando llega la noche, estoy temblando. Champán con el estómago vacío, cigarrillos con el corazón roto, marihuana con la mente destrozada. No es una buena combinación, pero me siento lúcida cuando apagamos las luces y le damos la vuelta al cartel de ABIERTO-CERRADO de la puerta. Perry me pone la mano en la parte baja de la espalda y me pregunta si necesito ayuda para llegar a casa. Me da rabia saber que sería mucho más fácil seguirle la corriente que intentar ser fuerte y defenderme.

Pero cuando lo miro, a ese desconocido con una sonrisa expectante en su rostro mientras se acerca a mí, de repente ya no me resulta tan fácil como antes.

—No —le digo en voz baja—. Gracias.

Sin embargo, sigue caminando a mi lado.

—¿Qué haces? —le pregunto, deteniéndome en la acera. Siento que mi corazón empieza a latir con fuerza, de esa manera que me hace temer lo que pueda ocurrir a continuación.

—Ya te lo he dicho, asegurarme de que llegues bien a casa.

—Te acabo de decir que no necesito ayuda.

—Sí, pero…

—Mira, gracias por los restos de champán viejo y sin burbujas que robaste de la cocina. Y gracias por las ocho caladas de tu vapeador. Y, oh, veamos, gracias por felicitarme por mi cumpleaños —le digo, cogiendo fuelle—. De verdad, muchísimas gracias, ¿vale? Pero no te debo nada.

—Tranquilízate. Creo que te has equivocado —intenta argumentar, intenta reírse.

—No —le digo—. No —repito más fuerte—. ¡No! —grito en plena calle, cada vez más alto—. *¡No!* —chillo con todas mis fuerzas.

Finalmente levanta las manos y empieza a retroceder.

Cruzo la calle y subo corriendo los escalones de entrada de mi edificio, cierro la puerta principal e intento recuperar el aliento. Siento que me flaquean las piernas mientras recorro los dos tramos de escaleras. Y como si no estuviera ya a punto de derrumbarme, hay un jarrón de cristal rebosante de flores amarillas junto a la puerta. Una tarjeta con mi nombre escrita a mano.

Josh

He intentado hablar con ella cientos de veces. No sale a la puerta. Me bloquea en el móvil. Incluso le dejé flores por su cumpleaños, y ahí siguen una semana después, marchitas y arrugadas.

Cada mañana, bajo con Dominic para irnos al entrenamiento matutino, y siempre me dice lo mismo cuando nos acercamos a su puerta:

—Sigue andando, no te pares.

Voy a entrenar, voy a clase, regreso a casa. Todos los días igual. Tuvimos un partido fuera esta semana, y creí que tal vez estaría dispuesta a hablar conmigo a la vuelta. Les dije a mis padres que había dicho que sí a lo de Acción de Gracias, porque pensé que para entonces ya lo habríamos resuelto seguro.

El entrenamiento de esta tarde va como de costumbre. Quince minutos de calentamiento y estiramientos. Veinte minutos de tiros, movimientos, saltos, rebotes. El entrenador camina a nuestro alrededor, observándonos, sin parar de gritar: «Velocidad de juego, caballeros». Su ayudante estudia mis lanzamientos, toma notas en su tableta.

Una hora de ejercicios de defensa. Media hora de ataque, repasando jugadas y lances. Noto que el ayudante del entrenador vuelve a vigilarme de cerca, seguramente para pillarme metiendo la pata. La parte física termina con una práctica en media cancha que parece ir mucho mejor de lo normal. Todos juegan bien, dirigen las jugadas, cooperan. No parece una lucha tan dura como es habitual. Incluso el entrenador está de buen humor para variar, lo que ayuda bastante.

—Lo de hoy no ha estado mal, chicos, buena comunicación —nos dice, aplaudiendo varias veces—. ¡Parecíais un equipo por una vez! —Y entonces, para mi incredulidad, añade delante de todos—: Buen trabajo, Miller.

Cuando estamos acabando, todos hacemos algunos tiros más. A falta de pocos minutos, todos se sueltan, hablan, se relajan.

—¡Demasiadas risas significan que aún no estáis cansados! —nos advierte el entrenador, y hace sonar el silbato, sumando diez minutos más. Pero ni siquiera me doy cuenta de que se ha terminado hasta que un par de los otros chicos se detienen ante mi canasta de camino a los vestuarios.

—Joder, Miller —me dice uno de ellos al pasar.

—¡Eres una máquina, tío! —me dice el otro.

Atrapo la pelota y me detengo.

—¿Eh? —les pregunto, respirando con dificultad mientras me limpio el sudor de la cara. Miro a mi alrededor, sintiéndome desequilibrado sin el ritmo de la pelota que acompaña mi pulso. Han sido los últimos en salir. El entrenador está de pie a mi lado, observándome.

—Como la noche y el día —anuncia, caminando hacia mí, meneando la cabeza—. Me alegro de verte de vuelta.

—¿Qué quieres decir? —le pregunto.

—No me hagas felicitarte, Miller. Es patético.

—No, no era eso, yo…

Me interrumpe levantando la mano, mandándome callar.

—Sea lo que sea lo que estás haciendo, sigue así. —Me da una palmada firme en la espalda y sale de la cancha, satisfecho.

¿Qué estoy haciendo?

Me detesto cada minuto de cada día por hacer daño a la última persona del mundo a la que querría hacer daño. También duermo demasiado y me salto clases. Estoy mintiendo a mis padres sobre Eden. Y casi toda mi vida se está yendo al garete. Pero, maldita sea, puedo jugar al baloncesto. El único lugar donde sé lo que se supone que debo hacer y puedo hacerlo bien para que la gente que me rodea esté contenta.

Ganamos los dos próximos partidos. Sinceramente nunca he jugado mejor. Ahora me he redimido a los ojos de todo el mundo, al menos de todo el equipo. Como por arte de magia. Incluso Jon ha dejado de mirarme mal. Lo único que tenía que hacer era ser perfecto. Fácil.

Pero ya no me hace sentir tan bien como antes.

En eso pienso cuando voy a reunirme con Dominic en su coche después del partido fuera de casa, en el que hemos aplastado vergonzosamente al equipo local.

—¡Eh, Miller! —oigo que me llama el entrenador en el frío de la noche.

Me detengo y me doy la vuelta. Está en la entrada con los ayudantes, hablando con los entrenadores del otro equipo.

—¿Sí, entrenador? —respondo.

Da un paso hacia mí, dejando su conversación un momento para prestarme una atención especial. Luego sonríe, con una sonrisa rara y genuina, y susurra algo solo para mis oídos:

—Me alegra ver que por fin tienes claras tus prioridades, hijo.

Sé que espera una respuesta, pero me temo que no me importa lo suficiente para dársela, por lo menos una que le vaya a parecer bien, así que me quedo ahí, viendo cómo me rodea el vaho de mi aliento.

—Vamos —me dice—. Descansa un poco. Te lo has ganado. Disfruta del día de Acción de Gracias con tu familia.

—Gracias —me las arreglo para contestar.

Eden

Es medianoche y me estoy congelando en la azotea. Solo un cigarrillo más. Después me iré a la cama, me prometo a mí misma. Acerco una de las sillas de jardín, me apoyo en la barandilla y dejo colgar el brazo.

Al inhalar la mezcla de humo y aire frío siento como si me agujerearan los pulmones. Al exhalar, la nube se expande hasta que se transforma en vaho. Sigo exhalando hasta que me vacío por dentro. Los ángulos de mi visión se oscurecen, mi cuerpo empieza a arder y ya no puedo respirar. Durante un segundo pienso en esperar un poco más, desmayarme, encontrar algún tipo de paz. Pero mi cuerpo se impone y vuelve a respirar, testarudo como es.

Justo cuando apago el cigarrillo, oigo cerrarse la puerta de un coche. Luego otra. Las voces ascienden por el aire frío desde la calle. Es el día antes de Acción de Gracias y no hay mucho movimiento. Me inclino para ver mejor. Han tenido que aparcar al otro lado de la calle y a la vuelta de la esquina.

Lo observo desde aquí arriba. Conozco su manera de andar, me sé su voz de memoria, incluso aunque no distinga las palabras, lo sé. Han pasado dos semanas y media. Ahora que lo veo, lo único que quiero es bajar corriendo las escaleras para encontrarme con él, saltar a sus brazos y decirle que me lleve mañana a casa de sus padres. «Vamos a fingir —le diría—. Tomémonos un descanso de este absurdo descanso». Me muero de ganas de hacerlo. Pero a la vez que lo pienso, una especie de parálisis se apodera de la mitad inferior de mi cuerpo, obligándome a sentarme, a quedarme quieta. «Espera —me ordena mi cuerpo—. Quédate». Y mi cuerpo siempre gana.

El silencio de fuera es absoluto cuando me permite moverme de nuevo. Al bajar la vista veo que el paquete de cigarrillos está aplastado en mi mano.

Me voy a la cama como me prometí que haría.

Cuando salgo de mi habitación por la mañana, Parker tiene una maleta y un neceser junto a la puerta, listos para irse a casa con ella. Está junto a la batidora con su abrigo de invierno, llenando dos tazas de viaje con su clásico batido verde de proteínas para el desayuno, que intenta endilgarme todas las mañanas antes de irse a nadar.

—Bébetelo —me ordena—. Necesitas antioxidantes después de todo el asqueroso tabaco que has estado fumando.

—En realidad… —empiezo a responder, pero me corta.

—¡Sin rechistar, compi!

—Iba a decir que lo he dejado. Otra vez.

—¿Cuándo? —me pregunta, mirándome de reojo.

—Anoche.

—Bueno, ya era hora —me dice, poniendo los ojos en blanco mientras cierra las dos tazas de viaje y deja la mía en la nevera.

—Vale, ahora que no te estás matando activamente, te recuerdo que mi oferta de venir a correr conmigo sigue en pie.

—Quizá lo intente cuando volvamos. *Quizá* —repito, sin sentirme en condiciones de hacer promesas a nadie, y menos a mí misma.

—Vale, ven aquí. —Se acerca a mí con su abrigo gigante y me da un largo abrazo—. Conduce con cuidado y cuídate, ¿vale? —Luego tuerce el gesto como si oliera algo malo y añade—: Dios, ¿en quién coño me estoy convirtiendo, en mi madre?

Mis músculos de la risa están desentrenados por la falta de uso, pero sueltan un débil resoplido.

—Buen viaje —le digo—. Nos vemos dentro de unos días.

Se dirige a la puerta, pero se da la vuelta y medio sonríe, medio frunce el ceño.

—Cariño, hazme un favor y piensa en cambiarte de camiseta, ¿vale?

—Ah. —Me miro: la camiseta gris asoma por debajo del cuello de mi sudadera con capucha. No tenía ni idea de que fuera tan evidente que llevaba su camiseta debajo de la ropa todos los días—. Vale.

—Te quiero —se despide con voz cantarina mientras atraviesa la puerta con sus maletas y su taza, consiguiendo cerrarla ágilmente tras de sí.

Tomo aire, pero apenas tengo tiempo de volver a soltarlo porque oigo su voz en el pasillo. Me dirijo a la puerta y miro por la mirilla. En el diminuto círculo convexo del marco panorámico, puedo ver sus figuras distorsionadas: Josh a un lado y Parker al otro.

Sus voces suenan silenciosas, apagadas.

—No sé qué decirte, Josh —susurra Parker.

—Al menos dime si está bien.

Parker se pone una mano en la cadera y se acerca la otra a la boca, creo que para chistarle, porque a continuación señala la puerta. Si dice algo, no puedo oírlo.

Josh se lleva la mano a la cabeza. Le oigo decir algo que no distingo, seguido de: «… para pedirle disculpas».

Parker niega con la cabeza. Murmura. Luego:

—No. No lo hagas.

Josh levanta las manos y menea la cabeza.

—Pero… —algo indescifrable.

Parker alarga la mano y le toca el brazo un segundo.

—Deja que acuda a ti.

Él responde con algún monosílabo y asiente.

Veo que Parker se marcha. Josh se queda mirándola. Al cabo de unos instantes se vuelve hacia la puerta y da un paso adelante.

Contengo la respiración mientras le veo poner una mano a cada lado del marco y mirar al suelo. Se me acelera el corazón al pensar en lo cerca que estaríamos si la puerta no se interpusiera entre nosotros. Le oigo suspirar. Entonces se echa hacia atrás y se frota la cara con las manos; la barba incipiente ha vuelto y esta vez casi se ha convertido en barba de verdad. Mira la puerta de nuevo y una parte de mí teme que pueda darse cuenta de que lo estoy observando. Si llamara ahora mismo, no sé si sería capaz de no dejarlo entrar. Siento que mis dedos se acercan al pomo, para permitirle que entre o para dejarme salir, no sé cuál de las dos cosas.

Pero entonces se va.

Y finalmente suelto el aire que retenía en los pulmones.

Me llevo el batido verde al cuarto de baño y le doy un sorbo mientras me preparo para ducharme. El frío me muerde la piel cuando me quito la camiseta. Me siento más que desnuda, como si acabara de quitarme una capa del cuerpo y ahora estuviera expuesta ante cualquier cantidad de contaminantes peligrosos del mundo que me rodea. Pero dejo que la camiseta caiga de mis manos al cesto de la ropa sucia. Amontono el resto de la ropa encima y la aplasto con todas mis fuerzas.

Cuando salgo de la ducha, me espera un mensaje de la fiscal Silverman:

> Feliz Día de Acción de Gracias, Eden. Quería comentarte una cosa lo antes posible. Ya tenemos fecha. Despeja tu calendario para la segunda semana de enero. Como siempre, avísame si tienes alguna pregunta. Gracias, CeCe

CeCe. Qué raro se me hace. Supongo que ir a juicio juntas nos da derecho a llamarnos por el nombre de pila. Había visto su nombre completo en los papeles, Cecelia Silverman, pero nunca imaginé que se llamaría CeCe en la vida real. Es un apodo normal, hasta bonito. ¿También es una persona normal en su vida cotidiana?, me pregunto. Cuando no es una superabogada en tacones, traje de chaqueta y moño apretado, ¿hace cosas sencillas, como contar chistes, comer palomitas en el cine y cantar desafinado en el coche? Le respondo inmediatamente, todavía empapada, dejando charcos en el suelo del cuarto de baño. No me había dado cuenta de que necesitaba esta noticia con tanta urgencia hasta que ha llegado.

Bien, gracias por avisarme. Feliz
Acción de Gracias a ti también, CeCe.

Josh

Aparco junto a la acera, frente a nuestro buzón. Apago el coche y me limpio las manos en los vaqueros. Incluso aquí encerrado, oigo el chirrido de la puerta principal al abrirse. Salgo. Saco las maletas del maletero. Subo por el camino de entrada.

Pero voy con la cabeza gacha todo el tiempo, porque no puedo mirarlos, ahí de pie en el porche. Papá baja los escalones para quitarme una de las bolsas y por fin me encuentro con sus ojos, rebosantes de todo tipo de preguntas y preocupaciones.

Intento sonreír, pero soy incapaz.

Mamá está en el último escalón, girando la cabeza con las manos en alto, mientras pronuncia el comienzo de una frase que queda suspendida en el aire: «¿Qué...?». Estoy seguro de que lo siguiente será «¿Qué pasa?» o «¿Dónde está Eden?», pero se calla.

Les agradezco en silencio que al menos me dejen entrar en casa antes de decirme nada.

Harley viene corriendo hacia mí, frota su cabeza contra mis piernas, ronronea ruidosamente. Me dejan agacharme para tomarla en brazos como si fuera un amortiguador. Y entonces mamá pregunta por fin:

—Bueno, no nos tengas en vilo. ¿Qué ha pasado?

Y luego se quedan ahí, esperando una explicación.

—Hemos roto —confieso de una vez, después de todas estas semanas intentando negarlo.

—Ay, cariño —me dice mamá—. Ven aquí. —Me abraza y Harley salta de mis brazos. Papá me da unas palmaditas en la espalda.

Cuando lo miro, sonríe con tristeza.

—Lo siento, amigo.

Asiento con la cabeza. «No tanto como yo», le diría, si pudiera.

—Bueno —continúa mamá—, entra, quítate el abrigo. ¿Quieres hablar de ello?

Niego con la cabeza.

—La verdad es que no.

—No habréis roto por venir aquí, ¿verdad? —me pregunta, seguramente pensando que acaba de ocurrir, porque es la primera noticia que tienen.

Me rio mientras me dejo caer en el sofá.

—Sí, ya me gustaría.

—¿Ha sido por el juicio? —Mamá viene a sentarse a mi lado y me pone la mano en la rodilla.

—Gracias, mamá, de verdad. —Coloco mi mano sobre la suya—. Pero no quiero hablar de eso ahora.

Ella mira a mi padre y luego a mí.

—Vale, cariño. —Suena un temporizador en la cocina y se levanta.

—¿Necesitas ayuda? —le pregunta papá.

—No, está todo controlado. Ahora mismo solo falta que se termine de hacer el pavo. —Y entonces le hace un gesto nada sutil a mi padre, como diciendo: «Haz algo con él».

Papá suspira y se sienta en su sillón frente a mí.

—¿Quieres ver un partido? —me pregunta, girando la cabeza con delicadeza.

—Claro —le digo—. Cualquier cosa menos baloncesto.

—Trato hecho —se ríe. Pone un partido de fútbol y lo vemos los dos, sin decir gran cosa, pero eso es justo lo que necesitaba. Me estiro en el sofá y Harley vuelve para acurrucarse sobre mi pecho.

—Alguien te ha echado de menos —comenta mi padre, señalando a la gata. Le rasco la barbilla y se pone a ronronear como un motorcillo—. Joshie, sabes que me tienes aquí, ¿verdad? Si quieres hablar.

—Sí —le respondo—. Gracias.

Empiezo a quedarme traspuesto, pero no del todo, y recuerdo una vez que Eden pasó la noche en mi casa cuando aún estábamos en el instituto. Ni siquiera subimos a mi habitación. Comimos pizza, vimos la tele y dormimos aquí abajo, en el sofá, después de hablar hasta las tantas de la madrugada. Nos conocíamos desde hacía solo unas semanas, pero aquella noche supe que me estaba enamorando de ella. Le conté mis secretos, sobre mí, sobre mi familia, la adicción de mi padre. Cosas que nunca le había contado a nadie. Porque confiaba en ella. Confiaba en que lo entendería, y lo hizo. Siempre lo entendió todo.

Abro los ojos y miro a mi padre.

Me ha estado observando.

—La he cagado de verdad —le digo.

Hace un breve gesto de negación y luego pregunta:

—¿No la cagamos todos alguna vez?

Asiento con la cabeza, pero lo que realmente quiero decir es que no, no todos la cagamos, yo no. O no tanto, al menos.

Antes de que podamos continuar, mi tía y mis dos primos pequeños, los gemelos de diez años Sasha y Shane, entran a toda velocidad, con mucho ruido y energía. Una grata distracción de mis pensamientos sobre cómo me había imaginado que sería este día.

—¿Josh? —me dice mi tía cuando me levanto para darle un abrazo—. ¿Dónde está tu novia?

Papá intenta hacerle una señal pasándose el dedo por la garganta, pero es demasiado tarde.

—Oh —susurra ella, tapándose la boca con la mano—. Lo siento.

—No va a venir —le explico.

—*Oooh* —repite, esta vez alargando la palabra, con el ceño fruncido y una inclinación de cabeza, comprensiva—. Lo siento, cariño.

Me encojo de hombros y hago lo posible por fingir que no estoy destrozado.

—¡Josh, Josh! —Shane está saltando a mi lado, poniéndome una pelota de baloncesto en la cara. Ese olor familiar a goma nueva inunda mi cerebro de recuerdos—. Josh, mira. Mira mi balón nuevo de baloncesto. Me lo acaban de regalar por mi cumpleaños.

—Qué bonito —le digo.

Sasha pasa por delante y murmura:

—Querrás decir *nuestro* cumpleaños.

Shane pone los ojos en blanco y suspira, y yo me río. Normalmente no pienso que me haya perdido nada por ser hijo único, pero cuando los veo juntos, me entran dudas.

—¿Y qué te han regalado a ti, Sasha?

—Mamá me ha comprado un clarinete —anuncia, orgullosa de sí misma.

—Espera, ¿tocas el clarinete? —le pregunto. Claro que lo toca.

—Pues claro —responde con chulería—. Solo desde hace dos años. Lo que sabrías si vinieras a alguno de mis recitales.

—Sasha —la interrumpe mi tía—, dale un respiro a tu primo, por Dios. Sabes que sus partidos siempre caen en las fechas de tus conciertos.

—Lo siento, Sash —le digo—. ¿Y si intento ir al siguiente?

Se encoge de hombros y se va corriendo a la cocina. Seguramente le importe un bledo, pero me siento fatal. No me había dado cuenta de que me había perdido otra cosa por culpa del baloncesto. No es como si tuviéramos una gran familia; no deberían dejar que no aparezca por una estupidez semejante y luego ni siquiera decírmelo.

Me dirijo a mi tía:

—Oye, la verdad es que me gustaría ir a su próximo concierto. ¿Me avisas cuando sea?

—Claro —responde ella, sorprendida—. Si tú quieres... Pero, cariño, no pasa nada, todos sabemos que estás muy ocupado. No dejes que la niña te haga sentir culpable por eso.

—¿Josh? Josh, Josh —empieza de nuevo Shane—. ¿Quieres jugar antes de cenar? —Regatea dos veces con el balón, y su madre le lanza una mirada, entornando los ojos y frunciendo los labios, la misma mirada que mi madre me ha lanzado tantas veces a lo largo de mi vida.

—Dentro de la casa no, pequeña bestia. —Señala la puerta. Luego se vuelve hacia mí—. ¿Te importaría consentirlo un poco, cariño? No ha hablado de otra cosa en toda la semana —murmura—. Mi primo Josh esto, mi primo Josh aquello.

—Por supuesto —contesto en voz baja, feliz de tener una excusa para salir al aire libre, donde la ausencia de Eden no ocupe tanto espacio—. Vamos, hombrecito —le digo a Shane—. Sasha, ¿tú también quieres jugar? —pregunto en dirección a la cocina.

—¡Odio el baloncesto! —grita ella.

Tengo que reírme ante su franqueza; hace que parezca algo muy fácil de decir.

—Gracias —susurra mi tía.

Sigo a Shane hasta la entrada de la casa, donde corre y salta para encestar en la canasta de baloncesto que instaló mi padre en el garaje cuando yo era aún más pequeño que él.

—Buen tiro —le felicito—. Has cogido aire en ese salto, ¿verdad?

Resplandece cuando me pasa el balón. Nos turnamos para tirar, lanzar y regatear. Le doy algunos consejos aquí y allá, que parece recibir encantado.

—Cuadra los hombros —le digo, y luego le muestro lo que quiero decir.

—¿Así, Josh? —me pregunta.

—Dobla un poco más las rodillas, eso es. Los pies un poco más separados. Los codos hacia adentro. Ahora, cuando dispares, tienes que seguir el movimiento con los dedos.

Y no es hasta que sale mi padre sonriéndonos, llevando unas botellas de agua, que lo miro y me doy cuenta de que yo también estaba sonriendo. Le paso el balón a Shane, y él se lo pasa a mi padre.

—Muy bien —dice papá, regateando de camino a la entrada—. Tened cuidado conmigo, chicos. Me estoy haciendo viejo. —Pero entonces se da la vuelta y da un paso rápido, pasando por delante de nosotros para hacer una canasta perfecta, lo que deja a Shane boquiabierto. Y tal vez a mí también, un poco.

—¿Viejo? —repito—. Y una porra. ¿Has visto eso? —le pregunto a Shane.

—Tío Matt, no sabía que podías saltar tan alto.

Asiento con la cabeza, porque opino lo mismo.

Papá sigue jugando con nosotros, aportando una nueva energía, como solía hacer cuando yo era pequeño. No tardo en darme cuenta de que me duelen los pulmones de tanto respirar el aire frío y reír, gritar, bromear entre nosotros. Hacía tanto tiempo que no estábamos así que casi había olvidado que *podía* ser así. La única razón por la que me metí en el baloncesto fue por este sentimiento. La diversión, la conexión que teníamos. No sé cuándo se perdió todo eso.

Levanto la mano para indicar que voy a beber agua. Entonces sale mamá, se pone a mi lado y me apoya el brazo en el hombro.

—¿Cómo lo llevas, cariño?

—Estoy bien —le contesto.

Me mira y sonríe.

—La cena está lista, chicos —nos dice.

Y cuando mi padre pasa a mi lado, levanta la mano. Le choco los cinco y él me abraza y me besa en la frente, de una manera que me hace sentir que vuelvo a tener diez años. Shane lanza el balón al aire por encima del hombro. Lo cojo y, mientras los veo entrar a casa desde el camino, desearía poder congelar este momento en el tiempo.

Cuando nos sentamos para cenar, siento que tengo el corazón más ligero de lo que lo he tenido hace semanas, o quizá meses. Desde aquella noche. Eden tenía parte de razón acerca de aquella noche. No es que quisiera dejarla. No quería, y sigo sin quererlo. Pero desde entonces me he sentido como si alguien hubiera metido la mano dentro de mi pecho, para apretarme el corazón cada vez más fuerte siempre que intentaba sentir algo bueno. Y ahora me pregunto si es así como debe de sentirse ella en todo momento. Si es así, creo que ahora puedo entenderlo. Entiendo que mereciera la pena arriesgar tanto por olvidarse de lo malo, por sentirse bien, por aferrarse un poco más a esa sensación.

Eden

¿Has adelgazado? —me pregunta mi madre mientras la ayudo en la cocina, colocando todas las guarniciones en fuentes separadas e intentando encontrar cubiertos a juego en los cajones.

Le echo un vistazo rápido a mi cuerpo. No tengo ni idea de si he adelgazado, engordado o sigo teniendo todos mis apéndices. Evito mirarme en el espejo todo lo que puedo. Porque cada vez que lo hago, me miro a los ojos y pienso: «Así eres tú», «Así eres tú», «Así eres tú», y deseo poder desaparecer a voluntad por una vez.

—Eh, no lo creo —le digo para que no se preocupe.

Me pregunta por Josh, si va a cenar con su familia esta noche.

—Ajá —respondo, sin ganas de mentir, pero incapaz de decir la verdad. Mis abuelos no tardarán en venir, y si me echo a llorar ahora, tendré los ojos hinchados y no me dará tiempo a parecer normal antes de que lleguen. Al menos esa es la razón que me doy a mí misma para no decirle que hemos roto.

—Bueno, ¿en todo caso te acordaste de preguntarle si podía pasarse un poco más tarde, para el postre?

—Lo más probable es que no —le contesto—. Creo que han preparado una cena por todo lo alto, así que... —Eso tampoco es mentira, exactamente.

—Qué pena. —Suspira—. Bueno, pregúntale si tendrá tiempo para acercarse un rato durante el fin de semana.

Me encierro en el cuarto de baño y me agarro al lavabo. Intento *no* mirarme en el espejo mientras abro el botiquín en busca de mis pastillas. Ya me había tomado una antes, pero supongo que poco podía hacer contra la charla sobre Josh. Ahora me tomo otra. Y luego inhalo y cuento hasta cinco, exhalo hasta cinco, inhalo, exhalo, una y otra vez. No salgo hasta que oigo llegar a mis abuelos. Al menos ellos no saben nada de lo que está pasando con el juicio, así que esa parte debería facilitar las cosas.

—Hola, Abu —le digo a mi abuela, y les doy un abrazo a cada uno—. Hola, Abo.

Ella me coge del brazo y me observa de arriba abajo, como si estuviera catalogando todos mis defectos en su cabeza.

—Madre de Dios, Eden Anne —me dice, llamándome por mi nombre completo—. Tienes un aspecto horrible.

—Ah —es lo único que me sale. Intento reírme, pero no consigo fingir que no me duele su sinceridad.

Abo se encoge de hombros y menea la cabeza:

—Pues yo te veo tan preciosa como siempre, por si te sirve de algo.

—Gracias —le digo, forzando una sonrisa.

—Sí, preciosa —replica la abuela, agitando una mano en el aire—. Pero, cariño, si está claro que no estás bien.

Me aclaro la garganta.

—Supongo que he estado muy liada, sin dormir lo suficiente.

—¡Vanessa! —grita Abu—. Haz el favor de mirar a tu hija.

—No, por favor. —Me vuelvo hacia Caelin, que se ha quedado detrás de mí—. Caelin —le digo entre dientes—, ¿me ayudas un poco?

—Hola, Abu. —La abraza, y entonces nuestro abuelo extiende la mano para estrechársela en lugar de darle un abrazo. Miro la cara de Caelin, pero no parece sorprendido. Me pregunto cuándo cambió eso. ¿Qué edad tenía Caelin cuando Abo decidió que ya no era aceptable abrazarlo? No me había dado cuenta.

—Ay, Señor —susurra mi abuela, tirando del brazo de Caelin para ponerlo frente a ella—. Pero mírate. —Le posa una mano en la mejilla—. ¿Qué está pasando aquí? Tú también tienes un aspecto horrible.

Caelin y yo nos miramos y nos echamos a reír.

—No, no tiene gracia —nos dice Abu—. ¿Dónde están tus padres, escondiéndose de mí, supongo?

—Estamos aquí, mamá —le dice papá, entrando en la habitación con dos copas de vino en la mano: una de tinto para el abuelo y otra de blanco para la abuela. Mamá lo sigue con una sonrisa falsa en los labios.

Nos sentamos todos a la mesa, y mi aspecto y el de Caelin son el primer tema de conversación.

—¿Qué les das de comer, Vanessa? —pregunta Abu—. Necesitan dietas equilibradas. Dios mío, están… —Hace una pausa y extiende la mano sobre la mesa en nuestra dirección—. *Languideciendo* —concluye.

En este momento no logro encontrar en mi vocabulario la definición exacta de la palabra «languidecer», pero tomo nota mental de buscarla, porque algo me dice que es la palabra adecuada para describir nuestro estado actual.

—Sabía que al final iba a ser culpa mía… —masculla mamá entre dientes.

—Yo no he dicho eso —le contesta Abu—. Conner, ¿qué les das de comer? —Ahora se dirige a mi padre, porque siempre tiene leña que repartir para todo el mundo.

—¿Quieres dejarlo ya? —le dice papá finalmente—. Son estudiantes universitarios, por el amor de Dios, solo están cansados.

Supongo que el juicio no es el único secreto que les ocultamos. La parte de que Caelin no volverá a clase para el último semestre del curso no debe de haberse mencionado en ninguna de las llamadas entre papá y Abu de los domingos por la tarde del último año.

Miro a Caelin, que lanza un suspiro.

—En realidad… —empieza a explicarse, pero papá le lanza una mirada severa que le hace callar. Caelin niega con la cabeza y se sirve un vaso generoso de vino, bebe un buen trago y vuelve a llenarlo. Nadie parece darse cuenta. Lo deja entre nosotros, inclina la cabeza y me hace un pequeño gesto. Yo le doy otro trago, lo que tampoco parece llamar la atención de nadie.

El abuelo pregunta por el trabajo de papá y eso los distrae un rato de nosotros. Mamá se ocupa de llevar los platos a la cocina y llenarlos de comida. Yo picoteo mi puré de patatas para no beber con el estómago vacío, pero la verdad es que no me apetece nada entre todas estas mentiras que llenan los huecos entre nosotros.

—Ah —dice Abu, levantando el dedo índice como si acabara de recordar una cosa—. Caelin, hemos leído algo sobre un tal Kevin Armstrong en los periódicos. ¿No será ese chiquillo que andaba siempre por aquí? —pregunta negando con la cabeza, incrédula—. ¿Tu compañero de piso?

Caelin se limpia la boca en la servilleta antes de contestar.

—La verdad es que sí —responde—. El mismo.

—Caramba —susurra Abu—. Pues parece que se ha metido en un buen lío.

Caelin asiente y toma un sorbo de vino.

—Sí, eso espero.

Y entonces, de la nada, papá da un golpe en la mesa con la mano. Todos se asustan, los cubiertos saltan de los platos.

—¡Maldita sea! —exclama—. ¿Podemos tener una cena familiar en paz por una vez, en lugar de sacar toda esta mierda?

Tomo aire con fuerza y lo retengo, porque soy incapaz de soltarlo.

—¡Conner! —le grita mi madre.

—¿Qué está pasando aquí? —pregunta Abu, mirando alrededor de la mesa—. ¿Qué he dicho?

Y, de repente, todo el mundo empieza a gritar. Ya ni siquiera sé lo que dicen, ni quién está de cada lado. La abuela sigue esperando que alguien le explique lo que está pasando. Me levanto de la mesa y voy a darle un beso en la mejilla. Hago lo mismo con el abuelo. Luego atravieso la cocina, cojo el abrigo del gancho de la puerta de atrás, me calzo los zapatos y salgo. El aire frío y húmedo de la noche entra en mis pulmones, y es tal el alivio de volver a respirar que me echo a reír.

Me siento en nuestro antiguo columpio de madera y dejo que me cuelguen los pies, que mi cuerpo se balancee hacia delante y hacia atrás con el viento. Me inclino completamente y miro las estrellas, contemplando las nubes de vaho blanco de mi respiración, contando de nuevo, esta vez lentamente. Del uno al cinco, inhalando y exhalando, una y otra vez.

Oigo la puerta trasera abrirse y cerrarse. Me incorporo y veo a mi hermano caminando hacia mí, con los restos de una botella de vino en la mano.

—Bueno, pues ya se han ido —dice mientras se sienta a mi lado y me ofrece la botella.

Hago un gesto negativo.

—Gracias, ya he tomado suficiente.

—¿Estás bien?

Me encojo de hombros.

—Más o menos.

—¿Más o menos?

—Sí —le respondo—. ¿Y tú?

—Bueno, aparte de que por lo visto estoy hecho un asco, más o menos también.

Me echo a reír, y él también.

—¡Buah! —dice, y da un sorbo a la botella—. Menuda familia disfuncional que tenemos, tía.

—Bastante. Por cierto, ¿acabas de llamarme «tía»?

—He bebido mucho —contesta con una carcajada, meneando la cabeza.

—Oye, ¿no deberías ir más despacio con eso? —le pregunto, señalando la botella que tiene entre las manos. Es como si en algún momento nos hubiéramos cambiado los papeles. Ahora es él el que está jodido y se supone que yo soy la buena, pero no creo que se dé cuenta de que sigo estando jodida. Nuestros padres tienen que estar muy orgullosos de nosotros.

—Sí, lo sé —replica, indiferente—. Lo haré.

—¿Cuándo?

—Cuando ese hijo de puta esté en la cárcel —replica, y toma otro trago.

—Bueno, pero ¿y si eso no ocurre? —insisto—. ¿Entonces qué?

—Calla. Ni se te ocurra decir eso. —Alza el brazo hacia el cielo, hacia el universo, y el vino se derrama sobre los dos—. Perdón —me dice—. Lo siento.

—No pasa nada —le respondo, sacudiéndome el vino de la manga del abrigo.

Deja la botella en el suelo, contra la pata del columpio, y saca un paquete de cigarrillos del bolsillo de su chaqueta. Enciende uno y me lo ofrece.

—Es tentador —reconozco—, pero no, gracias.

—Vale. Eso está muy bien. —Da una calada y la brasa roja del cigarrillo arde en la oscuridad. Se echa hacia atrás y suelta el humo lejos de mí. Luego sostiene el cigarrillo delante de él y lo mira fijamente un momento antes de tirarlo en la botella de vino, donde chisporrotea y se apaga. Me mira en busca de aprobación y yo le tiendo la mano para chocar los puños, cosa que hacemos.

—Oye, seguro que lamentas que Josh no haya podido venir a nuestra encantadora reunión familiar de esta noche —me dice sonriente—. ¿Sabe que estamos locos?

—Huy, sí. —No puedo evitar reírme—. Por lo menos tiene clarísimo que *yo* estoy loca. La verdad es que hemos roto —digo en voz alta por primera vez.

—Oh, no. —Su voz se suaviza con genuina preocupación—. ¿Por qué?

—Supongo que mi locura terminó siendo demasiado para el pobre —intento bromear, pero no tiene gracia ni siquiera para mí.

—¿Necesitas que vaya a darle otra paliza? —me pregunta—. Porque lo haré.

—No, ha sido culpa mía. —Miro hacia abajo y arrastro el pie por el trozo de tierra que hay bajo el columpio—. Hice algo bastante jodido que le molestó mucho, y… —Me encojo de hombros y resoplo, intentando contener las lágrimas—. No sé cómo seguir adelante, de verdad.

—Lo siento —me dice, pero, por suerte, no me pide detalles sobre lo que he hecho que esté tan mal.

—Sí, yo también.

Ojalá supiera cómo decirle a Josh que también lo siento.

Al día siguiente estoy con Mara en su coche comiendo tacos. Me habla del Día de Acción de Gracias con su padre y su prometida, y de que encargaron la comida a un restaurante.

—Estaba riquísimo —admite—, pero no se lo dije. Sigue siendo trampa, aunque fuera mejor que el pavo asqueroso que hacía siempre mi madre. Esa sequedad sabe a familia. —Abre un paquete de salsa picante y la echa en el chili con queso que vamos a compartir. Luego me hace la pregunta que tanto temía—: ¿Cómo te van las cosas?

Le cuento lo que pasó con Josh, pero me interrumpe antes de que llegue a lo peor.

—Madre mía, Edy, ¿me estás diciendo que estás embarazada? ¿Es por eso que…?

—¿Qué? ¡No! Dios, no. Me pillé la píldora del día después, bueno, en realidad, la pilló Josh para mí, pero espera, ¿es por eso que qué? —le pregunto—. ¿Qué ibas a decir?

—Ah. Nada. Es solo que pareces un poco… —Hace una pausa, entornando los ojos mientras me mira—. Un poco cansada. Eso es todo.

—Sí, ese parece ser el consenso general.

—Perdona, sigue —me dice, mojando una tortilla en el queso y ofreciéndomela—. ¿Cómo os llevó eso a romper?

—Sabía que me había saltado demasiados días, y sabía que era arriesgado. Pero aun así le dejé…, ya sabes, acabar de todos modos.

—Ah —murmura ella—. Hum. *¿Por qué?*

—Ya no lo sé, pero lo hice. —Niego con la cabeza—. Y está muy cabreado. Nunca lo había visto así. Y entonces me enfadé porque él estaba enfadado, y lo siguiente es que me está diciendo lo cabrona que soy, y luego vamos a tomarnos un descanso y le tiro una botella de agua. —Hago una pausa, e intento recordar si me he dejado algo—. Sí, eso es más o menos lo que pasó.

—¿Le tiraste una botella de agua?

—Pero fallé.

Ella asiente con la cabeza, y parece detenerse en ese detalle más tiempo del necesario.

—Espera, ¿de verdad te llamó cabrona? No me pega nada de él.

—Bueno, vale, no usó esa palabra, pero eso es lo que quiso decir. Y tenía razón —continúo—. Soy una cabrona.

—Edy, no digas eso.

—No, es la verdad. ¿Y lo que hice? Una cabronada, tú también lo crees.

—Vale, pero una cabronada no te convierte en una cabrona —argumenta ella.

—No dejo de pensar que si no se lo hubiera dicho y lo hubiera resuelto por mi cuenta… —Entro de nuevo en el bucle en el que se han quedado atascados mis pensamientos estas últimas semanas—. Pero supongo que esa no es la cuestión —añado, más para mí misma.

—Sí —contesta Mara—. ¿Puedo decir algo para que te sientas mejor, y que además creo que es verdad?

—Venga.

—Creo que hiciste bien al decírselo. Creo que así la has cagado menos, porque has sido sincera. Y creo que podéis solucionarlo. —Me coge de la mano—. De hecho, sé que podéis.

Le aprieto la mano en señal de agradecimiento, pero eso me recuerda que ese era nuestro gesto, el de Josh y mío, el apretón de manos privado en código Morse.

—Ah, y por supuesto, está todo lo del juicio en enero. Así que, básicamente, tengo un mes para recuperarme y prepararme para volver a pasar por toda esa mierda.

Ahora me aprieta las manos con más fuerza.

—Puedes hacerlo.

Inhalo profundamente por la nariz e intento absorber parte de las lágrimas antes de que salgan.

—Bueno, no puedo empezar a llorar otra vez, llevo tres semanas seguidas llorando. Ahora mismo temo causarle daños permanentes a mi cuerpo si sigo haciéndolo.

A Mara se le iluminan los ojos.

—Vale, eso me da una idea. —Envuelve toda la comida, la mete en la bolsa que tengo a mis pies y arranca el coche con una sonrisa de oreja a oreja.

—Vale, ¿por qué me estás dando miedo? —le pregunto mientras pone el coche en marcha.

—Abróchate el cinturón —me ordena.

Nos lleva por las conocidas carreteras de nuestra pequeña ciudad hasta que, veinte minutos más tarde, entramos en el aparcamiento de un centro comercial casi abandonado que me resulta vagamente familiar. Y entonces veo el cartel: SKIN DEEP.

—No —le digo.

—Escúchame, por favor —me ruega—. Estaba pensando que tenemos que hacer algo que te recuerde lo malota que eres, y en serio, nada me hace sentir más malota que hacerme otro agujero.

Mara los ha ido coleccionando. Primero en la nariz (yo estaba presente), luego en la ceja, luego en el labio, luego en la lengua, luego en el ombligo y ahora quién sabe dónde más.

—¿No has querido hacerte un piercing en el cartílago desde siempre? —me pregunta, acercándose para tocarme la oreja—. Es muy bonito y de buen gusto.

Me encojo de hombros.

—Sí, supongo.

—¿Y bien? ¿Por qué no hacerlo ahora?

—No estoy segura de que una crisis emocional sea el mejor momento para comprometerse con una alteración corporal permanente.

—Ay, por favor —me dice ella, desabrochándose el cinturón—. ¡Las crisis emocionales son literalmente el *único* momento para hacer este tipo de cosas! Y un piercing no es permanente. Un tatuaje es para toda la vida. No, te vas a hacer uno en el cartílago y, si no te gusta, te lo puedes quitar. Cameron está aquí hoy. Nos atenderá enseguida.

—¿Todavía trabaja aquí?

—Sí. Después de graduarse pasó de hacer agujeros a aprendiz de tatuador.

La sigo al interior y reconozco la pequeña sala de espera de la última vez. Por algún motivo, ahora parece menos sórdida, más limpia. La música que suena por los altavoces es más suave, todo es más normal ahora que antes. Cameron sale del fondo y parece contento de verme aquí con Mara.

—Hola, Eden. Vaya, cuánto tiempo —me dice él, todo sonrisas.

—Edy se va a hacer un piercing —le informa ella.

—Lo cierto es que —le digo mientras miro los dibujos de las paredes— estaba pensando en hacerme un tatuaje. —Porque a lo mejor sí necesito algo permanente, algo drástico. Algo que me devuelva a la realidad cuando pierda los cabales.

—¿Qué? —chilla Mara—. ¡Genial!

Cameron me deja con un montón de libros y me dice:

—Toma, busca ideas en estas carpetas. Voy a terminar con ese tío de atrás y te lo hacemos.

Hojeo los libros, paso página tras página, esperando a que algo me llame la atención, mientras Mara habla con el tipo mayor y tatuado del mostrador como si fueran viejos amigos, y puede que lo sean. Me he perdido muchas cosas.

Y entonces paso otra página y, en medio de los elaborados diseños florales, lo veo.

—Lo he encontrado —le digo a Mara.

Se acerca a mí y me mira.

—¿Un diente de león? Qué lindo. Discreto. Muy *tú*.

El tipo del mostrador también se acerca para mirar, y parece emocionado por mí.

—Qué bonito —me dice—. ¿Dónde te lo vas a hacer?

Me miro los brazos y me subo la manga.

—¿Quizá aquí? —digo, dibujando un círculo con el dedo en el interior de mi muñeca.

—Sí —afirma con una sonrisa—, eso va a quedar muy bien.

Mara salta y da grititos.

—Ahora estás haciendo que yo también quiera uno. Pero esperaré. Hoy es tu día.

—No, no lo es. Es… —empiezo a decir, pero me quedo paralizada al ver quién sale de la trastienda, seguido por Cameron hasta el mostrador. Lleva la camiseta remangada y un tatuaje reciente en el hombro. Está cubierto con un plástico, pero puedo distinguirlo. Un número. Su número del equipo de baloncesto. Grabado para siempre en su cuerpo.

Es Deportista. Otra vez, atormentándome como una pesadilla recurrente.

Lo observo mientras paga a Cameron, y ni siquiera se da cuenta de que estoy aquí sentada. Puede que antes me persiguiera él, pero ahora me toca a mí. Me pongo de pie, voy detrás de él y las campanillas de la puerta repican dos veces seguidas.

—Eh —le digo—. ¡Oye!

Se da la vuelta.

—¿Sí?

—¿Te acuerdas de mí? —le pregunto.

Empieza a negar con la cabeza, pero entonces veo un gesto de reconocimiento en su cara.

—Ah, sí, tú eres la hermana de Caelin… —Pero hace una pausa—. Es decir, la exnovia de Josh… —Empieza de nuevo, aunque vuelve a callarse.

—De Caelin, de Josh —lo imito, saboreando la dureza de mi tono—. Eden, me llamo Eden.

—Claro, sí —dice, a la vez que mira a su alrededor, tal vez en busca de Caelin, o de Josh, por si están aquí para defenderme—. ¿Y qué pasa?

—Para que lo sepas, todavía me acuerdo de lo que me hiciste aquel día. Cuando tu amigo y tú quisisteis asustarme aquella vez después de clase. Y sé que también fuiste soltando mentiras sobre mí.

—No sé de qué estás hablando —responde, pero no puede mirarme a los ojos.

—Sí lo sabes.

—¿Qué quieres? —me pregunta—. ¿Una disculpa?

Hago un gesto negativo y continúo:

—Nunca le dije a Josh que hiciste eso. Pero quiero que sepas que fue una putada, patético, en realidad.

—Vale —murmura—. ¿Ya está?

Me encojo de hombros.

—Sí, ya está.

Asiente con la cabeza y empieza a irse.

—Ni siquiera sé cómo te llamas —le digo.

Mira atrás y abre la boca.

—Soy Za…

—No, no *quiero* saberlo —le digo.

—Pues bueno —farfulla, se da la vuelta y acelera el paso hasta llegar a su coche.

Cuando vuelvo a entrar, todos me miran desde el escaparate.

Cameron no deja de preguntarme si estoy bien, cada vez que hace una pausa mientras sumerge la punta de la aguja en la tinta negra. Y yo sigo diciéndole que estoy bien.

—Duele, pero no tanto como pensaba.

—Una chica dura, ¿eh? —me dice con admiración.

Me rio, y él me pide que me esté quieta.

—Por cierto, nunca te di las gracias.

—¿Por qué?

—Por dejar a Steve por fin —me responde, y me mira como si quisiera asegurarse de que sé que me lo está agradeciendo de verdad—. Sé que te eché la bronca por cómo lo trataste al principio, pero a mí tampoco me gustó cómo empezó a tratarte él. Me alegro de que lo terminaras cuando lo hiciste y como lo hiciste. Antes de que fuera demasiado… —Se calla, pero creo que sé lo que estaba a punto de decir: demasiado violento, doloroso, destructivo—. Para los dos, me refiero.

Me limito a asentir.

Parece que hace mucho tiempo de mi relación con Steve. Ya ni siquiera me siento la misma persona. Entonces pensaba que no tenía más remedio que aceptar cualquier clase de afecto que me ofrecieran, aunque no fuera lo que yo quería o necesitaba. Quizá solo podemos aceptar el amor que creemos merecer.

—Sé que no lo digo ni lo demuestro muy a menudo —añade, sin levantar la vista de mi brazo mientras me limpia suavemente la tinta y la sangre de la piel—, pero yo también te considero mi amiga, ¿sabes?

—Gracias por decirlo. Y por ser tan bueno con Mara todos estos años, se merece que la quieran así.

Sonríe, aunque no dice nada.

—¿Qué te parece? —me pregunta al terminar.

Miro mi muñeca, mi diente de león personal, con sus semillitas flotando hacia la palma de mi mano. Deseos, esperanzas. Míos.

Josh

Es mi última noche en casa, y estamos sentados viendo la tele en el salón después de cenar las sobras de Acción de Gracias por segunda vez consecutiva. Mamá se levanta bruscamente, mira el reloj y dice:

—Voy un momento al supermercado. ¿Alguna petición?

—Tenemos la casa llena de comida —responde papá, haciendo un gesto hacia la cocina.

—¡Pues demándame! Me apetece otra cosa —replica ella.

Papá levanta las manos.

—Vale, vale —le contesta con suavidad—. No he dicho nada.

De pronto me acuerdo de cuando tenía doce años y oía a mi madre darle la misma excusa a mi padre, pero entonces decía que nos íbamos los dos. *Íbamos* a la tienda o a tomar un helado. O en busca de algo especial que yo necesitaba para una tarea escolar de última hora: ella y yo. Solo que nunca íbamos a la tienda, a tomar un helado o a buscar ese objeto que nos faltaba. Me llevaba a una reunión.

Recuerdo que siempre tenía a mano un ramillete de excusas que sacarse de la chistera cuando las necesitaba. Y ahora que la miro, me pregunto si sigue siendo así, porque papá tiene razón después de todo: hay un montón de comida en esta casa.

—Mamá, ¿puedo ir contigo? —le pregunto levantándome del sofá.

Ella frunce el ceño y me dice:

—A la tienda, ¿en serio?

—Sí.

Mi madre niega con la cabeza:

—No seas tonto. Volveré pronto a casa. Mándame un mensaje si se te ocurre algo. O cualquier cosa que quieras llevarte a la universidad.

—No, mamá, quiero ir —intento decir con más firmeza mientras me dirijo a la puerta y me calzo las zapatillas.

Me mira, a punto de enfadarse, pero entonces le hago un gesto, abro los ojos e intento decirle en secreto que sé que en realidad no vamos a ir a la tienda.

—Ah —responde, metiendo los brazos en el abrigo—. Está bien. —Se acerca para besar a mi padre y le dice—: No tardaremos mucho.

Él la mira a ella y luego a mí.

—Bueno, ahora yo también quiero ir —nos dice en broma.

Mi madre le da un manotazo en el brazo y menea la cabeza.

—Adiós —se despide desde la puerta.

Una vez fuera, se pone los guantes y me mira, pero aún no dice nada.

Cuando estamos en el coche, le pregunto:

—Vas a una reunión, ¿verdad?

—Sí. ¿De verdad quieres venir?

—Sí, últimamente he estado pensando en ello. Tal vez debería intentarlo de nuevo. ¿Te importa que te acompañe?

—No, puedes venirte.

Dejamos el coche en el aparcamiento de una iglesia, pasamos por delante de las vidrieras y los bancos, bajamos al sótano y llegamos a una habitación en la que hay un cartel en la puerta: REUNIÓN DE AL-ANON ESTA NOCHE A LAS 20.00.

La sala es pequeña y parece el sótano de cualquier casa cercana; no hay nada que indique que estamos en una iglesia. Veo una mesa preparada con refrescos, dónuts glaseados, frutos secos y café. Hay folletos sobre Al-Anon, Alateen, AA y NA a disposición de los asistentes. Cada vez llega más gente, jóvenes y mayores, y mi madre habla con todo el mundo, aunque me deja quedarme al fondo junto a los dónuts. Cuando empiezan a sentarse en círculo, me hace un gesto para que me acerque. Ocupo el sitio vacío a su lado.

—Bueno —la oigo decir, pero cuando giro la cabeza para mirarla, me doy cuenta de que no me habla a mí, sino a todos—. Ya son más de las ocho, ¿qué tal si vamos empezando?

Miro en torno al círculo, intentando averiguar quién es el organizador, el anciano con bastón y barba canosa, la mujer de mediana edad con zapatos elegantes que parece recién llegada de una reunión de negocios. O quizá sea el…

—Bienvenidos todos —comienza mi madre—. Me llamo Rosie, y mi marido es adicto. —Mi *madre* dirige la reunión. La observo, la admiro mientras cuenta nuestra historia, su historia, un poco asombrado de que sea capaz de exponerse así—. Sé lo duras que pueden ser las fiestas para todos nosotros, no solo para nuestros seres queridos. En esta época del año, siempre me preocupo mucho más —continúa, hasta que, finalmente, cede la palabra—. ¿Quién quiere hablar?

De momento me limito a escuchar.

Al hombre barbudo cuya mujer es alcohólica. A la señora de los zapatos elegantes cuya hija adolescente está recayendo ahora mismo. A la chica que probablemente no sea mucho mayor que yo, que habla de su prometido. Al hombre cuyo hermano sale de rehabilitación esta semana. Cuando se produce una pausa en la conversación, mi madre pregunta si alguien más quiere contar algo y me mira.

—Me llamo Josh. Mi padre es… es alcohólico, un adicto —digo, aunque me cuesta mucho pronunciar las palabras—. Es la primera vez que hago esto desde que era niño. Hoy solo he venido a mirar, a escuchar, si puede ser.

—Está bien —me dice mamá, y todo el círculo asiente con la cabeza—. A menudo ayuda saber que hay otras personas con las que podemos sentirnos identificados.

Se presenta otra persona: un hombre de mediana edad que podría ser cualquiera con el que te cruzas por la calle.

—Lo estoy pasando mal —dice, juntando las manos—. Intento con todas mis fuerzas desprenderme de esta compulsión de querer controlar todo lo que hace ella. —No estoy seguro de si su *ella* es una esposa, una hija o qué, pero no importa, porque lo veo inclinarse hacia delante sobre su regazo y empezar a llorar—. Pero es tan difícil confiar en ella... Bueno, ¿a quién quiero engañar? Es difícil confiar en nadie —concluye. Alrededor del círculo, las cabezas asienten en señal de comprensión y me doy cuenta de que estoy asintiendo con ellas. La chica más joven, la del prometido, se levanta, coge la caja de pañuelos que hay en la mesa y se la acerca al hombre.

La reunión termina con la plegaria de la Serenidad, y la mujer que tengo al otro lado me agarra la mano y la sujeta con fuerza. Mi madre me coge la otra mano y, aunque la suya es pequeña, la siento fuerte, sólida.

—Estoy orgullosa de ti —me dice mientras conducimos de vuelta a casa.

—No he hecho nada. Pero tú has estado genial, mamá —le respondo—. ¿Cuánto tiempo llevas haciendo eso, dirigir las reuniones, quiero decir?

—Bastante. —Se encoge de hombros, sonríe y me acerca la mano para despeinarme—. ¿Qué te ha parecido? ¿Volverás a ir? Seguro que encontrarás una reunión cerca del campus.

Asiento con la cabeza.

—Sí, puede que lo haga.

—Sería bueno para ti, con todo lo que ha estado pasando —me dice—. Ya sabes que puedes contar conmigo, pero no siempre es una madre lo que necesitas.

No sé exactamente qué quiere decir con eso, si se refiere a papá, a Eden, a la universidad o a qué, pero aprovecho el momento para hacerle la pregunta que no me atrevía a formular en voz alta:

—Esta vez parece diferente, ¿verdad?

Espera hasta que llegamos a un semáforo en rojo para mirarme.

—Le afectó bastante que no vinieras a casa por las vacaciones de invierno del año pasado. Le dolió mucho.

—Lo siento. No quería…

—No, calla —me interrumpe—. De eso se trata, te pusiste firme, y nunca lo habías hecho.

—Ah —murmuro.

—Y no solo le dolió, se asustó. Se dio cuenta de que podía perderte. Eso es lo que ha cambiado esta vez. Por lo menos es lo que creo.

—Tú le has plantado cara muchas veces —indico.

—Bueno, pero es diferente. Él sabe que yo no me voy a ir a ninguna parte. Estamos juntos en esto. Para bien o para mal. Esa fue la promesa que hice cuando nos casamos, y que me aspen, parece que la estoy cumpliendo. ¿Pero tú? —Me toca el brazo—. Tú no hiciste esa promesa. Creo que por fin lo entiende.

—¿Te arrepientes? —le pregunto, aunque no estoy seguro de estar preparado para la respuesta—. De cumplir tu promesa, quiero decir.

—No —responde ella—. Y menos últimamente.

Cuando llegamos a casa, equipados con unas cuantas bolsas de comida escogida al azar, papá está fuera, en el camino de entrada, iluminado por las luces de movimiento del lateral del garaje. Está regateando con una de mis viejas pelotas de baloncesto que no veía desde secundaria y, cuando nos ve aparcar a un lado de la calle, tira su cigarrillo al suelo y lo pisa rápidamente.

—¿De verdad se cree que no sé que está fumando? —me dice mamá, negando con la cabeza mientras se desabrocha el cinturón de seguridad y empieza a salir del coche.

Voy a sacar las bolsas del asiento trasero, pero mamá se acerca por detrás y me toca el brazo.

—Yo me encargo —me dice—. ¿Por qué no vas a pasar un rato con tu padre?

—Sí —le contesto—, vale.

Papá camina hacia nosotros, con la pelota entre el brazo y la cadera.

—Estaba a punto de denunciar vuestra desaparición —nos dice bromeando.

—El vínculo entre madre e hijo no entiende de límites de tiempo —replica mamá, siempre rápida de reflejos, de una manera distinta a papá.

—¿Necesitas ayuda con eso? —le pregunta él.

—Ya lo tengo —dice mamá, que sube deprisa por el camino de entrada y se detiene un segundo cuando papá le da un beso en la mejilla—. No os quedéis aquí hasta muy tarde, chicos —añade, volviendo la cabeza—. Y, Joshua, no seas muy duro con él.

Me quedo allí. Sin saber qué decir, levanto las manos. Me pasa el balón. Se lo devuelvo. Va a por un tiro, pero lo bloqueo. En vez de eso, lanzo yo.

Da una palmada y espera el pase.

Trata de pasarme, pero lo bloqueo de nuevo.

Y otra vez. Y otra vez.

—Vale, está bien —me dice papá riendo—. Ya veo que no vas a ser blando con tu viejo, ¿verdad?

—No.

—Bien —responde, y creo que ambos sabemos que ya no estamos hablando de baloncesto.

Hago un giro y regateo, avanzo, me mantengo un paso por delante de él, encesto. Una y otra vez. Me doy cuenta de que lo estoy cansando, pero no me detengo, hasta que se queda con las manos en las caderas y la respiración agitada. Solo sonríe un poco cuando dice:

—Muy bien, muy bien. —Levanta las manos en forma de T y niega con la cabeza—. Tiempo muerto, ¿vale? Tiempo muerto.

—¿No puedes más? —le pregunto.

—Has acabado conmigo. —Exhala con fuerza y se inclina con las manos en las rodillas durante un segundo, antes de volver a erguirse—. Me has vencido, Joshie.

Descansamos en los escalones de la entrada, donde mamá se las ha arreglado para dejarnos sendas botellas de agua. Él abre una, me la da y coge la otra para él. Nos sentamos juntos, y los dos bebemos a tragos largos para recuperar el aliento.

—Josh, ¿sabes lo orgulloso que estoy de ti? —me dice de repente.

—Por el baloncesto.

—Pues no. Estoy orgulloso de ti independientemente del baloncesto.

—¿De verdad?

—¿Cómo se te ocurre preguntarme eso? —responde soltando una breve bocanada de aire—. Pues claro. Claro que sí. Solo es un juego.

Asiento con la cabeza, dejando que sus palabras calen hondo, intentando averiguar por qué no me parecen ciertas. Es un juego, claro. Un juego que he llegado a odiar. Un juego que me ha quitado muchas cosas, pero que no puedo dejar, aunque sé que solo es un juego.

—Pero no lo es. No es solo un juego para mí —me oigo diciéndole—. Es lo único que tenía.

—¿Qué quieres decir? —Menea la cabeza, entornando los ojos, sin entenderlo—. No digas eso. Tienes mucho a tu favor.

—No, quiero decir que me aferré al baloncesto. Cuando tú no estabas ahí. Cuando no estabas disponible.

—¿Quieres decir cuando consumía?

—Sí.

—Josh, yo… —empieza a responder, pero no he terminado.

—Me he aferrado a este juego durante mucho tiempo, a pesar de que no es bueno para mí, de que odio cómo me hace sentir, y me odio a mí mismo por formar parte de ese equipo. —Tengo que parar y recuperar el aliento, darle a mi cerebro la oportunidad de asimilar mis palabras—. Este puto juego ha secuestrado mi vida y lo odio. Dios, ¡ya no sé ni lo que estoy haciendo!

—Josh —comienza de nuevo—, nadie te obliga a seguir con esto si no es…

—¡No, *tú* me obligas!

—¿Yo? Nunca he…

—Sí, papá. Me he visto obligado a seguir así porque no confío en que vayas a estar a mi lado. Pero esto... —Levanto la pelota que tengo entre los pies—. Esto que es solo un juego..., puede que solo sea un juego, pero siempre ha estado ahí. Ha sido la única constante, cuando eso es lo que deberías haber sido tú para mí.

Se tapa la boca mientras me mira, escuchándome de verdad.

—Soy un desastre. Estoy destruyendo activamente mi vida por esto —continúo, y ya puedo sentir las lágrimas calientes en la cara, pero no me importa—. ¿Sabes que *rompí* con Eden? Fui yo, a pesar de lo mucho que la quiero, porque pensé que no podía confiar en ella. Pero es en ti en quien no confío.

Niega con la cabeza, y veo las lágrimas en sus ojos, oigo la tristeza pura en su voz cuando dice:

—Yo no... —Pero se calla y suelta un sollozo desgarrador—. No sabía que te sentías así. —Toma aire—. No sabía nada de eso, te lo prometo. Pensaba... —Hace una pausa—. Tenías a tu madre, y ella es tan grande, tan *buena* —la voz le tiembla en esa última palabra, mientras se clava los dedos en el centro del pecho—, mucho mejor que yo. Por eso creía...

—Mamá es genial. Sí, es muy buena persona. Y una madre increíble, pero yo también te necesito, me parece inaudito que tenga que *decírtelo*.

Me quita el balón de las manos y lo suelta, dejándolo rodar por los escalones hasta la hierba, y me atrae hacia sí con ambos brazos, aferrándose a mí, aferrándonos los dos.

—Gracias —me dice cuando nos separamos—. Gracias por confiar en mí lo suficiente para contarme todo esto. Puedo soportarlo, te lo prometo. Estoy aquí contigo, ¿de acuerdo? Esta vez no me voy a ir a ninguna parte.

—Vale.

—¿Vale? —repite.

Nos ponemos de pie y, mientras nos dirigimos a la puerta, siento que me quito un peso de encima, un peso físico, y que la pesadez que he llevado dentro durante tanto tiempo desaparece.

—Papá, espera —le digo—. Yo también estoy orgulloso de ti, lo sabes, ¿verdad?

Cuando vuelvo a la universidad el domingo por la noche, le mando un correo electrónico al entrenador para informarle de que voy a faltar al día siguiente. Le digo que tengo un asunto personal del que ocuparme, aunque sé que me dijo que no me está permitido tener una vida personal.

Lo primero que hago por la mañana es esperar en la puerta del despacho de mi orientador, incluso antes de que lleguen los auxiliares del departamento. Porque por fin tengo claras mis prioridades.

Eden

El lunes, después de clase, entro en la cafetería y compro dos bolsas de café tostado con mi descuento de empleada. Luego voy a la parte de atrás y me encuentro al Capitán Capullo en su mesa.

—Tengo que dejarlo —le digo.

Me mira impasible, como si debiera importarme que le esté haciendo enfadar.

—Supongo que tampoco vas a avisar con dos semanas de antelación. Te vas y ya.

—Sí —afirmo.

—Bueno. —Toma aire, se saca el bolígrafo de detrás de la oreja, lo tira sobre el escritorio y dice—: No sé qué haremos sin ti. Has sido una gran ayuda.

Pienso una respuesta enseguida, pero me contengo un momento, aunque luego decido, ¿por qué no? Este tío no me importa. No puede hacerme nada. Así que sonrío dulcemente y le digo:

—Y tú has sido un gilipollas.

Me quedo allí un segundo para ver cómo se queda con la boca abierta. Luego dejo el delantal limpio y doblado sobre su mesa y me voy.

—¡No esperes referencias! —me grita.

Evito el contacto visual con Perry al salir, porque él tampoco me importa.

Tengo la siguiente sesión con mi psicóloga, e incluso se ríe cuando le cuento la historia de mi despido antes de pasar a remarcar, más seriamente, por qué es una señal de que estoy progresando.

Voy a todas las clases durante las dos últimas semanas del semestre y no vuelvo a ponerme la camiseta de Josh ni siquiera después de lavarla. Estoy segura de que esto también es, de alguna manera, un progreso, aunque no lo parezca. Dejo que Parker me arrastre para salir a correr unas cuantas veces, y ella intenta no reírse demasiado porque no puedo aguantar más de treinta segundos sin necesitar un descanso.

Pero cada vez lo hago mejor, sobre todo cuando me doy cuenta de que la respiración no es tan diferente de cuando tocaba el clarinete. Utilizar el diafragma, respirar hondo hasta el fondo de los pulmones... Me resulta muy fácil.

Nos queda una semana entre el último día de clase y el primero de los exámenes finales. La única obligación que tenemos, aparte de las prácticas de natación de Parker y mi trabajo en la biblioteca, es estudiar para nuestros exámenes.

Parker es la única razón por la que sé qué hacer conmigo misma y no me dejo abrumar por la angustiosa tarea de intentar averiguar cómo estudiar. Todo me resultaba desalentador y estuve al borde de múltiples ataques de ansiedad hasta que me inició en su ritual del Estudiatón. Me trae batidos por las mañanas y pedimos comida para Kim McCrorey cada noche. Por las tardes preparo una jarra de café tostado para las dos, mientras acampamos en el salón con nuestros libros, apuntes y portátiles. Nos quedamos despiertas hasta medianoche todas las noches y nos levantamos a las siete para salir a correr.

Me siento bien utilizando mi cerebro para algo que no sea preocuparme y odiarme a mí misma. Y resulta agradable tratar bien a mi cuerpo para variar. Durante mucho tiempo parecía que la única vez que mi cuerpo se sentía bien era cuando Josh lo hacía sentir así. Pero esto es diferente. Soy *yo* quien hace esto. Trabajo mis músculos, me hago más fuerte, alimento mi cuerpo, cuido de mí misma por una vez.

El domingo antes de los exámenes finales salgo a correr sola porque estoy tan llena de energía que Parker me dice que me vaya y la deje en paz para que pueda echarse una siesta. Así que primero doy una vuelta a la manzana, y luego otra, y no es hasta que vuelvo a pasar por delante de la heladería que empiezo a notar el frío que está haciendo con la puesta de sol, y se me empiezan a entumecer los dedos de las manos y de los pies. Necesito algo para entrar en calor antes de volver a casa. Esta vez hay un cartel escrito a mano cerca de la caja: «SE BUSCA PERSONAL». Chelsea se levanta de su asiento detrás del mostrador, donde tiene un libro abierto delante de ella.

—Me llamo Chelsea —me dice, con voz monótona y aburrida como la última vez—. Hoy seré tu camarera.

—Ah, hola —le respondo, alegrándome de verla sin motivo—. Vine aquí una vez que estabas trabajando. Seguramente no te acuerdes de mí.

Se queda mirándome.

—¿Estás estudiando? —le pregunto, señalando su libro abierto.

—Sí, bueno, esto ha estado bastante muerto todo el día. Supongo que nadie quiere comer helado. —Sus ojos se desvían hacia la llovizna que golpea el escaparate y añade—: Con *eso* de ahí fuera.

Yo me río, ella no.

—¿Y bien? —me dice.

—Ah, sí. ¿Puedo pedir un chocolate caliente para llevar? —le pregunto.

Empieza a prepararlo y se sube las gafas por la nariz. Mientras estoy allí de pie, miro a mi alrededor, detrás del mostrador, preguntándome si este sería un lugar seguro para trabajar, si podría imaginarme a mí misma sirviendo helado y café aquí. Pero entonces veo algo familiar junto al asiento de Chelsea. Tapa la taza, la desliza por el mostrador hacia mí y me dice:

—Aquí tienes. Un chocolate caliente. Para llevar.

—Oye, ¿puedo preguntarte qué instrumento tocas? —Hago un gesto hacia su estuche, que parece mucho más estropeado que el mío, cubierto de pegatinas, arañazos y rozaduras, ya que ha visto más mundo que el mío.

Ella fija los ojos en su maletín, y sonríe al mirarme de nuevo.

—El saxo —responde—. Bueno, y el piano, y la guitarra. ¿Tú tocas algo?

—Huy, no. *Antes* tocaba el clarinete en el instituto, pero ya no.

—Qué pena, la verdad es que necesitamos un clarinetista.

—¿Para una orquesta o algo así? —le pregunto, desconcertada ante el extraño tembleque de mi voz.

—Bueno, no es nada tan formal. Es decir, *estoy* en la orquesta de la universidad, estudio música, así que… Primer año —añade con una sonrisa antes de encogerse de hombros—. Pero hay otra banda que está abierta a todos los estudiantes, la Tuck Hill Campus Band.

—Ah —le digo, sintiendo que mi cuerpo se acerca al mostrador con curiosidad.

—¿No has oído hablar de ella?

—Pues no, la verdad.

—Bueno, es una especie de banda. Pero cualquiera puede presentarse. En realidad no hacemos conciertos oficiales, solo actuamos en distintos actos del campus. Supongo que es más bien por diversión. —Echa un vistazo a su alrededor, como sorprendida por su propia locuacidad—. Está bastante bien. Ensayamos juntos una vez a la semana. Hay poca presión, *ninguna* presión, de hecho, en comparación con todo lo demás, quiero decir.

Noto que asiento con la cabeza, porque sé exactamente a lo que se refiere esta compañera de primer curso con lo de la presión. Es diferente del instituto. Aquí todo es diferente. Ahora me doy cuenta de que la presión, esa diferencia, no es algo de lo que haya podido hablar con nadie (ni con Josh ni con Parker ni con Dominic), porque ellos ya han superado la novedad. Pero yo no; yo *estoy* en ello. En este momento estoy nadando en esa presión.

—¿Estás interesada, o…?

La pregunta flota en el aire.

—¿Yo? —me aseguro de haberlo entendido bien—. ¿En serio?

—Siempre hablo en serio —responde con voz monótona, aunque luego esboza una breve sonrisa. Esta chica es un poco rara, pero me cae bien.

—Uf, no sé, estoy muy oxidada. Ni siquiera he sacado el clarinete de la funda… —Me callo, porque iba a decir desde hace *años*, pero no es cierto. Casi había olvidado que mi clarinete está ahí, esperando, en el estante superior del armario—. Pero toqué durante unos seis años antes de dejarlo —añado, preguntándome a quién intento convencer de mi valía, si a mí misma o a Chelsea.

—Seis años no están nada mal —me dice—. Y tampoco pasa nada por estar oxidada. No es la orquesta sinfónica.

—Hum, vale.

—Puedo mandarte un mensaje antes del próximo ensayo, por si quieres echar un vistazo. Aunque no será hasta después de la semana de exámenes. ¿Estarás por aquí durante las vacaciones de invierno?

—Sí —me oigo decir, tomando allí mismo la decisión de que no quiero irme a casa para las vacaciones de invierno—. Estaré aquí.

Me da su teléfono para que anote mi número.

—Vale. —Mira mi información de contacto y añade—: Eden.

Vuelvo a casa saboreando mi chocolate caliente, y me doy cuenta de que se me olvidó por completo pedir trabajo. Pero, de todos modos, me siento bastante bien conmigo misma, mientras la nieve empieza a caer, resplandeciendo al acumularse en el suelo y pegarse a mi pelo y a mi ropa.

Una banda informal, sin notas ni créditos. Sonrío mientras cruzo la calle, recordando la sensación de estar en una sala de música ruidosa, al final de cada ensayo, cuando todo el mundo se soltaba y aullaba con sus instrumentos al mismo tiempo, sin tocar ninguna melodía, canción o ritmo en particular, solo una cacofonía de sonidos a la vez, por pura diversión.

Cuando entro por la puerta, él está de pie junto al banco de los buzones. Ahora luce una señora barba. Y lleva su camisa de franela verde a cuadros, la que me dejó ponerme una vez que me quedé a dormir, y solo puedo pensar en lo suave y cálida que era.

—Ah, hola —me saluda. Parece sorprendido de verme cara a cara por primera vez desde hace un mes.

—Hola —consigo responder.

Me mira a los ojos, y estoy segura de que yo también lo miro a él, en busca de alguna pista sobre lo que debemos hacer. Pero soy incapaz de apartar la mirada, incapaz de hablar, incapaz de moverme.

—Hum —murmura—. Parece que…

—¿Estoy helada? —sugiero.

Me dedica una sonrisa tan radiante que no puedo evitar devolvérsela. Se lame los labios y traga saliva mientras se acerca a mí. Alarga la mano y yo se la doy.

—Te echo de menos —me dice en voz baja.

Asiento con la cabeza y aprieto su mano una vez antes de obligarme a soltarla y dar un paso para alejarme de él.

—Yo también te echo de menos —le digo, porque es la verdad—. Pero no estoy preparada.

—De acuerdo —contesta. Y se queda de pie con la correspondencia pegada al pecho mientras yo subo las escaleras.

Josh

Había tantas cosas que quería decirle. Había estado guardando todo lo que necesitaba expresarle. Han pasado tantas cosas en este mes que hemos estado separados. Quería contarle que dejé el equipo. Que he estado viendo a mi orientador y a la doctora Gupta durante semanas, haciendo un plan para pasarme a Psicología. Creo que se alegraría mucho por mí. Le contaría cómo me las he arreglado con la oficina de ayuda financiera para reunir un montón de becas y subvenciones menores, e incluso un préstamo para sustituir la estúpida beca de baloncesto que me había tenido secuestrado todo este tiempo.

Quería contarle que he estado yendo a esas reuniones, hablando, escuchando y pensando. Y lo raro que me parece tener tanto tiempo de repente, sin que me lo robe el baloncesto. Que lo único que quería hacer era pasar ese tiempo con ella, aunque solo fuera como amigos. Ojalá se me hubiera ocurrido decirle al menos eso. «Te echo de menos —debería haber dicho—, no solo como mi novia, sino también como mi amiga, mi mejor amiga». Porque estoy bastante seguro de que eso es lo que es.

Pero no está preparada.

No pasa nada.

Pensaba que iba a seguir caminando sin saludarme siquiera. El hecho de que haya hablado conmigo para decirme que no está preparada es más de lo que esperaba.

Cuando vuelvo al apartamento, Dominic está sentado a la mesa, encorvado sobre uno de sus libros de texto.

—¿Qué es lo que te ha pasado?

—¿Qué quieres decir?

—Has bajado las escaleras como una persona y vuelves siendo otra. Como lo contrario de salir y recibir un puñetazo en la cara.

—Ha hablado conmigo —le respondo.

—¿Qué te ha dicho?

—Que no quería hablar conmigo.

Entorna los ojos y levanta la mano, oscilando entre un pulgar arriba y un pulgar abajo.

—Entonces… ¿bien? —me pregunta, inseguro.

—Sí, porque al menos ha hablado conmigo —repito.

—Los heterosexuales sois de otro mundo, ¿verdad? —se dice a sí mismo—. Ah, por cierto… ¿Te importa si Luke viene este fin de semana después de los finales?

—No, me parece bien —le contesto—. Entonces ¿vais en serio?

Cierra su libro de texto y me mira, intentando no sonreír. Pero luego asiente despacio y dice:

—Muy en serio. Va a venirse a vivir aquí. Acaba de enterarse de que puede trasladarse el próximo semestre.

—Qué guay. Me alegro por ti, tío.

—Gracias, eres muy amable. —Hace una pausa y me dice—: Y, bromas aparte, me alegro de que haya hablado contigo.

La semana de exámenes transcurre como un borrón de cafeína, como siempre. Pero ese sábado hay una reunión en la azotea para celebrar el final del semestre. Con todos los estudiantes que viven en el edificio, es normal que alguien organice una fiesta.

Me voy para allá antes que Dominic y Luke, para dejarles algo de tiempo a solas. Una parte de mí se pregunta si Eden aparecerá o no. Estas cosas siempre han sido impredecibles con ella. Estoy hablando con una chica que estuvo en mi clase de Introducción a la Psicología Forense el semestre pasado (no vive aquí, pero al parecer sí lo hace una de las amigas de sus compañeras de piso), cuando la veo conversando con Luke junto a la barandilla. Dominic y Parker también están aquí. La chica de mi clase se va a buscar a su compañera y yo me quedo junto a la olla de sidra caliente, porque me parece el mejor sitio para estar disponible si quiere hablar conmigo, o para ser fácilmente evitable si no quiere hacerlo.

—Hola. —Me doy la vuelta y veo a Parker. Me da un abrazo espontáneo, que me resulta extrañamente reconfortante viniendo de ella—. Hace tiempo que no nos vemos —me dice.

—Sí —le doy la razón—. ¿Cómo has estado?

—Bien. Ha sido un semestre raro, pero creo que me estoy encariñando de la nueva compañera de piso barra amiga que me impusiste, trayéndola a mi vida.

—Me alegro —le digo—. Bueno, eso creo. —Me mira fijamente durante más tiempo del que me siento cómodo—. ¿Qué? —le pregunto.

—Estaba esperando a ver cuánto tardabas en empezar a sacarme información sobre ella.

—No iba a…

—Ya, lo sé —me interrumpe sonriendo—. Es un avance. —Mira detrás de mí y levanta la barbilla en dirección a algo. Cuando miro por encima del hombro, veo que es Eden. Y cuando me doy la vuelta, Parker se ha ido.

—¿Estás custodiando la sidra? —me pregunta risueña.

—Supongo —le respondo—. ¿Quieres un poco?

Ella asiente y yo le sirvo con el cucharón en una de las tazas desparejadas que hay sobre la mesa.

—Gracias —me dice mientras sostiene la taza entre las manos y se la acerca a la cara para olerla.

—Puedo irme si quieres —me ofrezco.

—No, no te vayas —me dice ella—. No podemos seguir evitándonos para siempre.

Se aleja unos pasos y luego me mira como si debiera seguirla, así que lo hago.

—Nunca te he evitado —me apresuro a decirle.

—Vale. —Ella asiente—. Bueno, entonces no puedo seguir evitándote.

Nos lleva al sofá de mimbre con los cojines aplastados, donde nos hemos sentado juntos tantas veces. Pero esta vez no se sienta en mi regazo, ni yo me apoyo en su hombro. Nos sentamos uno al lado del otro, como dos personas normales, y nos miramos.

—Me gusta la barba —me dice, y añade—: Que ya no es pelusilla ni rastrojo.

Me rio. Dios, qué bien sienta reírse con ella.

—¿Qué más novedades tienes? —me pregunta—. Además de la barba, que no pelusilla.

—He dejado el equipo —le explico.

—Ostras, Josh. Vaya, eso es muy importante. —Me sonríe como si realmente supiera lo mucho que representa eso para mí—. Sabía que podías hacerlo.

—¿El qué, ser un desertor? —le digo en broma.

Me da un empujoncito en el brazo y es la mejor sensación del mundo. Luego mira a lo lejos un momento y vuelve a sonreír, ahora más levemente, y dice:

—Creo recordar que un joven sabio me dijo una vez que el hecho de que seas bueno en algo no significa que te haga feliz.

Miro mi taza. Ese fue uno de los secretos que le conté aquella noche en mi casa, tumbados en mi sofá, mientras hablábamos toda la noche.

—Me sorprende que te acuerdes de eso.

—¿Por qué? Recuerdo todo lo que me dices.

Mi corazón, que volaba tan alto, se estrella en el suelo de repente y se espachurra.

—Siento mucho lo que te dije, Eden.

—Ah —susurra—. No, no quería decir… Joder, lo siento. No estaba hablando de eso. En serio, solo decía que… sé que el baloncesto ha sido una gran carga para ti durante mucho tiempo. No intentaba… No tenemos que hablar de eso ahora.

—De acuerdo. Pero podemos hacerlo, si quieres. Podemos hablar cuando tú quieras.

Me mira de esa manera tan suya, con esa expresión tan seria que hace que mi corazón palpite con fuerza en mi garganta.

—Supongo que sí. Si tú quieres… —añade insegura, mirando a nuestro alrededor.

—Sí, me gustaría —le digo—. Mucho.

Inhala profundamente y me mira a los ojos.

—Bueno, por fin me he dado cuenta de por qué estabas tan enfadado conmigo —empieza a decir.

—No tenemos por qué hablar de eso aquí —la interrumpo—. Podemos ir abajo.

Se ríe con mi carcajada favorita: esa rápida, medio fuerte y espontánea que siempre es de verdad.

—Vamos a quedarnos aquí, ¿vale? No creo que ir a tu casa sea la mejor idea.

—Espera, sabes que no me refería a eso, ¿verdad?

—Lo sé, pero, vamos, Josh. Somos *nosotros*, después de todo.

Ahora me río, pero repito esa palabra en mi cabeza (*nosotros*) una y otra vez. Nosotros. Todavía somos nosotros para ella.

—De acuerdo. Entendido. ¿Decías…?

Inhala profundamente y vuelve a empezar.

—Solo quiero que sepas que ahora lo entiendo. Por qué estabas tan enfadado. Sé que a veces no me respeto mucho a mí misma, y de alguna manera, esa noche, eso se convirtió en que tampoco te respeté a ti, y nunca quise que eso pasara. Nunca quise hacerte daño, no quiero volver a hacértelo. —Hace una pausa y me pasa la mano por la mejilla—. Lo siento mucho.

Ahora tomo su mano entre las mías.

—Gracias por comprenderlo. Tú siempre me entiendes. Es tu superpoder —le digo, y ella mira nuestras manos con esa sonrisa tímida—. Creo que yo también entiendo, un poco mejor al menos, por qué pasó todo como pasó. Y nunca quise hacerte daño con lo que te dije aquella noche.

—Así eres tú —dice, mirándome.

—¿Qué?

—Eso es lo que dijiste. «Así eres tú». Todo aquel follón… es como soy yo.

Dios, suena aún peor cuando lo dice así.

—Eso es lo que dije, pero tienes que saber que no es verdad. Es decir, ni siquiera lo creía entonces, y tampoco lo creo ahora. Te juro que nunca pensé así. Nunca pensaría eso de ti. Jamás. Necesito que lo sepas.

Vuelve a mirarnos las manos, y veo que empieza a respirar agitadamente, aspirando por la nariz. Deja su taza en el suelo y temo que se vaya a marchar, pero entonces coge mi taza también y la deja junto a la suya. Me rodea con los brazos y noto que su cuerpo se estremece y su cabeza se hunde bajo mi barbilla. Y yo me quedo abrazado a ella, mientras los demás desaparecen.

—Gracias —me dice al fin cuando se separa de mí. Su pelo se me queda pegado a la barba y se lo pongo detrás de la oreja—. Supongo que no sabía cuánto necesitaba oír eso. —Se lleva las manos a la cara para secarse los ojos y veo algo en su brazo, asomando por debajo de la chaqueta. Vuelve a levantar la mano para pasarse los dedos por el pelo, y sé con certeza que hay algo ahí.

—¿Qué es eso? —le pregunto mientras vuelvo a cogerle la mano y le doy la vuelta.

—Ah. —Se sube la manga—. Sí, me he hecho un tatuaje —me dice con un resoplido y una carcajada.

—¿Un diente de león? —Mi corazón se acelera. Porque… Un diente de león. Eso era *lo nuestro*—. Es precioso.

—Gracias.

—¿Significa algo? —me atrevo a preguntar.

Inhala por la nariz, mira hacia fuera, más allá de toda la gente que está reunida aquí en la azotea, y dice:

—Bueno, supongo que tiene que ver con ser libre. Y fuerte.

—Me gusta, es perfecto.

—Y contigo también —añade, más bajo.

—¿Qué quieres decir?

—También tiene que ver contigo —me dice, haciendo que se me acelere el pulso de nuevo—. Un recordatorio para… —Inhala hondo de nuevo y exhala antes de continuar—: Intentar ser la clase de persona que crees que soy.

—¿Qué clase de persona es esa?

—No sé, una que sea resistente en lugar de destructiva. Esperanzada en lugar de…, ya sabes, sentirme condenada o impotente o lo que sea. Valiente.

—Ese no es el tipo de persona que *creo* que eres. Es como eres de verdad, Eden.

—Estoy tratando de serlo.

Me llevo su muñeca a la boca y beso el diente de león. Me vuelve a tocar la cara. No puedo resistir el impulso y giro la cabeza para besarle la palma de la mano, el lugar donde se quemó. Sus dedos se acercan a mis labios.

—Tengo muchas ganas de besarte —me dice—, pero no voy a hacerlo, ¿vale?

—Ah, vale —respondo.

—Quiero que sigamos hablando. —Me coge las dos manos—. Quiero que volvamos a ser amigos.

Asiento con la cabeza.

—Yo también quiero.

—Pero solo amigos por ahora. Porque todavía no estoy preparada para…

—No, lo entiendo. De verdad, lo entiendo.

—Entonces ¿te parece bien? —me pregunta—. ¿Puedes hacerlo?

—Sí —afirmo—. Claro que puedo hacerlo.

Eden

Parker se va el lunes siguiente para pasar las vacaciones con su familia. Lo primero que hago es ir al armario y sacar el estuche de mi clarinete. Me sirve de incentivo para superar los exámenes.

Chelsea me envió un mensaje de texto diciendo que la banda se reuniría a finales de esta semana, y que sería un contingente más pequeño de lo habitual (esa fue la palabra que usó, «contingente»), ya que muchos de los miembros se habían ido de vacaciones de invierno. Me gusta que, a pesar de que Chelsea y yo solo hemos mantenido dos conversaciones muy incómodas, de alguna manera entiende que un grupo más pequeño es justo lo que necesito.

Mientras saco las piezas de mi clarinete del estuche y empiezo a juntarlas de nuevo, siento como si otras piezas de mi vida también empezaran a encajar. Como si tal vez pudiera recuperar algo de lo que solía ser, las partes buenas que creía perdidas para siempre.

Le prometí a Parker que seguiría corriendo para que podamos continuar cuando ella vuelva. Y cumplo mi promesa: salgo a correr casi todas las mañanas. Luego ensayo mi pieza para la prueba todas las tardes, cada vez un poco menos oxidada.

Y el jueves, después de casi una semana de mensajes amables y cordiales con Josh, me recojo el pelo en un moño desordenado, me pongo el sujetador deportivo, los pantalones de chándal, la sudadera con capucha, un chaleco de plumas, los calcetines gruesos y las zapatillas de deporte. Subo las escaleras, respiro hondo y llamo a su puerta.

—¿Quieres correr conmigo? —le pregunto, olvidándome incluso de saludarle primero.

Me mira fijamente durante un momento, observando mi cara y bajando la vista hacia mi ropa.

—La verdad, no sé si hablas en serio o en broma.

—No, te lo digo de verdad. Ahora me dedico a correr por ahí.

—¿Desde cuándo? —me pregunta con una media sonrisa en la cara.

No quiero decir «desde que me dejaste», así que opto por otra cosa:

—Llevo tanto tiempo con vosotros que estaba claro que se me iba a pegar algo.

—Bueno, yo ya no soy deportista, ¿recuerdas? —Se ríe y añade—: Pero saldré a correr contigo.

Nos informamos mutuamente de los intervalos de tiempo que nos hemos perdido. Le hablo de los libros que he leído para mis clases e intento no mirarlo demasiado mientras corremos codo con codo. Creo que va despacio por mí, pero yo aguanto el ritmo, subiendo y bajando por las calles de nuestro barrio. Él me habla de todo lo que ha estado haciendo: ir a reuniones, enfrentarse a su padre y cambiar su especialidad por algo que le interesa de verdad. Me parece increíble lo mucho que ha cambiado en tan poco tiempo. Es como una versión nueva y reluciente de sí mismo. Le hablo de mi técnica de respiración con el clarinete, de la prueba de mañana, y entonces deja de correr.

—Jolín, Eden, es impresionante —me dice con una sonrisa enorme en la cara—. Me alegro mucho de que vayas a retomarlo. Siempre me pareció que lo echabas de menos.

—Sí —le respondo, y también me detengo. Mi aliento forma pesadas nubes de vaho blanco—. Lo he echado de menos.

Josh

A la mañana siguiente voy a llamar a la puerta de Eden y oigo música al acercarme. No es que suene por un altavoz, sino música de verdad. Cuando abre la puerta, está en pijama con su sudadera favorita, y lleva el clarinete en la mano.

—Hola —me dice con una sonrisa. Parece contenta de verme.

—Buenos días —le respondo—. ¿Eras tú la que estaba tocando?

—Eso depende. —Entorna los ojos—. ¿Venías a quejarte del ruido?

—No, sonaba muy bien.

—En ese caso, pasa. ¿Quieres café?

—No, no puedo quedarme. Tengo que ir a ocuparme de unos asuntos de unas ayudas antes de irme. Y a propósito de eso, Dominic se ha ido ya. Está ayudando a Luke a recoger las cosas de su residencia.

—Sí, ya me he enterado de que Luke se va a venir a vivir aquí. Es muy guay.

—Sí que lo es —estoy de acuerdo—. Bueno, solo pasaba para preguntarte si quieres volver a casa conmigo para las vacaciones. Sé que tienes la prueba hoy, pero ¿cuándo pensabas marcharte?

—Ah, gracias, pero es que me voy a quedar aquí.

—Te vas a quedar sola durante las vacaciones, ¿por qué?

—Uf, es una larga historia. —Suspira—. Cuando estuve en casa por Acción de Gracias, fue… Lo que pasa es que ahora mismo estoy resolviendo algunas cosas bastante chungas, y además necesito tener la cabeza despejada antes del juicio.

—Lo entiendo —le digo, sobre todo teniendo en cuenta lo destrozada que se quedó después de la vista, y cómo estuvo a punto de destrozarnos *a los dos* para siempre—. Tienes que cuidarte.

—Sí —responde con tristeza—. Y encima esta época del año siempre es bastante complicada de por sí.

—¿Quieres decir por cosas de familia?

—Ah —susurra—. A veces se me olvida que no puedes leerme la mente. Hum, no, es que… Fue en vacaciones cuando pasó. Lo de Kevin… La agresión —me explica, y tengo la sensación de que intenta ahorrarme la palabra «violación».

—No me lo habías dicho nunca.

Ella encoge un hombro.

—Voy a proponerte algo, ¿vale? Podrías quedarte en casa de mis padres, con nosotros, si quieres. Pero solo como amigos, te lo prometo.

Ella sonríe un momento.

—Gracias, pero creo que es mejor que me quede aquí.

Siento que debería ofrecerme a quedarme con ella, pero el hecho es que necesito estar en casa con mi familia este año. Y ella necesita estar aquí, por sus propios motivos. No necesita que yo arregle sus problemas, mejore las cosas o la proteja del mundo. Por una vez presiento que todo saldrá bien. Conmigo. Con ella. Con este incipiente *nosotros*.

—Vale —le digo—. Bueno, en ese caso, creo que me iré después de la cita que tengo para las ayudas, así que…

Deja el clarinete en la encimera de la cocina. Luego se acerca a mí, me abraza con fuerza, inhala y exhala, y su cabeza, como siempre, encaja a la perfección bajo mi barbilla.

—Si necesitas algo —empiezo a decir mientras nos separamos, y mis manos suben automáticamente hasta su cara mientras la miro. Y cuando levanta la vista, pienso por un momento que quiere besarme. Así que dejo que mis manos se posen sobre sus hombros y retrocedo un paso.

—Si necesito algo —termina ella por mí—, te llamaré.

Eden

La segunda semana de enero llega más rápido de lo que pensaba. Es la misma sala que antes, solo que ahora parece aún más pequeña porque hay muchos más cuerpos en ella. Más gente sentada a cada lado de la galería. Más periodistas detrás. Ahora hay un jurado.

Tomo un sorbo de agua y miro a Mara y a Lane. Luego me fijo en CeCe, que está ojeando sus apuntes.

Kevin está allí en su mesa, con sus abogados. El del pelo canoso, al que le encanta levantar la mano, objetar y dar vueltas hasta marearnos a todos, me hace las mismas preguntas que la última vez, pero de forma más confusa, intentando enredarme.

Llevo dos semanas preparándome para poder enfrentarme de nuevo a la última pregunta. Me estudié las actas de la primera vista como si fuera otro examen que estaba destinada a bordar. Ensayé en mi apartamento, como ensayaba con el clarinete. Practiqué en voz alta para decir que no de todas las maneras imaginables. Comparé cada una de ellas y acabé eligiendo mi versión del no igual que elegí mi atuendo. Arreglada. Informal. Discreta. «No», diría, simple y directo. Sin emociones. Porque cualquiera que tuviera medio cerebro, o medio corazón, entendería perfectamente que decir que no habría sido irrelevante en aquel momento.

Anoche, a las dos de la madrugada, fui a la cocina a por agua y, cuando me apoyé en el fregadero, recordé algo. Algo que sin la menor duda debía salir en este examen. Así pues, le mandé un mensaje a CeCe para contarle cómo me había agredido las Navidades siguientes, en la cocina. También he tenido que practicar el uso de esa palabra, «agredir». No se lo había mencionado a nadie, ni a la inspectora ni a Lane ni a CeCe. Era algo que antes creía que ni siquiera importaba, que no era tan grave como para decirlo. Y le mandé un mensaje de texto que ocupó toda la pantalla de mi teléfono. Le conté que, al ir a por agua, recordé que él había entrado a la cocina cuando no había nadie más y me había inmovilizado contra el fregadero por detrás, mientras me manoseaba por todo el cuerpo, por la camisa y por los pantalones. Y es que ¿acaso no era importante hacerles saber cómo se las arreglaba para encontrar aquellos pequeños focos de terror? Para recordarme que estaba allí, que yo había prometido no decir nada. Que me tuvo secuestrada durante mucho tiempo después de aquella noche. Porque había leído ese artículo, y aunque Josh me advirtió que no leyera los comentarios, lo hice, y vi el de los cinco minutos. *Solo* cinco minutos. Y porque debían saber que no fueron solo cinco minutos los que me retuvo.

CeCe me respondió de inmediato:

Gracias, Eden. Eso nos será muy útil.
Pero duerme un poco antes de
mañana, por favor.

Sin embargo, ahora pienso en eso mientras estoy aquí sentada, preguntándome si lo había dejado claro antes, cuando CeCe lo introdujo sutilmente entre sus preguntas, que hilaba de alguna manera para contar una historia. Y por ello me he perdido lo que me acaba de decir Pelo Blanco.

—¿Quieres que te repita la pregunta?

—Sí —respondo claramente por el micrófono.

Y ahora recuerdo que se me olvidó decir que me había sonreído. Se suponía que esta vez tenía que decirles cómo me sonrió antes de irse. Beso. Sonrisa. Calzoncillos. Puerta. ¿Cómo he podido olvidarlo? Estúpida. ¡Lo habíamos ensayado!

—¿Puede ordenar a la testigo que responda a la pregunta? —dice ahora Pelo Blanco.

El juez se inclina hacia mí y me dice:

—Eden, por favor, responda a la pregunta.

Pero es que todavía no me he enterado de cuál era la pregunta. Joder.

—Hum —empiezo, y el micro deja escapar una nota aguda en lugar de mi voz—. ¿Puede repetir la pregunta otra vez? —digo, demasiado lejos del micrófono.

Pelo Blanco suelta una risa burlona y dice:

—Repito, en algún momento de este encuentro, ¿dijiste verbalmente que no?

Aquí está. La última pregunta. Tengo que responderla bien. Rebusco en mi cerebro, pero no encuentro el «no» que había memorizado. Se suponía que estaba ahí, esperando a que yo lo cogiera y se lo echara en cara, arreglada pero informal. Pero qué coño. Abro la boca y literalmente no sale nada.

—Señoría —protesta Pelo Blanco.

—La testigo responderá a la pregunta —dice el juez.

Me miro las manos en el regazo y veo mi diente de león asomando por debajo del puño de la camisa.

—No hubo ninguna pregunta —me oigo decir en voz baja por el micrófono.

—Por favor, hable más alto —dice el juez.

—No hubo ninguna pregunta —repito.

Pelo Blanco suspira y dice lentamente, remarcando las palabras:

—La pregunta era: ¿dijiste que no en algún momento del encuentro?

—Y mi respuesta es que nunca hubo una pregunta. —Oigo mi voz temblar—. Nunca me preguntó.

El abogado se repite, y esta vez añade:

—Solo sí o no.

—No había ninguna pregunta a la que responder —vuelvo a decir, y puedo ver lo mucho que lo estoy cabreando, porque se le pone la cara roja y se le crispa la boca mientras habla.

—Sí o no. ¿Le dijiste que no?

—No podía responder a una pregunta que nunca se hizo.

—¿Dijiste alguna vez la palabra no? —casi me grita ahora.

Vuelvo a mirar mi tatuaje. Después alzo los ojos, pero esta vez, en lugar de mirar a Pelo Blanco, a CeCe, a Mara o a Lane, miro a Kevin. Él me observa atentamente, con la misma mirada penetrante que había usado para controlarme durante todo este tiempo, hasta ahora.

Me inclino hacia el micrófono, a pesar de que me tiembla todo el cuerpo, a pesar de que siento que se me saltan las lágrimas, y ahora digo con precisión, sin romper el contacto visual con él:

—Él… nunca… me… preguntó… nada. —Paso de Pelo Blanco y miro al juez, sentado en el estrado—. Esa es mi respuesta.

Lo siguiente que sé es que estoy saliendo por la puerta, corriendo por el pasillo, intentando recordar si voy en la dirección del cuarto de baño. Mara corre detrás de mí, gritando mi nombre. Pero no me detengo hasta que llego. Y entonces empujo la puerta y vomito. Todo.

Mara me sujeta el pelo y no para de decirme lo increíble que he estado.

Oigo los tacones de Lane contra las baldosas. Dice algo como «¡Ay, Eden! Vale. Está bien». Y entonces estoy sudando y congelándome y riendo y llorando, todo al mismo tiempo, mientras me arrodillo en el suelo junto al retrete. Mara tira de la cadena por mí, Lane me trae toallitas húmedas para limpiarme la boca y se agacha junto a Mara y a mí.

—Lo lograste —me dice Lane con una enorme sonrisa.

—Ha sido impresionante, ¿verdad? —le pregunta Mara.

Ella afirma con la cabeza, y repite:

—Impresionante.

Cuando por fin salimos hacia el coche, Mara mira su teléfono.

—Es Josh —me dice mientras lee el mensaje.

—¿Te manda mensajes? —le pregunto para asegurarme de que lo he entendido bien.

—Sí. No quería molestarte. Me pregunta cómo te ha ido. ¿Está bien si le digo que has sido la puta ama?

Me rio, pero luego respondo:

—Vale.

Su teléfono suena inmediatamente.

—Dice: «Sabía que lo haría».

Nos quedamos sentadas un momento y noto los efectos de la ola de calor que ha entrado esta semana de mediados de invierno. Los rayos de sol atrapan las motas de polvo en el coche mal ventilado. El silencio no es incómodo, y se rompe cuando Mara se inclina hacia delante para arrancar el motor y baja todas las ventanillas, dejando entrar el aire fresco.

Me doy cuenta de que me invade la calma, de que por una vez no resuena nada en mi cabeza. Ni miedos ni culpas ni remordimientos ni siquiera tristeza, solo una simple quietud. He hecho lo que venía a hacer, y lo he hecho de la mejor manera que sabía. Miro el juzgado, y la majestuosidad del edificio me parece fría y cruel, mientras pienso en Mandy y Gen, que siguen ahí dentro, esperando. Y me gustaría poder compartir un poco de este sentimiento con ellas.

Saco el teléfono, busco el número de Amanda y añado a Gen a un nuevo mensaje de grupo. Mis dedos revolotean sobre las letras, inseguros de qué palabras puedo o debo decir. En lugar de eso, envío un corazón. Solo uno. Morado. Amanda me devuelve uno inmediatamente, y luego Gen.

Miro nuestros tres corazones durante un momento y recuerdo que, pase lo que pase, hacemos esto *por nosotras*.

—Entonces, ¿adónde vamos, Edy? —Mara acelera el motor—. ¿Comida? ¿Café? ¿Más tatuajes?

Dejo el móvil y miro a mi amiga, la que en los últimos meses se ha convertido aún más en mi amiga, a la que, después de todos estos años, por fin siento que entiendo. Siempre lo había complicado demasiado, pero en el fondo era muy sencillo. Mara es del equipo de Edy, como lo llama ella, y ya no lo dudo. También creo que puede que sea la única persona en el mundo a la que dejaré que me siga llamando por ese nombre.

—Sé exactamente adónde quiero ir.

Josh

Llevamos todo el día en la azotea, bebiendo el té helado que preparó Parker en una jarra grande de cristal. «Si vamos a fingir que es primavera en invierno, voy a hacer un brebaje acorde a las circunstancias», dijo antes de subirlo.

Dominic y Luke han hecho todo lo posible para distraerme con anécdotas sobre las muchas aventuras de Luke en los campamentos musicales, mientras que Parker añadía indirectas y comentarios sarcásticos aquí y allá para darle emoción a la cosa. Pero apenas los he escuchado, porque mi mente volvía una y otra vez a Eden, al juicio y a lo que estaba sucediendo a varias horas de distancia de aquí. La incertidumbre me está haciendo un agujero en el estómago, y el no estar allí es casi doloroso. Anoche, en Al-Anon, le dediqué unos quince minutos al tema. Ida, una profesora jubilada y líder designada de nuestro grupo, recordó lo importante que era cuidarse a uno mismo, que debía ponerme la máscara de oxígeno yo primero, aunque el avión pudiera estar cayendo en picado, e intento seguir haciéndolo.

Corro escaleras abajo para coger crema solar cuando Parker se queja de que se está quemando como una langosta, y al abrir de nuevo la puerta de la azotea, los veo a Dominic y a ella agachados sobre mi teléfono.

—¿Qué pasa? —les pregunto, oyendo el temblor del miedo en mi voz—. ¿Lo han condenado? ¿Lo han…? —Ni siquiera puedo decir la otra opción.

—Tenemos buenas y malas noticias —empieza Parker.

—Parker… —la interrumpe Dominic—. No lo digas así.

Malas noticias. Y buenas. No entiendo esa ecuación, porque no hay manera de que esas dos cosas sean compatibles. O es culpable y son buenas noticias, o es no culpable y son malas noticias. ¿Y qué pasa si son malas? ¿Cómo de malas pueden ser las malas noticias?

—El jurado va a estar un tiempo deliberando —me explica Dominic, leyendo en mi teléfono, seguramente notando mi expresión asustada—. La abogada de Eden dice que podrían tardar varios días.

—¿Esa es la mala noticia? —pregunto. No es genial, pero no es tan mala. Puedo soportarlo—. ¿Y cuál es la buena?

—Eden está volviendo ahora mismo —responde Parker con una sonrisa socarrona en la cara mientras me pasa el teléfono—. Y quiere quedar contigo en la fuente, sea el lugar pecaminoso que sea, a las seis de esta tarde.

Llego pronto y, mientras la espero, pienso en aquel día que nos sentamos en la hierba, con los dientes de león. La estuve observando durante unos minutos antes de acercarme, allí sentada, callada e intensa. Como si ella fuera lo único de color para mí, todo lo demás en mi vida me parecía muy gris. No sé cómo me convencí para sentarme a su lado. No se parecía a nadie que yo conociera y me intimidaba mucho, pero me gustaba. Quería conocerla, quería que ella me conociera. Era así de sencillo. Estaba seguro. Valía la pena correr el riesgo de intentarlo. Entonces y ahora.

Eden

Salgo de la ducha y limpio el vapor del espejo. Me miro por primera vez en mucho tiempo. Casi me sorprende ver que sigue siendo mi cara, que son mis ojos los que me miran. Mi pelo, mi cuerpo, mi tatuaje, mis cicatrices. «Así eres tú», me susurro.

Apenas presto atención mientras me visto; estoy demasiado concentrada en llegar. No quiero esperar más. Tomo el sendero que me trajo allí aquella noche, en nuestra primera cita de verdad, ante todas las plantas con nombres en placas y el sauce, y acelero el paso cuando veo el claro más adelante. Sin embargo, esta vez no hay chorros de agua ni luces ni sonidos. Porque aún se supone que es invierno, a pesar del calor inusual de esta tarde.

Cuando llego, creo que soy la primera. Pero entonces lo veo, sentado en el banco que hay dentro de la fuente de las manzanas, mirando al frente. Al acercarme veo que tiene algo en la mano. Intento caminar más rápido. Y cuando estoy justo detrás de él, veo lo que es. Un diente de león, y está soplándolo, viendo cómo las pequeñas semillas vuelan por los aires. Miro a mi alrededor y me doy cuenta de que durante los últimos días soleados han brotado dientes de león por todo el perímetro de la fuente, parece que solo para nosotros.

Para este momento.

Me acerco por detrás, deslizo las manos sobre sus hombros y me inclino para besarle la mejilla.

—Espero que estés pidiendo deseos.

Gira la cabeza para mirarme, ya sonriendo.

—Así es —me dice—. No te preocupes.

Me quita la mano del hombro y se lleva mi muñeca a la boca para besarme el tatuaje. Luego me lleva a la parte delantera del banco, donde tomo asiento a su lado.

—Bueno, en realidad solo era un deseo —añade.

—¿Crees que se hará realidad? —le pregunto.

—Ya se ha cumplido. Has aparecido tú.

«He aparecido», pienso para mis adentros, y sonrío mientras enlazo mi brazo con el suyo, atrayéndolo hacia mí.

—Este es un buen sitio —le digo.

—¿Para qué?

—Para estar preparada —le respondo. Y entonces tomo su mano entre las mías. Aprieto una vez. Me mira y me devuelve el apretón, dos veces. Lo repito, esta vez con claridad, sin dudas ni preguntas—: Estoy preparada.

Agradecimientos

Ante todo, gracias a vosotros, queridos lectores, por hacer un hueco en vuestro corazón y vuestra mente para la historia de Eden. Por las palabras amables, las publicaciones, los vídeos de TikTok… y las peticiones, a veces poco sutiles, de un segundo libro. Me hicisteis creer que no solo era posible otro capítulo de la historia de Eden, sino también necesario. Por ello os estaré eternamente agradecida.

A mi agente, Jess Regel, gracias por aguantarme durante tantos años de idas y venidas mientras daba tumbos en la oscuridad, intentando averiguar qué demonios se suponía que debía ser este libro. Por defender siempre mis escritos y cubrirme las espaldas en los altibajos de este negocio salvaje durante la última década (*década*, ¿te lo puedes creer?). Mi más sincero agradecimiento a Helm Literary y a Jenny Meyer y Heidi Gall de Jenny Meyer Literary por hacer llegar esta historia a lectores de todas partes.

Mi más sincero agradecimiento a mi editora, Nicole Fiorica, por su apoyo inquebrantable a este libro, incluso cuando solo era una idea de un párrafo. Gracias por comprender tan bien a Eden y a Josh, y por ser la defensora de este libro en todo momento. Tu aguda perspicacia y tu buen asesoramiento han sido indispensables para dar forma a esta historia… ¡y para mantenerme cuerda durante su escritura!

También doy las gracias a Justin Chanda, Anne Zafian, Karen Wojtyla y al increíble equipo de McElderry Books. Muchas personas valiosas, creativas y dedicadas de Simon & Schuster han contribuido a hacer realidad este libro. Desde su equipo de corrección, que incluye a Bridget Madsen y Penina Lopez, hasta sus diseñadores, Deb Sfetsios-Conover y Steve Gardner, pasando por su directora de producción, Elizabeth Blake-Linn. Y a los equipos de publicidad y marketing, con Nicole Valdez, Anna Elling, Antonella Colon, Emily Ritter, Ashley Mitchell, Amy Lavigne, Bezawit Yohannes y Caitlin Sweeny. Así como Michelle Leo, Amy Beaudoin, Nicole Benevento y todo el equipo de educación y biblioteca.

Además, estoy agradecida, como siempre, a la editora Ruta Rimas, sin la cual nunca habría existido un libro llamado *Tal como era* y nada de lo que podría continuar aquí, en *Tal como soy*.

Gracias infinitas a mis amigos y familiares por aguantar todos los planes cancelados, las llamadas perdidas y los mensajes sin contestar mientras escribía este libro… y por seguir ahí cuando terminé y volví a salir de mi cueva de escritora. El amor y la inspiración que me proporcionáis no tienen parangón: os debo una.

A mis amigas literatas, gracias por vuestro consuelo en los momentos malos y por celebrarlo en los buenos: Cyndy Etler, Robin Roe, Kathleen Glasgow, Amy Reed, Jaye Robin Brown, Robin Constantine, Rebecca Petruck y todo el equipo del Campamento Nebo, sois lo mejor de lo mejor.

Y, por último, pero nunca menos importante, Sam. Tu amor me ha enseñado «a desear, a esperar, a sanar» de formas que nunca creí posibles. Gracias por permitir que este libro se infiltrara en nuestra vida cotidiana durante tanto tiempo, por las innumerables conversaciones sobre Eden y Josh, por leer incontables borradores… y por prestarme esa cosa nuestra de apretar la mano en código Morse. Me inspiras en todo momento.